VERMÄCHTNISSTRUDEL

NELLY PLIEM

VERMÄCHTNIS STRUDEL

Bibliografische Information der Deutschen Nationalbibliothek: Die Deutsche Nationalbibliothek verzeichnet dies Publikation in der Deutschen Nationalbibliografie; detaillierte bibliografische Daten sind im Internet über http://dnb.d-nb.de abrufbar.

© 2022 Nelly Pliem
3. Auflage
Umschlagfoto: © Nelly Pliem
Herstellung und Verlag:
BoD – Books on Demand, Norderstedt

ISBN 978-3-7431-6220-4

Meiner Tante Emma
in liebender Erinnerung

VERDAMMT! Er hätte nicht mehr herkommen sollen. Aber sein Großvater hatte ihn vorhin so inständig darum gebeten, die neue Besitzerin dieses alten Fachwerkhauses aufzusuchen, dass er es ihm nicht hatte abschlagen können.

Jetzt stand sie vor ihm, eine zierliche, zerbrechlich wirkende Frau in den Dreißigern mit rot verweinten Augen, die ihn fragend anschaute. Ihre glatten braunen Haare waren zu einem langen Zopf zusammengebunden, aus dem sich mittlerweile einige Strähnen gelöst hatten und an ihren feuchten Wangen klebten.

Er hatte sie in ihrer Trauer gestört, das war offensichtlich, und am liebsten wäre ihm jetzt gewesen, er hätte gar nicht erst geklingelt.

„Ja, bitte?" Ihre Stimme war genauso zart wie ihre ganze Erscheinung, die eingehüllt in eins von diesen engen schwarzen Kostümen augenblicklich seinen männlichen Beschützerinstinkt weckte.

„Guten Abend, mein Name ist Bob Wolfsbach. Entschuldigen Sie bitte die Störung, aber ich habe Licht im Haus gesehen und dachte mir, dass ich die neue Besitzerin dieses wunderschönen alten Kleinods vielleicht sprechen könnte." Er hatte seinem Großvater versprechen müssen, erst mal vorsichtig die Lage zu sondieren. Dass er eine kleine Schreinerei besaß, konnte dabei sicherlich hilfreich sein.

„Das bin ich", sagte sie so langsam, als könnte sie es selbst noch gar nicht glauben. „Emma Müller", fügte sie dann schnell hinzu.

„Das dachte ich mir schon", entgegnete er, „aber wie ich sehe, störe ich Sie. Am besten komme ich morgen noch mal wieder. Entschuldigen Sie bitte nochmals, dass ich geklingelt habe."

„Nein, nein, das ist schon okay, was kann ich denn für Sie tun?" Irgendetwas in ihrem Blick war magisch, und ihre wunderschönen dunklen Augen hielten ihn gefangen.

„Ehm ... also ...", stotterte er, als wüsste er nicht mehr, warum er eigentlich mit ihr sprechen wollte.

Verdammt! Er hätte wirklich nicht mehr herkommen sollen. Jetzt benahm er sich auch noch wie ein pubertierender Fünfzehnjähriger, dem beim Blick ins Antlitz seiner Angebeteten das Sprachzentrum abhandengekommen war.

„Ich höre!", sagte sie, und der strenge Unterton blieb ihm nicht verborgen.

Oh Mann, das erinnerte ihn an seine Mathelehrerin aus der Grundschule. Allerdings hatte die ihn nie mit so wunderschönen Augen angeschaut, wenn er mal wieder das Ergebnis einer einfachen Rechenaufgabe nicht sofort parat hatte.

Er wusste von seinem Großvater, dass Emma Müller an der hiesigen Hauptschule unterrichtete, und sein Azubi Tim, dessen Lehrerin sie gewesen war, hatte ihm eben erzählt, dass sie sehr streng, aber absolut gerecht sei und feste Prinzipien habe. Dass sie so atemberaubend schön war und dabei gleichzeitig tough und hilflos erscheinen konnte, hatte Tim ihm allerdings verschwiegen.

„Also", versuchte er es noch einmal, „ich besitze eine kleine Schreinerei im Nachbardorf und habe mich auf die Sanierung alter Fachwerkhäuser spezialisiert." Na bitte, geht doch. „Ihr Haus ist wirklich wunderschön, ein richtiges Schmuckstück, aber leider kann man selbst von außen erkennen, dass es etwas in die Jahre gekommen ist. Ich würde Ihnen gerne helfen, diesen ‚Schatz' zu erhalten."

Seine Worte hatten in ihr betrübtes Gesicht ein zartes Schmunzeln gezaubert. „Sie sind genau der Mann, den ich jetzt brauche."

Wow, obwohl ihm klar war, dass sie diesen Satz eindeutig nicht zweideutig meinte, war er mehr als geneigt, ihn zweideutig zu verstehen.

„Vorausgesetzt natürlich, ich kann Sie mir überhaupt leisten", fügte sie schnell hinzu, und ihre Augen wurden wieder traurig.

„Selbstverständlich bekommen Sie von mir erst mal einen Kostenvoranschlag zum Nulltarif", versprach er und lächelte sie aufmunternd an.

Sie betrachtete ihn einen Moment sehr ernst, und dann lächelte sie ebenfalls. „Mögen Sie Tee? Ich habe mir gerade einen aufgeschüttet."

Hatte sie gerade wirklich einen wildfremden Mann in ihr Haus eingeladen? Emma konnte es selbst kaum glauben. Sie hatte tatsächlich den dunkelhaarigen Enddreißiger, der in schwarzer Cargohose und schwarzem T-Shirt vor der Tür gestanden hatte, mit der Aussicht auf einen heißen Tee in das Fachwerkhäuschen gelockt.

Na ja, „gelockt" ist vielleicht das falsche Wort, schließlich hatte Bob Wolfsbach ihr vorher ein Angebot gemacht, das sie schlecht ausschlagen konnte. Da war ihre Einladung zum Tee doch nur die logische Konsequenz gewesen. Trotzdem fühlte sie sich jetzt, während sie beobachtete, wie er vor ihr langsam die knarrende Holztreppe nach oben stieg, ein wenig unsicher. Hoffentlich führte der Fremde, der sie vorhin so wohltuend aufmerksam betrachtet hatte, nichts Übles im Schilde. Der heutige Tag war nämlich schon aufreibend genug gewesen.

Emma hatte sich vor diesem Freitag, dem Tag der Beerdigung ihrer Tante Emma, gefürchtet. Seit deren Tod hatte sie kaum Zeit gehabt, in Ruhe zu trauern. Als einzige leibliche Verwandte hatte sie sich um so viele Dinge kümmern müssen.

Ihre verstorbene Tante war die Schwester ihrer Großmutter mütterlicherseits, also eigentlich Emmas Großtante, aber für sie war sie immer ihre Lieblingstante gewesen, und das nicht nur, weil sie denselben Vornamen trugen.

Jetzt war ihre Tante, nach ihrer Mutter, der zweite geliebte Mensch, der sie allein gelassen hatte.

Nach der Beerdigung war sie hergekommen, um endlich in aller Stille von ihrer Tante Abschied zu nehmen. Doch dann hatte es geklingelt, und der Mann, der ihr geerbtes Fachwerkhäuschen als Kleinod, Schmuckstück und Schatz beschrieb, hatte vor ihrer Tür gestanden.

Ach, was soll's, dachte sie und machte sich ebenfalls auf den Weg in die obere Etage, vielleicht konnte Bob Wolfsbach ihr ja wirklich helfen, das alte Schmuckstück zu sanieren. Sie hatte zumindest seiner Wortwahl entnommen, dass er genau wie sie den ideellen Wert dieses verwunschenen Häuschens zu schätzen wusste.

Emma liebte dieses alte Haus. Sie hatte sich hier bei ihrer Tante schon als Kind immer wohlgefühlt.

Als sie vorhin den Schlüssel im Schloss gedreht hatte und die Scharniere der schweren alten Holztür quietschend und ächzend ihren Besuch ankündigten, hatte sie das Gefühl gehabt, ihre Tante noch immer zu spüren. Das Haus atmete förmlich ihren Duft aus, oder vielleicht hatte auch einfach ihre Tante den markanten Geruch dieses verwunschenen Fachwerkhauses angenommen. Es roch nach altem Holz, nach Farbe, nach mit Kalk geputzten Wänden und nach modrigen Abflüssen und Eisenrohren. Langsam war Emma die knarrenden Stufen der schmalen Holztreppe hinaufgeschlichen und hatte sich dann im Wohnzimmer auf das Sofa mit dem abgewetzten Stoff gesetzt.

Draußen war es dunkel geworden, und sie stand auf und tastete nach dem Lichtschalter. Im Schein der blassen Deckenlampe war ihr zum ersten Mal aufgefallen, wie alt und abgenutzt alles in diesem kleinen Wohnzimmer aussah.

Als ihre Tante noch gelebt hatte, hatte sie trotz ihrer 92 Jahre dieses Haus mit so viel Kraft und Leben gefüllt, dass der heruntergekommene Look ihres Inventars bei ihren Besuchern keinerlei Beachtung gefunden hatte. Selbst Emma, die ihre Tante in der letzten Zeit versorgt hatte, bemerkte den bemitleidenswerten Zustand der Inneneinrichtung erst jetzt so richtig.

Aber nicht nur das Mobiliar hatte seine besten Tage hinter sich, auch das Fachwerkhaus war mächtig in die Jahre gekommen. So lief zum Beispiel der Boden im Wohnzimmer in Richtung des alten Ofens beinahe steil bergab. Deshalb hatte ihr Vater vor einigen Jahren den kleinen Wohnzimmerschrank nicht nur mit Holzkeilen unterlegen, sondern auch noch fest an der Wand verdübeln müssen.

Kurz und gut, das Haus war schief, Fenster und Türen undicht, die Strom- und Wasserleitungen marode, und es gab keine Zentralheizung und kein Badezimmer. Ein kompletter Sanierungsfall, der jetzt Emma gehörte.

Bob war langsam die schmale Treppe Stufe für Stufe nach oben gestiegen. Er wusste jetzt, dass Emma keine Ahnung hatte, in welcher Gefahr sie schwebte. Sie hätte sonst doch niemals, einfach so, einen wildfremden Mann mit ins Haus genommen. Zum Glück hatte *er* vor ihrer Tür gestanden und nicht ... Nein, daran wollte er lieber nicht denken.

„Ist Earl Grey in Ordnung? Es wäre sonst nur noch Kamillentee da", fragte sie und ging dicht an ihm vorbei, Richtung Küche.

„Ja klar, Earl Grey ist okay. Ich hoffe, ich mache Ihnen keine allzu großen Umstände?"

„Ach was, das Wasser ist schnell noch mal heißgemacht. Sie können sich ja in der Zwischenzeit die Zimmer dieser Etage ansehen."

„Gerne", sagte er, und als Emma in der Küche verschwand, fing er an, Raum für Raum mit seinen geschulten Augen aufmerksam zu betrachten.

Oh je, hier gab es schon auf den ersten Blick viel zu tun, und dabei wusste er noch nicht einmal, welche Überraschungen hinter den verputzten und sorgsam tapezierten Wänden auf ihn warten würden. Da würde er mit Sicherheit alte, marode Stromleitungen vorfinden, ganz zu schweigen davon, dass er noch nicht einmal sagen konnte, ob die alten Balken des Holzständerwerks überhaupt noch in Ordnung waren.

„Der Tee ist fertig!", rief Emma aus der Küche und riss ihn damit aus seinen Gedanken.

Eins war klar, auch wenn seine Mathelehrerin in der Grundschule seine Mathekünste immer bezweifelt hatte, hier musste man nicht lange rechnen, um zu erkennen, dass die Sanierung eine Menge kosten würde. Hoffentlich hatte das liebe Tantchen ihrer Nichte ebenfalls einen Batzen Geld vererbt und nicht nur dieses kleine, absolut wunderschöne Fachwerkhaus.

Auch in der Küche schien die Zeit stehen geblieben zu sein.

„Kochen wie zu Urgroßmutters Zeiten" hätte man auf die Tür schreiben können, wenn da nicht der Wasserhahn über einem steinernen Waschtrog das Vorhandensein von fließend kaltem Wasser gezeigt hätte.

„Hat Ihre Tante sich eigentlich irgendwann einmal ein Badezimmer einbauen lassen?", fragte er und setzte sich auf einen der Stühle am Esstisch.

„Nein, kein Badezimmer, aber hier hinter der Küche ist eine Toilette installiert worden. Das ist noch gar nicht so lange her. Ich kann mich noch gut daran erinnern, dass ich in meiner Jugend auf das Plumpsklo neben dem Schweinestall gehen musste."

„Das heißt, es gibt im ganzen Haus auch kein warmes Wasser?"

„Nein, meine Tante hat das Wasser immer auf dem Ofen heißgemacht. Am Samstag wurde dann die alte Badewanne vom Speicher geholt, hier in die Küche gestellt und mit dem so erwärmten Wasser gefüllte. Das dauerte jedes Mal ziemlich lange.

In den letzten Jahren ist Tante Emma aber einmal in der Woche zum Duschen zu uns gekommen."

Er musste schmunzeln bei der Vorstellung, eine alte Badewanne mit mühsam erwärmtem Wasser befüllen zu müssen und in der Küche zu baden. Als er jedoch hörte, dass das Tantchen in den letzten Jahren immer bei Emma geduscht hatte und diese scheinbar nicht allein wohnte, erstarb sein Lächeln.

Sie hatte „zu uns" gesagt. Was meinte sie damit? War sie am Ende etwa verheiratet? Was kümmerte ihn das überhaupt? So gut wie sie aussah, war sie garantiert schon längst vergeben. Und das sollte sie wohl auch.

Bob hatte keine Ahnung, warum er sich darüber so aufregte, und als er sie jetzt fragte, ob sie und ihr Mann denn das Haus überhaupt behalten wollten, musste er sich ziemlich anstrengen, damit seine Stimme nicht allzu unfreundlich klang.

„Oh, ich habe keinen Mann! Na ja, zumindest bin ich nicht verheiratet."

Mist!

„Sie wohnen also mit ihrem Freund zusammen?", hörte er sich sagen und bereute diese indiskrete Frage sofort. Was ging ihn das überhaupt an? Hoffentlich schmiss sie ihn jetzt nicht raus, dann könnte er sich seine „Schatzsuche" gleich abschminken. Großvater würde ihn enterben oder Schlimmeres.

Emma lächelte ihn an und antwortete ganz unbedarft: „Nein, ich wohne bei meinem Vater im Nachbarort. Er hat Parkinson und braucht seit dem Tod meiner Mutter meine Unterstützung, also bin ich in mein Elternhaus zurückgezogen."

Puh, kein Freund, Glück gehabt!

„Mein Verlobter wohnt in Konstanz, wir sehen uns deshalb leider nicht sehr oft."

Kein Puh! Doch Mist!

„Das tut mir leid", log er und nahm erst mal einen großen Schluck von seinem heißen Tee.

„Muss es nicht", entgegnete Emma knapp und beendete damit das Thema.

Seit ihrem Umzug in das elterliche Haus führte sie mit Daniel nur noch eine Wochenendbeziehung, und das machte sie nicht gerade glücklich. Ganz im Gegensatz zu ihrem Verlobten, der dieses Arrangement sichtlich zu genießen schien.

Beklagt hatte sie sich nie darüber und einem völlig Fremden würde sie jetzt bestimmt nicht ihr Herz ausschütten.

Bob räusperte sich und begann dann mit seinen Ausführungen über den wahrscheinlichen Sanierungsbedarf des Fachwerkhauses.

Emma hörte sehr interessiert zu, unterbrach ihn nur ein paarmal mit kurzen Zwischenfragen, und als er fertig war und sich erneut einen Schluck des inzwischen kalt gewordenen Tees gönnte, verbalisierte sie die große Frage, die wie ein Damokles-Schwert die ganze Zeit über ihnen zu schweben schien. „Mit welchen Kosten muss ich denn jetzt rechnen?"

Bob wusste, dass er ihr jetzt eine hohe Summe würde nennen müssen und hatte Angst, dass er den Auftrag, das Haus zu sanieren, noch in dieser Minute verlieren würde. Damit wäre dann auch die Mission, die sein Großvater ihm auferlegt hatte, erheblich schwieriger.

Er schaute sie an, und für einen kurzen Moment hatte er das Gefühl, sich in ihren fragenden Augen zu verlieren.

Er musste sie irgendwie hinhalten. „Das kann ich Ihnen leider noch nicht sagen. Ich müsste dazu erst mal das ganze Haus gründlich in Augenschein nehmen, alle Leitungen und das Holz begutachten und eventuell Proben der Bausubstanz untersuchen, um Schimmelbefall ausschließen zu können. Außerdem muss ich natürlich wissen, wie das Haus nach der Sanierung aussehen soll.

Ob Räume verändert werden sollen, Wände versetzt werden oder vielleicht sogar die Scheune in Wohnraum umgewandelt werden soll."

„Das hört sich aber nach einer Menge Arbeit an."

Das sollte es auch, so schnell würde sie ihn nicht mehr los, dachte er und sagte: „Ja, das stimmt wohl. Aber ich glaube, eins kann ich Ihnen jetzt schon sagen: Es lohnt sich auf alle Fälle. Dieses Haus ist ein Schmuckstück. Um ehrlich zu sein, habe ich mich bereits ein bisschen verliebt … in Ihr Häuschen."

„Aber diesen ganzen Aufwand zur Kostenkalkulation können Sie doch wohl kaum ohne Entschädigung betreiben?"

„Na, lassen Sie das mal meine Sorge sein. Ich habe Ihnen versprochen, kein Geld dafür zu nehmen und dabei bleibt es auch."

„Das ist mir aber sehr unangenehm, ich weiß ja noch nicht mal, ob ich mir die Sanierung am Ende überhaupt leisten kann."

„Das Risiko gehe ich ein. Also abgemacht?" Er hielt ihr seine Hand hin, und nach kurzem Zögern schlug Emma ein.

Als sich ihre Hände berührten, fühlte er ein intensives Prickeln, das sich in Schallgeschwindigkeit durch seinen Arm über seinen Brustkorb bis in seine Leisten fortsetzte, und ihre Augen verrieten ihm, dass sie es auch gespürt hatte.

Oh mein Gott, so was war ihm noch nie passiert. Noch vor ein paar Stunden hatte er noch nicht mal etwas von der Existenz dieses Fachwerkhauses, geschweige denn von seiner hübschen Besitzerin geahnt und jetzt …

Sie hatte es tatsächlich auch gespürt. Bob hielt immer noch ihre Hand, und es fühlte sich gut an, fest und warm. Sie spürte, wie ihr Herz schneller schlug, ihr Unterleib kribbelte und ihre Knie langsam weich wurden.

Was war nur mit ihr los? Bestimmt lag es an diesem tränenreichen Beerdigungstag, dass ihre Gefühle gerade Purzelbaum schlugen. Es war wohl doch alles ein bisschen viel gewesen, und jetzt machte ihr Körper eben einfach schlapp oder besser gesagt: Er machte, was er wollte. Sie brauchte dringend etwas Ruhe.

„Ich würde jetzt gerne nach Hause fahren, es war ein langer, anstrengender Tag", sagte sie leise und stand auf. Ihre Hand lag immer noch in seiner.

„Oh ja, selbstverständlich. Ich möchte Sie keinesfalls aufhalten", beteuerte Bob, während er ganz vorsichtig ihre Finger wieder frei gab und sich ebenfalls von seinem Stuhl erhob.

„Herr Wolfsbach…", begann Emma langsam.

„Bitte, sagen Sie Bob zu mir", unterbrach er sie und lächelte.

„Also gut, Bob, ich bin Emma", jetzt lächelte sie auch.

„Hallo Emma", sagte er leise und schaute sie andächtig an.

Emma vergaß völlig, was sie ihm eigentlich hatte sagen wollen. Sie sah nur noch seine großen, dunklen Augen, die mit ihren zu verschmelzen schienen, und nach einer gefühlten Ewigkeit nahm sie wahr, dass Bob sie etwas fragte.

„Emma? Sie wollten mir, glaube ich, etwas sagen."

„Oh ja, Entschuldigung, ich bin wohl ziemlich erledigt."

„Soll ich Sie nach Hause fahren?"

„Nein danke, das ist nicht nötig, ich bin selbst mit dem Auto da."

„Können Sie denn überhaupt noch fahren? Ich bringe Sie wirklich gerne nach Hause. Kommen Sie, Sie können sich ja kaum noch auf den Beinen halten." Er nahm ihre Handtasche vom Stuhl, legte seine Handinnenfläche knapp über dem Po auf ihren Rücken und führte sie mit sanftem Druck Richtung Treppe.

Emma war froh, dass er darauf bestanden hatte, sie nach Hause zu bringen. Während der Fahrt hatte Bob ihr versprochen, in den kommenden Tagen das Fachwerkhäuschen zu begutachten, und als sie vor dem Haus ihres Vaters angekommen waren, gab sie ihm noch einmal die Hand.

„Vielen Dank, das war wirklich sehr nett von Ihnen. Wie abgemacht erwarte ich Sie dann morgen früh, und wir fahren wieder gemeinsam zum Haus. Dann können Sie sich in Ruhe überall umsehen, während ich wohl oder übel damit beginnen muss, die Sachen meiner Tante zu sichten."

„Ich werde da sein."

„Gute Nacht, Bob", hatte Emma zufrieden gesagt.

„Gute Nacht, Emma," hatte Bob erwidert und nur sehr widerwillig ihre Hand losgelassen.

Es dauerte lange, bis Emma endlich zur Ruhe kam. Sie legte sich zwar direkt ins Bett, aber sie konnte einfach nicht abschalten. Zu groß war der Schmerz, den der Verlust ihrer geliebten Tante in ihr hinterließ.

Und sie war enttäuscht. Mächtig enttäuscht, denn Daniel hatte es tatsächlich nicht für nötig gehalten, seine langjährige Verlobte an diesem schweren Tag zu begleiten. Er hatte sie noch nicht einmal angerufen, um sie wenigstens mit ein paar liebevollen Worten zu trösten. Sie hatte sich zwar damit abgefunden, dass er kein einfühlsamer „Frauenversteher" war, aber gerade heute hatte sie ein bisschen mehr von ihm erwartet ...

Neben Trauer und Enttäuschung breitete sich schließlich noch ein anderes Gefühl in ihr aus. Es war ein schönes Gefühl, ein warmes, erregendes Kribbeln, das sie jedes Mal durchflutete, wenn sie an Bob dachte.

Sie spürte noch immer seine Finger warm auf ihrem Rücken, und die Innenfläche ihrer Hand brannte leicht, dort, wo Bob sie berührt hatte ...

Irgendwann schlief sie dann völlig erschöpft ein.

AM NÄCHSTEN MORGEN kam Emma gerade aus der Dusche, als ihr Handy klingelte. Auf dem Display stand „Daniel". Auf den hatte sie im Moment wirklich keine Lust. Ihre Enttäuschung war inzwischen in Wut umgeschlagen, und so drückte sie ihn einfach weg. Aber ihr Verlobter ließ nicht locker, und als Emmas Telefon zum wiederholten Mal den Klingelton spielte, den sie für seine Anrufe festgelegt hatte, nahm sie das Gespräch genervt an.

Daniel entschuldigte sich tatsächlich für sein gestriges Verhalten, erkundigte sich erstaunlich fürsorglich nach ihrem Befinden und bat sie dann, mit ihm mittags essen zu gehen. Er müsse dringend mit ihr reden, drängte er und versuchte so, seiner Bitte Nachdruck zu verleihen. Emma schluckte schließlich so wie immer ihre Wut herunter, nahm seine Einladung an und beendete das Telefonat.

Verärgert über sich selbst und ihre Nachgiebigkeit wickelte sie sich in ihr dünnes Handtuch.

Während sie mit ihren nackten Füßen über die kalten Fliesen hüpfte, ging die Türglocke.

„Papa, der Pflegedienst ist da!", rief sie missmutig. Wo waren bloß wieder ihre Flipflops abgeblieben? Immer, wenn man sie brauchte, waren sie wie vom Erdboden verschluckt. Es klingelte ein zweites Mal, und Emma musste wohl oder übel barfuß zur Türe gehen. Sie wunderte sich, dass Schwester Stephanie nicht den Hausschlüssel benutzte, den sie ihr vor einiger Zeit ausgehändigt hatte. Als sie die Türe öffnete, stand da aber nicht etwa Schwester Stephanie, sondern Bob.

Der lächelte sie mit seinen warmen Augen freundlich an, und ihr wurde schlagartig bewusst, dass sie nur in ein dünnes Handtuch gehüllt, barfuß und mit klatschnassen Haaren vor ihm stand. Schnell schlang sie ihre Arme eng um ihren Körper, damit das Tuch jetzt nicht auch noch herunterrutschte.

Das Lächeln in Bobs Gesicht verwandelte sich in ein Grinsen und Emma spürte, wie sie rot wurde. Oh je, wie peinlich ist das denn? Gestern Abend hatte sie diesen Mann erst kennengelernt, und jetzt stand sie schon halb nackt vor ihm.

„Guten Morgen, Emma! Wie ich sehe, haben Sie sich schon frisch gemacht." Das Grinsen in Bobs Gesicht wurde noch breiter und Emma wäre am liebsten im Boden versunken.

Was hatte dieser Kerl denn überhaupt so früh hier zu suchen, er sollte sie doch erst in zwei Stunden abholen? Mittlerweile hatten ihre tropfenden Haare dafür gesorgt, dass das Handtuch komplett durchnässt war und ihre nackten Füße in einer kleinen Pfütze standen. Bob nahm das mit amüsiertem Blick zur Kenntnis.

Oh je, Miss wet Handtuch, dachte Emma entsetzt.

Sie konnte ihren Herzschlag bereits bis in den Hals spüren und fragte schroff: „Was machen Sie denn jetzt schon hier?"

Bob war ihr eisiger Tonfall nicht entgangen, und er hielt schnell die Hand mit der Brötchentüte hoch.

„Ich dachte mir, ich bringe Ihnen ein paar frische Brötchen vorbei, denn schließlich ist es Samstag, da gibt es die bei mir zu Hause immer. Ihr Auto steht ja noch bei ihrer Tante, und bis zum Bäcker ist es zu Fuß doch ziemlich weit", entschuldigte er sein frühes Auftauchen.

Emma bereute sofort, dass sie ihn so angeblafft hatte. Sie hatte tatsächlich vollkommen vergessen, dass sie ja gar kein Auto hatte, und fand es sehr aufmerksam von ihm, dass *er* daran gedacht hatte.

Bob machte einen Schritt auf sie zu und überreichte ihr die Tüte mit den warmen, duftenden Backwaren.

„Ich komme dann in zwei Stunden wieder und hole Sie ab." Grinsend fügte er noch hinzu: „Bis dahin haben Sie sich ja bestimmt trockengelegt." Dann machte er auf dem Absatz kehrt, stieg in seinen Pickup und fuhr davon.

Emma starrte ihm hinterher. Wo waren bloß ihre Manieren geblieben? Sie hätte ihn doch einfach zum Frühstück einladen können, das wäre ja wohl das Mindeste gewesen, was sie hätte tun können. Mist, warum war sie bloß so abweisend gewesen? Okay, sein Grinsen und seine Bemerkungen hatten sie sehr verlegen und auch ein bisschen wütend gemacht, aber das war noch lange kein Grund gewesen, ihm nicht mal einen guten Morgen zu wünschen. Emma ärgerte sich schon wieder über sich selbst.

Der Tag fing ja schon „richtig gut" an ...

EIN KLEINES STÜCK entfernt parkte Bob sein Auto auf dem Seitenstreifen. Er wusste nicht genau, was er von dieser morgendlichen Begegnung und Emmas Reaktion auf seine freundlich gemeinte Geste halten sollte.

Sie hatte ihn schlichtweg abblitzen lassen, das heißt, es würde für ihn ziemlich schwer werden, in ihrer Nähe zu bleiben, ohne dass sie ihn für aufdringlich hielt. Aber er konnte die Begutachtung ja nicht ewig hinziehen, irgendwann schöpfte sie mit Sicherheit Verdacht. Wenn er bis dahin nicht gefunden hatte, was er suchte, dann hätte er vermutlich keine Chance mehr, seine Mission zu einem positiven Ende zu bringen. Das wiederum wäre auch noch aus einem anderen Grund sehr schade, denn das, was er da gerade gesehen hatte und unter ihrem dünnen nassen Handtuch hatte erahnen können, hatte ihm ausgesprochen gut gefallen.

Bob hatte in seinem Leben nicht besonders viel Glück mit den Frauen gehabt. Die meisten seiner Beziehungen waren nur von kurzer Dauer gewesen. Nicht, dass er das so gewollt hätte, nein, er hätte gerne sein Leben dauerhaft mit einer Frau geteilt, aber es war einfach nie die Richtige dabei gewesen.

Bis auf das eine Mal, als ihm Iris begegnet war. Da war er sich sicher gewesen, dass sie die Frau ist, von der er immer geträumt hatte. Viel zu spät hatte er gemerkt, dass Iris nur in seine Uniform und seinen Rang als Offizier verliebt war. Sie hatte sich mit ihm schmücken wollen, und da er ein sehr attraktiver Mann war, dem die Uniform zudem auch noch ausgesprochen gut stand, hatte sie seine vielen Auslandseinsätze immer stoisch ertragen. In Gesellschaft der anderen Offiziersfrauen und vor allem der anderen Offiziere hatte sie sich die Wartezeit immer angenehm vertrieben, und nach Bobs Rückkehr schleppte sie ihn zu all ihren Freundinnen, um mit seinen „Auslandsabenteuern" mächtig anzugeben. Das wiederum ließ Bob stoisch über sich ergehen.

Als er dann nach acht Jahren und einigen traumatischen Erlebnissen in Afghanistan genug vom Leben als Soldat gehabt hatte, entwickelte sich die Beziehung mit Iris langsam, aber sicher zu einem Kriegsschauplatz. Sie war mit nichts mehr zufrieden. Nicht mit ihm, nicht mit ihrem gemeinsamen Leben und schon gar nicht mit seiner Vorstellung von ihrer gemeinsamen Zukunft.

Bob hatte nach dem Abitur, dem Wunsch seines strengen Vaters folgend studiert. Eigentlich hätte er lieber ein Handwerk erlernt, aber so etwas war in den Augen seines Vaters, einer Familie von Wolfsbach, nicht würdig. In den Jahren seiner Schulzeit hatte er, so oft es ging, in einer kleinen Schreinerei unten im Dorf geholfen. Die Arbeit mit Holz und der damit verbundene kreative Schaffungsprozess hatte ihn völlig in seinen Bann gezogen, und er hätte am liebsten die Schule hingeschmissen und eine Ausbildung zum Schreiner gemacht.

Der alte Schreinermeister hatte sein Talent schon in den ersten Tagen wahrgenommen und bei Bobs Vater vorgesprochen. Der fand die Vorstellung, dass sein Sohn ein Handwerk erlernen wollte, schlichtweg untragbar und damit war das Thema für ihn erledigt. Bob hatte sich nicht getraut, sich ihm zu widersetzen und seine Schullaufbahn mit einem recht passablen Abi-Durchschnitt zu Ende gebracht.

Sein Vater hatte dann von ihm verlangt, ein Studium der Betriebswirtschaft zu absolvieren, denn er wollte, dass Bob später mal die Leitung seiner nicht ganz unbedeutenden Consulting Firma übernimmt. Aber diesmal wollte Bob sich nicht den Wünschen seines Vaters beugen. Er immatrikulierte nicht in Betriebswirtschaft, sondern im Studiengang Ingenieurwesen. Dieses Studium schloss er dann als Diplomingenieur mit Schwerpunkt Bauingenieur ab. Seinem Vater hatte er allerdings die ganzen Jahre verschwiegen, dass er gar nicht Betriebswirtschaft studierte.

Dann kam der Tag, an dem er seinem alten Herrn stolz sein Diplom vorgelegt hatte, in der Hoffnung, der gute Studienabschluss würde diesen besänftigen.

Sein Vater, Robert von Wolfsbach der Fünfte, war keineswegs besänftigt. Nein, er hatte seinen Sohn quasi aus dem Haus gejagt.

„Das ist in höchstem Maße inakzeptabel!", hatte er gebrüllt und dabei offengelassen, ob er das Diplom seines Sohnes oder dessen heimliche Änderung des Studienganges „inakzeptabel" fand. Bob hatte daraufhin seine Sachen gepackt und sich von seiner weinenden Mutter verabschiedet. Seitdem hatte er nie wieder ein Wort mit seinem Vater gesprochen, auch wenn er seiner Mutter damit fast das Herz brach.

Nach dem Abgang aus seinem Elternhaus war er dann in einer kleinen WG bei Freunden untergekommen und hatte sich bei der Bundeswehr beworben. Er hatte so weit wie möglich weg gewollt von seinem Vater, und dabei wäre ihm ein Einsatz in Afghanistan gerade recht gewesen.

Aber nach acht Jahren hatte er genug von Auslandseinsätzen, Kampfstiefeln und Galauniformen. Er hatte schreckliche Dinge erlebt und manche nur knapp überlebt, und er hatte bis heute noch nie mit jemandem darüber gesprochen, außer natürlich mit dem Psychologen, der alle Soldaten seiner Einheit nach jedem Einsatz betreut hatte. Mit Iris hatte er nicht darüber reden können. Sie hatte immer nur die schönen und repräsentativen Seiten des Soldatenlebens gesehen, die sie für ihren Geltungsdrang hatte nutzen können. Wahrscheinlich hatte sie schon davon geträumt, am Arm eines vier Sterne Generals durchs Leben zu marschieren, also durch die Öffentlichkeit zu schreiten.

Als er aus der Truppe ausschied, brach für sie eine Welt zusammen, und als er ihr eröffnet hatte, dass er ab sofort in der kleinen Schreinerei in seinem Heimatdorf eine Ausbildung zum Schreiner absolvieren würde, hatte sie ihre Koffer gepackt und war gegangen.

Das nennt man dann wohl Kollateralschaden, hatte er gedacht und sich gewundert, dass ihn dieser Verlust so wenig berührte.

Bobs Magen fing an zu knurren. Er hatte heute Morgen nur eine Tasse Kaffee getrunken in der Annahme, mit Emma gemeinsam frühstücken zu können. Na, dieser Plan war ja wohl gründlich danebengegangen. Bei Emma brauchte er erst wieder in anderthalb Stunden aufzukreuzen, und er überlegte, ob er sich nicht schnell beim Bäcker ein belegtes Brötchen besorgen sollte. Gestern Mittag hatte er das Letzte gegessen, denn als er gestern Abend nach Hause gekommen war, hatte ihn sein Großvater angerufen und zum Rapport gebeten. Danach war er so müde gewesen, dass er direkt ins Bett gegangen war.

Nach einem ausgiebigen Frühstück in der Bäckerei hatte sich sein Magen wieder vollständig beruhigt. Die junge Bäckereifachverkäuferin hatte ihn die ganze Zeit angeschmachtet, was er sehr amüsiert zur Kenntnis genommen hatte, und seine Laune hatte sich deutlich gebessert.

Er war nicht wirklich sauer auf Emma gewesen, und wenn doch, dann jedenfalls nur ein ganz kleines bisschen. Wirklich ärgerlich war er über sich selbst, er hatte Emma eindeutig überrumpelt. Er hätte gestern Abend schon merken müssen, dass sie nicht zu den Frauen gehörte, die sich schnell mit ein paar freundlichen Gesten erobern ließen. Die kleine Bäckereifachverkäuferin hätte ihn bestimmt in der gleichen Situation abends schon zum Frühstück eingeladen, aber Emma Müller ...

Emma frühstückte mit ihrem Vater und wartete dann vor der Haustür auf Bob. Sie hatte heute viel Zeit, sich um den Nachlass ihrer Tante zu kümmern, denn Ruth, die Nachbarin, hatte versprochen, nach ihrem Vater zu schauen.

Pünktlich um 9:00 Uhr fuhr Bob mit seinem Pickup vor. Während er ausstieg, sein Auto umrundete und ihr die Beifahrertür öffnete, lächelte sie ihn freundlich an und säuselte:

„Guten Morgen. Neues Auto oder neue Frau?"

Wow, Frau Müller konnte ja doch witzig sein, wer hätte das nach heute Morgen gedacht.

„Weder noch", antwortete Bob und grinste, „das Auto ist schon älter, und die Frau gehört mir nicht."

Emma kletterte auf den Beifahrersitz und Bob schloss die Türe. Dann setzte er sich hinters Steuer und fuhr los. Emma hatte ein total schlechtes Gewissen ihm gegenüber. Er war so ungeheuer hilfsbereit und für einen Handwerker ziemlich gentlemanlike, und sie musste auf ihn wirken wie eine Zicke, die seine Freundlichkeit ausnutzte. Da war wohl eine Entschuldigung fällig.

Sie schaute vor sich auf die Straße, als sie sagte: „Bob, ich ..."

Doch sie kam nicht weiter, denn Bob hatte genau im selben Moment „Emma, ich...", gesagt. Auch er beendete seinen Satz nicht und schaute zu ihr.

„Sie zuerst", sagte er lächelnd und drehte seinen Kopf wieder nach vorne. Emma betrachtete sein Profil.

„Nein, Sie zuerst", erwiderte sie und fand, dass er ausgesprochen gut aussah. Er hatte dunkles, lockiges Haar, ein sehr männliches Gesicht, und sein Drei-Tage-Bart war schon ein wenig grau und wirkte dadurch ungeheuer sexy. Das alles war ihr gestern Abend gar nicht aufgefallen.

Gerade als sie ihren Blick gesenkt hatte, um seinen Oberkörper in Augenschein zu nehmen, sagte Bob: „Emma, ich möchte mich bei Ihnen entschuldigen."

Emma war fasziniert vom Anblick seiner durchtrainierten Muskeln, die sich perfekt durch das schwarze T-Shirt abdrückten, und bemerkte nicht direkt, dass Bob mit ihr sprach.

„Es tut mir wirklich leid, dass ich Sie heute Morgen so überrumpelt habe. Mir ist natürlich klar, dass Sie mich so gut wie gar nicht kennen und ich kenne Sie ehrlich gesagt ja auch erst seit gestern Abend. Vielleicht können wir einfach noch mal von vorne beginnen und den heutigen Morgen vergessen?", fuhr dieser jetzt fort und Emma schaute ihn erstaunt an.

Wieso entschuldigte *er* sich bei ihr? *Sie* war doch die unhöfliche Zicke gewesen.

„Bob, Sie müssen sich wirklich nicht bei mir entschuldigen. Wenn sich hier jemand unmöglich benommen hat, dann war ich das, und dafür möchte ich mich bei *Ihnen* entschuldigen", erwiderte Emma schnell.

„Okay, ich sehe, wir sind quitt", sagte Bob erleichtert. „Also alles auf Anfang?… Darf ich mich vorstellen? Mein Name ist Bob Wolfsbach, Sie können mich gerne Bob nennen, und ich habe eine kleine Schreinerei im Nachbardorf." Bob schaute zu ihr rüber und lächelte.

Emma blickte in seine warmen Augen und lächelte ebenfalls.

„Ich bin Emma Müller, und ich bin Lehrerin an der hiesigen Hauptschule. Sie dürfen mich gerne Emma nennen."

„Sie sind Lehrerin? So wie ‚Frau Müller muss weg'?", erwiderte Bob und drehte grinsend seinen Kopf schnell wieder nach vorne.

„Dann sind Sie wohl ‚Bob der Baumeister'?", konterte Emma, und als Bob sie wieder ansah, mussten beide herzhaft lachen.

„Autsch, den hatte ich wohl verdient", bekannte er schmunzelnd.

AM HAUS ANGEKOMMEN zog sich Emma sofort in das Schlafzimmer ihrer Tante zurück, während Bob zunächst den Keller inspizierte. Er sagte ihr, er wolle dort das alte Gewölbe überprüfen und nach möglichem Schimmelbefall und nach Schädlingen Ausschau halten.

Emma setzte sich auf den alten Sessel, auf dem sie quasi die letzten Tage bis zum Tod ihrer Tante neben deren Bett verbracht hatte. Sie saß eine ganze Weile einfach nur da und ließ den gestrigen Tag noch einmal hinter ihren geschlossenen Augen Revue passieren.

Alles in allem konnte man sagen, dass es eine schöne Beerdigung gewesen war, sofern man Beerdigungen mit diesem Adjektiv beschreiben wollte. Ihre Tante war keine sehr gläubige Frau gewesen, deshalb hatten sie auf eine kirchliche Beisetzung verzichtet und stattdessen eine Feier in der Trauerhalle des Beerdigungsunternehmens mit einer Trauerrednerin organisiert.

Dass dies die richtige Entscheidung gewesen war, hatte sich schon beim Besuch der Besagten bei ihr und ihrem Vater zur Vorbereitung der Feierlichkeiten gezeigt. Denn so jemanden wie diese Frau, die sich für das Leben ihrer Tante interessiert hatte und sich dabei mehrere Stunden fast ausschließlich aufs aufmerksame Zuhören konzentriert hatte, findet man bei den Männern der Kirche wohl eher in Ausnahmefällen.

Die Halle, in der ihre Tante im Sarg aufgebahrt war, war feierlich geschmückt gewesen, und es war gefühlt das halbe Dorf gekommen, um sich zu verabschieden. Die Rede, gespickt mit erzählten Erinnerungen aus dem Leben der Verblichenen, war so intensiv und bewegend gewesen, dass Emma ihre Tränen nicht hatte zurückhalten können. Und doch hatte die ganze Zeremonie und die vielen lieben Menschen, die sie in den Arm nahmen und mit herzlichen Worten ihre Anteilnahme ausdrückten, etwas ungemein Tröstliches für Emma gehabt.

Sie wischte sich ein paar Tränen von den Wangen. Warum musste sie nur dauernd weinen, ihre Tante hatte ein erfülltes Leben gehabt und war in hohem Alter gestorben? Sie war bis zuletzt gesund und im vollen Besitz ihrer geistigen Kräfte gewesen und hatte nach einem Schwächeanfall ganze drei Tage im Bett gelegen, bis das Ende kam.

Es ist alles gut so, wie es ist, dachte Emma, aber sie musste sich trotzdem erst einmal sammeln, bevor sie beginnen konnte, die Sachen ihrer Tante zu sichten und das meiste davon schweren Herzens zu entsorgen. Allzu viel Zeit sollte sie sich allerdings nicht lassen, denn die Sommerferien würden nicht ewig dauern, und wenn die Schule erst wieder angefangen hatte, würde ihr für diese Aufgabe kaum genug von eben dieser bleiben.

Schließlich öffnete sie den Kleiderschrank und fing an, die Bettwäsche in große blaue Säcke zu sortieren. Einen Sack für die Bezüge und Laken, die ihre besten Tage hinter sich hatten und deshalb entsorgt werden mussten, und einen Sack für die Stücke, die sie bei der Nachbarschaftshilfe abgeben wollte. Tante Emma hatte Unmengen von Bettbezügen, Laken und Handtüchern. Manche davon sahen aus, als lägen sie schon seit 92 Jahren in diesem Schrank, andere wiederum waren noch original in Plastik verpackt.

Ganz hinten unten im Schrank zwischen zwei Grubentüchern, entdeckte sie plötzlich ein altes Schreibheft. Es war eins von der dicken Sorte mit stabilen Heftdeckeln. Ihre Tante hatte ein rotes Band sorgsam um das schwarz marmorierte Buch gebunden und mit einer Schleife fixiert. Auf dem weißen Aufkleber stand mit exakt gemalten Buchstaben:

Mein Tagebuch

Emmas Hände begannen zu zittern und Tränen füllten erneut ihre Augen. Ihre Tante hatte tatsächlich ein Tagebuch geführt.

Tante Emma hatte nie viel über sich erzählt, und Emma hatte nicht gefragt. Das Fachwerkhäuschen hatte den Eltern der Tante gehört, und nachdem Emmas Großmutter, also Tante Emmas Schwester, geheiratet hatte und ausgezogen war und die Eltern verstorben waren, hatte Emmas Tante das Haus geerbt. Sie hatte also ihr ganzes Leben hier verbracht, die meiste Zeit davon allein, denn einen Mann hatte es wohl auf ihrem Erdenweg nie gegeben.

Emma setzte sich in den Sessel und starrte das Tagebuch an. Sollte sie wirklich darin lesen? Hätte ihre Tante vielleicht etwas dagegen? Andererseits hatte diese ihr ja das Tagebuch quasi vererbt, also hatte sie vielleicht sogar gewollt, dass Emma es liest. Emma öffnete die Schleife und wickelte das Buch vorsichtig aus dem roten Band. Dann schlug sie die erste der schon vergilbten Seiten auf und begann zu lesen.

11. November 1938
Liebes Tagebuch,
ich brauche dringend jemanden, dem ich meine Gedanken anvertrauen kann, denn Onkel Gabriel ist fort. Er war der Einzige, mit dem ich immer über alles reden konnte, aber heute Morgen, als ich runter in die Raiffeisenkasse kam, saß er nicht so wie jeden Tag hinter seinem Schreibtisch. Also habe ich in seinem Wohnraum hinter der Kasse nach ihm gesucht. Sein Kleiderschrank war leer, und er war verschwunden. Ich bin sofort über den Flur zu Vater ins Lager gelaufen und habe ihn gefragt, ob er wisse, wo Onkel Gabriel sei. Vater hat mich in den Arm genommen und mir dann mit Tränen in den Augen gesagt, dass ich jetzt sehr tapfer sein müsse.

„Onkel Gabriel ist geflohen", hat er mir erzählt. „Ich habe ihm unser ganzes Bargeld gegeben, und deine Mutter hat ihm eine große Tasche mit Lebensmitteln gepackt. Er wird nicht mehr zurückkommen." Ich

habe fürchterlich geweint und bis jetzt noch nicht wieder damit aufgehört. *Und das alles nur wegen dieser spontanen Volkserhebung gegen die Juden*, so hatte es jedenfalls eine von diesen unerträglich lauten Stimmen irgendeines NS Propagandabeauftragten genannt, die gestern Morgen aus dem Radio geplärrt hatte. Er hatte die vorangegangene Nacht als „Reichskristallnacht" bezeichnet und auch gleich die Erklärung für diesen Begriff geliefert.

„Das deutsche Volk hat die Scheiben jüdischer Geschäfte zerschlagen und die Ladenlokale geplündert." Er hatte keinen Zweifel daran gelassen, dass dieses Verhalten seine und die Zustimmung des Reichsministers für Volksaufklärung und Propaganda fand.

Vater hatte sich furchtbar über den Sprecher im Radio aufgeregt und behauptet, dass sich das deutsche Volk niemals zu solchen Gräueltaten hinreißen lassen würde und Onkel Gabriel meinte, dass es egal wäre, ob es das Volk oder die SS gewesen wäre, er wäre jedenfalls hier nicht mehr sicher.

„Wieso bist du hier nicht mehr sicher?", hatte ich ihn gefragt.

„Weil ich ein Jude bin", hatte er mir geantwortet. Und jetzt ist er weg. Vaters bester Freund und mein bester Freund.

12. November 1938
Liebes Tagebuch,
Onkel Gabriel fehlt mir sehr. Ich sitze jetzt schon seit zwei Stunden auf seinem Platz hinter dem großen Schreibtisch und kümmere mich um die Buchungen. Ich bin froh, dass Onkel Gabriel mir in den letzten Jahren alles über die Raiffeisengenossenschaft, die landwirtschaftlichen Produktionsmittel und die Bankgeschäfte der Raiffeisenkasse beigebracht hat. Wir säßen ohne ihn sonst ganz schön in der Patsche, denn Vater kennt sich mit der Bank nicht gut aus.

Eben kam Margot zu mir in den Kassenraum. Sie hat nicht einmal nach Onkel Gabriel gefragt. Vermisst sie ihn denn gar nicht? Als Frau Nägele, unsere Bäckersfrau, dann zu Vater ins Lager kam, hat diese sich sofort nach seinem Geschäftspartner erkundigt. Aber meine Schwester hat gar nicht bemerkt, dass er nicht mehr da ist. Vater hat der Bäckerin *erzählt, Onkel Gabriel wäre auf einer Fortbildung. Ich muss jetzt weiterarbeiten, Vater braucht mich.*

Als Margot heute Nachmittag vom BdM zurückkam, erzählte sie mir freudestrahlend von dem Pflichtjahr in der Landwirtschaft, das in diesem Jahr für alle Frauen unter fünfundzwanzig eingeführt worden war. Sie ist zwar erst vierzehn und voll und ganz begeistert vom Bund deutscher Mädels, aber auf dieses Pflichtjahr, das sie als junge Frau absolvieren soll, freut sie sich jetzt schon. Sie meint, dass sie gerne ihre Arbeitskraft dem deutschen Volk zur Verfügung stellt, bevor sie dann, als gute deutsche Mutter, Kinder fürs Reich gebären wird.

Ich kann das für mich nicht so sehen, auch wenn ich in meiner Zeit im BdM bis vor Kurzem noch, so wie alle deutschen Mädchen zwischen zehn und achtzehn, ebenfalls zu dieser Haltung erzogen worden bin. Aber darüber will ich mit meiner Schwester nicht reden. Schon gar nicht jetzt, wo uns diese NS-Doktrin Onkel Gabriel genommen hat.

Wenn ich jetzt so darüber nachdenke, dann hat uns dieser ganze Nationalsozialismus nur Sorgen gebracht. Meine Eltern hätten nämlich beinahe den kleinen Raiffeisenmarkt verloren, den sie in unserer Scheune schon seit ich denken kann betreiben, denn die Nationalsozialisten haben die Raiffeisengenossenschaft in den Reichsnährstand zwangsintegriert. Zum Glück dürften die kleinen Märkte dann aber doch weitergeführt werden.

Das hat mir alles Onkel Gabriel erklärt. Er war es übrigens auch, der meinen Vater dazu überredet hat, mich nach der Schule hier auszubilden. Aber auch das war wegen der Nationalsozialisten schwierig, denn Mädchen sollten nur noch hauswirtschaftliche, pflegerische oder erzieherische Berufe erlernen. Dabei liebe ich es doch so, mich mit Zahlen zu beschäftigen. Da Vater keine Probleme wollte, bin ich seitdem eben die Tochter, die noch keinen Mann gefunden hat, um Kinder fürs Reich zu produzieren und deshalb im väterlichen Geschäft helfen muss.

Das ist alles nicht fair, Frauen sollten genauso wie Männer alle Berufe erlernen dürfen, die sie möchten. Das hat Onkel Gabriel auch immer gesagt. Wir haben oft über solche Dinge diskutiert. Jetzt habe ich keinen mehr, mit dem ich solche Gespräche führen kann. Ich vermiss ihn so, hoffentlich geht es ihm gut.

Du siehst liebes Tagebuch, ich brauche dich, du kannst mir zwar nicht antworten, aber ich kann mir wenigstens meine Gedanken von der Seele schreiben.

Bob hatte Emma schon im ganzen Haus gesucht und war froh, als er sie jetzt endlich im Schlafzimmer ihrer Tante fand. Sie saß mit angezogenen Beinen, die sie mit einem Arm umschlungen hatte, auf einem Sessel neben dem Bett. In der Hand hielt sie ein geöffnetes schwarzes Buch, und über der Sessellehne hing ein breites rotes Band. Emma war völlig vertieft in ihren Lesestoff und schien ihn gar nicht zu bemerken.

Er betrachtete sie eine ganze Weile und konnte nicht umhin zuzugeben, dass ihm das, was er da gerade sah, ziemlich gut gefiel. Emmas leichtes Sommerkleid war ihr in dieser Körperhaltung von den Beinen nach oben gerutscht, und Bob konnte ihre wohlgeformten Oberschenkel sehen. Ihre Sandalen lagen vor dem Sessel auf dem Boden, und die hübsch lackierten Zehen ihrer nackten kleinen Füße krallten sich förmlich in den Stoff des alten Sitzmöbels. Bob kämpfte gerade gegen das Verlangen an, ihre süßen zu küssen und die Küsse dann bis zu ihren Oberschenkeln fortzusetzen, als Emma das Buch plötzlich zuklappte und tief Luft holte.

Sie starrte auf das Bett ihrer Tante und flüsterte leise: „Warum hast du mir das nie erzählt?" Dann liefen Tränen über ihre Wangen.

Mein Gott, diese Frau schien ein unerschöpfliches Tränenreservoir zu haben, aber er wäre gerne bereit, diese Tränen für sie weg zu küssen.

Als Emma ihn bemerkte, erschrak sie so sehr, dass ihr das Buch aus der Hand rutschte und auf den Boden fiel. Hastig sprang sie vom Sessel, bückte sich, hob es wieder auf und drückte es fest an ihre Brust.

„Müssen Sie sich so anschleichen? Wie lange stehen Sie denn überhaupt schon da?", raunzte sie ihn an und ließ sich dann wieder, das Tagebuch immer noch an sich gedrückt, auf den Sessel sinken.

Wow, kalte Dusche, aber die hatte er bei seinen Gedanken wohl auch verdient.

„Sorry, aber Sie waren so vertieft in ihre Lektüre, dass ich Sie nicht stören wollte", sagte er entschuldigend.

Emma sah ihn mit feuchten Augen an: „Diese Lektüre ist das Tagebuch meiner Tante. Ich habe es im Kleiderschrank zwischen den Handtüchern gefunden."

„Ihre Tante hat ein Tagebuch geschrieben?"

„Ja, es beginnt genau einen Tag nach der Reichspogromnacht. Ich habe gerade die ersten Seiten gelesen, und es macht mich traurig, dass ich fast gar nichts vom Leben meiner Tante in dieser Zeit weiß."

„Hat sie Ihnen denn nie etwas darüber erzählt?"

„Nein, ich weiß nur, dass sie unten in diesem Haus ganz allein bis zu ihrer Verrentung einen Raiffeisenmarkt geführt hat. Und das weiß ich, weil ich mich selbst noch gut daran erinnern kann. Als kleines Mädchen bin ich immer gerne auf den mit Torf gefüllten gelben Plastiksäcken herumgeklettert, die in der Einfahrt vor dem Lager standen. Sie sahen aus wie riesige Bauklötze, und im Sommer wurde das Plastik oft so heiß, dass ich mir meine nackten Beine daran ein paar Mal beinah verbrannt habe", erklärte Emma, und ein zartes Lächeln umspielte bei dieser Kindheitserinnerung ihre Mundwinkel.

„Das klingt, als wären Sie oft und gerne hier bei ihrer Tante gewesen", bemerkte Bob und lächelte sie an.

„Oh ja", seufzte Emma, und eine kleine Träne löste sich aus ihrem Augenwinkel und suchte sich einen Weg über ihre Wange.

„Soll ich uns einen Tee kochen?", fragte er sie daraufhin behutsam und Emma antwortete:
„Oh ja, das ist eine schöne Idee."

Bob setzte in der Küche den gefüllten Wasserkessel auf den Gasherd. Während er im Küchenschrank nach Tassen und dem Tee suchte, gingen ihm Emmas Worte nicht mehr aus dem Kopf. Emmas Tante hatte ein Tagebuch geführt. Das könnte bedeuten, dass genau in diesem Tagebuch Hinweise auf den Verbleib der Kiste zu finden sein könnten. Er hatte bereits den ganzen Keller abgesucht, in jeden Winkel geschaut und jeden lockeren Ziegelstein sorgfältig überprüft, damit er auf keinen Fall ein geheimes Fach oder eine versteckte Nische übersah.

Das Tagebuch könnte ihm die ganze Sucherei womöglich ersparen, denn vielleicht hatte die Tante ja ihrem Buch das Versteck anvertraut. Er musste endlich mit Emma reden, denn nur so gab es eine Chance, diesem Wahnsinn ein Ende zu setzen, bevor noch jemand, also im Klartext Emma, zu Schaden kam.

Das Wasser kochte schon bald, so ein Gasherd hatte tatsächlich einige Vorteile, und Bob schüttete den Tee auf.

Als er mit den dampfenden Tassen zurück ins Schlafzimmer kam, hatte er einen Entschluss gefasst. Er würde jetzt sofort mit Emma sprechen. Er würde ihr die ganze Geschichte erzählen, und dann könnte er das Tagebuch nach Hinweisen durchsuchen. Und wenn er die Kiste, von der sein Großvater ihm berichtet hatte, gefunden hatte, würde er den Inhalt sicherstellen und auf dem schnellsten Wege verkaufen. Sein Großvater hatte ja bereits einen geeigneten Käufer aufgetrieben.

Er überreichte Emma eine der Tassen und setzte sich auf den Boden. Mit dem Rücken lehnte er sich an den Kleiderschrank, und seine Füße stellte er mit angewinkelten Beinen auf den Teppich. Emma bedankte sich, rutschte von ihrem Sessel und setzte sich ganz dicht neben ihn. Sie nahm dieselbe Sitzhaltung ein wie er, und er konnte ihre Wärme spüren.

„Ich muss mich schon wieder bei Ihnen entschuldigen. Ich habe Sie eben sehr unfreundlich angeraunzt. Wenn meine Schüler so mit mir reden würden, bekämen sie ziemlichen Ärger. Sie müssen mich für eine echte Zicke halten." Während sie das sagte, dreht sie ihren Oberkörper leicht in seine Richtung und ihr Bein kippte gegen seins.

Bob spürte sofort ein erregendes Kribbeln. Sanft drückte er sein Knie gegen ihres und schaute in ihr lächelndes Gesicht. Verdammt, er war doch tatsächlich auf dem besten Weg, sich in dieses süße Geschöpf zu verlieben. Das konnte die ihm von seinem Großvater überantwortete Mission erheblich erschweren, dessen war er sich durchaus bewusst. Er sollte wirklich versuchen, seine Gefühle für Emma schnell unter Kontrolle zu bringen, zumindest bis alle Dinge geklärt waren. Danach hatte er immer noch die Möglichkeit, sich ausgiebiger um sie zu kümmern.

Aber sein Körper reagierte jedes Mal dermaßen intensiv, wenn Emma ihn berührte oder auch nur in seine Augen schaute, dass ihm klar war, dass es schwer werden würde, diese Gefühle zu ignorieren und Abstand von ihr zu halten.

„Ich gewöhne mich langsam daran, und einen rauen Umgangston bin ich spätestens seit meiner Zeit bei der Bundeswehr gewöhnt." Bob grinste sie verschmitzt an, bevor er sich schon wieder in ihren Augen verlor.

„Sie waren bei der Bundeswehr? Etwa einer von diesen gelangweilten Wehrdienstleistenden, die ihre Zeit dort absitzen mussten?", fragte sie und grinste ebenfalls.

„Nein, da muss ich Sie enttäuschen. Ich hatte mich für acht Jahre verpflichtet und mich bis zum Hauptmann hochgedient. Stehen Sie auf schöne Uniformen und Rangabzeichen?" Was für eine blöde Frage war das denn, hatte er sie das gerade etwa tatsächlich gefragt? Oh je, Iris, der Kollateralschaden. Von manchen

Geistern kann Mann sich wohl nur schwer befreien, schoss es ihm durch den Kopf.

Emma schaute ihn verdutzt an und lachte schließlich, bevor sie sagte: „Nein, auf keinen Fall, außerdem hat die Bundeswehr doch sowieso keinen schönen Uniformen. Da gefallen mir die amerikanischen Galauniformen viel besser."

„Also doch eine Vorliebe für Männer in Uniform", stellte Bob fest und lächelte.

„Ich würde eher sagen für die Männer in den Uniformen, also ich meine generell für Männer, also nicht für alle Männer, also ich meine damit viele Männer, also nicht viele Männer, also ... ich glaube, ich rede mich gerade um Kopf und Kragen", erwiderte Emma und wurde dabei rot wie ein Teenager.

Hey, wie süß war das denn.

Bob tätschelte schmunzelnd ihr Knie, das sich eng an seins schmiegte: „Keine Sorge, ich halte Sie nicht für eine mannstolle Zicke." Dann nahm er erstaunt zur Kenntnis, dass sie tatsächlich noch stärker erröten konnte und ließ seine Hand einfach auf ihrem nackten Knie liegen.

So viel zum Thema „Abstand", und das mit dem „Gefühle ignorieren" klappte in diesem Moment auch „richtig gut", er war nämlich auf dem besten Weg, ihnen nachzugeben und sie einfach zu küssen.

„Was ist denn hier los?" Eine laute Männerstimme riss Bob aus seinen verwegenen Gedanken und Emma sprang blitzschnell auf ihre Füße.

„Daniel, was machst du denn hier?", fragte sie den blonden Anzugträger, der im Türrahmen stand, mit leicht vorwurfsvollem Unterton.

„Wir sind zum Essen verabredet, schon vergessen?", blaffte er zurück.

„Wie bist du denn hier reingekommen?"

„Ist das jetzt etwa wichtig? Die Eingangstür war offen. Aber vielleicht erklärst *du* mir erst mal, was ihr zwei hier gerade gemacht habt."

„Wir? Wir haben Tee getrunken und über dieses Fachwerkhaus gesprochen", sagte Emma und wunderte sich, dass ihr diese Lüge so leicht über die Lippen ging.

Bob, der mittlerweile auch aufgestanden war, hielt dem aufgebrachten Schönling, den Emma Daniel genannt hatte, die Hand entgegen.

„Darf ich mich vorstellen? Mein Name ist Bob Wolfsbach. Ich bin Schreiner und möchte Frau Müller dabei helfen, dieses wunderschöne Schmuckstück zu erhalten."

„Und dazu müssen Sie auf dem Boden sitzen und das Knie meiner Verlobten berühren?"

„Daniel!", mischte Emma sich ein, und Bob zog seine Hand wieder zurück. „Herr Wolfsbach hat mein Knie nur tröstend getätschelt, weil ich wegen Tante Emma schon wieder weinen musste", log Emma erneut.

Daniel schenkte ihr einen verächtlichen Blick, als er sagte: „Ach, die alte Schachtel. Wegen der brauchst du bestimmt nicht mehr zu weinen, die hat ihr Leben gelebt. Am Ende hat sie dir eh nur Arbeit gemacht, und was hast du jetzt davon? Ein altes Haus, das man nur noch abreißen kann." Bei seinen letzten Worten drehte er sich zu Bob und schaute ihn herausfordernd an.

Bob sagte freundlich lächelnd: „Na ja, das haben ja zum Glück nicht *Sie* zu entscheiden." Dann marschierte er an Daniel vorbei aus dem Schlafzimmer und zog sich in die Küche zurück.

Was war das denn für ein unsensibler Schickimickivollpfosten, den Emma sich da geangelt hatte, und sie war sogar mit dem Typen verlobt? Zum Glück war dieser Daniel nicht ein paar Minuten später gekommen, denn dann hätte er bestimmt mehr als nur Emmas Knie berührt und das nicht nur mit seinen Händen. Andererseits ...

Ach verdammt! Es gab jetzt Wichtigeres als seine Gefühle für Emma und Emmas Gefühle für diesen Hanswurst. Der besagte Hanswurst konnte nämlich nur deshalb einfach so ins Haus spazieren, weil *er* vergessen hatte, die Haustür abzuschließen, und das hätte ihm auf keinen Fall passieren dürfen. Er wusste ganz genau, dass diese alten Häuser keine Türen hatten, die man, wenn sie ins Schloss gefallen waren, von außen nicht mehr öffnen konnte. Es waren alte Holztüren mit einer Klinke auf beiden Seiten, bei denen man nur durch richtiges Abschließen das Eindringen ins Haus verhindern konnte. Und das hatte er nicht getan. Er hatte die Tür nicht abgeschlossen.

Was wäre gewesen, wenn nicht Daniel, sondern dieser Dressen plötzlich im Schlafzimmer aufgetaucht wäre? Bob musste besser aufpassen, und er musste so schnell wie möglich dieses Tagebuch lesen.

DANIEL HÜTTE war mächtig sauer auf seinen Vater. Was dieser von ihm verlangt hatte, war einfach unglaublich. Ach was, nicht unglaublich, es war schlichtweg kriminell. Der Alte hatte ihn heute Morgen noch vor sieben Uhr in sein Büro zitiert und ihm eine haarsträubende Geschichte aufgetischt.

Daniel arbeitete in der Immobilienfirma seines Vaters und konnte mit Fug und Recht behaupten, ein sehr erfolgreicher Immobilienmakler zu sein. Sein Vater müsste eigentlich stolz auf ihn sein, aber der alte Hütte sah in seinem Sohn immer noch den kleinen, unreifen Jungen, den er belehren und rumkommandieren musste. Daniel hatte schon oft überlegt, die Arbeit bei seinem Vater einfach hinzuschmeißen, doch am Ende dieser Überlegungen hatte ihm dazu immer der Mut gefehlt.

Bis jetzt hatte er seinem Vater immer mehr oder weniger widerspruchslos gehorcht, doch diesmal war dieser definitiv zu weit gegangen. In die kriminellen Machenschaften seines Erzeugers hatte er auf keinen Fall verwickelt werden wollen.

„Du bist doch mit diesem kleinen Mäuschen zusammen?", hatte sein Vater ihn gefragt, nachdem er Daniel einen Gin Tonic in die Hand gedrückt hatte.

„Vater! Das Mäuschen heißt Emma, wie du weißt, und wir sind bereits seit Langem verlobt, was dir auch bekannt sein dürfte."

„Ja, meinetwegen, wie auch immer", erwiderte der Alte und wedelte mit seiner Hand Daniels Antwort weg. „Wusstest du, dass die Tante der Kleinen gestorben ist?"

„Natürlich weiß ich, dass Emmas Tante gestorben ist." Auch wenn er es nicht für nötig gehalten hatte, Emma gestern zur Beerdigung zu begleiten, sollte seinem Vater doch wohl klar sein, dass er über den Tod der Tante seiner Verlobten informiert war.

„Deine Verlobte hat von ihrer Tante ein Fachwerkhaus geerbt, stimmt das?"

„Ja, Emma hat ein altes Fachwerkhäuschen geerbt. Was soll die Frage? Möchtest du dieses Haus etwa kaufen?"

„Na ja, wie ich hörte, ist das ziemlich heruntergekommen, also nicht gerade ein Investitionsobjekt. Hat deine Emma denn noch mehr von ihrer Tante bekommen? Geld etwa oder Kunstobjekte?"

„Nein, soweit ich weiß nicht. Was schert dich das überhaupt, du hast dich doch noch nie für Emma interessiert?"

„Pass auf Sohn, was ich dir jetzt erzähle, muss in diesen vier Wänden bleiben. Wenn irgendwas davon nach außen dringt, dann sind wir erledigt, und das heißt, dass dann auch dein feudales Leben, das du von meinem Geld führst, ein Ende hat."

„Vater, mein feudales Leben, wie du es nennst, führe ich von dem Geld, dass ich mir als erfolgreicher Immobilienmakler verdient habe."

„In meiner Firma, also ist es mein Geld, das du bekommst", fauchte der Alte und nahm einen großen Schluck aus seinem mit Gin Tonic gefüllten Glas.

Daniel wusste, dass es keinen Sinn machte, jetzt weiter mit seinem Vater über dieses Thema zu diskutieren und genehmigte sich ebenfalls etwas Wacholderschnaps mit Bitterlimonade. Eigentlich war es für Alkohol noch viel zu früh am Tag, aber irgendwie hatte er das Gefühl, dass die jetzt folgenden Ausführungen seines Vaters mit etwas Gelassenheit im Blut besser zu ertragen sein würden.

„Daniel", begann sein Vater und ließ seinen massigen Körper auf den Chefsessel hinter seinem Schreibtisch sinken, „ich komm direkt zur Sache. Ich habe unser ganzes Vermögen und geliehenes Geld an der Börse verloren."

„Verloren? Du meinst, du hast alles an der Börse verzockt?", schrie Daniel aufgebracht und starrte seinen Vater ungläubig an.

„Nenn es, wie du willst!", blaffte dieser zurück. „Ich hatte mir bei Ansgar Dressen, einem Immobilienkollegen aus Leipzig, dieses Geld geliehen und als Sicherheit unsere Firma hinterlegt. Jetzt will der sein Geld mit horrenden Zinsen und in hohen Raten zurück."

„Wo ist das Problem?", fragte Daniel stirnrunzelnd. „Die Firma läuft doch gut."

„Das stimmt zwar, aber der Gewinn reicht bei Weitem nicht aus, die Schulden fristgerecht zu tilgen. Fakt ist, dass ich das Geld nicht zurückzahlen kann, und die Bank will uns wegen meiner Spekulationen auch nicht helfen. Wir sind somit in ein paar Monaten die Firma los."

„Auf was für unsinnige Spekulationsgeschäfte hast du dich da nur eingelassen?", schnaufte Daniel. „Und deine Geheimnistuerei ist absolut unnötig. Wenn die Firma erst mal weg ist, wird es sowieso jeder sehen."

„Darum geht es hier auch gar nicht. Es geht um einen Plan, unser Geschäft zu retten." Der alte Hütte betrachtete nachdenklich die Eiswürfel in seinem Glas.

„Schon wieder einer von deinen genialen Plänen?", fragte Daniel spöttisch.

„Sei still und hör mir zu!", brummte der Alte ihn an. „Ich brauche für meinen Plan deine Hilfe, und deshalb komme ich direkt auf den Punkt. Die alte Tante deiner Emma war seit dem Zweiten Weltkrieg im Besitz eines sehr wertvollen Gemäldes. Da es seit dieser Zeit nie wieder in der Öffentlichkeit aufgetaucht ist, scheint es deine Verlobte geerbt zu haben."

„Ein wertvolles Gemälde? Niemals, das hätte Emma mir erzählt. Außerdem kenne ich die Bruchbude, in der ihre Tante gehaust hat, da gab es kein wertvolles Gemälde an der Wand. Wer hat dir denn diesen Unsinn erzählt, und was hat das mit deinen Schulden zu tun?" Daniel lehnte sich in seinem Stuhl zurück und schaute seinen Vater fragend an.

„Das besagte Gemälde gehört meinem Kreditgeber, also seiner Familie, und er möchte es zurückhaben."

„Wenn Emma dieses Gemälde wirklich hat, warum geht er dann nicht zu ihr und spricht mit ihr über den Rückerwerb?" Daniel setzte sich wieder nach vorne. „Und warum hat er darüber nicht schon längst mit ihrer Tante verhandelt?"

„Weil Ansgar Dressen bis jetzt nicht wusste, dass das Bild im Besitz der alten Tante war."

„Und was macht ihn jetzt so sicher, dass Emma es hat?"

Hütte erzählte seinem Sohn eine ziemlich seltsame Geschichte über einen Adeligen, Emmas Tante und das Kunstwerk, das jetzt wohl Emma gehörte. „Du siehst, Emma ist auf keinen Fall die rechtmäßige Besitzerin. Leider kann man das aber nach so vielen Jahren nicht mehr beweisen", schloss er seine Ausführungen.

Daniel schaute seinen Vater verwirrt an. „Und was willst du jetzt von mir? Soll ich Emma überreden, das Gemälde deinem Kreditgeber zu verkaufen?"

„Nein, nicht verkaufen. Du sollst sie überreden, es ihm zu überlassen oder noch besser, du entwendest es ihr einfach."
„Ich soll Emma bestehlen?"
„Na ja, stehlen ist vielleicht ein zu hartes Wort. Du kannst ihr nichts stehlen, was ihr gar nicht gehört, und außerdem scheint sie ja nichts von diesem Bild zu wissen. Du musst es einfach nur vor ihr finden und zu mir bringen. Ich sorge dann dafür, dass Dressen das Bild bekommt, und unser Kredit ist getilgt. So habe ich das mit ihm vereinbart", erklärte der alte Hütte und war mächtig froh darüber, dass es dank der Beziehung seines Sohnes zu dieser Emma so einfach sein würde, diesen Halsabschneider Dressen, dessen Schuldeneintreiber ihn gestern fast erwürgt hatte, zufriedenzustellen.

Wie gesagt, Daniel war mächtig sauer auf seinen Vater, als er in seinen Porsche stieg und sich auf den Weg zu Emma machte. Er hatte ihm versprechen müssen, sich um die „Angelegenheit" zu kümmern.
„Diese Sache ist für uns tausendmal wichtiger als dein Techtelmechtel mit diesem Mäuschen. Denk daran, es geht um meine Firma und somit auch um deine Existenz", hatte der Alte ihn beschworen.
Daniel hatte sich daraufhin in sein Büro zurückgezogen und widerwillig einen Plan entworfen. Einen Plan, bei dem er das besagte Gemälde unbemerkt an sich nehmen konnte und möglichst die Beziehung zu Emma nicht gefährdete.
Er hatte sie angerufen und mit wohlüberlegten Worten zu einem gemeinsamen Mittagessen überredet. Bei einem guten Glas Wein wollte er Emma davon überzeugen, das Haus abreißen zu lassen und ihr anbieten, sich um alle diesbezüglichen Maßnahmen zu kümmern. Emma würde ihm den Schlüssel für das Haus überlassen, und er könnte ungestört nach dem Bild suchen und es an sich nehmen.

Dass er sie dabei um sehr viel Geld betrog, bereitete ihm kein allzu schlechtes Gewissen. Als seine zukünftige Ehefrau profitierte sie ja schlussendlich auch von der Rettung der Immobilienfirma. Wichtig war nur, dass sie auf keinen Fall irgendetwas von der ganzen Geschichte mitbekam, denn er kannte Emma gut genug, um zu wissen, dass sie das Bild niemals einfach so hergeben würde.

Emma wäre nicht hinter dem Geld her, nein, sie würde Nachforschungen anstellen. Sie würde herausfinden wollen, ob dieser Ansgar Dressen wirklich der rechtmäßige Besitzer des Bildes ist. Und das würde dauern. Diese Zeit hatten er und sein Vater aber nicht, denn Dressen machte ihnen ziemlichen Druck, was Daniel vermuten ließ, dass die Sache mit dem Besitzverhältnis doch nicht so eindeutig war.

Warum hatte er sich bloß dazu überreden lassen, Emma so zu hintergehen?

Als Daniel von der Bundesstraße abfuhr, um dann in die steile Kirchgasse abzubiegen, hatte er sich schon wieder etwas beruhigt. So schwer konnte es doch nicht sein, Emma vom Abriss des Hauses zu überzeugen. Schließlich war er Immobilienmakler und hatte schon so manchen Kunden von etwas überzeugt, das dieser eigentlich gar nicht gewollt hatte.

Zuversichtlich hatte er sein Auto nach links in die Straße, in der sich Emmas Erbe befand, gelenkt. Doch dann hatte er den Pickup vor dem Fachwerkhäuschen gesehen. „Der Schreiner ihres Vertrauens" stand auf der Fahrertür, und Daniel hatte gewusst, dass sein Plan in Gefahr war. Er war ins Haus gestürmt und hatte den „Schreiner ihres Vertrauens" entdeckt, der vertrauensvoll das Knie *seiner* Verlobten berührte.

Verdammter Mist! Das hatte ihm gerade noch gefehlt. Die ganze Geschichte war sowieso schon schwierig genug und sicherlich am Rande der Legalität, da musste doch jetzt nicht auch noch so ein muskelbepackter Holzwurm auftauchen und seine Pläne durchkreuzen.

Außerdem, was hatte die Hand dieses Affen auf Emmas Knie zu suchen?

Emma hatte sich mächtig erschrocken, als Daniel plötzlich aufgetaucht war. Wäre dieser nur ein paar Augenblicke später erschienen, hätte sie seine Frage nach dem, was sie da gerade mit Bob machte, nicht mehr so einfach „weglügen" können.

Bobs Hand auf ihrem Knie und der Blick in seine dunklen Augen hatte ihr Herz rasen lassen und ihren Verstand irgendwie ausgeschaltet. Sie wusste selbst nicht warum, aber hätte Bob sie in diesem Moment geküsst, sie hätte es zugelassen. Und nicht nur das, sie hätte den Kuss erwidert, denn sie wollte ihn küssen. Und das erschreckte sie fast noch mehr als Daniels Erscheinen und die daraus resultierenden Notlügen, die ihr erschreckend leicht über die Lippen gekommen waren.

Nachdem Bob sich in die Küche zurückgezogen hatte, hatte sie ihre Sandalen angezogen, das Tagebuch in ihre Handtasche gesteckt und war mit Daniel in ihr Lieblingslokal am See gefahren. Sie hatten kaum ein Wort miteinander gewechselt. Daniel wusste nicht, was er von diesem „Cargohosenträger" halten sollte und wollte auf keinen Fall durch einen unüberlegten Eifersuchtsausbruch seine Mission gefährden, und Emma wusste im Moment nicht einmal mehr, was sie für Daniel empfand, denn Bob hatte ihre gesamte Gefühlswelt kräftig durcheinandergewirbelt.

AUF DER GROSSEN TERRASSE direkt am See, genossen die Mittagsgäste die heiße Sommersonne, die sich mit der kühlen Brise vom Bodensee zu einem angenehm warmen Gefühl auf der Haut vereinigte. Daniel zog es jedoch vor, in der klimatisierten Gaststube zu speisen. Hier saßen nur einige wenige, zumeist ältere Herrschaften, die mit ihren gedämpften Stimmen ein stetes Murmeln in die viel zu kalte Luft hauchten.

„Möchtest du einen Wein zum Essen?", fragte Daniel leise, während er die Speisekarte studierte.

„Oh nein, lieber nicht. Ich hab heute noch eine Menge vor in Tante Emmas Haus und Wein macht mich immer so müde", antwortete Emma genauso leise und rieb sich über die Gänsehaut an ihren Armen.

„Soweit ich das sehen konnte, hast du ja noch nicht viel vom Krempel deines Tantchens weggeschafft. Was hat dich denn so aufgehalten? Etwa dieser Schreiner?" Mist, er wollte doch nicht eifersüchtig wirken.

Emma ignorierte seine Anspielungen und antwortete ruhig: „Ich habe das Tagebuch meiner Tante gefunden und angefangen, darin zu lesen."

„Deine Tante hat ein Tagebuch geschrieben?", fragte Daniel neugierig und schaute sie über die Speisekarte hinweg an.

„Ja, ich hab zwar noch nicht viel gelesen, aber das bisschen hat mich schon ganz schön aufgewühlt."

„Das tut mir leid." Daniel versuchte besorgt zu klingen. „Hast du das Buch dabei?"

„Ja", sagte Emma und fasste in ihre Handtasche. Als sie das Tagebuch dann auf den Tisch legte, griff Daniel sofort danach.

Ein Tagebuch, wie praktisch, all seine Probleme lösten sich in Luft auf. Er brauchte nur dieses Buch zu lesen und würde darin garantiert die Beschreibung des Verstecks vorfinden. Jetzt musste er nur noch dafür sorgen, dass Emma das Buch auf keinen Fall weiterlesen konnte, denn sonst würde auch sie von dieser „Gemäldegeschichte" erfahren, und das dürfte unter keinen Umständen passieren.

„Hey, gib mir das Buch zurück!", protestierte Emma heftig.

„Emma, sei doch vernünftig. Wenn dich das Stöbern im Lebenswerk deines Tantchens emotional so mitnimmt, dann solltest du besser nicht weiterlesen. Du weißt doch selbst noch ganz genau, wie sehr dich der Tod deiner Mutter in eine Krise gestürzt hat. Das möchtest du doch bestimmt kein zweites Mal erleben?"

„Was ist denn bloß in dich gefahren? Du nimmst doch sonst nicht so viel Rücksicht auf meine Befindlichkeiten. Jetzt gib mir endlich das Buch zurück!", fauchte Emma ziemlich ungehalten und streckte ihren Arm über den Tisch, um ihm das Buch wieder abzunehmen. Aber Daniel wich ihr geschickt aus.

„Ich mach dir einen Vorschlag", versuchte er sie zu beruhigen. „Ich lese das Buch für dich und erzähle dir dann die ganzen schönen Ereignisse aus dem Leben deiner Tante."

„Spinnst du jetzt komplett? Wenn meine Tante gewollt hätte, dass du ihr Tagebuch liest, dann hätte sie es dir vererbt und nicht mir. Und jetzt gib es mir endlich zurück!" Emma war es mittlerweile egal, dass sie sich in einem Lokal befanden und die anderen Gäste sich bereits nach ihnen umdrehten. Sie wollte nur noch ihr Buch wiederhaben und dann so schnell wie möglich von hier verschwinden.

Aber Daniel machte keinerlei Anstalten, das Tagebuch wieder herzugeben.

Er hielt es fest in seiner Hand, als er ihr einen weiteren Vorschlag unterbreitete: „Emma, du bist doch mit dem Haus und den Erinnerungen und zu guter Letzt auch mit den Kosten, die dieses Erbe für dich mit sich bringt, kräftemäßig, emotional und auch finanziell völlig überfordert. Deshalb biete ich dir an, mich um alles zu kümmern. Ich lese nicht nur dieses Buch für dich, nein, ich kümmere mich auch um den Abriss des Hauses und den anschließenden Verkauf des Grundstücks. Du kannst den

Rest deiner Sommerferien ungestört genießen und dich in aller Ruhe auf das neue Schuljahr vorbereiten. Das Entrümpeln kann ich übrigens auch für dich organisieren. Wir haben da eine gute Firma an der Hand."

Daniel schaute sie lächelnd an.

Mit dem, was jetzt passierte, hatte er allerdings nicht gerechnet. Er wusste, dass Emma ab und zu etwas dickköpfig sein konnte, denn sie hatte ihre Prinzipien, aber zu diesen zählte eben auch, sich in jeder Situation vorbildlich zu verhalten. Dass sie dennoch ihr ganzes mustergültiges „Lehrerinnenbenehmen" mit einem Schlag vergessen konnte, hätte er niemals gedacht.

Emma sprang wie eine Furie von ihrem Stuhl, der dabei nach hinten kippte und krachend auf den Boden schlug. Die Aufmerksamkeit aller Gäste war ihr jetzt gewiss. Doch das schien sie gar nicht zu interessieren, denn sie hechtete um den Tisch und schmiss sich mit einem Satz auf Daniel. Der war von diesem plötzlichen Angriff so überrascht, dass sie ihm mühelos das Tagebuch aus der Hand reißen konnte. Schnell griff sie dann nach ihrer Handtasche und verließ das Lokal, nicht ohne ihm noch aus tiefstem Herzen das Wort „Mistkerl" zuzurufen.

Emma lief aus der Gaststätte und hätte dabei fast einen Kellner umgerannt, der gerade mit einem Tablett leerer Flaschen und Gläser von der Terrasse kam. Hastig setzte sie ihren Weg bis zum Seeufer fort und blieb erst stehen, als sie den breiten Holzsteg erreicht hatte, an dessen Seiten bunte Ruderboote vertäut waren. Sie wippten mit den Wellen auf und ab, und ein paar Kinder aus dem Dorf sprangen am Ende des Stegs in den See. Sie kletterten anschließend zwischen den Ruderbooten an einer der Leitern zurück auf die Holzplanken, um dann erneut lachend und kreischend ins erfrischende Nass zu plumpsen.

Emma setzte sich keuchend auf eine Bank. Sie war den Kiesweg am See entlanggerannt, als hätte sie Angst, von Daniel verfolgt zu werden. Sie holte tief Luft und starrte auf das bunte Treiben, ohne wirklich etwas davon wahrzunehmen.

Was hatte sie nur bis jetzt an diesem Kerl gefunden? Wie konnte er ihr nur solche Vorschläge machen, hatte er denn überhaupt nicht verstanden, worum es hier ging? Hatte er sie überhaupt jemals wirklich verstanden? Sie brauchte niemanden, der sie fernhielt von der Auseinandersetzung mit dem Leben und dem Tod ihrer geliebten Tante, denn sie wollte sich auseinandersetzen. Sie brauchte jemanden, der sie dabei unterstützte, und sei es nur durch eine Umarmung zur rechten Zeit, ein Taschentuch für ihre vielen Tränen, die sie weinen wollte ... oder durch das Kochen eines heißen Tees. Und dann verlangte er auch noch, dass sie das „Wohlfühlhaus" ihrer Kindertage abreißen solle. Sie liebte dieses Haus, und das wusste er, sie hatte es ihm oft genug gesagt.

Wenn sie jetzt darüber nachdachte, fiel ihr auf, dass er immer schon sehr abfällig von diesem Schmuckstück geredet hatte. Diese „Bruchbude" hatte er mehr als einmal dazu gesagt, und auch ihre Tante hatte er oft als „alte Schachtel" bezeichnet. Darüber hatte Emma sich jedes Mal geärgert. Und zu guter Letzt hatte er sie auch noch auf Tante Emmas Beerdigung allein gelassen, weil ihm der Tod der „alten Schachtel" und Emmas Trauer um ihre Lieblingstante am „Popo" vorbeiging.

Emma holte erneut tief Luft. Es gab so einiges, was sie an Daniel schon seit Langem störte, und dass er bis jetzt nicht mit ihr hatte zusammenziehen wollen, gehörte zweifelsfrei auch dazu. Und die Sache im letzten Herbst mit dieser ...

Sie hätte ihn damals direkt zur Rede stellen und die Beziehung beenden sollen. So wie alle ihre bisherigen Beziehungen. Aber genau das war wohl der Grund für ihr Zögern gewesen, sie wollte sich nicht schon wieder aus immer demselben Grund von einem Mann trennen. Deshalb hatte sie sich diesmal einfach damit arrangiert. Aber damit war jetzt Schluss! Daniel war raus aus ihrem Leben. Endgültig!

Nach dieser Erkenntnis brauchte sie erst einmal eine Menge von der frischen Luft, die gerade ihre Lungen füllte, und deshalb beschloss sie, zu Fuß nach Hause zu gehen. Nach Hause, damit meinte sie Tante Emmas Haus, ganz einfach, das hatte sie ebenfalls gerade entschieden. Sie würde dort einziehen, und davon würde sie kein Mann der Welt abhalten.

Als Daniel vor die Tür trat, war Emma längst verschwunden. Er hatte keine Ahnung, warum sie so dermaßen übertrieben reagiert hatte.

Er hatte ihr seine Hilfe angeboten und was machte sie? Frauen konnten manchmal wirklich kompliziert sein, das wusste er aus seinen früheren Beziehungen ziemlich genau, aber Emma hatte er so aufgebracht noch nie erlebt. Für solche Spielchen hatte er jetzt jedoch keine Zeit, denn er hatte eine Mission. Klar war jedenfalls, dass er heute bei Emma nicht mehr auftauchen würde, denn die sollte sich erst mal wieder abregen, damit er vernünftig mit ihr reden konnte. Sorge bereitete ihm jedoch die Tatsache, dass sie das Tagebuch mitgenommen hatte und vielleicht auf die Idee kommen könnte, darin weiterzulesen. Er vermutete allerdings, dass sie sich jetzt wohl eher die Augen aus dem Kopf weinte, weil sie Angst hatte, dass er sie verlassen könnte. Ihre Heulerei, wenn geliebte Menschen von ihr gingen, hatte er ja schon beim Tod ihrer Mutter und ihrer Tante kennenlernen müssen.

Er beschloss, sich erst mal nicht bei ihr zu melden, um bei ihr den Eindruck zu erwecken, dass er eine Trennung tatsächlich in Erwägung ziehen könnte. Morgen früh würde er sie dann abholen, ihre Entschuldigung für ihr mieses Verhalten ihm gegenüber annehmen und sie zum Haus ihrer Tante bringen. Dort würde er endlich alle Modalitäten, die Entrümpelung und den Abriss betreffend mit ihr klären. Schließlich war sein Vorschlag alternativlos, und das würde Emma auch einsehen, wenn sie erstmal darüber nachgedacht hatte. Er war sich sogar ziemlich sicher, dass sie ihm auch das Tagebuch aushändigen würde und falls nicht, könnte er es ihr einfach in einem geeigneten Moment entwenden.

Also erst mal Füße stillhalten und morgen beginnt dann die Gemäldebeschaffungsmission, Teil zwei.

EMMA kam nach Hause und fühlte sich bereits viel besser. Der Fußmarsch hatte ihr gutgetan, und sie freute sich darauf, mehr über das Leben ihrer Tante zu erfahren ... und sie freute sich auch ein bisschen auf Bob.

Schon als sie die Türe öffnete, zog ihr der würzige Duft einer heißen Pizza in die Nase. Bob hatte sich offensichtlich etwas zu Essen besorgt. Ihr Magen knurrte hungrig, als sie die Küche betrat und Bob erblickte, der am Esstisch saß und sich gerade über eine riesige Pizza Spinachi beugte.

„Mmh, meine Lieblingspizza", sagte sie, während sie gierig auf eben diese starrte.

„Nanu, nicht satt geworden oder war das Essen so schlecht?", fragte Bob und lächelte sie an.

„Nein, das Essen hätte bestimmt gut geschmeckt, aber die Gesellschaft war schlecht."

„Seit wann sind vornehme Anzugträger schlechte Gesellschaft?" Bob schaute sie fragend an und versuchte dabei angestrengt, ein Grinsen zu unterdrücken.

„Ach, fragen Sie lieber nicht, ich habe nämlich eben mit dem besagten Anzugträger Schluss gemacht."

„Oh, das tut mir leid", beteuerte Bob aufrichtig.

„Das muss es nicht, es war wahrscheinlich längst überfällig, und wenn ich ehrlich bin, fühle ich mich irgendwie sogar erleichtert."

„Und hungrig?"

„Und hungrig."

„Na, dann greifen Sie ruhig zu, es ist genug da, und ich teile gerne mit Ihnen."

„Danke, ich nehme Ihre Einladung wirklich gerne an", sagte Emma, setzte sich an den Küchentisch, nahm ein Stück des duftend belegten und kross gebackenen Teigs in die Hand und biss gierig hinein. Bob beobachtete sie schmunzelnd, und dann aßen sie eine Weile schweigend, bis Emma aufstand und zwei Gläser aus dem alten Küchenschrank holte.

„Wie weit sind Sie denn mit ihrer Begutachtung?" Sie füllte ein Glas mit Leitungswasser und hielt es Bob hin. Er nahm das Getränk mit dankendem Nicken an.

„Na ja, ich bin ein gutes Stück vorangekommen, aber fertig bin ich noch nicht."

„Machen Sie denn heute noch weiter?", erkundigte sich Emma und befüllte das zweite Glas mit der klaren kalten Flüssigkeit.

„Wenn das für Sie okay ist. Oder möchten Sie jetzt lieber alleine sein? Dann gehe ich selbstverständlich."

„Nein, nein, ganz im Gegenteil. Ich genieße Ihre Anwesenheit sehr", und das meinte sie wirklich ehrlich. Sie fühlte sich wohl in seiner Nähe, und das war etwas, was sie gestern Abend schon gespürt hatte.

„Das geht mir genauso mit Ihrer Anwesenheit", sagte Bob leise und senkte seinen Kopf.

„Kommen Sie morgen auch noch mal her?", fragte sie ihn ebenso leise.

„Ja, bestimmt den ganzen Tag, aber selbstverständlich nur, wenn Sie auch hier sind."

„Das werde ich, und dann lade ich *Sie* zum Essen ein."

Nach dem Essen zog sich Emma ins Gästezimmer neben der Küche zurück. Sie setzte sich auf das Bett, das gemeinsam mit einem Kleiderschrank und einem Nachttischchen den kleinen Raum fast vollständig füllte. Hier hatte sie während der letzten Lebenstage ihrer Tante geschlafen, wenn sie nicht in deren Schlafzimmer auf dem Sessel neben ihr gewacht hatte. Emma kuschelte sich in die weichen Kissen und vertiefte sich in das Tagebuch ihrer Lieblingstante.

13. November 1938
Liebes Tagebuch,
heute haben sie Vater abgeholt. Es war gegen Mittag, als sich einige Männer der SS vor unserem Haus versammelten. Vater war gerade dabei, mit dem Traktor eine neue Lieferung Kohlen in unseren großen Schuppen zu transportieren. Vom Fenster aus sah ich, wie sie ihn vom Fahrersitz holten und mit brutaler Gewalt in ihr Auto zerrten. Ich lief auf die Straße und schrie nach ihm, doch der Wagen hatte sich bereits in Bewegung gesetzt. Starr vor Angst und Verzweiflung blickte ich der schwarzen Limousine hinterher. Meine Mutter kam aus dem Haus gelaufen und wir fielen uns in die Arme und weinten.

14. November 1938
Liebes Tagebuch,
Vater ist immer noch nicht zurück. Mutter hat Margot erzählt, dass unser Vater geschäftlich unterwegs sei. Margot ist seltsam still, aber das wundert mich nicht, denn ich bin mir sicher, dass sie weiß, was wirklich passiert ist.

20. November 1938
Liebes Tagebuch,
seit nunmehr sieben Tagen haben wir nichts über den Verbleib meines Vaters gehört. Ich versuche, so gut ich das alleine kann, den Raiffeisenbetrieb aufrecht zu erhalten. Ich komme kaum noch zum Schlafen, und wenn ich dann irgendwann völlig erschöpft in mein Bett sinke, plagen

mich fürchterliche Albträume. Mutter weint viel, und Margot ist immer noch sehr still, aber ich kann mich nicht auch noch um die beiden kümmern. Wäre doch wenigstens Onkel Gabriel noch da.

21. November 1938
Liebes Tagebuch,
Vater ist endlich wieder zu Hause, aber er ist nicht mehr derselbe. Es ist ganz offensichtlich, dass er Schreckliches erlitten hat. Ab morgen will er mir wieder im Raiffeisenlager helfen. Ich bin froh, dass ich nicht mehr die ganze Verantwortung alleine tragen muss.

22. November 1938
Liebes Tagebuch,
es war ein schöner Tag. Vater und ich arbeiteten Hand in Hand, so wie vor seiner Festnahme, und ich genoss jede Minute. Aber das, was er mir dann heute Abend erzählt hat ... Mir fehlen immer noch die Worte.
   Nachdem wir die Eingangstür abgeschlossen hatten, zog mich Vater in Onkel Gabriels kleines Zimmer hinter dem Kassenraum. Er schloss die Tür und nahm mir das Versprechen ab, dass ich niemals jemandem etwas von dem verraten dürfe, was er mir jetzt anvertrauen wolle. Dann erzählte er mir unter heftigen Tränen, welcher Umstand zu seiner Verhaftung geführt hatte.
   Margot hatte Onkel Gabriel verraten. Sie hatte unsere Familie schon länger ausspioniert und herausgefunden, dass er ein Jude war. Nach dieser unsäglichen „Kristallnacht" war sie dann zu ihrer Gruppenleiterin gegangen und hatte ihn verraten. Auch die enge Freundschaft zwischen Onkel Gabriel und meinem Vater hatte sie zu Protokoll gegeben, und so war es kein Wunder, dass die SS ihn abgeholt hatte.
   „Du musst in Gegenwart deiner Schwester aufpassen, was du sagst und tust. Es tut mir so leid, dass ich dir das erzählen muss, aber ich weiß um deine politische Haltung, und ich möchte nicht, dass du dich durch unbedachte Äußerungen in Margots Gegenwart in Gefahr bringst. Deine Mutter redet wie du weißt, nie über solche Dinge, deshalb möchte ich auch nicht, dass sie erfährt, was Margot getan hat."

Vaters Herz ist zerbrochen, genau in dem Augenblick, als er von Margots Verrat erfuhr. Ich lebe in einer Zeit, in der man nicht einmal mehr der eigenen Familie vertrauen kann, geschweige denn Freunden oder Nachbarn. Eine unheilvolle Entwicklung.

Emma hatte Tränen in den Augen, als sie das Buch auf die Bettdecke legte. Das musste sie erst mal verdauen. Ihre Großmutter war eine Verräterin gewesen! Sie hatte die eigene Familie bespitzelt! Natürlich wusste sie, dass das NS-Regime die Naivität und die leichte Beeinflussbarkeit einer Kinderseele auch zu solchen Zwecken ausgenutzt hatte. Aber das ihre eigene Großmutter dieser Demagogie so verfallen gewesen war, dass sie dazu fähig gewesen war, erschreckte sie schon sehr. Diese Erkenntnis muss damals für ihren Urgroßvater und ihre Großtante ein unbeschreiblicher Schock gewesen sein.

„Vaters Herz ist zerbrochen", so hatte ihre Tante es beschrieben, und Emma konnte das gut nachempfinden.

29. Januar 1939
Liebes Tagebuch,
heute muss ich dich einfach noch mal aus deinem Versteck auf dem Speicher holen. In den letzten Wochen habe ich vor lauter Angst davor, dass Margot dich entdecken könnte, lieber nichts mehr eingetragen. Ich teile mir ja mit meiner Schwester das Zimmer neben der Küche und dich dort zu verstecken wäre, nachdem, was ich jetzt über Margot weiß, viel zu riskant. Manchmal, wenn Vater und Mutter sich nebenan unterhalten, wünschte ich mir, mein Vater würde nicht so laut reden. Wer weiß, wem Margot das Gehörte erzählt. Es quält mich sehr, dass ich so über meine Schwester denke, denn sie ist doch meine Familie und somit ein Stück von mir.
Was ich dir aber eigentlich erzählen möchte, ist, dass ich morgen mit meinem Pflichtjahr in der Landwirtschaft beginnen werde. Vater hat dafür gesorgt, dass ich direkt hier in der Nähe, auf dem Gut der von

Wolfsbachs arbeiten kann. Er konnte nachweisen, dass er meine Hilfe auch weiterhin im Raiffeisenlager dringend benötigt, und so werde ich nicht in irgendeinen entlegenen Zipfel des Deutschen Reiches verfrachtet. Ist das nicht prima?

30. Januar 1939
Liebes Tagebuch,
die Arbeit auf dem Gut hat mir tatsächlich Spaß gemacht. Es war zwar bitterkalt, aber es gab warme Getränke und eine heiße Suppe. Die Stimmung unter den Arbeitern war gut. Jetzt bin ich allerdings sehr müde, denn ich musste Vater noch einige Stunden im Lager helfen und die Bankgeschäfte erledigen. Ich fürchte, ich werde in der nächsten Zeit nicht oft dazu kommen, dir zu erzählen, was mich bewegt.

5. Juni 1939
Liebes Tagebuch,
ich weiß, ich habe dir lange nichts mehr anvertraut, aber mir fehlt einfach die Zeit dafür. Ich muss jeden Morgen sehr früh aufstehen und mit dem Fahrrad zum Gut rausfahren. Wenn ich dann am Abend wieder nach Hause komme, muss ich für meinen Vater die Bücher des Raiffeisenlagers führen und das Tagesgeschäft der Raiffeisenkasse bearbeiten und verbuchen. Danach falle ich jede Nacht völlig erschöpft in mein Bett und schlafe wie ein Stein, bis am nächsten Morgen um vier Uhr wieder mein Wecker klingelt.

Es ist momentan eine sehr harte Zeit für mich, und ich stoße oft genug an meine Grenzen, aber mein Vater braucht mich. Seit dem Vorfall mit Margot ist er ein gebrochener Mann. Er versuchte zwar, sich nichts anmerken zu lassen, dennoch spüre ich, dass seine Kräfte geschwunden sind.

Auf dem Gut wird schwer geschuftet, trotzdem gehen die meisten Arbeiter mit Freude ans Werk. Das liegt nicht zuletzt am jungen Herrn von Wolfsbach, der während einer schweren Erkrankung seines Vaters das Gut leitet. Er versteht es, ohne den üblichen Befehlston und die An-

drohung und Umsetzung von harten Strafen, die Arbeiter zu Höchstleistungen zu motivieren. Als Erstes hat er dafür gesorgt, dass alle angemessen untergebracht sind, die Zimmer sind hell und sauber und können im Winter beheizt werden. Das Essen ist reichhaltig und schmackhaft, denn seiner Meinung nach kann nur ein gut ernährter Mensch die harte Arbeit in der Landwirtschaft zufriedenstellend bewältigen. Wer besonders viel und ordentlich gearbeitet hat, kann sich auch gelegentlich einen Tag freinehmen. All dies trägt dazu bei, dass das Arbeitsklima auf dem Gut von ganz besonders guter Stimmung geprägt ist.

Der junge von Wolfsbach lässt sich auch oft bei seinen Arbeitern blicken und wird dann jedes Mal mit großem Respekt behandelt. In ein paar Wochen wird auf dem Hof zwischen den Unterkünften ein Sommerfest gefeiert, und der junge Herr sorgt für Speis und Trank sowie für die Organisation der musikalischen Begleitung. Darauf freue ich mich schon riesig.

Das alles steht natürlich in großem Widerspruch zur Doktrin des Nationalsozialismus, aber auf dem Gut gibt es bestimmt niemanden, der sich darüber beschweren würde. Irgendwie scheint dieses Fleckchen Erde der Menschlichkeit den NS-Schergen bisher entgangen zu sein, und ich hoffe inständig, dass das auch so bleibt.

Robert von Wolfsbach der Vierte ist übrigens ein sehr imposanter Mann. Sobald er den Raum betritt, sind zumindest alle Frauenaugen auf ihn gerichtet. Auch ich musste mir schnell eingestehen, dass er mir ziemlich gut gefällt.

20. Juni 1939
Liebes Tagebuch,
heute Abend, ich war gerade mit meinem Fahrrad unterwegs nach Hause, überholte mich Robert von Wolfsbach der Vierte mit seinem kleinen Lastwagen und hielt dann an. Er fragte mich, ob er mich nach Hause bringen dürfe, und als ich dankend ablehnte, stieg er aus dem Auto, nahm mein Fahrrad und legte es auf die Ladefläche. Dann bot er mir seinen Arm an, erklärte mir lächelnd, dass er keinen Widerspruch

dulde, und führte mich zur Beifahrertür seines Lasters. Er brachte mich nach Hause und verabschiedete sich mit einem langen Händedruck von mir.

Ich versuche jetzt schon seit einer Stunde zu schlafen, aber ich muss immerfort an ihn denken, und dann fängt mein Herz an zu rasen und ich kann seine Wärme immer noch in meiner Hand spüren. Was ist nur los mit mir?

An dieser Stelle musste Emma schmunzeln. Hatte sie gestern Abend nicht genau das Gleiche gefühlt, nachdem Bob sich von ihr mit einem langen Händedruck verabschiedet hatte? ...
Und hieß Bob nicht auch Wolfsbach, allerdings ohne das „von"?

21. Juni 1939
Liebes Tagebuch,
heute hat er mich schon wieder ein Stück vom Gut entfernt angehalten und mein Fahrrad auf die Ladefläche seines Lasters gelegt. Er hat mir gesagt, dass er mich ab jetzt gerne jeden Abend nach Hause bringen würde, und ich habe mich dafür höflich bei ihm bedankt.

28. Juli 1939
Liebes Tagebuch,
Robert von Wolfsbach der Vierte bringt mich tatsächlich jeden Abend nach Hause, und ich muss zugeben, dass ich es sehr genieße. Wir treffen uns immer erst dort, wo die Straße einen kleinen Wald durchquert, denn auf dem Gut soll niemand von unserem Arrangement erfahren. Er ist ein überaus charmanter und liebenswerter Mann und trotz seiner Herkunft kein bisschen arrogant oder eingebildet ...

Tante Emma beschrieb diesen Robert wie einen heiligen Supermann. Sie schwärmte von seinem muskulösen, wohlgeformten Körper genauso wie von seiner Intelligenz und seiner Geisteshaltung. Schon bald merkten die beiden, dass sie mehr als nur

Sympathie verband, und nach dem Sommerfest war es dann passiert.

Sie hätte, so schrieb Tante Emma, gerne den ganzen Abend mit ihm getanzt, aber um kein Gerede entstehen zu lassen, tanzten sie nur ein einziges Mal miteinander. Es war ein langsamer Walzer gewesen und ihr Körper hatte gebebt, als sie in seinen Armen lag. Ihr Herz schlug ihr bis in den Hals und sie hatte seinen warmen Atem an ihrem Ohr gespürt.

Nach diesem Tanz war alles anders. Sie fühlte ein unbändiges Verlangen, ihn noch einmal zu berühren, zu spüren, von ihm gehalten zu werden. Sie trafen sich dann zu vorgerückter Stunde wieder auf der Straße, die durch den Wald führte, und Robert nahm sie in den Arm und küsste sie.

Emmas Tante schrieb von einem Sturm, der durch ihre Adern gebraust war, und von einem Kuss, der ihr den Atem nahm. Robert hatte dann schweigend ihr Rad auf der Ladefläche verstaut und sie nach Hause gebracht. Aber sie wollte ihn nicht einfach wieder fahren lassen, und so waren sie schließlich auf dem Heuboden über dem Lager gelandet.

Was dort geschah, konnte Emma nur erahnen, denn ihre Tante erging sich nicht in detaillierten Schilderungen, aber aus all ihren Andeutungen entnahm sie, dass es wohl eine sehr heiße Liebesnacht gewesen sein musste und am Ende von Tante Emmas Ausführungen diese Nacht betreffend, stand neben einem kleinen, eingeklebten Bild, das Robert von Wolfsbach den Vierten zeigte der Satz:

Ich muss gestehen, ich liebe ihn.

Lange betrachtete Emma das Porträtfoto. Es zeigte einen überaus gut aussehenden jungen Mann mit großen dunklen Augen. Und genau diese Augen kamen ihr unendlich vertraut vor, so als würde sie jetzt gerade nicht das erste Mal in sie blicken. Zögerlich ließ sie das Buch sinken, hob den Kopf und starrte in den

Türrahmen des Gästezimmers. Dort lehnte Bob und lächelte sie an.

Er hatte sich nach dem Essen auf die Inspektion der unteren Etage konzentriert. Rechts direkt neben dem Eingang führte eine Tür in einen großen kellerartigen Raum, der über ein Tor nach draußen verfügte. Hier standen lediglich eine Tiefkühltruhe und ein kleines Regal mit vielen Einmachgläsern. Robert ahnte, dass dieser Raum in der Vergangenheit wohl das Raiffeisenlager gewesen war, denn für einen Vorratsraum war er eindeutig zu groß. Links vom Eingang befand sich ebenfalls eine Tür, die ihn in ein Zimmer mit Empfangstresen führte, das sicherlich einst der Kassenraum gewesen war. Das dahinterliegende Büro mit dem großen schweren Schreibtisch und diversen alten Aktenschränken hatte vermutlich der Abwicklung der Bankgeschäfte des Raiffeisenmarktes gedient. Von hier aus führte eine Tür in ein kleines Zimmer mit einer Kochnische, in der tatsächlich noch ein alter Kohleofen sein Dasein frönte. Wozu dieser Raum benutzt worden war, konnte er sich nicht erklären, aber vielleicht hatte Emma ja im Tagebuch ihrer Tante einen Hinweis auf den ehemaligen Verwendungszweck gefunden.

Bob ging nach oben und entdeckte sie lesend auf dem Bett im Gästezimmer. Sie hatte sich zwischen ein paar Kissen gekuschelt, und ihr hochgerutschter Rock gab diesmal sogar einen Blick auf ihr Höschen frei. Bob lehnte sich gegen den Türrahmen und nahm dieses Bild mit allen Sinnen in sich auf. Sie war wunderschön. Dieser Daniel war ein echter Idiot, es sich mit so einer Frau zu verderben. Bob konnte seinen Blick gar nicht mehr von ihr abwenden, und als Emma ihn ansah, versank er wie schon so oft in den letzten Stunden in ihren dunklen Augen.

Emma fühlte sich beim Blick in Bobs Augen so, als wäre sie plötzlich in eine Zeitschleife geraten, die sie ungefähr 70 Jahre in die Vergangenheit katapultiert hatte.

Sie sitzt in ihrem Zimmer, das sie sich mit ihrer Schwester Margot teilt, und Robert von Wolfsbach der Vierte lehnt lächelnd im Türrahmen. Es dauerte einen Moment, bis ihr Gehirn all die Informationen, die es in den letzten Stunden aufgenommen hatte, mit der Realität abgleichen konnte und ihr klar wurde, dass die Zeitschleife sie nicht in die Vergangenheit gebracht hatte, sondern auf Wiederholung programmiert war. Sie, Emma, sitzt im Mädchenzimmer ihrer Großtante Emma, und vor ihr steht der ... Ja, wer denn eigentlich?

Hatte dieser Bob, der ihr nach dieser kurzen Zeit schon so vertraut schien und in dessen Gegenwart sie sich so wohl fühlte, denn überhaupt etwas mit der ersten großen Liebe ihrer Tante zu tun?

Langsam erhob sie sich vom Bett und machte ein paar Schritte auf ihn zu. Bob stellte sich jetzt aufrecht in den Türrahmen und beobachtete sie aufmerksam.

„Robert von Wolfsbach der Vierte?" Sie blieb stehen und schaute ihn fragend an.

„Das ist mein Großonkel", antwortete er ruhig. Ihm war klar, dass sie irgendetwas in diesem Tagebuch gelesen haben musste, dass sie zu dieser Frage veranlasste.

„Und dann bist du nicht Bob Wolfsbach, sondern ...?" Das „Du" ging ihr wie selbstverständlich über die Lippen.

„Robert von Wolfsbach der Sechste", antwortete er wahrheitsgemäß und freute sich über ihre Vertrautheit.

„Warum hast du mir dann nicht deinen richtigen Namen gesagt?", fragte sie mit einem leicht vorwurfsvollen Unterton.

„Das habe ich. Als ich die Schreinerei übernommen habe, habe ich den Namen Bob Wolfsbach als Firmeninhaber eintragen lassen. Auf das ganze adelige Zeugs lege ich keinen großen Wert."

Bingo, irgendjemand hatte tatsächlich beim Zeitschleifenapparat die Wiederholungstaste gedrückt, und jetzt standen sich Großnichte und Großneffe gegenüber, auf dem besten Wege, eine Liebesgeschichte fortzusetzen, die vor über 70 Jahren von ihrer Großtante und seinem Großonkel begonnen worden war.

„Ich verstehe das alles nicht. Was passiert hier gerade? Gestern Morgen noch hatte ich keine Ahnung, dass meine Tante überhaupt jemals einen Mann geliebt hat, und jetzt stehst du quasi als Reinkarnation ihrer Liebe vor mir. Wir haben beide dieselben Vornamen und denselben Verwandtschaftsgrad ..."

Bob lächelte sie an, als er ihren Satz vollendete: „Und du hast dich genauso unsterblich in mich verliebt wie deine Großtante in meinen Großonkel."

„Was? Nein, ich meine ... Hast du etwa davon gewusst?"

„Wovon? Dass du dich in mich verlieben würdest?"

„Nein, jetzt sei doch mal ernst", sagte sie streng.

„Oh ich bin ernst, todernst", antwortete er lächelnd, „aber ja, ich habe gewusst, dass deine Tante Emma meinen Onkel Robert geliebt hat, und ich weiß auch, dass deine Tante *seine* ganz große Liebe war."

„Woher?"

„Mein Großvater hat es mir erzählt, er war es übrigens auch, der mich darauf aufmerksam gemacht hat, dass du Hilfe brauchst mit diesem Häuschen. Und er hat mir noch etwas erzählt, das du unbedingt wissen solltest."

Emma war verwirrt. Extrem verwirrt. Sie hatte in den letzten Jahren viel Leid ertragen müssen: der viel zu frühe Tod ihrer Mutter und die unheilbare Erkrankung ihres Vaters, den sie seitdem nicht mehr mit ihren beruflichen oder privaten Problemen belasten wollte. Und gerade in dem Moment, in dem sie mit dem Tod ihrer Tante wieder einen geliebten Menschen verloren hatte, tauchte wie quasi aus deren Vergangenheit ein Mann auf, der ihr überraschend vertraut schien und zu dem sie sich bereits nach kurzer Zeit ungewöhnlich intensiv hingezogen fühlte.

In Bobs Gegenwart empfand sie keine Trauer ... und das war wohltuend, unheimlich und aufregend zugleich.

„Bitte, nicht jetzt, denn wenn du mich weiter so anschaust, kann ich eh keinen klaren Gedanken mehr fassen", erklärte Emma und genoss die prickelnde Erregung, die seine Nähe in ihrem ganzen Körper auslöste.
„Na, dann solltest du vielleicht die Augen schließen, denn ich werde auf keinen Fall aufhören, dich so anzusehen", versprach Bob leise.
Emma stand jetzt dicht vor ihm und konnte seinen Atem auf ihren Wangen spüren. Als sie dann ihre Augen schloss, nahm er zärtlich ihr Gesicht in seine Hände und berührte mit seinen Lippen ganz vorsichtig ihren Mund.

Das hatte er die ganze Zeit schon tun wollen, aber jetzt, als er sie auf diese sanfte Weise liebkoste, war er sich für einen kurzen Moment nicht sicher, ob es richtig war, seinen Gefühlen einfach nachzugeben. Doch als Emma seinen Kuss erwiderte und ihre Lippen öffnete, um seine Zunge zu empfangen und mit ihrer warm zu berühren, konnte er nicht anders ...
Er vergaß alle guten Vorsätze. Seinen Arm um ihre Hüfte gelegt, zog er sie ganz eng an sich und spürte, wie ihr warmer Körper bebte. Der Kuss wurde leidenschaftlicher und Emmas Hände wanderten langsam über seinen Rücken nach unten bis zu seinem Hosenbund. Sie zog sein T-Shirt ein Stück nach oben und berührte streichelnd seine nackte Haut. Damit setzte sie seinen ganzen Körper endgültig unter Strom.
Für einen kurzen Augenblick ließ Bob von Emmas Lippen ab, zog sich mit einer geschickten Bewegung sein Shirt über den Kopf und schmiss es auf den Boden. Emmas Finger fuhren fort, zärtlich über seine Rückenmuskeln zu streicheln, und während sie sich weiter küssten, suchten Bobs Hände den Reißverschluss ihres Kleides und öffneten ihn. Er hatte gerade mit seinen Fingern ihre warme, nackte Haut berührt, als Emma plötzlich atemlos den Kuss beendete, sich von ihm löste und ihn anschaute.

Ihr Körper hatte schon auf seinen Kuss so intensiv reagiert, dass sie gar nicht mehr in der Lage gewesen war, sich dem Verlangen, ihn zu berühren, zu widersetzen. Seine zärtlichen Finger auf ihrer nackten Haut, genau an der Stelle direkt über ihrem Po, an der sie seine warme Hand von gestern noch immer spüren konnte, waren dann aber zu viel gewesen.

Schlagartig war ihr bewusst geworden, wohin das hier gerade führte, und sie brauchte einen Moment, um sich klar zu werden, ob sie das wirklich wollte. Sie kannte Bob schließlich erst seit gestern Abend und sie wusste quasi nichts von ihm. Rational war das, was sie für ihn empfand, nicht zu erklären, aber ihrem Körper schien das völlig egal zu sein. Auch ihr Herz hatte sich gegen ihren Verstand verschworen, denn es pumpte gerade so viel Blut durch ihren Kreislauf, als hätte sie einen Marathon zu absolvieren. Vielleicht spielten all ihre Sinne aber auch nur deshalb verrückt, weil sie emotional komplett durcheinander war.

Sie musste sich entscheiden, und das warme Pochen zwischen ihren Schenkeln machte das Nachdenken nicht gerade einfach. Oder war das die Lösung: einfach nicht nachdenken?

Bob hatte sofort seine Hände zurückgezogen und sie mit den Handflächen nach vorne neben seine Schultern gehalten, als Emma den Kuss so abrupt unterbrochen hatte.

Verdammt, er hatte sie schon wieder überrumpelt. Warum hatte er sich bloß nicht zurückhalten können, sein Großonkel würde sich im Grab umdrehen, wenn er sehen könnte, wie er die Großnichte seiner großen Liebe bedrängte.

„Emma ... es, es tut mir leid", stammelte er leise, „ich wollte nicht ..." Emma legte ihm ihren Zeigefinger auf die Lippen.

„Du hast nichts falsch gemacht", flüsterte sie, „ich weiß nur gerade selbst nicht ..."

„Emma, ... wir müssen nicht, ... ich meine, wir können auch einfach nur ..."

„Aber ich will, ... ich weiß nur nicht, ob ich es auch sollte", ließ Emma ihn nicht ausreden und begann, seine Brustmuskeln mit ihren Fingern nachzuzeichnen. Bob atmete heftig, denn ihre Berührungen ließen sein Herz noch schneller schlagen.

„Vielleicht solltest du es einfach ausprobieren", flüsterte er, legte seine Hände auf ihre und drückte sie sanft auf seine warmen, festen Muskeln, denn er konnte die Erregung, die ihre Finger auf seine Haut zauberten, kaum noch ertragen.

„Vielleicht hast du recht", flüsterte sie, zog ihre Hände aus seinen und streifte sich ihr Kleid langsam von den Schultern.

Der leichte Sommerstoff rutschte sanft an ihrem Körper entlang auf den Boden und sie stand in ihrem weißen schlichten BH und dem dazu passenden Höschen vor ihm.

Bob verstand ihre Geste sofort und schnell stand auch er nur noch in seiner engen schwarzen Boxershorts vor ihr, die aus dem erigierten Zustand ihres Inhalts kein Geheimnis machte.

Emma ging einen Schritt zurück und betrachtete Bob so, als würde sie jeden einzelnen Muskel seines durchtrainierten Körpers mit ihren Augen streicheln. Das gefiel ihm aufregend gut und er musterte sie ebenfalls sehr aufmerksam. Schließlich streckte er seinen Arm nach ihrer Hand aus und zog sie ganz dicht an sich. Emma schmiegte sich an seine Brust und drückte ihr Becken fest an seine erregte Männlichkeit.

Oh mein Gott, diese Frau schickt der Himmel.

Bob öffnete mit drei geschickten Fingern den Verschluss ihres BHs, und schnell stand sie vor ihm, nackt und wunderschön. Jetzt konnte er endlich betrachten, was er heute Morgen unter dem dünnen Handtuch nur hatte erahnen können.

Ihre Brüste waren prall, aber nicht zu groß, und ihre harten Brustwarzen sprangen ihm förmlich entgegen. Unterhalb ihres kleinen wohlgeformten Bauchs kräuselten sich ihre dunklen Härchen um ihre zarten Lippen. Bob war ebenfalls längst nackt und ließ sich mit Haut und Haaren von ihren Augen verschlingen.

Sie atmeten beide schwer, und als Bob sie an sich zog, presste sie ihren warmen, weichen Körper wieder fest gegen seine harten Muskeln. Sanft glitten seine Hände über ihren Po zu ihren Schenkeln, und dann hob er sie hoch, und sie schlang ihre Beine um seine Hüfte. Er trug sie zum Bett und legte sie behutsam in die Kissen, bevor er sich mit seinem ganzen Körper über sie beugte und seine Lippen ihren Mund suchten. Während sie sich küssten, streichelten ihre Hände seinen Rücken und seinen Po. Bob strich an der Innenseite ihrer Schenkel entlang, bis er sanft mit seiner Hand zwischen ihre warmen Lippen glitt. Oh mein Gott, sie war wirklich bereit für ihn, heiß und unendlich feucht. Ganz langsam bewegte er seine Finger in ihrer Feuchte und sie reckte ihm ihr Becken entgegen. Als er mit einem seiner Finger in ihr versank, stöhnte sie in seinen Mund und saugte sich an seiner Unterlippe fest. Ihr Stöhnen wurde immer lauter und sie löste sich von seinen Lippen und bog mit geschlossenen Augen ihren Kopf in den Nacken. Dadurch reckte sie ihm ihre vollen Brüste entgegen und er zögerte keine Sekunde, ihre harten Brustwarzen mit seiner Zunge zu liebkosen, während Emma ihn mit fester Hand umfasste.

Im gleichen Rhythmus, wie sein Finger ihre empfindsamste Stelle massierte, bewegte sie jetzt seine samtweiche Haut. Er schloss die Augen und ihm entfuhr ein wohliges Knurren. Ihr gemeinsamer Rhythmus wurde schneller, Emmas Stöhnen lauter und Bob hatte nur noch einen einzigen Gedanken ...

Emma hatte ihren Gefühlen nachgegeben und bereute es keinen Augenblick. Bob war unglaublich zärtlich und behutsam, und als er sich auf sie gelegt und ihre Beine mit sanftem Druck weit genug gespreizt hatte, um in sie eindringen zu können, da hätte sie ihn nur zu gerne ganz und gar in sich aufgenommen. Aber auch wenn sich ihr Verstand schon längst verabschiedet hatte, so erinnerte sie sich trotzdem genau in diesem Moment an die

Worte, die sie ihren Schülern immer wieder mit auf den Weg gegeben hatte:

„Kein ungeschützter Sex mit einem Fremden!"

So schnell konnte sie eben doch nicht alle Prinzipien über Bord werfen, und deshalb fragte sie im denkbar ungünstigsten und buchstäblich letzten Moment: „Hast du ein Kondom dabei?"

Sein bestes Stück wartete ungeduldig vor dem Eingang zum Paradies und nippte mit seiner Spitze schon mal vorsichtig daran, als Emmas Worte ihn erreichten wie eine Stimme aus einer anderen Welt.

Während er langsam ein Stückchen weiter in sie eindrang, flüsterte er: „Nimmst du denn nicht die Pille?"

„Doch natürlich, aber ich habe niemals ungeschützten Sex mit einem Fremden", keuchte sie und wehrte sich kein bisschen gegen seinen Vorstoß.

„Ich bin doch kein Fremder. Deine Großtante hat mit meinem Großonkel geschlafen", erwiderte er und zwinkerte sie an.

„Das zählt in diesem Fall ja wohl nicht", warf sie stöhnend ein und drückte ihre Hand halbherzig gegen seinen Brustkorb.

Bob gab sofort nach und ließ sich neben sie sinken. Er wollte auf keinen Fall etwas tun, was sie nicht wirklich wollte.

„Ich hab eins in meinem Portemonnaie", sagte er, während er sich wieder über ihr Gesicht beugte und lächelnd in ihre glänzenden Augen blickte.

„Na, worauf wartest du dann noch …?" Die Erregung in Emmas atemloser Stimme prickelte wie kleine Stromschläge auf seiner Haut. So schnell er konnte, versorgte er seinen Freund und legte sich wieder zu ihr.

Sie reckte ihm ihre glitzernd vollen Lippen entgegen und trieb ihn mit dieser Stellung schier in den Wahnsinn. Mit wohligem Knurren drang er in ihre heiße Enge ein und ihr Stöhnen und das Geräusch, das ihre Feuchte erzeugte, wenn er sich in ihr bewegte, ließ ihn fast den Verstand verlieren.

Als sich Emma in ihrem gemeinsam schneller werdenden Rhythmus begleitet von ihren lauten „Oh Gott!" Rufen immer wieder fest um ihn zusammenzog, konnte auch Bob sich nicht mehr zusammenreißen ...

AM NÄCHSTEN MORGEN erwachte Emma und lag immer noch in Bobs Arm. Ihre Beine waren mit seinen verhakt, und ihr Kopf ruhte auf seiner Brust. Die Erinnerung an die vergangene Nacht löste unweigerlich ein Kribbeln und ein sanftes Pochen zwischen ihren Schenkeln aus. Nach ihrem wahnsinnigen gemeinsamen Höhepunkt war Bob erschöpft auf ihren Körper gesunken und hatte immer noch in ihr seinen Kopf in ihrer Halsbeuge versenkt. Eine gefühlte innige Ewigkeit später hatte er angefangen, zuerst ihren Hals und dann ihr ganzes Gesicht mit kleinen zärtlichen Küssen zu übersähen. Seine Finger hatten sich dabei in ihre Haare gegraben, und er hatte sich sanft, aber immer noch ziemlich hart in ihr bewegt.

Emma war vollkommen überwältigt gewesen, nicht nur von seiner Standhaftigkeit, sondern ganz besonders von seiner Zärtlichkeit „danach". Bei Daniel hatte es so etwas nie gegeben. Wenn er gekommen war, war Ende mit der Vorstellung gewesen. Meistens war er unmittelbar nach seinem Höhepunkt eingeschlafen, und wenn Emma bis dahin keinen Orgasmus gehabt hatte, hatte sie eben Pech gehabt. Er hätte sich nie zurückgehalten und ihr so wie Bob diese Nacht den Vortritt gelassen, um sich dann in ihrem pulsierenden Beben stöhnend zu ergießen.

Emma spürte, wie sie bei all diesen Gedanken schon wieder feucht wurde.

Bob hatte ihr dann, bevor er anfing, an ihrem Ohrläppchen zu knabbern, mit leiser Stimme: „Du kannst mich das nächste Mal ruhig Bob nennen", ins Ohr geflüstert, und sie hatte gewispert:

„Gott hat aber gut gepasst. Bereitest du das nächste Mal etwa gerade vor?"

„Hättest du das denn gerne?", hatte er gefragt, während sein Mund langsam von ihrem Ohr hinab zu ihrer Brust wanderte und seine Lippen dabei lauter feuchte Abdrücke auf ihrer weichen heißen Haut hinterließen.

„Oh ja ... bitte!", hatte sie gestöhnt und ihr Becken behutsam auf und ab bewegt.

„Pscht! Bitte nicht bewegen, sonst kann ich für nichts garantieren und unser einziges Kondom ist schon voll."

„Apropos Kondom", hatte sie in sein Ohr gehaucht, als er seinen Körper wieder fest auf ihren legte und damit die Bewegungen ihres Beckens bremste, „du weißt schon, dass Kondome im Portemonnaie kaputtgehen? Das wissen sogar meine Schüler."

Er hatte seine Wange zärtlich an ihrer gerieben und geflüstert: „Jawohl, Frau Lehrerin, das ist mir bekannt. Aber dieses Kondom habe ich erst gestern Abend dort deponiert, es sollte also noch brauchbar gewesen sein."

Sie hatten sich noch eine halbe Ewigkeit geküsst, liebkost, erregt und wieder beruhigt, bis er widerwillig aufgestanden war, um den vollständig gefüllten Gummiüberzug abzustreifen und seiner endgültigen Bestimmung, dem Mülleimer, zu übergeben. Emma hatte währenddessen ihr Handy vom Nachttisch genommen und Ruth getextet, dass sie heute Nacht im Haus ihrer Tante schlafen würde, damit diese morgen früh ihren jetzt schon längst schlafenden Vater informieren konnte.

Dann war sie in Bobs Arm glücklich eingeschlafen.

Er atmete ruhig und gleichmäßig, als Emmas Magen anfing zu knurren. Die Pizza gestern Mittag war das Letzte gewesen, was sie beide gegessen hatten und da Bob tief und fest zu schlafen schien, entschloss sie sich, schweren Herzens aufzustehen und für ein ordentliches Frühstück zu sorgen.

Vorsichtig löste sie sich aus seinem Arm, zog ihr Höschen, ihren BH, ihr Kleid und ihre Sandalen an, nahm Handtasche und Handy und verließ leise das Gästezimmer. Die Küche ihrer Tante beherbergte außer etwas losem Tee leider keine brauchbaren Lebensmittel mehr, sodass Emma sich entschloss, schnell zum Bäcker zu fahren.

Vorher legte sie allerdings noch einen Zettel auf den Küchentisch, damit Bob, falls er aufwachte, wusste, wo sie war.

DIE JUNGE BÄCKEREIFACHVERKÄUFERIN strahlte Emma an.
„Hallo Emma, schön, dich zu sehen."
„Hi Karo, was macht die Arbeit? Alles im grünen Bereich?"
Karo war eine von Emmas Schülerinnen gewesen, besser gesagt, einer von ihren Problemfällen. Sie war ausgesprochen clever, hatte sich aber mit ihrer Einstellung zur Schule und ihrem pubertären „Rumgezicke" lange selbst im Weg gestanden. Emma hatte viel Zeit und Mühe in dieses Mädchen investiert und es tatsächlich erreicht, dass sie den Hauptschulabschluss Klasse 10 geschafft hatte.

Auch bei der Suche nach einem Ausbildungsplatz hatte sie Karo tatkräftig unterstützt, und nach einigen, schon nach ein paar Tagen von Karo abgebrochenen Praktika hatte sie einen Platz für ihre ehemalige Schülerin in dieser Bäckerei organisiert. Aus diesem Probearbeiten war dann tatsächlich ein Ausbildungsverhältnis geworden, das Karo schließlich als Bäckereifachverkäuferin beendet hatte. Emma hatte sie während der ganzen Zeit engmaschig betreut, und ihr Einsatz hatte sich wirklich gelohnt.

Schließlich hatte sich aus dem Lehrerin – Schülerin Verhältnis eine große Schwester – kleine Schwester Beziehung entwickelt, die beiden Frauen gutzutun schien.

„Alles paletti, auch wenn der Sonntag nicht gerade mein Lieblingsarbeitstag ist", antwortete Karo fröhlich.

„Und was macht die Liebe? Hast du inzwischen deinen Traummann gefunden?", fragte Emma grinsend und Karo begann sofort, ihr die neuesten Entwicklungen in ihrem Liebesleben anzuvertrauen. Nachdem Emma gehört hatte, dass alle jungen Kerle, mit denen Karo in der letzten Zeit geschlafen hatte, große Enttäuschungen gewesen waren, erfuhr sie, dass Karos Traummann gestern Morgen in der Bäckerei gefrühstückt hatte.

„Schon als ich durch das große Schaufenster sah, wie er aus seinem Pickup stieg, wusste ich genau: Das ist er!", verkündete sie strahlend. „Er kaufte dann ein paar Brötchen und verschwand wieder, aber nach einer guten viertel Stunde war er wieder da und bestellte sich ein großes Frühstück. Da hinten hat er gesessen", Karo zeigte auf eine kleine Sitzecke im Café Bereich der Bäckerei, „und dauernd angelächelt hat er mich. Der wollte bestimmt nicht nur freundlich sein, der war scharf auf mich, glaub mir. Fast anderthalb Stunden hat er dagesessen und mit seinem Tablet hantiert, bis er dann gegangen ist und mir ein ziemlich großes Trinkgeld zugesteckt hat. Und wie gut der ausgesehen hat ... Okay, er war jetzt nicht so jung wie die Kerle, mit denen ich mich sonst so abgebe, aber die älteren sind auf jeden Fall die erfahreneren Männer. Stimmt's?"

Karo schaute Emma fragend an.

„Stimmt", sagte diese leise und wusste nicht, ob sie lachen, weinen oder wütend sein sollte. Hatte Bob tatsächlich ernsthaft mit Karo geflirtet? Wurden die Kondome in seinem Portemonnaie deshalb nicht alt und unbrauchbar, weil er immer wieder neue brauchte, zum Beispiel für den Sex mit jungen hübschen Bäckereifachverkäuferinnen? War sie für ihn auch nur ein unbedeutender One-Night-Stand gewesen?

Gut, dass er anderthalb Stunden hier hatte frühstücken müssen, war zweifelsfrei ihre Schuld gewesen, aber dass er dieses junge Ding angebaggert hatte, das hatte er ja wohl ausschließlich selbst zu verantworten.

Emmas gute Laune war dahin. Warum hatte sie ihren Gefühlen nur so leichtfertig nachgegeben, als sie gestern Abend das Bild von Robert im Tagebuch betrachtet hatte und bei Bob in die gleichen vertrauten Augen geschaut hatte? Noch nie hatte sie so kurz nach der ersten Begegnung mit einem Mann geschlafen und allem Anschein nach hätte sie das wohl auch besser nicht getan.

Karo bekam nichts mit von Emmas Zweifeln und verkündete fröhlich: „Glaub mir, den sehe ich wieder. Außerdem habe ich mir gemerkt, wo er wohnt."

„Hat er dir das etwa gesagt?", fragte Emma verdutzt.

„Nein, das stand doch auf seinem Pickup. Er ist nämlich Schreiner", sagte Karo, aber das wusste Emma längst.

Sie verließ die Bäckerei mit einem großen Frühstück für zwei und einem Coffee to go für Bob. Karo hatte sie vorgelogen, das Essen wäre für sie und ihren Vater und sich dann mit einer dicken Umarmung von ihr verabschiedet.

Apropos Vater, vielleicht sollte sie noch kurz nach Hause fahren und nach ihm sehen. Aber beim Blick auf die Uhr in ihrem Auto stellte sie fest, dass sie schon seit fast einer Stunde unterwegs war und Bob bestimmt längst aufgewacht sein musste. Also fuhr sie zurück zum Haus ihrer Tante und beruhigte ihr schlechtes Gewissen mit dem Gedanken, dass der Pflegedienst einen Schlüssel hatte und Schwester Stephanie sich gleich bestens um ihren Vater kümmern würde.

BOB erwachte mit einem Lächeln auf den Lippen. So gut hatte er sich schon lange nicht mehr gefühlt. Emma hatte sich in dieser Nacht nicht nur wundervoll warm und weich an seinen Körper geschmiegt, sondern ihn auch mit ihrer glühenden Leidenschaft beinahe in den Wahnsinn getrieben.

Er hatte lange keine Frau mehr in den Armen gehalten, denn abgesehen von zwei sehr kurzen Affären hatte er, seitdem Iris ihn vor sechs Jahren verlassen hatte, mit keiner der Frauen, die er kennengelernt hatte, schlafen wollen.

Bei Emma hatte er schon, als sie in der Tür des kleinen Fachwerkhäuschens vor ihm gestanden hatte, gespürt, dass sie diejenige sein könnte, die daran etwas ändern könnte. Er hatte sich von Anfang an zu ihr hingezogen gefühlt, ohne konkret einen Grund dafür ausmachen zu können. Es war einfach so da, dieses Gefühl. Und seit Emma gestern Abend seine Gefühle erwidert hatte, schwebte er im siebten Himmel.

Er hätte nicht mit ihr schlafen müssen, er wäre auch mit einem Kuss oder einer Umarmung zufrieden gewesen, zumindest hatte er sich das eingeredet, aber das Kondom hatte er dann vorsorglich doch in sein Portemonnaie gesteckt, nachdem er vorgestern nach Hause gekommen war.

Und jetzt vermisste er sie schon, nur, weil sie nicht mehr neben ihm lag. Er wäre gerne noch etwas liegen geblieben, um sich die letzte Nacht mit allen feuchten Details noch einmal in Erinnerung zu rufen, aber er musste dringend mal für kleine Königstiger. Deshalb schlüpfte er in seine Boxershorts und lief durch die Küche zur dahinterliegenden Toilette. Als er zurückkam, entdeckte er auf dem Küchentisch Emmas Zettel.

Oh super, sie holt Frühstück, das passte ihm gut, denn er hatte einen Bärenhunger. Er suchte Besteck und Porzellan, deckte den Tisch und setzte den Wasserkessel auf. Dann bereitet er den Tee vor, und als das Wasser kochte, drehte er das Gas ab.

Danach kuschelte er sich wieder ins Bett, denn die Kissen dufteten so wunderbar nach Emma, und er wollte noch ein bisschen von ihr träumen, bis er sie ein weiteres Mal in seinen Armen halten konnte.

Zwischen den Kissen entdeckte er dann das Tagebuch. Sie hatten tatsächlich die ganze Nacht mehr oder weniger, also eher weniger als mehr darauf geschlafen. Er nahm das Buch und betrachtete es nachdenklich. Wenn er es jetzt schnell überfliegen würde, hätte er vielleicht Emmas ihr noch völlig unbekanntes Problem schon gelöst. Außerdem war er tatsächlich ein bisschen neugierig auf Tante Emmas Ausführungen, seinen Großonkel betreffend, denn er kannte bis jetzt ja nur die Version, die sein Großvater ihm erzählt hatte.

Trotzdem gehörte es sich natürlich überhaupt nicht, in fremden Tagebüchern zu schnüffeln, aber galt das auch, wenn die fleißige Schreiberin bereits verstorben war? Jedenfalls sollte er dieses Buch auf keinen Fall ohne Emmas Erlaubnis lesen. Vielleicht könnte er wenigstens einen Blick auf den Teil riskieren, den Emma zuletzt aufgeschlagen hatte, denn sie hatte das rote Band an dieser Stelle als Lesezeichen zwischen die Seiten gelegt.

Vorsichtig klappte er das Tagebuch auf und entdeckte das Porträtfoto seines Großonkels ... oder schaute er da gerade in sein eigenes Gesicht? Unglaublich, wie ähnlich sein Großonkel ihm auf diesem Bild sah. Der war zwar auf dem Foto bestimmt einige Jahre jünger als er, aber die Augen, die Nase, der Mund und sogar die Haare waren beinahe identisch. Kein Wunder, dass Emma ihn so verwirrt gemustert hatte, nachdem sie dieses Bild gesehen hatte.

Er konnte nicht genau sagen, wie lange er Roberts Porträtfoto betrachtet hatte, aber gerade, als er das Buch wieder schließen wollte, bemerkte er, dass Emma im Türrahmen stand und ihn voller Entsetzen ansah.

Als Emma in die Küche getreten war, hatte sie entdeckt, dass Bob bereits den Tisch gedeckt und den Tee vorbereitet hatte. Machte ein Mann so etwas nach einem One-Night-Stand? Sie hatte den

Kaffee und die Tüten abgestellt und sich auf den Weg ins Gästezimmer gemacht. Immer noch ziemlich aufgewühlt von Karos ausgiebigen Schilderungen, war sie zögernd im Türrahmen des Raumes stehen geblieben, indem sie in dieser Nacht den besten Sex ihres Lebens genossen hatte. Sex mit einem Mann, den sie kaum kannte, von dem sie fast nichts wusste und der allem Anschein nach nichts „anbrennen ließ", wie Karo es formulieren würde. Emma hatte sich jedenfalls an ihm verbrannt und ihre Zweifel an der Aufrichtigkeit seiner gezeigten Gefühle für sie brannten wie Salz in ihren Wunden.

Außerdem war sie auch ein bisschen wütend, mehr auf sich selbst als auf Bob, denn sie hatte mit ihm schlafen wollen. Sie war das erste Mal ausschließlich ihren Gefühlen gefolgt und hatte entgegen jeder Vernunft einem Fremden vertraut. Der Anblick, der sich ihr jetzt bot, bestätigte jedoch ihre schlimmsten Befürchtungen.

Bob las seelenruhig im Tagebuch ihrer Tante. Seine respektvolle Haltung, wenn es um ihre Gefühle ihrer Tante gegenüber und deren niedergeschriebenen Gedanken ging, war nur gespielt gewesen? Kaum drehte sie ihm den Rücken zu, schon hatte er nichts Besseres zu tun, als in eben diesen Gedanken zu stöbern? Sie hatte ihm vertraut! Nicht, dass sie auf keinen Fall wollte, dass er in diesem Tagebuch las, nein, sie hätte es ihm sogar gegeben, wenn er gefragt hätte. Aber hier ging es schlicht und ergreifend ums Prinzip. Er hätte sie fragen müssen! Er war scheinbar keinen Deut besser als Daniel, vielleicht sogar schlimmer, denn er las heimlich.

Das war zu viel für Emma. Erst himmelhochjauchzend, dann zweifelnd und jetzt dieser Vertrauensbruch.

Bob sah Emmas entsetztes Gesicht und wusste sofort, dass es ein riesengroßer Fehler gewesen war, das Tagebuch aufzuschlagen. Er hätte sie zuerst fragen müssen, und er bereute sein Fehlverhalten zutiefst. Was konnte er jetzt noch tun, außer sich abgrundtief zu schämen und sich aus tiefstem Herzen zu entschuldigen. Aber würde das Emma wirklich besänftigen? Wenn er nicht erst seit der letzten Nacht etwas über sie wusste, dann, dass sie Prinzipien hatte. Und seinen Verstoß gegen das Prinzip des Respekts und des Vertrauens würde sie ihm nicht verzeihen.

Was blieb ihm also anderes übrig, als die Flucht nach vorne?

„Emma, es tut mir leid, ich ..."

Doch sie ließ ihn gar nicht erst weiterreden, sondern zischte ihn wütend an: „Das hätte ich nicht von dir gedacht! Du hättest fragen können, aber stattdessen nimmst du es dir einfach. Du bist kein bisschen besser als Daniel, nur du hast mein Vertrauen direkt nach der ersten Nacht schon missbraucht."

„Emma, lass dir erklären ... Wir müssen ..."

„Wir? ...Wir mein lieber Bob, müssen gar nichts, denn ein ‚Wir' gibt es nicht!"

„Nein! Emma bitte nicht, ich muss ..."

„Ja, du musst, und zwar gehen. Bitte verlass mein Haus!"

Noch bevor Emma klar wurde, dass Enttäuschung und Wut schlechte Ratgeber waren, wenn es um die richtigen Worte ging, hatte sie Bob schon ihren Satz an den Kopf geschleudert. Jetzt wurde auch Bob langsam wütend.

Es konnte doch nicht sein, dass diese Frau, nach gestern Nacht, tatsächlich alles zwischen ihnen wegschmeißen wollte, weil er im Tagebuch ihrer Großtante das Bild seines Großonkels betrachtet hatte. Und was noch viel schlimmer war, er konnte sie, wenn er jetzt gehen musste, auch nicht beschützen.

„Verdammt, Emma, jetzt lass mich endlich ausreden!" Seine Stimme war laut und kräftig, als er sich erhob und vor ihr aufbaute. „Wir müssen dieses Buch gemeinsam durchlesen. Es enthält vermutlich wichtige Hinweise, die dein Leben retten können."

„Mein Leben retten? Ich wüsste nicht, dass das in Gefahr wäre, es sei denn du…"

Oh Mann, musste diese Frau denn ständig dazwischen quatschen.

„Emma!" Bob schrie sie jetzt fast an: „Für dich in Kurzform: Deine Tante hat quasi einen Schatz versteckt, den wir möglichst schnell finden sollten, denn wir sind nicht die Einzigen, die danach suchen, und das Tagebuch könnte uns bei der Suche helfen."

Emma starrte ihn ungläubig an, und dann schien sie zu begreifen.

„Du Mistkerl!", brüllte sie aus vollem Herzen. „Du hattest es von Anfang an nur auf diesen ‚Schatz' abgesehen!" Bei dem Wort „Schatz" machte sie mit den Händen Anführungszeichen in die Luft. „Und um den zu kriegen, warst du sogar bereit, mich flach zu legen!"

Bob traute seinen Ohren nicht, als ihm klar wurde, in welche Richtung sich diese Auseinandersetzung gerade entwickelte, und Emmas Wortwahl war dabei das kleinste Problem.

„Emma, nein, das war so nicht! Erinnere dich doch, ich wollte dir schon vor unserer gemeinsamen Nacht alles erzählen. Um ehrlich zu sein, hatte ich das schon vorgehabt, bevor Daniel gestern dazwischenkam."

„Du und ehrlich? Pah, dass ich nicht lache. Frauen anzubaggern und anschließend flach zu legen, ist doch sowieso ein Hobby von dir, und wenn damit noch eine kleine ‚Schatzsuche' verbunden ist, umso anregender für dich."

Oh verdammt, woher wehte denn dieser Wind jetzt plötzlich durch ihren Kopf. Bob war sich nicht mehr ganz sicher, ob er überhaupt noch verstand, worum es Emma eigentlich ging. Das Tagebuch schien jedenfalls nicht mehr das einzige Problem für sie zu sein.

Er stand jetzt nah vor ihr und Emma hatte ihre Arme in die Hüften gestemmt. Ihre Augen blitzten ihn wütend an und wäre das Ganze nicht so unerträglich ernst, dann hätte er sie, so wie sie da gerade vor ihm stand, unfassbar süß gefunden.

„Emma", sagte Bob mit ruhiger Stimme und fasste nach ihrer Schulter, um sie zu besänftigen.

Aber noch bevor seine Hand sie erreichte, schlug Emma mit aller Kraft gegen seinen Arm und schrie: „Fass mich bloß nie wieder an!"

Bob hob sofort seine Hände und wich einen Schritt zurück. Eine körperliche Auseinandersetzung, das war das Letzte, was er mit Emma haben wollte.

„Verdammt Emma! Was genau ist bitte dein Problem?", blaffte er sie an.

Emmas Stimme war schrill und drohte sich zu überschlagen, als sie ihn wütend mit Tränen in den Augen anschrie: „Gib's zu, das Kondom hattest du extra frisch eingesteckt, um mit mir deine Schatzsuche zu garnieren! Aber wahrscheinlich musst du dir ja sowieso jeden Tag ein neues ins Portemonnaie stecken. Oder hattest du das von gestern eigentlich für Karo vorgesehen, und mich wolltest du erst heute benutzten, um den Schatz zu suchen und ganz nebenbei deinen ‚Freund' zu versenken?"

Bob starrte Emma völlig fassungslos an, holte dann einmal tief Luft und hielt seine Hand mit der Innenfläche auf Emma gerichtet vor seine Brust: „Wow, wow, wow! Stopp! Stopp! Emma! Was spinnst du dir da zusammen und wer zur Hölle ist Karo?"

„Ha, du weißt noch nicht mal den Namen der hübschen Bäckereifachverkäuferin, die du gestern angebaggert hast!", schrie Emma jetzt.

Bob schüttelte schnaubend den Kopf: „Du meinst doch nicht etwa wirklich das junge Ding, das mich gestern Morgen die ganze Zeit angeschmachtet hat? Wenn hier jemand wen angebaggert hat, dann ja wohl sie mich. Ich habe allenfalls ein paar Mal freundlich gelächelt. Ach ja, und ich hab ihr ein bisschen mehr Trinkgeld gegeben als üblich, aber ich dachte, sie ist noch so jung, sie kann's bestimmt gut brauchen."

Emma starrte ihn schweigend an, als er fortfuhr: „Und zu deiner Information: Ich lege nicht ständig irgendwelche Frauen flach, um bei deiner Wortwahl zu bleiben. In den letzten sechs Jahren hatte ich gerade mal zwei kurze Affären, und die letzte davon ist mittlerweile auch schon zwei Jahre her. So, kann ich dir sonst noch irgendwelche in ‚nette Unterstellungen' verpackte Fragen, meine Person betreffend beantworten?", schloss er bissig seinen kleinen Vortrag und machte bei den Worten „nette Unterstellungen" Anführungsstriche in die Luft.

Dann hob er seine Hose vom Boden auf und stieg hinein, und als er sich auch das T-Shirt über den Kopf gezogen hatte und in seine Schuhe geschlüpft war, stellte er sich vor die immer noch schweigende Emma und sagte ganz ruhig: „Ich hatte das Kondom wirklich für dich eingepackt, vorgestern Abend schon, denn da hatte ich mich schon in dich verliebt. Und ... ich wollte dich zu keinem Zeitpunkt ‚flachlegen', ich wollte dich lieben. Und genau das habe ich getan, und ich bereue es nicht eine Sekunde."

Bob schaute Emma kurz und traurig in die verweinten Augen, bevor er an ihr vorbei durch den Türrahmen glitt und Richtung Treppe verschwand.

Als Lehrerin fand Emma stets die richtigen Worte. Sie war niemals beleidigend oder herablassend ihren Schülern gegenüber und die respektierten und liebten sie dafür. Jetzt allerdings waren leider ganz und gar nicht wohlabgewogenen Worte aus ihrem Mund gesprudelt, und sie war nicht mehr in der Lage gewesen, diesen unheilvollen Vorgang zu stoppen. Sie hörte sich Dinge sagen und Ausdrücke benutzen, die so noch niemals ihren Mund verlassen hatten und ihr war bei jedem einzelnen Satz klar gewesen, wie sehr sie Bob damit verletzen würde.

Sie wusste, dass sie überreagierte, aber nach Karos Schilderungen, Bobs Vertrauensbruch und dann auch noch seiner Geschichte mit dem angeblichen Schatz war sie komplett außer sich gewesen.

So musste Karo sich in der Pubertät gefühlt haben, wenn sie ihre völlig sinnfreien „Zickattacken" ausgelebt hatte.

Erst als Bob ihr die Geschichte in der Bäckerei aus seiner Sicht geschildert hatte, hatte sie sich ganz langsam wieder etwas beruhigt und versucht, das Durcheinander in ihrem Kopf zu sortieren.

Bobs Ausführungen waren ihr danach aufrichtig erschienen, und auch seine Ehrlichkeit konnte sie nicht mehr einfach so anzweifeln, und als er ihr schließlich gestand, sie geliebt zu haben und sie danach mit seinen unglaublich traurigen Augen angesehen hatte, da war sie endgültig wieder vollkommen in sich angekommen. Sie hatte ihr intensives Verlangen nach seiner Nähe und seiner Liebe und den starken Schmerz gespürt, den sein Gehen in ihr auslöste. Ein Schmerz, der viel schlimmer war als das, was sie gerade eben noch empfunden hatte, als sie ihn mit dem Tagebuch ihrer Tante entdeckt hatte. Hätte sie doch bloß geschwiegen …

Verzweifelt rief sie ihm hinterher: „Bob, bitte bleib!"

Bob hatte keinen Sinn mehr darin gesehen zu bleiben, nachdem Emma ihn mit derartigen Anschuldigungen überhäuft hatte. Er hatte gesagt, was zu sagen war, und mehr konnte er für sie nicht mehr tun. Er konnte auch seinem Großvater nicht mehr helfen und würde ihm beichten müssen, was geschehen war. Er hatte es total verbockt und dabei auch noch sein Herz verloren.

Als er gerade auf der untersten Treppenstufe angekommen war, rief Emma ihn zurück. Verdammt, diese Frau wusste wirklich nicht, was sie wollte. Eben erst hatte sie ihn aus dem Haus gejagt, und jetzt stand sie oben an der Treppe und weinte, weil er ging.

„Emma, was soll das jetzt. Du wolltest, dass ich gehe."

„Nein, das will ich nicht mehr", sagte Emma verzweifelt, „ich will, dass du bleibst. Bitte komm wieder hoch, es tut mir leid, dass ich dich so beschimpft habe."

„Ach, Emma", seufzte Bob und stieg zögerlich die Treppe wieder nach oben. Als er sie dann vor sich sah, mit verweinten Augen und tränennassen Wangen, wollte er sie am liebsten direkt in seine Arme nehmen, aber ihr Satz „Fass mich bloß nie wieder an!", hallte noch in seinem Kopf nach, deshalb blieb er einfach nur vor ihr stehen und schaute sie an.

Emma senkte ihren Kopf, denn sie konnte ihm nicht in die Augen blicken, so sehr schämte sie sich für ihren schrecklichen Auftritt.

„Es tut mir leid, dass ich so ausfallend war."

„Na ja, deine Wortwahl war schon sehr ... na, sagen wir mal ...interessant. Vor allem, wenn man bedenkt, dass du Lehrerin bist", sagte Bob ganz ruhig.

„Da hab ich wohl ausnahmsweise mal was von meinen Schülern gelernt", erwiderte Emma immer noch mit gesenktem Kopf.

„Und da dachtest du, du könntest das gleich mal beim alten Bob anwenden, der ist ja einen rauen Ton vom Bund gewöhnt", versuchte Bob sie etwas aufzumuntern.

„Oh Bob, es tut mir so leid", schluchzte Emma, „könntest du mich vielleicht trotzdem in den Arm nehmen?"

„Wenn du mir versprichst, mich weder zu schlagen noch zu beschimpfen, dann könnte ich mich tatsächlich dazu durchringen." Bob hob mit seinem Zeigefinger behutsam ihr Kinn, um in ihre Augen sehen zu können.

„Versprochen", sagte Emma leise, und dann nahm er sie ganz vorsichtig in seine Arme, so als hätte er Angst, sie könnte es sich doch noch einmal anders überlegen.

DANIEL hatte nicht besonders gut geschlafen. In der Nacht war er immer wieder aufgewacht und hatte an Emma denken müssen. So aufgebracht wie gestern Mittag hatte er sie noch nie erlebt.

Er kannte Emma als unkomplizierte, starke Frau mit guten Manieren, die niemals zu impulsiven Gefühlsausbrüchen neigte, mal abgesehen von der ewigen Heulerei wegen des Todes ihrer Mutter und wegen des Abgangs ihrer Tante, dieser alten Schachtel.

Daniel mochte es unkompliziert. Es war für ihn kein Problem, dass er Emma nicht so oft sehen konnte, weil diese bei ihrem pflegebedürftigen Vater wohnte. Es reichte ihm, wenn sie sich am Wochenende trafen und er sich dann gelegentlich mit ihr auf Partys seiner reichen Kunden schmücken oder seine männlichen Bedürfnisse mit ihr befriedigen konnte. Während der Woche hatte er gerne seine Ruhe, denn sein Beruf war anstrengend und äußerst zeitintensiv, zumindest, wenn er erfolgreich sein wollte. Und das wollte er.

Da Emma in der Woche in ihre Arbeit als Lehrerin ebenfalls sehr eingebunden war, erschien es ihm sinnvoll, dieses „Wochenend-Arrangement" auch nach ihrer Hochzeit fortzuführen. Darüber hatte er zwar mit ihr noch nicht gesprochen, aber er war sich sicher, dass Emma das genauso sehen würde, denn sie war schließlich eine kluge Frau.

Doch jetzt machte er sich gerade mächtige Sorgen um seine weitere Lebensplanung, denn wenn sein Plan, das Gemälde ohne Emmas Wissen zu finden und seinem Vater zu überreichen, fehlschlug, dann konnte er sich mit Sicherheit entweder von seinem Job oder von Emma und im schlimmsten Fall sogar von beidem verabschieden.

Ihr Auftritt von gestern hatte womöglich einen ersten Hinweis darauf gegeben, dass seine Idee, ihr die Notwendigkeit einzureden, das Haus abreißen zu lassen, vielleicht doch nicht so klug war, denn er hatte dabei ihre irrational emotionale Bindung zu dieser Bruchbude scheinbar gründlich unterschätzt. Und dann kam ihm auch noch dieser Schreiner mit seinen Sanierungsplänen dazwischen.

Auf dem Weg zu Emma hielt er kurz an der Bäckerei an, um sich einen der leckeren Coffee to go's zu besorgen. Karo begrüßte ihn quiekend mit einer stürmischen Umarmung und gab ihm einen dicken Schmatzer auf die Wange.

„Hi Daniel, schön, dich mal wieder zu sehen. Du hast Emma leider verpasst, sie war vor einer guten Stunde schon hier und hat Frühstück für sich und ihren Vater besorgt."

Daniel genoss Karos überschwängliche Begrüßung sehr. Er mochte das junge Ding und wenn Emma und sie nicht so dick befreundet wären, hätte er sie bestimmt schon längst ein paarmal „vernascht". Er war schließlich auch nur ein Mann, und wenn sich während der Woche die Gelegenheit für eine schnelle „Nummer" bot, vielleicht mit einer seiner Kundinnen, dann konnte er doch nicht Nein sagen.

Ganz unkompliziert eben, so wie er es mochte.

Aber von Karo sollte er lieber die Finger lassen, denn das würde Emma ihm schon aus Prinzip nicht verzeihen.

„Okay, dann pack mir doch auch so ein Frühstück ein und einen von deinen leckeren Coffee to go's, vielleicht sitzen die beiden ja noch am Frühstückstisch und ich kann mich anschließen. Sonst alles klar bei dir?"

„Na klar, bei mir doch immer. Schön, dass du dich so um Emma kümmerst, sie hat heute Morgen einen etwas verwirrten Eindruck gemacht, der Tod ihrer Tante geht ihr bestimmt ganz schön nah."

„Da sagst du was, sie heult schon wieder den ganzen Tag rum, fast so wie damals, als ihre Mutter gestorben ist. Gestern hat sie sogar einen Schreiner, der das Haus ihrer Tante sanieren möchte, vollgeheult. Unfassbar, wie diese sonst so toughe Frau sich da so reinsteigern kann."

Karo wäre fast der Kaffeebecher aus der Hand gefallen, als sie den Teil mit dem Schreiner hörte.

„Was für ein Schreiner?", fragte sie dann viel zu laut.

„Keine Ahnung, der kommt wohl hier aus dem Dorf und fährt einen von diesen Pickups. Ziemlich blöder Affe, wenn du mich fragst."

„Oha, das klingt aber eifersüchtig, hast du etwa einen Grund dazu?", erkundigte sich Karo vorsichtig.

„Ach Unsinn, ich bin doch nicht eifersüchtig. Der Typ durchkreuzt nur gerade meine Pläne, das Haus abreißen zu lassen. Aber vielleicht kannst du ja mit Emma reden und sie davon überzeugen, dass ein Abriss wirklich das Beste wäre?"

„Na klar, mach ich doch gern für dich", sagte Karo erleichtert, aber nach diesem Gespräch war ihr Emmas verwirrter Eindruck dann doch in einem etwas anderen Licht erschienen.

Als Daniel sein Auto vor Emmas Elternhaus abstellte, übersah er völlig, dass ihr Wagen gar nicht in der Einfahrt parkte. Er klingelte und Schwester Stephanie öffnete ihm die Tür.

Sofort rief Otto Müller ihm zu: „Hey, Schwiegersohn, komm doch rein, schön dich mal wieder zu sehen. Wie geht's dir und was macht der Immobilienmarkt?"

„Hallo Otto, mir geht's gut und Häuser gibt's auch immer noch genug zu verkaufen. Ist Emma in ihrem Zimmer?"

„Nein, die hat gestern im Haus ihrer Tante geschlafen, ich habe sie heute noch gar nicht gesehen. Es ist beim Ausmisten spät geworden und da war sie wohl zu müde, noch hierher zu fahren. Komm, setz dich doch zu mir, Schwester Stephanie wollte mir gerade Frühstück machen, aber wie ich sehe, hast du auch welches dabei. Ach, da hat Emma dich bestimmt angerufen und dich gebeten, mich zu versorgen. Sie denkt immer, wenn sie mal keine Zeit für mich hat, dann würde ich gleich den Löffel abgeben, dabei sollte sie ihr eigenes Leben führen und sich nicht immer nur um ihren kranken Vater kümmern."

Widerwillig bereitete Daniel seinem zukünftigen Schwiegervater jetzt das Essen vor und war dabei mit seinen Gedanken die ganze Zeit bei Emma. Was hatte das zu bedeuten, dass sie im Haus ihrer Tante übernachtet hatte? War das ein gutes oder ein schlechtes Zeichen für seinen Plan? Vielleicht war das ja eine Art Abschiedsnacht gewesen oder sie hatte das Haus sozusagen besetzt, um es vor dem Abriss zu bewahren. Was auch immer der Grund war, er sollte mit ihr reden und die Dinge klären, bevor sein bisheriges Leben den Bach runterging.

Außerdem fragte er sich, wieso Karo erzählt hatte, dass Emma Kaffee und Brötchen für sich und ihren Vater geholt hatte. Hatte sie da etwas missverstanden oder würde Emma gleich mit dem Frühstück hier auftauchen?

Er hatte keine Ahnung, nur eins war ihm klar, er musste schnell mit Emma reden. Otto ließ den Verlobten seiner Tochter jedoch nicht so einfach wieder gehen. Er freute sich über jeden Besucher, der ihm die langweiligen Tage seiner eingeschränkten Bewegungs- und Handlungsfreiheit ein bisschen erträglicher machte, und so konnte Daniel sich erst nach geschlagenen zwei Stunden loseisen und auf den Weg zu Emma machen.

NACHDEM BOB Emma eine ganze Weile in seinen Armen gehalten hatte, hatte er sie zärtlich auf den Scheitel geküsst. Sie hatte noch ein paarmal geschluchzt und dann ihren Kopf gehoben und ihm tief in die Augen geschaut.

Diese Frau hatte ihn vollkommen in der Hand, das war ihm spätestens in diesem Moment klar geworden und er hatte sich nichts mehr gewünscht, als dass das für immer so bleiben würde.

Bob hatte sich zu ihr gebeugt und mit seinen Lippen die ihren liebkost, woraufhin sie ihn mit ihrer Zunge geneckt hatte.

Als er sie dann immer noch küssend mit seinem ganzen Körper gegen die Wand geschoben hatte, hatte sie in seinen Mund geflüstert: „Dass du mich geliebt hast, hast du das wirklich ernst gemeint?"

„Todernst und absolut ehrlich", hatte er zurückgeflüstert. „Und damit du informiert bist: Das sage ich nicht zu jeder Frau, mit der ich schlafe. Das habe ich bis jetzt nur zu dir ... und zu Iris gesagt."

„Wer ist Iris?", hatte Emma gefragt und versucht dabei ganz ruhig zu klingen, Bob sollte auf keinen Fall denken, dass sie schon wieder hysterisch würde.

„Iris war acht Jahre lang meine Freundin vor den dir bereits bekannten Affären. Sie war ein echter Fehlgriff. Das hab ich leider erst viel zu spät wirklich wahrhaben wollen", hatte Bob in ihren Mund gehaucht und dann weiter mit ihrer Zunge gespielt.

„Vielleicht hättest du mir das alles gestern Abend schon vor unserem ersten Mal erzählen sollen", hatte Emma leise gesagt.

„Du hättest nur zu fragen brauchen, aber anscheinend wolltest du mich ja lieber direkt vernaschen", hatte Bob gewispert und sie mit seinem Körper noch etwas fester gegen die Wand gedrückt.

„Wer hat hier wen vernascht?", hatte Emma atemlos mit eindeutig gespielter Empörung geflüstert, während er den dünnen Stoff ihres Sommerkleides nach oben streifte und mit seinen Händen über ihre nackten Oberschenkel glitt.

„Wir uns, und ich fürchte, das passiert gerade schon wieder." Dann hatte er sie hochgehoben und immer noch küssend in den Flur getragen.

„Küche oder Gästezimmer?", hatte er sie keuchend gefragt und sie hatte „Gästezimmer" gewispert.

Bereitwillig hatte er ihr gehorcht und dann war alles nur noch pure Leidenschaft gewesen. Sie waren in Windeseile nackt auf das Bett gesunken und er hatte sie mit seinen Fingern und Lippen überall berührt, genauso wie sie seinen Körper sanft liebkoste und sich in seinen Armen verlor.

„Ich liebe dich so sehr. Ich liebe, wie du riechst und schmeckst und wie du dich anfühlst in meinen Armen", hatte Bob zärtlich zu ihr gesagt, und Emma hatte ihm geantwortet, dass sie ihn auch liebe, woraufhin er aufgehört hatte, mit seiner Zunge einen Weg zwischen ihren Brüsten hindurch über ihren kleinen Bauchnabel hinweg zu ihrem warm geschwollenen Paradies zu suchen.

Er hatte sie mit feuchten Augen angeschaut und atemlos gefragt: „Bist du dir sicher?"

„Ja", hatte sie gesagt. Dann hatte er sie sanft auf den Mund geküsst und schließlich mit seiner Zunge den Weg fortgesetzt zu den Lippen, die feucht pochend zwischen ihren warmen Schenkeln auf seine erregenden Liebkosungen warteten.

Nachdem er sie so fast bis zum Höhepunkt gebracht hatte, stöhnte Emma lustvoll: „Oh Gott Bob, wenn du nicht aufhörst, komme ich gleich!"

„So soll es sein", hatte Bob erregt geflüstert.

„Nein, bitte, ich will dich dabei in mir spüren."

„Süße, ich will auch in dir sein, aber wir haben kein Kondom."

„Egal, ich nehme doch die Pille, sag mir einfach, ob du gesund bist, ich bin es jedenfalls, frisch getestet."

Die Aussicht darauf in den nächsten Sekunden in ihr zu sein, hatte Bob den Atem geraubt und er konnte nur noch leise wispern, als er sagte: „Negativ getestet, danach nur geschützter Sex."

Und dann war er, ohne Emmas Antwort abzuwarten, in ihr versunken ...

Nach ihrem gemeinsamen Höhepunkt hatten sie sich schließlich völlig erschöpft, eine gefühlte Ewigkeit einfach nur in den Armen gehalten.

Emma und Bob saßen am Frühstückstisch. Der Kaffee war kalt geworden, dafür dampfte der Tee heiß in ihren Tassen. Bob saß mit seinen Boxershorts auf einem der Küchenstühle und Emma, nur in BH und Höschen, hatte ebenfalls auf einem Stuhl sitzend ihre Beine über seinen Schoß gelegt. Beide strahlten mit glänzenden Augen übers ganze Gesicht.

„Du hättest den BH ruhig auslassen können", feixte Bob grinsend „und das Höschen eigentlich auch."

„Das hättest du wohl gerne? Und was ist mit deinen Boxershorts? Gleiches Recht für alle", säuselte Emma zurück und genau dann klingelte es.

Bob schob ihre Beine von seinem Schoß und stand auf.

„Emma, bleib bitte in der Küche und schließ die Türe hinter mir ab. Ich schau nach, wer da was von dir will." Er huschte schnell ins Gästezimmer und schlüpfte in seine Hose und sein T-Shirt. Emma blieb allerdings nicht in der Küche, sondern lief ins Wohnzimmer und schaute vorsichtig aus dem Fenster.

„Ach du scheiße, Daniel", murmelte sie dann, als sie diesen von oben vor der Haustüre stehen sah.

„Emma, was machst du hier, du sollst doch in der Küche bleiben", schimpfte Bob, während sie aus dem Wohnzimmer kam.

„Da unten steht Daniel."

„Was will der denn hier? Hat der etwa gestern nicht kapiert, dass du mit ihm Schluss gemacht hast?"

„Na ja, vielleicht war ich ja etwas unklar in meiner Wortwahl."

„Was hast du denn zu ihm gesagt?"

„Gib mir bitte das Tagebuch zurück und Mistkerl."

Bob schaute Emma zweifelnd an: „Das war alles?"

„Nicht ganz, ich hab noch einen Stuhl im Lokal umgeworfen und bin dann rausgerannt, nachdem ich ihm das Tagebuch aus der Hand gerissen hatte."

„Wow, bist du etwa immer so impulsiv und so was wie heute Morgen blüht mir jetzt öfter?", fragte Bob vorsichtig.

„Nein, auf keinen Fall, eigentlich bin ich immer sehr ruhig und handle überlegt, aber seit dem Tod meiner Tante scheint mein ganzes Leben auf dem Kopf zu stehen. Ich hab in den letzten Tagen mehr verrückte Sachen gemacht als jemals zuvor. Ich habe beschlossen, in dieses alte Haus zu ziehen, ich habe mich in der Öffentlichkeit laut gestritten, ich habe meinen Vater vernachlässigt, ich habe sogar ein paarmal gelogen und ich habe mit einem Mann geschlafen, den ich kaum kenne, und das sogar zwei Mal und ohne Kondom. Und von meinem Verlobten habe ich mich getrennt, weil der das Tagebuch meiner Tante unbedingt lesen wollte."

„Moment mal, was hast du zuletzt gesagt? Du hast dich von Daniel getrennt, weil er das Tagebuch lesen wollte?"

„Ja, ich weiß, das klingt ziemlich kindisch und als ich *dich* dann auch noch mit dem Buch in der Hand erwischt habe, da habe ich einfach Rot gesehen."

„Jetzt wird mir einiges klar", sagte Bob nachdenklich, „und wahrscheinlich hast du in Bezug auf Daniel genau das Richtige getan."

„Inwiefern?", erkundigte sich Emma verdutzt, aber Bob antwortete ihr nicht, sondern fragte:

„Hat Daniel dir eigentlich gesagt, warum er das Tagebuch unbedingt lesen möchte?"

„Na ja, nicht so direkt. Er sagte, er wolle mich beschützen, damit ich mich emotional nicht so belaste. Deshalb wolle er dieses Haus abreißen lassen und alle diesbezüglichen Dinge für mich regeln."

„War Daniel schon immer so fürsorglich?"

„Nein, überhaupt nicht und um ehrlich zu sein, fand ich das auch eher übergriffig. Ich hatte das Gefühl, er versteht mich überhaupt nicht und versucht es auch noch nicht mal ansatzweise."

Bob hatte Emma aufmerksam zugehört und sagte dann sehr ernst: „Emma, ich glaube, wir müssen reden ... Und noch was, du solltest Daniel auf keinen Fall die Türe öffnen."

Dieser war mittlerweile dazu übergegangen, Sturm zu klingeln. Dann machte er ein paar Schritte zurück und schaute zu den Fenstern der oberen Etage.

„Emma!", schrie er. „Ich weiß, dass ihr da drin seid, eure Autos stehen in der Einfahrt! Jetzt mach endlich auf."

Emma lugte vorsichtig zwischen den Gardinen aus dem Wohnzimmerfenster nach draußen. Als Daniel sie entdeckte, zeigte er wild gestikulierend auf die Haustüre.

„Jetzt lass mich endlich rein!" Verdammt, das konnte doch nicht wahr sein. Was war bloß in sie gefahren? Allem Anschein nach dieser Schreiner! Fuck, Fuck, Fuck! Das hatte ihm gerade noch gefehlt.

Blitzschnell zählte er eins und eins zusammen und er wurde sich schlagartig seiner aussichtslosen Situation bewusst. Es würde für ihn keine Möglichkeit mehr geben, das Gemälde einfach zu finden und unbemerkt an sich zu nehmen, und ... er hatte Emma verloren. An diesen Schreineraffen! Was fand die nur an diesem ungebildeten Cargohosenträger? *Er passte doch viel besser zu ihr* und sie waren doch schon seit Jahren ein eingespieltes Team. Gut, ein bisschen Abwechslung hatte er sich zugegebenermaßen schon ab und zu mal gegönnt, aber Emma würde er so etwas auf keinen Fall zugestehen. Er würde sich von seiner eigenen Frau keine Hörner aufsetzen lassen.

Und jetzt fickte eben diese mit diesem Urmenschen.

Oder war der „Schreiner ihres Vertrauens" vielleicht gar nicht über Nacht geblieben, sondern eben erst zum Frühstück erschienen und sie hatten nur über die Sanierung des Hauses gesprochen.

Verdammt, er hätte doch gestern Abend noch zu ihr fahren sollen. Daniel versuchte sich wieder zu beruhigen. Vielleicht war

ja doch noch nicht alles verloren, aber warum zur Hölle öffnete sie ihm nicht die Türe?
„Emma! Was ist los da oben? Brauchst du Hilfe?", rief er jetzt in Richtung Fenster. Vielleicht konnte er sie so dazu bewegen, ihn ins Haus zu lassen.

Nachdem sie ihr Kleid angezogen hatte, öffnete Emma das Wohnzimmerfenster.
„Was willst du von mir? Hast du's gestern etwa nicht kapiert? Es ist vorbei!", rief sie und fügte noch hinzu: „Und jetzt lass mich bitte in Ruhe."
„Es ist vorbei? Verdammt Emma, was soll das? Ich hab es gestern doch nur gut gemeint, lass uns bitte in Ruhe darüber reden."
„Ich will aber nicht mit dir reden und jetzt verschwinde endlich, ich will dich nämlich auch nicht mehr sehen", erwiderte Emma energisch und schloss das Fenster.

Daniel war fassungslos. Wie konnte seine langjährige, so unkomplizierte Beziehung zu dieser perfekt zu ihm passenden Frau, gerade jetzt, wo er sie, also die Beziehung, dringender denn je brauchte, in die Brüche gehen?
Das konnte doch alles nicht wahr sein. Das war der absolute Super-GAU! Wie sollte er denn jetzt an das Gemälde kommen?
„Verdammtes Miststück!", schrie Daniel ihr nach und: „Verflucht sei dein neuer Stecher!" Dann trat er mit seinem feinen, schwarz glänzenden Business-Schuh gegen den Vorderreifen des Pickups und humpelte laut weiterfluchend zu seinem Sportflitzer.
Der war ja wohl mordsmäßig in die Hose gegangen, sein toller Plan. Jetzt musste er wohl oder übel zu seinem Vater fahren und ihm sein Versagen gestehen. Oh, wie er es hasste, vor diesem alten Despoten zu Kreuze zu kriechen. Das war wieder Wasser auf die Mühlen der Ressentiments, die der Alte ihm gegenüber hegte. Aber er hatte keine andere Wahl, er brauchte einen neuen

Plan und dabei wahrscheinlich sogar die Hilfe seines Vaters. Mit quietschenden Reifen brauste er davon.

EMMA UND BOB widmeten sich derweil wieder ihrem Frühstück. „Schieß los, worüber müssen wir reden?", sagte Emma und biss in ihr mit Käse belegtes Brötchen.
„Über die Sache mit dem Schatz natürlich", erwiderte Bob ernst und trank den letzten Rest seines kalten Kaffees.
„Hattest du das wirklich ernst gemeint heute Morgen? Ich meine die Geschichte mit dem Schatz und meinem Leben, das in Gefahr sein soll?"
„Alles, was ich gesagt habe, habe ich ernst gemeint", antwortete Bob und fügte grinsend hinzu: „Was man von dir nicht unbedingt behaupten kann."
„Hey, ich hab mich doch schon entschuldigt oder soll ich jetzt etwa täglich Abbitte leisten."
„Oh, wenn das jedes Mal so endet wie heute Morgen, dann bitte ich doch sehr darum." Bob griente Emma frech an und sie stupste ihn mit ihrer Faust gegen die Schulter. „So, jetzt aber mal im Ernst", sprach er weiter, „deine Tante hat tatsächlich einen Schatz versteckt. Es handelt sich dabei um ein altes, sehr wertvolles Gemälde, das mein Großonkel ihr überlassen hat."
„Überlassen hat? Was meinst du damit? Hat er es ihr geliehen oder geschenkt?"
„Na ja, wohl eher geschenkt, sozusagen, um ihre Zukunft abzusichern."
„Aber warum hat meine Tante das Bild denn nie veräußert? Sie hätte das Geld doch bestimmt gut brauchen können."
„Das müsstest du sie schon selbst fragen."

„Wenn das nur ginge", stellte Emma traurig fest und wollte dann wissen, warum jetzt plötzlich wegen eines Gemäldes, das schon vor Jahrzehnten hier im Haus versteckt worden war, ihr Leben in Gefahr sein solle und wer noch nach diesem Kunstwerk suche.
„Der Vorbesitzer sucht danach und würde wohl buchstäblich über Leichen gehen, um es zu finden."
„Woher weißt du das alles?"
„Mein Großvater hat einen Anruf bekommen. Er sollte dem Vorbesitzer deinen Namen verraten, und als er sich geweigert hat, wurde er bedroht. Aber weißt du was Emma, am besten fahren wir zu ihm und er kann dir dann die ganze Geschichte genau erklären."
„Dein Großvater, das ist doch Roberts Bruder, stimmt's?"
„Ja, sein jüngerer Bruder, aber mittlerweile ist der alte Herr auch schon 92. Er ist zwar körperlich nicht mehr so ganz auf der Höhe, geistig ist er jedoch noch völlig klar. Du kannst ihm die Geschichte also unbesorgt glauben."

Bevor sie das Haus verließen, steckte Emma das Tagebuch in ihre Handtasche und sie schlossen jeden einzelnen Fensterladen gewissenhaft von innen ab. Auch die Kellerfenster verbarrikadierten sie sorgfältig. Zum Schluss verriegelten sie die Eingangstür und setzten sich in Bobs Pickup.
„Hoffentlich kommt Daniel nicht auf die Idee, in dein Haus einzubrechen", sagte Bob nachdenklich und startete den Wagen.
„Wieso Daniel? Was hat der denn mit der Geschichte zu tun?", fragte Emma erstaunt.
„Na ja, ich finde, er hat schon ein ziemlich auffälliges Interesse an diesem Tagebuch gezeigt. Irgendwie werde ich das Gefühl nicht los, dass er über das Gemälde Bescheid weiß."
„Du meinst er hat vor, es zu stehlen? Aber warum sollte er denn so was tun?"

„Du weißt doch, bei Geld hört oft die Freundschaft auf. Und bei sehr viel Geld geht so manch einer sogar über Leichen."

„Aber Daniel doch nicht", nahm Emma ihn in Schutz.

„Seinem Vater allerdings, dem widerlichen Unsympath, würde ich so manches krumme Ding zutrauen."

„Meinst du denn, Daniel würde im Auftrag seines Vaters so etwas durchziehen?"

„Na ja, der alte Hütte hat schon einen ziemlich großen Einfluss auf seinen Sohn, zumal Daniel in seiner Firma arbeitet und somit finanziell total abhängig von seinem Vater ist. Und du hast ja gesehen, er lebt auf ziemlich großem Fuß."

„Siehst du, ich könnte recht haben. Wir sollten auf alle Fälle vorsichtig sein und du musst mir versprechen, dass du dich auf keinen Fall mehr mit ihm triffst. Hörst du?", bat Bob sie eindringlich.

„Bist du etwa eifersüchtig?", Emma grinste ihn an.

„Auf diesen Anzugträger? Nicht ein bisschen!", log Bob und grinste zurück. Dann schaute er sie sehr ernst an, griff nach ihrer Hand und streichelte mit seinem Daumen ihren Handrücken, während er sagte: „Ich mache mir große Sorgen um dich."

Einen Moment lang betrachtete Emma ihn nachdenklich, drückte ihm schließlich einen Kuss auf die Wange und genoss das wohlig sichere Gefühl seiner Nähe.

Bob brachte Emma zum Haus ihres Vaters, denn sie wollte nicht in den durchgeschwitzten Sachen vom Vortag bei seinem Großvater erscheinen. Außerdem hätte sie gerne geduscht, aber meinte, das könne sie auch bei ihm tun, denn er müsse sich schließlich ebenfalls ein wenig „renovieren" und seine Klamotten wechseln. Also bat sie Bob im Auto zu warten, denn sie wollte ihren Vater nicht einfach so auf die Schnelle mit einem neuen Mann an ihrer Seite überrumpeln.

„Emma, bist du das?", rief Otto Müller aus dem Wohnzimmer, als sie das Haus betrat.

„Ja Papa! Ist alles klar bei dir?", fragte ihn Emma vom Flur aus.

„Bei mir ja, bei dir auch? Wo warst du die ganze Zeit? Daniel war hier, er hat dich gesucht."

„Daniel war hier?"

„Ja, vor ungefähr zwei Stunden ist er dann gefahren. Ein sehr gebildeter junger Mann mit guten Manieren, wann heiratet er dich endlich? Ihr seid längst lange genug verlobt."

„Ach Papa, das hat noch Zeit. Jetzt muss ich mich erst mal um Tante Emmas Haus kümmern. Deshalb hole ich auch nur schnell ein paar frische Anziehsachen und dann bin ich direkt wieder weg." Emma rannte die Treppe nach oben in ihr Zimmer und packte eine kleine Tasche mit dem Nötigsten für ein oder zwei Tage, holte Zahnbürste, Föhn und ihre Schminksachen aus dem Badezimmer und brachte alles nach unten. Dann ging sie zu ihrem Vater und drückte ihn liebevoll.

„So Papa, ich bin wieder weg. Ich sage Ruth Bescheid, dass sie sich um dich kümmern soll. Ich weiß nämlich nicht, wann ich wiederkomme, aber wir telefonieren. Versprochen!"

„Aber Emma, was ist los, so kenne ich dich ja gar nicht. Seit wann lässt du deinen armen alten Vater einfach so im Stich?", neckte er sie und fügte neugierig hinzu: „Und wo ist dein Auto? Und wer ist der Mann in dem Pickup, der dich hergebracht hat?"

„Sei nicht so neugierig, es ist alles in bester Ordnung. Ich erkläre dir alles später, aber jetzt muss ich wirklich gehen. Mach's gut Paps." Sie gab ihrem Vater einen Kuss auf die Stirn und verließ schnell das Haus.

„Ja, ja, das hab ich jetzt davon, dass ich ihr immer gepredigt habe, sie soll ihr eigenes Leben führen," murmelte Otto Müller und schmunzelte dabei.

„Das ging ja schnell", wunderte sich Bob und half Emma dabei, die Tasche auf dem Rücksitz zu verstauen. Während sie noch kurz ins Nachbarhaus zu Ruth ging, schnappte er sich sein

Handy. Er wollte seinen Großvater auf seinen und Emmas Besuch vorbereiten.

Mit dem Rücken an die Fahrertür gelehnt unterrichtete er den alten Herrn über seine bis jetzt erfolglose Suche nach der Kiste mit dem Gemälde. Auch von dem Tagebuch, das Emmas Tante geführt hatte, erzählte er seinem Großvater.

Alfred von Wolfsbach hörte ihm aufmerksam zu. Er hatte zu seinem einzigen Enkel schon immer ein ganz besonders inniges Verhältnis gehabt. Bob erinnerte ihn an seinen verstorbenen Bruder Robert, den er sehr geliebt hatte. Und auch wenn es ihn jetzt beunruhigte, dass sein Enkel immer noch keinen Hinweis auf den Verbleib des Kunstwerks gefunden hatte, war er erleichtert zu hören, dass Bob es geschafft hatte, Emmas Vertrauen zu gewinnen.

Das würde die Sache viel einfacher machen. Sein schlechtes Gewissen beruhigte sich und er war froh, dass er in seinem Enkel einen zuverlässigen Verbündeten hatte.

DANIEL saß im Büro seines Vaters vor dessen Schreibtisch. Er hatte den Wutausbruch des Alten tapfer über sich ergehen lassen. Dieser hatte ihn als Versager beschimpft und ihm gedroht, ihn aus dem Testament zu streichen, wenn er nicht innerhalb der nächsten vierundzwanzig Stunden mit dem Gemälde in der Hand vor im stünde.

„Dieses Weib ist deine Verlobte, wie kannst du dich von ihr einfach so abfertigen lassen? Hast du denn keine Eier in der Hose?", hatte er gebrüllt und mit seiner Faust auf den Schreibtisch geschlagen.

Daniel hatte nichts gesagt, denn er wusste, dass es jetzt besser war, den Mund zu halten und zu warten, bis sein Vater sich wieder beruhigt hatte.

Gerade als dieser schwitzend und sichtlich erschöpft von seinen Schimpftiraden auf seinen wuchtigen Schreibtischsessel sank, summte die Sprechanlage.

„Betty, jetzt nicht!", brüllte Hütte ins Mikrofon, aber seine junge hübsche Sekretärin mit den wilden roten Locken ließ sich nicht beirren und sagte ganz ruhig:

„Herr Hütte, da ist ein Herr Dressen am Telefon und wünscht Sie dringend zu sprechen, soll ich verbinden?"

Betty mochte ihren Chef nicht besonders, aber da es im Moment schwierig war, eine halbwegs gut bezahlte Stelle als Sekretärin zu ergattern, musste sie seine Launen wohl oder übel ertragen.

Der junge Chef hingegen war immer sehr charmant zu ihr. Er hatte sie schon oft nach Feierabend mit zu sich nach Hause genommen und sie dann anschließend für ihre Liebesdienste gut bezahlt.

„Verbuchen wir das als Überstunden", hatte er grinsend gesagt, nachdem sie das erste Mal mit ihm geschlafen hatte, und so hatte sie ohne schlechtes Gewissen gerne immer mal wieder ein paar „Überstunden" für ihren Juniorchef gemacht.

Letzten Herbst hatte der junge Hütte sie sogar für ein verlängertes Wochenende mit nach Leipzig genommen, rein geschäftlich natürlich, aber auch sexuell war sie dabei nicht zu kurz gekommen.

Und als sie dann am Sonntagabend wieder in Konstanz waren, hatte er sie noch für eine schnelle Nummer mit in seine Wohnung gebeten. Natürlich wusste sie, dass er eine Verlobte hatte, aber die war es ja schließlich selbst schuld, wenn sich ihr Ehemann in spe, weil sie ihn die ganze Woche über allein ließ, vor lauter Einsamkeit trösten lassen musste.

„Verbinden Sie!", brüllte der alte Hütte ungehalten in die Sprechanlage und hob den Telefonhörer ab.

Er drückte auf die Lautsprechertaste und sagte mit übertriebener Freundlichkeit: „Herr Dressen, wie schön, dass Sie anrufen. Was kann ich denn Gutes für Sie tun?"

„Sie können sich ihre aufgesetzten Höflichkeitsfloskeln sparen, Sie wissen genau, was ich von Ihnen will", schallte es aus dem Lautsprecher.

„Aber natürlich Herr Dressen, wir sind an der Sache ganz nah dran."

„Sie sollen nicht nah dran sein, Sie sollen sie erledigen. Ich werde Ihnen jetzt meine Jungs schicken und so oder so, die werden nicht mit leeren Händen wieder zurückkommen. Ob mit oder ohne Ihre Hilfe. Wenn Sie also morgen Vormittag das Gemälde meinen Jungs nicht übergeben können, dann werden die Drei mir mein Kunstwerk beschaffen. Und glauben Sie mir, ‚Hütte Immobilien' wird es danach nicht mehr geben."

Walter Hüttes Gesicht war knallrot angelaufen, als er den Hörer wieder zurück auf das Telefon knallte.

„Da hörst du's!", schrie er Daniel an. „Dein Versagen wird uns ruinieren. Hütte Immobilien wird untergehen, weil du nicht mal mit einer kleinen Hauptschullehrerin fertig wirst. Was hab ich nur für einen Schlappschwanz großgezogen? Los, geh mir aus den Augen und wag es bloß nicht, ohne dieses Bild wieder hier aufzukreuzen!"

Daniel ließ sich das nicht zweimal sagen. Er schnellte von seinem Sitz hoch und verließ den Raum. Sein Vater würde ihm mit seiner grenzenlosen Wut eh keine Hilfe sein und sich noch länger von ihm beschimpfen zu lassen, brachte ihn dem Gemälde sicherlich kein Stückchen näher. Er ging in sein Büro und rief seine Sekretärin zu sich, denn für die Gemäldebeschaffungsmission Teil drei brauchte er einen zuverlässigen Helfer. Und wer wäre da wohl besser geeignet als Betty, die ihm für die richtige Summe Bargeld schon so manchen Dienst erwiesen hatte.

EMMA UND BOB standen vor der Schreinerei. Ein großes schmiedeeisernes Tor versperrte den Weg zur Werkstatt und nachdem Bob es aufgeschlossen hatte, steuerte er seinen Pickup über den Hof direkt vor das alte weiß getünchte Gebäude.

„Du wohnst in deiner Werkstatt?", fragte Emma ihn erstaunt, als er sie mit ihrer Tasche in der Hand quer durch die Schreinerei führte.

„Na ja, nicht direkt in der Werkstatt, ich habe mir ein Loft direkt über der Werkstatt gebaut. Siehst du die Tür da hinten?" Bob zeigte auf eine breite Eisentüre am Ende des Raums und Emma nickte. „Dahinter liegt das Treppenhaus."

Als Emma das Loft betrat, staunte sie nicht schlecht. Bob hatte aus dem Dachboden des alten Hauses einen Raum gemacht, der mit offenen Dachbalken bis in den Giebel, verschiedenen Dachfenstern und sogar einer großen Glasschiebetür, die vom Wohnzimmerbereich auf einen im Dach eingelassenen Holzbalkon führte, hell und ausgesprochen gemütlich daherkam. Die offene Küche verfügte über eine Insel mit Herd und ging dann in den Essbereich über, der mit seinem großen Tisch und bequemen Stühlen sehr einladend wirkte. Der Schlafbereich, in dessen Mitte ein riesiges Boxspringbett stand, war durch einige Streben und Balken des ursprünglichen Dachstuhls vom Wohn-, Ess- und Küchenbereich abgeteilt. In der Wand rechts neben dem Bett befanden sich zwei Türen. Direkt neben dem Eingang gab es auch noch eine Tür, die allem Anschein nach auf die Gästetoilette führte.

„Wow, hier lässt sich's leben", sagte sie und stellte ihre Sandalen ordentlich unter die Garderobe. Bob brachte ihre Tasche in den Schlafbereich und legte sie aufs Bett.

„Die rechte Tür hier führt ins Badezimmer und die linke in meinen Walk-in-Kleiderschrank. Wenn du dich jetzt duschen möchtest, im Badezimmerregal liegen frische Handtücher."

„Oh ja, duschen wäre wirklich prima", bemerkte Emma, lief mit nackten Füßen zu ihm und säuselte dann in sein Ohr: „Kommst du mit?"

„Nichts lieber als das", hauchte Bob in ihr Ohr, „aber, wir sollten das im Moment besser lassen, bis mit dem Gemälde alles geklärt ist. Uns läuft nämlich die Zeit davon und ich möchte nicht, dass dir irgendetwas passiert. Außerdem habe ich Großvater schon Bescheid gesagt, dass wir gleich zu ihm kommen. Der alte Herr mag es nicht besonders, wenn man unpünktlich ist."

„Spielverderber", stellte Emma fest und boxte ihn sanft in den Bauch, bevor sie den Reißverschluss ihres Kleides öffnete, es auf den Boden rutschen ließ und lächelnd im Badezimmer verschwand.

Bob beobachtete sie mit gierigen Augen. Diese Frau brachte ihn um den Verstand und gerade das konnte er im Moment überhaupt nicht gebrauchen. Er musste klar denken und überlegt handeln, um Emma so schnell wie möglich außer Gefahr zu bringen. Auch wenn sein bestes Stück da gerade völlig anderer Meinung war.

Nachdem er hörte, dass sie die Dusche angedreht hatte, betrat er ebenfalls das Badezimmer. Emma stand hinter der Milchglasscheibe der Duschabtrennung und seifte sich ein, und auch wenn man ihre Konturen nur erahnen konnte, musste Bob schnell wegschauen.

Verdammt, warum reagierte er andauernd so stark auf dieses wunderbare Geschöpf? Er musste sich ablenken, auf etwas anderes konzentrieren, sonst kämen sie auf alle Fälle zu spät zu seinem Großvater.

„Emma, ist es okay, wenn ich mich hier im Bad schon mal rasiere", fragte er sie schweren Herzens, denn er hätte sie viel lieber unter der Dusche …

Schluss jetzt mit diesen Gedanken, dafür hatten sie in den nächsten sechzig Jahren noch genug Zeit, denn so lange würde er sie mindestens lieben.

„Na klar, ist schließlich dein Luxusbad. Die Dusche ist ein echter Hit, barrierefrei und riesengroß. Hattest du hier schon mal mit einer Frau ... na, du weißt schon ...", rief Emma ihm zu.

„Willst du das wirklich wissen?"

„Eigentlich nicht, aber ... Ich will dich halt besser kennenlernen."

„Stimmt ja, hatte ganz vergessen, dass du besonders an meinem Liebesleben interessiert bist", feixte Bob und versuchte sich auf seine Rasur zu konzentrieren. Mist, jetzt hatte er sich doch tatsächlich geschnitten.

Das Blut sickerte langsam durch den Rasierschaum, als er Emma sein Gesicht an der Duschabtrennung vorbei entgegen reckte: „Du bist die erste Frau in dieser Dusche, und außer meiner Mutter hat auch noch keine Frau vor dir mein Loft betreten."

Emma strahlte ihn an. Diese Antwort gefiel ihr wirklich sehr, aber als sie das rote Blut, das durch den weißen Rasierschaum quoll, sah, erlosch ihr Strahlen und sie stürzte auf ihn zu.

„Du blutest ja!", rief sie entsetzt und schlang ihre Arme um seinen Hals.

„Halb so schlimm", entgegnete Bob und fügte dann stöhnend hinzu: „Das ist nur passiert, weil ich mich nicht konzentrieren kann, wenn ich weiß, dass du völlig nackt in meiner Dusche stehst. Und bitte lass mich jetzt los, sonst kann ich für nichts mehr garantieren."

Murrend wand Emma sich jetzt dem Waschen ihrer Haare zu und Bob rasierte sich seufzend weiter.

„Wie und wann hast du eigentlich Daniel kennengelernt?", erkundigte er sich schließlich, nachdem seine restlichen Bartstoppeln unblutig der Rasierklinge zum Opfer gefallen waren.

„Ach, bin ich jetzt dran, Fragen zu beantworten?" Emma begann sich abzutrocknen.

„Gleiches Recht für alle. Hast du heute selbst gesagt", neckte Bob sie und schaute ihr ungeniert dabei zu, wie sie die glitzernden Wassertropfen mit dem weichen Frottee von ihrer zarten Haut rieb.

„Also, da muss ich ein bisschen ausholen", sagte Emma grinsend.

Bob stöhnte: „Oh je, ich hatte es geahnt", woraufhin Emma ihn schon wieder zärtlich in den Bauch boxte und dann begann:

„Ich habe nach dem Abi erst mal ein Jahr in den USA als Au Pair gearbeitet und anschließend in Münster Lehramt studiert."

„Welche Fächer und für welche Schulform?", fragte Bob interessiert und verschwand in der Dusche.

„Biologie und Englisch, Haupt -, Real- und Gesamtschule", antwortete Emma, während sie begann, ihre Haare zu kämmen. „Nach meinem Referendariat konnte ich an der Schule in Münster bleiben und verliebte mich in einen Kollegen."

„Ist das dein erster Freund gewesen?" Bob steckte den Kopf aus der Dusche und schaute sie fragend an.

„Oh Bob, wenn du mich dauernd unterbrichst, dann ... Nein, das war nicht mein erster Freund. Meinen ersten Freund hatte ich schon in der Oberstufe, es war ein Klassenkamerad. Wir haben uns aber nach dem Abi irgendwie sehr schnell auseinandergeliebt, also eigentlich hat er sehr schnell eine andere geliebt und ich hab daraufhin mit ihm Schluss gemacht."

„Okay, wollte ja nur wissen, mit wie vielen Vorgängern *ich* konkurrieren muss", neckte Bob sie und grinste, bevor er sich den Schaum aus den Haaren spülte.

„Was wurde aus der Beziehung mit deinem Kollegen?", fragte er dann und prustete das Wasser aus dem Gesicht.

„Na ja, irgendwann stellte ich fest, dass ich nur eine von vielen Betthäschen war, die er ab und an vernaschte."

„Wer betrügt denn so eine Frau wie dich? Der Kerl hatte dich gar nicht verdient", bemerkte Bob und schnappte sich sein Handtuch.

„Wie dem auch sei", erwiderte Emma, „ich hab mich dann von ihm getrennt."

Sie putzte sich die Zähne und fuhr danach fort: „Ich ließ mich an die Gemeinschaftsschule hier in Konstanz versetzten und zog wieder bei meinen Eltern ein. Das wurde mir aber bald zu eng. Außerdem ging mir jeden Morgen die Fahrerei in die Stadt auf die Nerven und ich suchte mir eine Wohnung in der Nähe der Schule. Und jetzt kommt Daniel ins Spiel, denn ich hatte mich zwecks Wohnungssuche an die Immobilienfirma Hütte gewandt und wurde dort von ihm betreut. Er war damals noch für die Vermietungen zuständig und wir trafen uns ein paarmal zu Wohnungsbesichtigungen. Er war sehr charmant und umwarb mich schon bald äußerst beharrlich und ich fühlte mich nach meinen schlechten Erfahrungen wohl bei ihm. Er besorgte mir eine hübsche kleine Wohnung und wir sahen uns fast jeden Tag. Nach ein paar Jahren machte er mir einen Heiratsantrag und wir verlobten uns. Als ich daraufhin äußerte, dass es doch jetzt der richtige Zeitpunkt wäre zusammenzuziehen, sträubte er sich sehr dagegen ... Dann starb meine Mutter."

Emma hatte mittlerweile ihre Haare geföhnt, sich geschminkt und angezogen. Sie trug ein schwarzes Etuikleid, dass am Kragen und an den Seiten weiß abgesetzt war und weiße Pumps.

„Woran ist sie gestorben?", fragte Bob leise, als er hinter sie trat und zärtlich seine Arme um sie legte.

„Sie hatte Brustkrebs", sagte Emma traurig, „es ging alles sehr schnell. Sie hatte sich immer um alle anderen gekümmert und dabei sich selbst vergessen."

„Das tut mir sehr leid", wisperte Bob und zog sie noch enger in seine Arme. Emma genoss diese tröstliche Geste, schloss die Augen und lehnte sich mit ihrem Hinterkopf eine Weile an seine Brust. Dann drehte sie sich in seinen Armen, und als sie in sein Gesicht schaute, küsste er ganz zärtlich ihre weichen Lippen.

„Wie ging es mit Daniel weiter?", fragte Bob, kurz bevor aus dem tröstenden Kuss ein leidenschaftlicher wurde.

„Na ja, nach dem Tod meiner Mutter bemerkte ich sehr schnell, dass mein Vater mit seiner Parkinsonerkrankung nicht allein bleiben konnte. Er hatte dann einen starken Schub und ich beschloss, zu ihm zu ziehen und ließ mich an die hiesige Hauptschule versetzen."

„Was hat Daniel dazu gesagt?"

„Er war sofort einverstanden. Das hat mich damals sehr geärgert, denn eigentlich hatte ich gedacht, wir hätten uns verlobt, um ein gemeinsames Leben aufzubauen, aber Daniel schien diese räumliche Trennung gar nichts auszumachen. Mit zu meinem Vater wollte er auf keinen Fall ziehen. Anfänglich haben wir uns regelmäßig abends getroffen, aber mit der Zeit ließ das immer mehr nach. Schließlich führten wir am Ende nur noch eine Wochenendbeziehung. Und dann im letzten Herbst ..." Emma schluckte und griff nach ihrer Handtasche. Sie konnte nicht weiterreden. Bob, der gerade in eine schwarze Jeans geschlüpft war und jetzt sein schwarzes Hemd zuknöpfte, fasste sie an der Schulter und hob mit dem Zeigefinger unter ihrem Kinn ihren Kopf.

Dann schaute er ihr fragend in die Augen: „Was war im letzten Herbst?"

Emma sah ihn traurig an.

„Es ist nur ... ich habe das noch nie jemandem erzählt", sagte sie leise und dann sprudelte es aus ihr heraus: „Er musste übers Wochenende nach Leipzig, geschäftlich. Ich hatte eine harte Woche in der Schule hinter mir und mich auf entspannte Zweisamkeit mit ihm gefreut. Als er anrief und mir mitteilte, dass wir uns nicht treffen könnten, weil er zu viel zu tun habe, war ich nicht gerade begeistert, aber ich verstand, dass sein Beruf ihm wichtig war. Am Sonntagabend habe ich es dann nicht mehr ausgehalten, ich wollte ihn unbedingt sehen. Diese ganze Wochenendbeziehung hatte mir sowieso nie gefallen und wir jetzt noch nicht mal samstags und sonntags zusammen sein konnten ... Ich brauchte jemanden zum Reden und zum Anlehnen. Da montags

die Herbstferien anfingen, dachte ich mir, ich könnte in seiner Wohnung auf ihn warten und dann die Nacht bei ihm bleiben."
„Du hast seinen Wohnungsschlüssel?"
„Ja, natürlich."
„Hat er auch deinen?"
„Nein, er wollte ihn gar nicht."
„Gut", erwiderte Bob erleichtert und wollte wissen, wie es dann weiterging.
„Ich fuhr also in die Stadt zu seiner Wohnung. Als ich die Türe aufschloss, hörte ich Geräusche aus dem Schlafzimmer. Zuerst dachte ich, ich hätte einen Einbrecher erwischt, aber als ich die Schlafzimmertür erreichte, wusste ich sofort, was dort vor sich ging. Das Keuchen und Stöhnen war eindeutig gewesen. Fluchtartig verließ ich die Wohnung und rannte ins Treppenhaus, wo ich mich auf eine Treppenstufe setzte und heulte."
„Emma, dieser Kerl ist nicht eine einzige von deinen Tränen Wert."
„Ich weiß", sagte Emma, „aber damals hat mich das ganz schön verletzt. Nach einer Weile sah ich dann, wie Betty, seine Sekretärin, aus der Wohnung kam und Daniel sie zum Abschied küsste. ‚Überstunden wie immer?', hat er dann zu ihr gesagt und sie hat geantwortet: ‚Überstunden wie immer'. Dann ist sie gegangen."
„Haben die beiden dich gesehen?"
„Nein! Betty ist mit dem Aufzug nach unten gefahren und Daniel in seiner Wohnung verschwunden."
„Hast du Daniel zur Rede gestellt?"
„Nein", gab Emma kleinlaut zu.
„Emma, warum nicht?"
„Ich hatte es immer vermieden, meine Partner ... na ja sagen wir mal: in ihrem Handeln zu kritisieren. Außerdem hatte ich bis dahin alle meine Beziehungen beendet, weil ich betrogen wor-

den war. Ich dachte mittlerweile, es würde an mir liegen. Deshalb nahm ich mir vor, Daniels Affäre einfach zu ignorieren."

„Kein besonders guter Plan."

„Nein, das war wirklich kein guter Plan. Und diesen Fehler mache ich bestimmt kein zweites Mal", sagte Emma entschlossen.

„Dazu werde ich dir auch keine Gelegenheit geben", versicherte ihr Bob und küsste sie zärtlich. „Jetzt wundere ich mich auch nicht mehr darüber, dass du dich, obwohl du in einer festen Beziehung gelebt hast, einem Aids-Test unterzogen hast. Ich hatte für einen kurzen Moment Angst, du hättest vielleicht öfter mal eine heimliche Affäre und ich wäre gerade dabei, mich da einzureihen. Aber dann hab ich mich an dem Gedanken festgehalten, dass du den Test wegen deiner Schüler gemacht hast, als gutes Vorbild sozusagen."

„Nein, das war wegen Daniel. Ich hab dann nur noch mit Kondom mit ihm geschlafen und ihm vorgelogen, dass ich zurzeit aus medizinischen Gründen die Pille nicht nehmen kann", gestand Emma und schaute auf den Boden.

„Emma, bitte versprich mir immer über alles mit mir zu reden, was dich bedrückt oder stört", sagte Bob und hob abermals ihr Kinn, um in ihre wunderschönen Augen zu schauen.

„Bist du dir sicher, dass du das aushältst?", neckte ihn Emma.

„Das hab ich doch heute Morgen schon bewiesen. Und mit der Aussicht auf so eine Versöhnung …"

„WOHNT DEIN GROSSVATER nicht mehr auf dem Gut deiner Familie?", fragte Emma, als Bob sein Auto vor Alfred von Wolfsbachs Haus parkte. Es war eine kleine, aber feine alte Villa mit einem prächtigen Vorgarten voller exakt geschnittener Büsche, großer alter Bäume und üppig blühender Blumenbeete, die im nachmittäglichen Sonnenschein ihre bunten Farben über den Boden ergossen. Um das ganze Anwesen zog sich ein hoher, aufwendig verzierter, schmiedeeiserner Zaun mit scharfen Spitzen.

„Nein, er hat alles nach dem Tod seines Vaters verkauft. Er hatte als Rechtsanwalt mit großer eigener Kanzlei kein Interesse an unserem alten Familiensitz. Er hat mir erzählt, dass das Verhältnis zwischen seinem Vater und ihm sehr frostig gewesen sei, und deshalb sei ihm der Verkauf auch nicht besonders schwergefallen", erklärte Bob.

Sie waren mittlerweile beide ausgestiegen und er führte Emma zu einem Törchen im Zaun, das sofort mit lautem Summen aufsprang. Bob hatte ihren Besuch bereits telefonisch angekündigt, und als sie die Haustür aus dunklem, reich verziertem Holz erreichten, wurde ihnen diese von einem großen, muskelbepackten Mann mittleren Alters geöffnet.

„Hallo Matthew", begrüßte Bob diesen freundlich und schob Emma sanft mit seiner Hand auf ihrem Rücken an Matthew vorbei in den Flur.

„Guten Tag, Herr von Wolfsbach. Darf ich Sie und Frau Müller bitten, schon einmal im Kaminzimmer Platz zu nehmen! Herr von Wolfsbach Senior wird Sie gleich empfangen", sagte Matthew und zeigte mit einer Hand in Richtung des besagten Raums.

„Danke Matthew, Sie können ruhig gehen, ich kenne den Weg", bedankte sich Bob und Matthew antwortete:

„Sehr wohl, Herr von Wolfsbach" und verschwand.

„Wer war das denn? Der war ja richtig vornehm", flüsterte Emma.

„Das ist Matthew. Großvater nennt ihn sein Faktotum. Meine Großmutter hat ihn kurz vor ihrem Tod noch eingestellt, damit sich jemand um ihren Mann kümmert, wenn sie es nicht mehr kann", antwortete Bob, während er Emma ins Kaminzimmer führte.

„Sein Faktotum, was für ein schönes altes Wort für sein Mädchen für alles", stellte Emma fest, „Deine Großmutter war eine weise Frau."

„Das war sie wohl", sagte Bob traurig, „tja, und Großvater ist eben noch ganz alte Schule, aber keine Angst, das betrifft nur seine Manieren, sein Geist ist immer auf dem neuesten Stand. Ich glaube, er wird dir gefallen."

Das Kaminzimmer wirkte sehr behaglich mit den alten, schweren Teppichen auf dem Parkettboden und einer wuchtigen braunen Ledercouchgarnitur in der Mitte des Raumes. Die Wände waren mit einer beige abgetönten Textiltapete versehen und an einer von ihnen stand ein breites hohes Bücherregal, vollgestopft mit teils sehr wertvollen Büchern. Auf der gegenüberliegenden Seite befand sich eine riesige, dreiflügelige Glastür, die auf eine Terrasse führte.

Direkt gegenüber der Eingangstür fiel Emma allerdings als allererstes der riesengroße Kamin ins Auge, in dessen Mitte ein großer glühender Holzscheit munter vor sich hin knisterte.

„Ich sehe, dein Großvater hat es gerne warm und gemütlich. Das erinnert mich sehr an Tante Emma, je älter sie wurde, desto mehr fror sie", sagte Emma und ließ sich von Bob zum Sofa führen.

„Ja, Großvater friert auch sehr schnell, wobei ich einen brennenden Kamin im Hochsommer schon etwas übertrieben finde. Aber wenn er es so mag ... Setz' dich ruhig, ich schau mal nach, wo er bleibt", erwiderte Bob und verschwand.

Emma blieb stehen und betrachtete neugierig das Bücherregal. Alfred von Wolfsbach hatte einen erlesenen Literaturgeschmack. Neben den alten deutschen Klassikern wie Goethe, Schiller und Hölderlin befanden sich auch Werke der neueren Zeit von Rainer Maria Rilke, Thomas Mann, Bertolt Brecht, Max Frisch und Heinrich Böll. Aber nicht nur die *deutschen* „Bestseller" der letzten Jahrhunderte gaben sich hier ein Stelldichein, nein, auch Originalausgaben der *englisch* sprachigen Literatur wie zum Beispiel Shakespeare, Wordsworth und John Stuart Mill fehlten nicht. Emma war begeistert. Sie hätte die Liste der namhaften Schriftsteller, deren Bücher sich vor ihren Augen auf den Regalböden drängten, noch gefühlt endlos erweitern können, als die Stimme von Alfred von Wolfsbach sie aus ihren Gedanken riss.

„Eine schöne Sammlung, nicht wahr? Wobei ich gestehen muss, dass mir einige Liebesromane der Gegenwartsliteratur auch gut gefallen. Für einen alten Mann wie mich jenseits von Gut und Böse, eine sehr anregende Unterhaltung." Emma drehte sich um und blickte in die blassen, alten Augen von Bobs Großvater, der gestützt auf einen Gehstock hinter ihr stand und schelmisch schmunzelte.

Auch Bob hatte den Raum wieder betreten, hielt sich aber dezent im Hintergrund.

„Meine liebe Emma, ich darf Sie doch so nennen? Ich kann Ihnen gar nicht sagen, wie glücklich ich bin, endlich jemanden aus Ihrer Familie bei mir begrüßen zu dürfen. Auf diesen Moment habe ich die letzten siebzig Jahre meines Lebens gewartet und um ehrlich zu sein, hatte ich die Hoffnung schon längst aufgegeben", sagte der alte Herr und streckte Emma seine freie Hand zur Begrüßung entgegen.

Emma ergriff sie und erwiderte lächelnd: „Auch ich freue mich, Sie kennenzulernen, Herr von Wolfsbach." Nachdem Alfred von Wolfsbach Emmas Hand mit einem angedeuteten Handkuss versehen hatte, zeigte er auf das Sofa.

„Bitte nehmen Sie doch Platz, ich denke, wir haben eine Menge zu besprechen und in meinem Alter spricht es sich besser im Sitzen", stellte er fest und ging langsam mit seinem Gehstock auf den großen Ohrensessel zu, um sich dann ein wenig ächzend auf ebendiesem niederzulassen.

Emma und er saßen sich jetzt über Eck gegenüber und sie betrachtete ihn aufmerksam. Bobs Großvater war ein feiner alter

Herr mit ganz weißen Haaren und blassen blauen Augen. Seine Haut war hell und wirkte dünn wie Pergamentpapier über seinen knochigen Händen. Er war ein ganz anderer Typ als sein Enkel, und dennoch hatte er die gleiche warme Ausstrahlung wie Bob. Emma mochte ihn sofort.

„Meine liebe Emma", begann Alfred von Wolfsbach, „bevor ich Ihnen meine Geschichte erzähle und danach ihre Fragen beantworte, sollten wir Robert in die Küche schicken, damit er uns einen schönen Tee kochen kann. Ich gehe doch recht in der Annahme, dass Sie dieses Getränk einem alkoholischen Drink vorziehen?"

„Oh ja, natürlich. Ich bin eine leidenschaftliche Teetrinkerin."

„Na, dann haben wir beide ja schon mal etwas gemeinsam", stellte der alte Herr schmunzelnd fest und fügte an seinen Enkel gewandt hinzu: „Na los, Robert, lass mich endlich mit dieser überaus attraktiven jungen Frau allein und kümmere dich um den Tee."

„Jawohl!", entgegnete Bob und machte seinen Großvater darauf aufmerksam, dass er sich keine Hoffnung machen solle, denn diese Frau sei bereits in festen Händen. In *seinen* festen Händen hätte er am liebsten gesagt, aber das wollte er ihm jetzt noch nicht erzählen.

Nachdem Bob den Raum verlassen hatte, begann Alfred von Wolfsbach mit seiner Geschichte.

„Ich hatte einen älteren Bruder, Robert von Wolfsbach den Vierten. Er war ein begnadeter Maler und konnte hervorragend Klavier spielen, aber seine größte Begabung war seine Liebe zu den Menschen. Das mag vielleicht etwas pathetisch klingen, doch es entspricht der Wahrheit. Robert hielt nicht viel vom Standesdünkel der adligen Gesellschaft, ihm ging es immer um das Wohlergehen jedes einzelnen Menschen, egal welcher Herkunft. Die nationalsozialistische Gesinnung, in der wir erwachsen geworden waren, prallte an ihm ab und hinderte ihn nicht daran, seine eigene Vorstellung von Menschenwürde auf unserem Gut umzusetzen. Zumindest in den Jahren, in denen er das Gut leiten durfte. In dieser Zeit lernte er ihre Tante Emma kennen. Sie war seine ganz große Liebe. Der Einzige aus der Familie, der über diese Beziehung informiert war, war zunächst ich. Mein Bruder und ich, wir hatten ein sehr inniges Verhältnis, was sicher auch dem despotischen Erziehungsstil unseres Vaters, Robert von Wolfsbach dem Dritten, einem unnachgiebigen Familienpatriarch, geschuldet war. Ich bewunderte Robert wegen seines stillen Widerstandes gegen unseren alten Herrn, indem er es verstand, dessen Anordnungen immer wieder geschickt zu unterlaufen. So hatte unser Vater ihm zum Beispiel das Malen strikt verboten, doch Robert malte einfach weiter und veröffentliche seine Werke unter dem Pseudonym ‚Bert Wolf'."

„Bert Wolf war Ihr Bruder Robert?", unterbrach Emma ihn jetzt aufgeregt.

„Jawohl, haben Sie schon etwas von ihm gesehen?", fragte Alfred von Wolfsbach sie neugierig.

„Aber ja, er ist mein Lieblingslandschaftsmaler. Ich kenne keinen anderen, der jemals unsere schöne Gegend in so einer wunderbaren Art und Weise auf die Leinwand gebracht hat. Meine Großtante hat in ihrem Wohnzimmer zwei Werke von ihm hängen und gelegentlich habe ich sie mir ausgeborgt, um meinen Schülern die Fauna und Flora unserer Heimat durch die wunderbaren Bilder dieses heimischen Künstlers näher zu bringen", erklärte Emma leidenschaftlich.

Alfred von Wolfsbach betrachtete sie liebevoll. Wenn sein Bruder in den Augen seiner Angebeteten auch dieses Interesse und diese Leidenschaft gesehen hatte, wie *er* jetzt in Emmas Augen, dann konnte er gut verstehen, warum er sie so sehr geliebt hatte.

„Ihre Tante hatte tatsächlich Bilder von Robert in ihrem Wohnzimmer? Das freut mich sehr, denn es zeigt mir, dass ihre Liebe zu meinem Bruder wohl doch nicht erloschen war", sagte er und lehnte sich in seinem Sessel zurück.

„Ich verstehe nicht, wie meinen Sie das", fragte Emma ihn stirnrunzelnd.

„Nun ja, lassen Sie mich die Geschichte weitererzählen, dann werden Sie verstehen", entgegnete ihr Bobs Großvater und fuhr fort: „Auf Bestreben unseres Vaters war Robert, wie alle erstgeborenen von Wolfsbachs, nach dem Studium auf zunächst unbestimmte Zeit in die Armee aufgenommen worden. Unser Vater hatte die Hoffnung, dass ihm dort endlich seine Flausen aus dem Kopf getrieben würden. Robert hätte natürlich viel lieber auf dem Gut gearbeitet, denn er war schließlich ein studierter Landwirt. Aber Vater hätte ihm sowieso niemals bei irgendeiner Entscheidung freie Hand gelassen. Deshalb gab mein Bruder dem Willen unseres Vaters nach. Die Zeit beim Militär war für ihn eine schlimme Zeit gewesen und er hatte die spätere schwere Erkrankung unseres Vaters mit der daraus resultierenden Übernahme des Guts als himmlische Fügung empfunden. Endlich hatte er seine wahre Bestimmung gefunden. Doch als der unsinnige Krieg begann, forderte diesmal unser Vaterland seine erneute Anwesenheit in der Wehrmacht. Solange unser alter Herr noch erkrankt war, konnte mein Bruder weiterhin das Gut bewirtschaften, denn der landwirtschaftliche Betrieb unserer Familie galt für die Versorgung der Soldaten an der Front als kriegswichtig. Aber zwei Jahre später, nach Vaters unerwarteter Genesung, stand Roberts Rückkehr zur Armee nichts mehr im Weg. Schweren Herzens ließ er ihre Tante zurück ...

Mein Bruder war an die Ostfront verfrachtet worden und bekam, nachdem er fast ein Jahr nicht mehr zu Hause gewesen war, Anfang Dezember 1943 Heimaturlaub. Auf seinem Weg Richtung Westen übernachtete er am 3. Dezember in der Innenstadt von Leipzig." Alfred von Wolfsbach beugte sich beide Hände auf seinen Krückstock gestützt wieder nach vorne und schaute Emma mit seinen blassen, wässrigen Augen an.

Dann senkte er seinen Blick und fuhr leise fort: „Das Datum sagt Ihnen sicherlich nichts? Es war die Nacht des großen Bombenangriffs auf Leipzig."

Emma schaute ihn entsetzt an und fragte ihn schließlich zögerlich: „Ist Ihr Bruder bei diesem Angriff gefallen?"

„Oh nein, mein Kind!", erklärte Alfred von Wolfsbach und schaute Emma wieder an. „Robert konnte, als am 4. Dezember um 3:39 Uhr der Fliegeralarm ertönte, in den Keller eines Gebäudes flüchten. Dort wurde er Zeuge eines schrecklichen Feuerangriffs mit verheerenden Folgen. Die Bewohner Leipzigs waren aufgefordert worden, in ihren Schutzräumen zu bleiben, aber meinem Bruder wurde sehr schnell bewusst, dass das für ihn und die anderen Schutzsuchenden in diesem Keller eine Todesfalle sein würde. Er forderte alle auf, ihm nach draußen zu folgen und zu fliehen, nachdem um 5:32 Uhr Entwarnung gegeben worden war. Aber nur eine einzige Frau folgte seiner Anweisung."

Alfred von Wolfsbach atmete schwer, bevor er weitersprach: „Die beiden konnten fliehen aus der Feuersbrunst, die sich in den engen Gassen der Leipziger Altstadt schnell ausbreitete, und erreichten beinahe unbeschadet das sichere Umland der Stadt. Robert hatte sich allerdings bei der Flucht eine üble Brandwunde am Arm zugezogen."

„Und was geschah dann?", wollte Emma wissen, obwohl sie sich nicht sicher war, warum Bobs Großvater ihr überhaupt von diesem Ereignis berichtete und was das mit dem Gemälde zu tun hatte.

„Die Frau brachte Robert zu sich nach Hause. Sie wohnte in einem Vorort von Leipzig und hatte in der Innenstadt nur eine Freundin besucht und dann bei dieser übernachtet. Roberts Brandwunde wurde vom Hausarzt der Familie versorgt und mein Bruder blieb noch ein paar Tage dort. Alle kümmerten sich rührend um ihn."

„Was ist mit den anderen Menschen im Keller passiert?", erkundigte sich Emma zaghaft.

Alfred von Wolfsbach antwortete mit gesenktem Kopf: „Sie sind alle verbrannt. Die halbe Leipziger Feuerwehr war am Vortag der Bombardierung nach Berlin abberufen worden und die Feuerwehren des Umlands konnten nicht richtig helfen, da es in Leipzig nur etwa zu einem Drittel genormte Wasseranschlüsse gab. Über 1800 Menschen kamen ums Leben."

Emma kämpfte mit den Tränen. Obwohl dieser Krieg schon viele Jahrzehnte her war und es kaum noch jemanden gab, der ihn damals miterlebt hatte, ging ihr diese Geschichte, quasi die Überlieferung eines Zeitzeugens, tief unter die Haut. Sie saß völlig angespannt auf der Kante des Sofas und umgriff ihre Knie.

Alfred von Wolfsbach rückte, gestützt auf seinen Stock, in seinem Sessel noch ein Stück nach vorne, legte seine knöcherne Hand auf Emmas Hände und sagte tröstend: „Meine liebe Emma, das ist alles schon so lange her und es tut mir leid, dass ich Ihnen das erzählen musste, aber Sie werden gleich verstehen, warum diese Geschichte so wichtig ist."

Während Emma sich langsam wieder etwas entspannte, lehnte sich Bobs Großvater in seinen Sessel zurück und fuhr fort: „Schnell war dem Ehemann der Frau, mit der mein Bruder vor dem Feuer geflohen war, klar geworden, dass seine Gemahlin ohne Roberts Hilfe ebenfalls ein Opfer der Flammen geworden wäre. Er war unendlich dankbar, dass mein Bruder ihm seine Angetraute unbeschadet nach Hause gebracht hatte und schenkte ihm dafür ein Werk aus seiner Gemäldesammlung."

„Das besagte Gemälde, um das es im Moment geht?", unterbrach ihn Emma.

„Jawohl, mein Kind, so ist es", antwortete Alfred von Wolfsbach: „Als Mann vom Fach war Robert natürlich sofort klar, wie wertvoll dieses Geschenk war und wollte es erst gar nicht annehmen. Karl, so hieß der Ehemann, bestand jedoch darauf und ließ die Schenkung auf dem Echtheitszertifikat des Gemäldes notariell beglaubigen. Als Robert dann ein paar Tage später aufbrach, um ihre Tante endlich wieder in seine Arme schließen zu können, hatte er das wertvolle Bild sicher verpackt in einer Reisetasche dabei."

Emma lehnte sich jetzt auch zurück und atmete tief durch. Sie war betroffen und gleichzeitig fasziniert von dieser alten Geschichte, die nach so langer Zeit plötzlich ihr Leben zu beeinflussen drohte. Am meisten imponierte ihr allerdings Bobs Großvater, der trotz seines hohen Alters und der Jahrzehnte, die seit diesen Ereignissen ins Land gegangen waren, noch über so detaillierte Erinnerungen verfügte.

Als hätte Alfred von Wolfsbach Emmas Gedanken gelesen, erklärte er: „Diese ganze Geschichte hat mich mein Leben lang nicht mehr losgelassen, obwohl oder gerade, weil ich nie habe klären können, warum Ihre Tante nie wieder etwas mit jemandem aus meiner Familie zu tun haben wollte", und dann warf er nach einer nachdenklichen Pause ein: „So und jetzt schau ich doch mal nach meinem Enkel, der Tee müsste doch längst fertig sein" und erhob sich ächzend von seinem Sessel.

„Bleiben Sie ruhig sitzen, Herr von Wolfsbach, das kann ich doch machen", erwiderte Emma schnell und stand ebenfalls auf, aber der alte Herr hielt sie zurück und konstatierte, dass er sich sowieso kurz entschuldigen müsse, um dem Ruf der Natur zu folgen, was in seinem Alter leider ziemlich oft der Fall wäre.

„Ich werde Robert mit dem Tee zu Ihnen schicken, und wenn ich wieder zurück bin, reden wir weiter", sagte er noch und ging auf seinen Stock gestützt langsam aus dem Raum.

Als Alfred von Wolfsbach die Küche betrat, war Bob gerade dabei, das Display seines Handys mit dem Daumen zu bearbeiten.

„Müsst ihr jungen Leute denn dauernd auf diesem Spielzeug rumtippen? Hatte ich dich nicht eben gebeten, uns einen Tee zu kochen?", brummte er seinen Enkel an.

Der besagte Enkel tippte unbeirrt weiter, als er antwortete: „Entschuldige bitte Großvater, der Tee ist bereits fertig und ich bringe ihn sofort ins Kaminzimmer. Ich muss nur noch schnell Markus die Adresse von Emmas Fachwerkhäuschen texten."

„Du hast ihn eingeweiht?", fragte sein Großvater stirnrunzelnd.

„Ja, ich denke, wir haben keine andere Wahl, wenn wir das Bild unbedingt haben wollen. Du weißt, dass wir Markus vertrauen können."

„Na, ich hoffe, du hast recht und so kurz vor dem Ziel geht nichts mehr schief. Meine Zeit läuft langsam ab und ich kann nicht noch einmal siebzig Jahre auf diesen Moment warten", bemerkte Alfred von Wolfsbach und verschwand langsam Richtung Badezimmer.

Bob stellte das Tablett mit den Tassen und der Teekanne auf den Couchtisch und ging dann zu Emma, die vor der Glastür stand und in den Garten schaute.

Er umarmte sie zärtlich von hinten, küsste ihren Scheitel und raunte in ihr Haar: „Na meine Süße, hast du mich schon vermisst?" Emma lehnte sich gegen seine Brust und schloss die Augen.

„Nicht ein bisschen", neckte sie ihn schmunzelnd, „dein Großvater hat dich würdevoll vertreten."

„Er ist dir hoffentlich nicht zu Nahe getreten? Großvater hat ein sehr einnehmendes Wesen."

„Keine Sorge, Alfred von Wolfsbach ist eine sehr angenehme und bemerkenswerte Persönlichkeit."

„Ha, er hat dich schon um den Finger gewickelt. Das hätte ich mir gleich denken können, ich hätte dich nicht mit ihm allein lassen sollen", empörte sich Bob grinsend. Emma drehte sich um, schlang ihre Arme um seinen Hals und lächelte ihn an.

Bob hielt sie fest und berührte mit seinen Lippen ganz sanft ihre Stirn, bevor er sie mit ernstem Gesichtsausdruck fragte: „Und, was hältst du von seiner Geschichte?"

„Sie ist ziemlich interessant und bewegend, allerdings fehlen mir noch ein paar Informationen, um alles verstehen zu können."

„Die wird Großvater dir sicherlich gleich geben und diesmal werde ich bei dir bleiben", sagte Bob leise und dann küsste er sie zärtlich auf die Lippen.

Alfred von Wolfsbach hatte schon eine ganze Weile in der Tür vom Kaminzimmer gestanden, bis die beiden ihn bemerkten. Auf seinem Gesicht lag ein zufriedenes Schmunzeln und als die beiden jetzt wie zwei Teenager, die beim Knutschen erwischt worden waren, erschrocken auseinandersprangen, konnte er ein herzhaftes Lachen nicht unterdrücken.

„Ihr seid mir zwei", sagte er ein wenig atemlos, „denkt ihr etwa wirklich, ich hätte nicht längst bemerkt, dass ihr euch nah gekommen seid. Ich bin zwar alt, aber nicht blind. Dir, Robert, habe ich das bereits an deinem Gesichtsausdruck angesehen, als du mich eben geholt hast und als ich dann Emma gesehen habe und die Blicke, die ihr miteinander gewechselt habt, da wusste ich, dass ich richtige liege."

„Entschuldige bitte Großvater, so solltest du das nicht erfahren, wir wollten es dir erzählen, wenn Emma endgültig in Sicherheit ist", sagte Bob etwas verlegen.

„Ach Kinder, in meinem Alter hat man keine Zeit mehr, die Dinge auf später zu verschieben. Außerdem ist es völlig egal, wie ich es erfahre, Hauptsache, ihr seid glücklich. Wenngleich ich wohl bemerken möchte, dass ihr ziemlich schnell zueinander gefunden habt. Wenn ich es allerdings recht bedenke, könnte es sich dabei auch um ein himmlisches Vermächtnis handeln", erwiderte Alfred von Wolfsbach lächelnd und ließ sich wieder auf seinem Sessel nieder.

„Los Kinder, setzt euch, ich möchte endlich die Geschichte zu Ende erzählen und ihr solltet heute Abend auch noch etwas Wichtiges erledigen."

„Was meinst du damit, Großvater?"

„Na ja, ihr solltet das Tagebuch zu Ende lesen. Womöglich enthält es wichtige Hinweise auf den Verbleib des Gemäldes."

„Ich hab das Tagebuch dabei", meldete sich Emma zu Wort und griff in ihre Handtasche, die sie auf das Sofa gelegt hatte, „wenn Sie möchten, können wir es gemeinsam lesen."

„Oh nein, meine Liebe, das hätte Ihre Tante sicherlich nicht gewollt. Sie hat es Ihnen hinterlassen und das werde ich respektieren", erklärte Bobs Großvater und fuhr dann mit der Geschichte fort: „Robert kam dann mit dem Gemälde in der Reisetasche und einer Brandwunde am Arm, ein paar Tage später auf unserem Gut an. Aufgrund seiner Verletzung, die nicht besonders gut heilen wollte, blieb er ungefähr drei Monate bei uns. So oft er konnte, schlich er sich vom Gut, um bei Ihrer Tante zu sein. Und dann, es muss so ungefähr Mitte März gewesen sein, erzählte er mir, dass er Vater werden würde."

Emma schaute ihn ungläubig an: „Meine Tante war schwanger?"

„Jawohl, so war es, Ihre Tante war in guter Hoffnung und mein Bruder war völlig außer sich vor Freude. Robert wollte Ihre Tante natürlich sofort heiraten. Ich riet ihm, unserem Vater nichts davon zu erzählen, denn es war klar, dass unser alter Herr niemals einer Hochzeit mit einer Bürgerlichen zustimmen würde. Aus diesem Grund hatte mein Bruder Ihre Tante bis jetzt auch noch nicht geehelicht, denn Vater hätte Robert sofort mit Schimpf und Schande vom Gut gejagt. Aber jetzt war Robert so glücklich, dass selbst die sichere Gewissheit, dass diese Heirat ein solches Zerwürfnis mit unserem Vater zur Folge haben würde, ihn nicht mehr von seinen Plänen abhalten konnte. Er regelte alles mit den Behörden, damit er und Ihre Tante sich so schnell wie möglich vermählen konnten.

Aber irgendwie hatte unser Vater von den Heiratsplänen seines Sohnes erfahren und sorgte mit seinem Einfluss binnen Stunden dafür, dass Robert noch vor dem Termin auf dem Standesamt wieder an die Front zurückmusste." Alfred von Wolfsbach lehnte sich mit lautem Seufzen im Sessel zurück.
„Das kann doch nicht wahr sein?", rief Emma entsetzt. „Er hat seinen eigenen Sohn lieber an die Front geschickt, als ihm zu erlauben, eine ‚Bürgerliche' zu heiraten?" Bei dem Wort „Bürgerliche" machte sie mit den Fingern Anführungsstriche in die Luft.
„Was für ein Vater macht denn so was?"
Bob griff nach ihrer Hand, um sie zu beruhigen und bat seinen Großvater weiter zu erzählen.
„Es ging alles sehr schnell und unser Vater machte auch keinen Hehl daraus, dass er die Verantwortung trug für die plötzliche Rückberufung seines Sohnes an die Ostfront. Der Marschbefehl kam und es gab für Robert keine Möglichkeit mehr, seine große Liebe zu ehelichen. Ihm war natürlich klar, dass durchaus die Möglichkeit bestand, dass er von seinem Einsatz nicht mehr zurückkommen würde. Er wollte Emma aber in diesem Fall unter keinen Umständen mit seinem Kind völlig mittellos allein lassen. Er wusste ja jetzt, dass Emma von seiner Familie keine Hilfe erwarten konnte.
Am nächsten Tag, dem Tag seiner Abreise, ging er zum Notar und veranlasste die Überschreibung des Gemäldes auf Ihre Tante. Danach brachte er das Kunstwerk zu ihr. Leider war der Notar mit der Ausstellung der Besitzurkunde nicht so schnell fertig und so bat er mich, die Urkunde abzuholen und Ihrer Großtante auszuhändigen." Langsam merkte man dem alten Herrn an, wie sehr ihn das Erzählen anstrengte, und er schloss für einen kurzen Moment erschöpft seine Augen.
Bob schenkte ihm eine Tasse Tee ein und reichte sie ihm: „Hier Großvater, trink erst mal etwas, das wird dir guttun." Emma und sich selbst füllte er den Rest des mittlerweile nicht mehr ganz so heißen Getränks in die beiden übrigen Tassen und dann saßen

sie schweigend, jeder in seine eigenen Gedanken vertieft auf der braunen Ledergarnitur und lauschten dem Knistern des Holzes im Kamin.

Emma war die Erste, die ihre Worte wiederfand, und als sie merkte, dass es Bobs Großvater wieder besser ging, fragte sie ihn vorsichtig: „Was ist mit dem Baby passiert? Meine Tante hat mir nie etwas von einem Kind erzählt."

„Sehen Sie meine Liebe, das ist genau die Frage, die ich Ihnen leider nicht beantworten kann", gestand Alfred von Wolfsbach und dann beteuerte er: „Ich wollte Ihrer Frau Tante die Besitzurkunde für das Gemälde übergeben und holte das Dokument zwei Tage nach Roberts Abreise beim Notar ab, aber dann ging auch bei mir alles sehr schnell. Ich wurde ebenfalls an die Front abkommandiert und fand keine Zeit mehr Ihre Tante aufzusuchen. So schloss ich das Dokument in meinen Tresor ein, in der Hoffnung, dass im Falle meines Ablebens die Urkunde in die Hände Ihrer Tante gelangen würde."

„Sie sind zurückgekehrt", stellte Emma fest und dann fragte sie leise, „und Ihr Bruder?"

Alfred von Wolfsbach atmete schwer und seine blassen blauen Augen füllten sich mit Tränen, als er antwortete: „Mein Bruder ist in diesem verfluchten Krieg geblieben."

BOB stieg aus seinem Pickup, umrundete das Auto und öffnete die Beifahrertür. Emma blieb wie angewurzelt sitzen. Sie hatte während der ganzen Rückfahrt kein Wort gesagt.

Natürlich war ihr irgendwie schon klar gewesen, dass Bobs Großonkel sehr früh gestorben sein musste, denn sonst hätte sie ja bestimmt von seiner Existenz etwas gewusst. Aber jetzt, wo sie einen großen Teil der Geschichte kannte, ging ihr das alles doch sehr nah.

Was war das nur für eine Familie? Ein Vater, der seinen Sohn in den Tod schickte, nur damit der seine große Liebe nicht heiraten konnte, die ein Kind, sein Enkelkind, von eben diesem Sohn erwartet. Sie hatte das Gefühl, dass ein Teil des Schmerzes, den ihre Tante bei der Todesnachricht empfunden haben musste, jetzt auch in ihrer Brust zu spüren war, und sie hatte ein paar stille Tränen geweint. Bob hatte sein Auto sicher durch den frühen Abend gesteuert und ihr Schweigen respektiert.

Nachdem sein Großvater umständlich in sein großes Herrentaschentuch geschnäuzt und sich die Augen getrocknet hatte, hatte er den beiden versichert, dass er immer wieder versucht habe, die Besitzurkunde Emmas Tante zu überreichen. Aber diese hatte ihn jedes Mal schroff abgewiesen, ihm sozusagen die Tür vor der Nase zugeknallt. In späteren Jahren hatte er des Öfteren versucht, sie telefonisch über das Dokument zu informieren, aber auch dieses Bemühen war erfolglos geblieben.

Als er dann von ihrem Tod erfahren hatte, wollte er in durchaus edler Absicht seinem Bruder einen letzten Dienst erweisen.

Er hatte in die Freitagsausgabe des Stadtanzeigers eine große Traueranzeige für Emmas Tante platzieren lassen und dort als einzigen Trauernden den Namen seines Bruders aufgeführt.

Ich trauere um die große und einzige Liebe meines Lebens. Robert von Wolfsbach der Vierte, stand dort geschrieben.

ANSGAR DRESSEN hatte die zuverlässigsten Männer seiner Gruppe zu einer Versammlung einbestellt. Jetzt saß er mit Uwe, Olaf und Detlef im Saal des Vereinshauses und erklärte ihnen die Situation, die sie zu einem schnellen Eingreifen gegen die Volksverräterin veranlassen sollte. Er wusste, dass seine Jungs scharf auf diesen Einsatz sein würden, denn er hatte sie lange genug mit seinem rechten Gedankengut verhetzt und zu willfährigen Handlangern seiner braunen Ideologie gemacht. Oft genug hatte er sie mit heiklen Aufträgen an die Front geschickt, so zum Beispiel, um der Überfremdung des Abendlands durch Anschläge auf Wohnungen ebendieser Fremden Einhalt zu gebieten.

Doch diesmal sollte sich ihr Hass nicht gegen einen Migranten richten, sondern gegen eine junge Frau, die im Besitz eines wertvollen Gemäldes war, dass seiner arischen Familie im Krieg von einem Juden gestohlen worden war. So zumindest hatte er es den Jungs erzählt. Dass der besagte Jude der Ehemann seiner Tante gewesen war und das besagte Gemälde selbst mit in die Ehe gebracht hatte, erwähnte er selbstverständlich nicht.

Schon als kleiner Junge hatte er sich gerne die Geschichten seines Vaters angehört, der unablässig vom wunderbaren Leben während der NS Zeit geschwärmt hatte. Der Alte hatte dem Nationalsozialismus trotz aller Entnazifizierungsbemühungen der Alliierten niemals abgeschworen und verherrlichte in seinen Erzählungen das rechte Gedankengut weiterhin. So war es kein Wunder, dass auch Ansgar Dressen schon bald in dieser Ideologie seine Heimat gefunden hatte. Ein Ereignis aus der Zeit des Krieges hatte bei den Erzählungen seines Vaters immer eine besonders große Rolle gespielt.

Der alte Heinrich Dressen hatte eine um viele Jahre ältere Schwester gehabt. Diese hatte schon während der Weimarer Republik den einzigen Sohn einer reichen und sehr angesehen jüdischen Familie geheiratet.

Als nach der Machtüberlassung an die NSDAP die Judenverfolgungen begann, hatte Dressens Familie alles daran gesetzt, ihr jüdisches Familienmitglied zu schützen. Sie hatten all ihren Einfluss geltend gemacht und sogar am Ende gefälschte Papiere vorgelegt, die aus dem Juden Kaleb einen arischen Karl machten.

So hatte es Kaleb tatsächlich geschafft, bis Ende 1943 unentdeckt zu bleiben. Von seiner Familie hatte er als einziger männlicher Nachkomme eine umfangreiche Gemäldesammlung geerbt, die sein Schwager Heinrich nur zu gerne sein Eigen genannt hätte. Heinrich fand es unerträglich, einen Juden zu beschützen, wo doch seiner tiefsten Überzeugung nach allein arische Menschen eine Lebensberechtigung hatten, und je mehr seine Familie diesem Juden half, desto größer wurde sein Hass auf ihn.

Als nun 1943 Kaleb einem Offizier der Wehrmacht eins der Gemälde aus seiner Sammlung überlassen hatte, wusste Heinrich, was er zu tun hatte. Er verpfiff seinen Schwager und sah mit großer Genugtuung dabei zu, wie dieser von der SS abgeführt wurde. Kaleb kam nicht mehr zurück. Er starb im KZ kurz vor Kriegsende und seine Frau nahm sich daraufhin das Leben.

Heinrich lehnte jede moralische Verantwortung für diese Tragödie kategorisch ab, denn er fand, dass er in jeder Hinsicht richtig gehandelt hatte. Seine Schwester hatte schließlich diesen Juden geehelicht und somit hatte sie das Unheil in die Familie gebracht. Da war es in seinen Augen nur konsequent gewesen, dass sie sich selbst für ihr Versagen gerichtet hatte.

Selbstverständlich hatte er nach Kalebs Deportation die Gemäldesammlung an sich genommen, denn nach dem ganzen Ungemach mit diesem Juden und seiner Mischpoke war das seiner Meinung nach eine angemessene Entschädigung für seine Familie.

Einziger Wermutstropfen blieb für ihn allerdings das von Kaleb verschenkte Kunstwerk und er hatte zeit seines Lebens nach dessen Verbleib gefahndet. Auf seinem Sterbebett hatte er seinem Sohn dann das Versprechen abgenommen, weiter nach diesem Bild zu suchen und es zurück in den Schoß der Familie zu holen, koste es, was es wolle.

Ansgar Dressen hatte seinem Vater das Versprechen gerne gegeben, aber auch er hatte über den Verbleib des Gemäldes nichts herausfinden können. Der adelige Offizier, dem der Jude es übergeben hatte, hatte es mit nach Hause genommen und von da an verlor sich die Spur des wertvollen Kunstwerks. Selbstverständlich hatte sein Vater direkt nach dem Krieg das Gut, auf dem sich das Gemälde somit zuletzt befunden hatte, gründlich durchsucht. Jedoch ohne Erfolg. Auch in allen einschlägigen Museen und Sammlungen war es seither nie wiederaufgetaucht.

Es war schließlich einem glücklichen Zufall zu verdanken, dass er gemeinsam mit seinem „Sekretär" am Freitag im Süden des Landes einen Immobilienmakler, der ihm ziemlich viel Geld schuldete, zwecks Einforderung dieser Schulden „heimgesucht" hatte und dabei auf eine Anzeige im dortigen Stadtanzeiger gestoßen war. Ihm war sofort klar gewesen, dass er endlich, nach so langer Zeit den Hinweis gefunden hatte, der ihm zweifelsfrei verriet, wo sich das Bild die ganzen letzten Jahre befunden hatte. Er hatte nur noch eins und eins zusammenzählen müssen ...

Der adelige Offizier Robert von Wolfsbach hatte das Bild seiner „großen Liebe" gegeben. Deshalb hatte sein Vater es auch damals nicht finden können. Er hatte dann sofort bei der Redaktion des Käseblättchens den Auftraggeber der Anzeige ausfindig gemacht und den alten Sack Alfred von Wolfsbach angerufen.

Aber der hatte ihm trotz seiner rührenden Geschichte über ein abhandengekommenes Gemälde, welches seiner Familie schon seit Generationen gehöre, keinerlei Auskunft über die jetzigen Besitzer des Kunstwerks erteilen wollen. Auch seine anschließende Drohung, bei der Beschaffung des Familienbesitzes gegebenenfalls über Leichen zu gehen, hatte den Alten nicht beeindruckt. Aber so etwas konnte einen Ansgar Dressen nicht aufhalten.

Noch auf dem Rückflug nach Leipzig hatte er einen perfiden Plan entwickelt. Er würde den bankrotten Immobilienheini auf den Fall ansetzen und ihm vorlügen, er würde ihm für die Beschaffung des Bildes die Schulden erlassen.

Dressen wusste, dass der alte Hütte diesen Auftrag nicht ablehnen konnte, denn er hatte ihn schließlich finanziell in der Hand. Als er diesen dann am Samstagmorgen schon in aller Frühe angerufen hatte, stellte sich heraus, dass Hütte die Erbin sogar kannte. Sie war doch tatsächlich seine Schwiegertochter in spe. So viele glückliche Zufälle, aber wenn es läuft, dann läuft es eben.

Ansgar Dressen machte sich ungern selbst die Finger schmutzig und hatte es bisher immer verstanden, andere für seine dunklen Machenschaften einzuspannen. Er hielt sich dabei stets so geschickt im Hintergrund, dass die Strafverfolgungsbehörden bis jetzt noch nie eine Spur zu ihm hatten nachweisen können.

Und deshalb brauchte er nun seine Jungs. Er bereitet sie gewissenhaft mit allen seiner Meinung nach wichtigen Informationen auf ihren Einsatz vor und schickte sie dann mit dem Sprinter von Olafs Onkel auf die Autobahn gen Süden.

NACHDEM BOB Emma, die immer noch regungslos auf dem Beifahrersitz saß, eine ganze Weile betrachtet hatte, hatte er sie einfach aus dem Auto gehoben und in sein Loft getragen. Emma hatte ihre Arme um seinen Hals gelegt und ihren Kopf in seiner Halsbeuge vergraben. Es tat so gut, in diesem Moment von ihm gehalten zu werden, deshalb ließ sie es zu, dass er sie bis auf sein Bett brachte.

„Willst du dich etwas ausruhen?", fragte Bob sie jetzt, aber Emma wollte sich nicht ausruhen, sie wollte die Version ihrer Tante von dieser Geschichte erfahren.

„Nein, auf keinen Fall. Wir sollten sofort anfangen, das Tagebuch zu lesen."

„Wir?", erkundigte sich Bob vorsichtig. „Du meinst ich soll mitlesen?"

„Na klar, vier Augen sehen mehr als zwei und außerdem haben wir das doch schon heute Morgen ausdiskutiert."

„Ausdiskutiert, so nennst du das also", feixte Bob und dachte nur zu gerne an den unbeschreiblichen Sex zurück, den er heute Vormittag mit ihr hatte genießen dürfen. Dann ergänzte er grinsend: „So möchte ich gerne alles mit dir ausdiskutieren, von mir aus jeden Tag."

„Findest du nicht auch, dass das mit uns gerade ziemlich schnell geht? Das hat selbst dein Großvater angemerkt", erwiderte Emma, viel ernster, als es ihm lieb war.

Und dann wurde auch er ernst, als er sagte: „Er hat aber auch von einem himmlischen Vermächtnis gesprochen und dagegen sollte man sich bekanntlich nicht wehren."

Bob holte etwas zu trinken und sie legten sich aufs Bett. Emma bettete ihren Kopf auf seinen Arm und er hielt das Tagebuch über ihre Gesichter, sodass sie beide gut darin lesen konnten.

Aber schon nach den ersten Zeilen meldete sich Emma zu Wort: „Bob?"

„Ja meine Süße."

„Woher wusste dein Großvater eigentlich so genau, von wem dieser Drohanruf gekommen ist?"

„Hat er das nicht erzählt?"

„Nein, mir jedenfalls nicht."

„Okay, dann erzähle ich es dir." Bob berichtete ihr, wie es Karl, der eigentlich Kaleb geheißen hatte, ergangen war, nachdem er seinem Großonkel das Bild geschenkt hatte und wie übel ihm sein Schwager Heinrich Dressen mitgespielt hatte. Er verschwieg auch den Selbstmord von Karls Frau nicht.

Als Emma ihn fragte, woher sein Großvater denn all diese Informationen habe, antwortete er: „Bevor Kalebs Frau sich das Leben nahm, hat sie einen Abschiedsbrief an meinen Großonkel geschrieben, indem sie all diese ungeheuerlichen Taten ihres Bruders beschrieb, die sie in den Tod getrieben hatten. Sie hat sich bei meinem Großonkel mit diesem Brief für ihren Suizid entschuldigt und ihm versichert, dass er sie nicht umsonst gerettet hatte, und ihn gebeten, ihr zu verzeihen. Da mein Großonkel zu diesem Zeitpunkt bereits selbst nicht mehr lebte, hat mein Großvater den Brief an sich genommen und ihn natürlich auch gelesen. Kurze Zeit später wurde dann auch noch auf dem Gut eingebrochen und da war meinem Großvater natürlich direkt klar gewesen, wer hinter diesem Einbruch steckte."

„Da muss dein Großvater sich aber ganz schön erschreckt haben, als der Sohn von Kalebs Schwager plötzlich bei ihm angerufen und ihn bedroht hat."

„Na ja, er war wohl eher besorgt um dich und er hat ein mächtig schlechtes Gewissen, weil er die Lawine in Gang gesetzt hat, die jetzt dein Leben bedroht. Deshalb hat er mich auch sofort zu sich gerufen und mich beauftragt, dich zu beschützen."

„Diese Geschichte wird immer unglaublicher. Ich glaube, ich werde sie wohl, wenn alles vorbei ist, zu Papier bringen. Vielleicht wird ja sogar ein Roman daraus, den ich veröffentlichen kann."

„Das ist eine gute Idee. Ich finde, deine Tante Emma und mein Onkel Robert hätten es verdient, so der Nachwelt in Erinnerung zu bleiben", bemerkte Bob ernst, bevor er grinsend hinzufügte: „Schreibst du dann auch über unser ‚Ausdiskutieren'?"

„Bob!", kicherte Emma und knuffte ihn in den Bauch, „lass uns lieber schnell weiterlesen, sonst bekommt die Geschichte kein Happy End."

TANTE EMMA schrieb in ihrem Tagebuch sehr ausführlich über die schöne Zeit, die sie mit Robert hatte verbringen dürfen, aber auch über die Sehnsucht, die sie gequält hatte, als sie so lange seiner Rückkehr entgegengefiebert hatte. Ebenso erzählte sie von der Freude und dem Glück, das sie empfunden hatte, als er 1943 kurz vor Weihnachten wieder nach Hause gekommen war.

Anfang März 1944 vertraute sie ihrem Tagebuch an, dass ihre Blutung ausgeblieben war, und schon bald darauf stießen Emma und Bob auf den mit vielen kleinen Herzen illustrierten Eintrag:

Ich erwarte ein Kind von Robert.

Emmas Tante schien sehr glücklich über diese Erkenntnis gewesen zu sein, und Robert von Wolfsbach der Vierte, wollte sie vom Fleck weg heiraten. Das zumindest konnte man den Eintragungen im Tagebuch entnehmen und es stimmte mit der Geschichte überein, die Alfred von Wolfsbach erzählt hatte. Das Gemälde allerdings erwähnte Emmas Tante nur einmal ganz kurz in dem Abschnitt, in dem sie von ihrem Kummer über Roberts Abberufung an die Front und den vielen Tränen, die sie deshalb vergossen hatte, berichtete.

Robert brachte mir gestern, am Tag seiner Abreise eine Kiste mit ein paar Bildern von ihm und einem wertvollen Gemälde eines anderen Künstlers, welches ich im Falle seines Todes veräußern sollte, damit es mir und dem Kinde gut ginge. Er versteckte die Kiste und dann hielten wir uns ein letztes Mal in den Armen, bevor er zum Bahnhof fuhr. Ich weinte mir die Seele aus dem Leib.

Bob ließ das Buch sinken und atmete schwer. Mit dem Wissen, dass dies das letzte Mal war, dass die beiden sich gesehen hatten, hatte diese Tagebucheintragung eine noch viel traurigere Wirkung. Emma beugte sich über ihn, und als sie bemerkte, dass auch er genau wie sie selbst mit den Tränen kämpfte, legte sie ihren Kopf auf seine Brust und weinte still. Bob nahm sie fest in seine Arme und streichelte ihren Rücken.

Nach einer gefühlten Ewigkeit sagte er leise: „Ich hoffe, das bleibt nicht der einzige Hinweis auf den Verbleib des Gemäldes, aber jetzt wissen wir wenigstens, dass mein Großvater recht hat und sich das Bild tatsächlich in einer Kiste befindet. Wir sollten weiterlesen." Emma nickte und legte sich wieder in seine Armbeuge, bereit noch mehr über das Leben ihrer Tante zu erfahren. Die nächsten Zeilen im Tagebuch lauteten:

30. April 1944
Liebes Tagebuch,
Robert ist jetzt schon einen Monat weg. Mein Leben ist nicht mehr dasselbe. Langsam muss ich meinen Eltern von dem Kind, das ich unter meinem Herzen trage, erzählen. Ich bete jeden Tag, dass Robert unbeschadet zu uns zurückkommt. Gestern kam Margot zu mir und hat mir gestanden, dass sie Roberts Vater über unsere Heiratspläne informiert hat. Sie sagte, sie hätte uns belauscht und wäre eifersüchtig gewesen. Sie bat mich um Verzeihung, denn sie hätte nicht gewusst, was sie damit anrichten würde. Ich kann ihr im Moment aber nicht verzeihen. Vielleicht schaffe ich es ja, wenn Robert wieder wohlbehalten bei mir und unserem Kinde ist.

„Oh mein Gott, meine Großmutter hat ihre eigene Schwester verraten. Ich fasse es nicht", rief Emma entsetzt und erhob sich vom Bett. „Hätte sie nichts gesagt, dann wäre meine Tante Roberts Frau geworden und der wäre erst später an die Front zurück und vielleicht gar nicht gefallen."

„Emma, deine Großmutter war ein junges Mädchen", versucht Bob sie zu besänftigen.

„Na ja, sie muss immerhin schon neunzehn gewesen sein und außerdem war das nicht das erste Mal, dass sie die Familie bespitzelt und angeschwärzt hatte", entgegnete sie, „jetzt weiß ich auch, warum meine Großmutter und Tante Emma keinen Kontakt hatten und um ehrlich zu sein, mochte *ich* meine Großmutter auch nicht besonders. Ich war immer viel lieber bei meiner Großtante."

„Emma, egal wie auch immer mein Urgroßvater von den Heiratsplänen erfahren hat, *er* hat für den Marschbefehl gesorgt. Also trägt *er* auch die Verantwortung. Komm, lass uns weiterlesen", bat Bob sie und klopfte mit seiner Hand auf den leeren Platz neben sich.

„Du hast ja recht, aber es schockiert mich trotzdem", erwiderte Emma und legte sich wieder in seinen Arm.

14. Mai 1944
Liebes Tagebuch,
heute habe ich meinen Eltern erzählt, dass sie bald Großeltern werden. Vater hat sich sehr gefreut, aber Mutter macht sich große Sorgen. Vater meinte dann später, als wir allein im Büro waren, ich solle Margot lieber noch nichts erzählen, denn er wisse nicht, was meine Schwester mit dieser Information anfangen würde. Oh Vater, wenn du wüsstest, dass Margot es war, die Roberts Vater über unsere Heiratspläne informiert hat … Aber das kann ich ihm nicht sagen, Margot hat sein Herz schon zu sehr verletzt …

Im Weiteren beschrieb Emmas Tante ihr tägliches Leben und betonte dabei immer wieder, wie sehr sie Robert vermisste. Im Spätsommer 1944, als man nach ihren eigenen Worten ihren wohlgerundeten Bauch schon gut erkennen konnte, erhielt sie eine Einladung von Roberts Eltern, die sie zu einem Gespräch auf das Gut baten.

16. September 1944
Liebes Tagebuch,
mir ist nicht ganz wohl bei dem Gedanken, Roberts Eltern zu besuchen, denn er hatte mich vor ihnen gewarnt. Sein Vater hatte nicht gewollt, dass ich Robert heirate, aber vielleicht hat er seine Meinung geändert. Ich werde mich wohl morgen auf mein Fahrrad setzten und den von Wolfsbachs meine Aufwartung machen. Vielleicht gelingt es mir ja

Roberts Vater, wenn er sieht, dass ich sein erstes Enkelkind unter meinem Herzen trage, doch noch zur Zustimmung zu einer Vermählung seines adeligen Sohnes mit mir, einer Bürgerlichen, zu bewegen.

Auf diesen Eintrag folgten scheinbar nur noch leere Seiten.
„Was hat das zu bedeuten? Warum hat meine Tante nicht weitergeschrieben?", fragte Emma verwundert.

„Schau her, sie hat weitergeschrieben", antwortete Bob, nachdem er ein paar Seiten weitergeblättert hatte, „allerdings erst ein Jahr später."

Es ist der 13. September 1945. Heute ist seit langer Zeit der erste Tag, an dem ich mich etwas besser fühle. Zumindest meine körperlichen Narben sind verheilt, meine seelischen werden jedoch niemals heilen. Der grausame Krieg, der mir alles genommen hat, ist schon eine ganze Zeit vorbei und meine Eltern und ich halten uns mit unserem Raiffeisenlager und der Kasse ganz gut über Wasser. Margot hat im letzten Januar geheiratet, einen Soldaten auf Heimaturlaub, und wartet seitdem auf dessen Rückkehr aus der Kriegsgefangenschaft.

Mein liebes Tagebuch, ich konnte dir lange Zeit meine Gedanken nicht mehr anvertrauen, nicht nur, weil ich meinen rechten Arm nicht bewegen konnte, sondern auch, weil es für mich viel zu schmerzhaft war und auch immer noch ist, über den Tag meines Besuchs auf dem Gut von Roberts Eltern zu berichten. Aber heute will ich es dennoch versuchen, in der Hoffnung, dass es mir vielleicht hilft, bei der Bewältigung des großen Schmerzes, der meinem Herzen innewohnt.

Ich fuhr an diesem Spätsommertag gegen drei Uhr am Nachmittag mit meinem Fahrrad zum Gut der von Wolfsbachs. Das Dienstmädchen öffnete mir die Tür und führte mich in den Salon. Herr und Frau von Wolfsbach erschienen kurz danach und forderten mich auf, mich auf einen der Stühle zu setzten, die um einen kleinen Tisch gruppiert waren.

Die beiden blieben stehen. Frau von Wolfsbach sah schlecht aus Sie hatte rote Augen, so als hätte sie geweint und ihr Mann schien sie stützen zu müssen.

Dann ergriff Roberts Vater ohne weitere Umschweife das Wort und teilte mir Folgendes mit: „Unser Sohn Robert ist vor einer Woche bei seinem Einsatz für unser Vaterland gefallen. In diesem Zusammenhang möchten wir Sie darüber informieren, dass Sie wegen des Bastards, der da in Ihrem Leib heranwächst, keinerlei Ansprüche an uns stellen werden können. Ebenso werden Sie Abstand davon zu nehmen haben, zu behaupten, dass unser Sohn der Vater dieses Kindes sei. Sollten Sie dem zuwiderhandeln, werden unsere Rechtanwälte Sie wegen Verleumdung verklagen. Des Weiteren ist es weder Ihnen noch diesem Kind erlaubt, jemals einen Fuß auf das Land der von Wolfsbachs zu setzen. Auch hier werden Sie bei Zuwiderhandlung mit einer Anzeige zu rechnen haben. Entsprechend diesen Ausführungen fordere ich Sie jetzt auf mein Haus und mein Land auf dem schnellsten Wege zu verlassen." Herr von Wolfsbach und Gattin verließen daraufhin den Raum.

Bob ließ das Buch sinken, setzte sich auf und schaute Emma entsetzt an. Auch sie schien wie paralysiert und hielt sich die Hand auf die Brust, als müsste sie ihr Herz festhalten, damit es nicht zerspringt. Plötzlich sprang Bob mit einem Satz vom Bett und schmiss das Tagebuch unsanft auf den Boden.

„Dieses Arschloch!", brüllte er aus voller Brust, um seinem Ärger Luft zu machen. Dann begann er vor dem Bett auf und ab zu laufen und raufte sich dabei mit beiden Händen die Haare.

Emma konnte ihm nur dabei zuschauen, denn sie brachte kein Wort heraus. Es war, als hätte ihr jemand die Luft zum Atmen genommen.

Als Bob bemerkte, dass Emma immer blasser wurde, lief er zu ihr und packte sie an den Schultern.

„Emma, du musst atmen, hörst du, atme, bitte atme!", schrie er sie an, während er sie leicht rüttelte.

Erst jetzt merkte Emma, dass sie wirklich die Luft angehalten hatte und füllte mit einem heftigen Atemzug ihre Lungen wieder mit Sauerstoff.

„Gut so!", rief Bob erleichtert und nahm sie in seine Arme. Als er spürte, dass Emmas Brustkorb sich wieder ruhig und gleichmäßig hob und senkte, sagte er immer noch völlig außer sich: „Oh Emma, es tut mir so leid, dass mein Urgroßvater so ein verdammtes Arschloch war. Ich könnte verstehen, wenn du mich bei solchen Vorfahren nicht mehr lieben könntest. Und vor allem verstehe ich jetzt deine Tante. An ihrer Stelle hätte ich auch jeden Kontakt zu meiner Familie abgebrochen. Ich kann gar nicht beschreiben, wie leid mir das alles tut."

„Du bist doch nicht verantwortlich für das Verhalten deiner Vorfahren", sagte Emma ganz leise.

„Oh Emma, bitte glaube mir, ich würde mich niemals so benehmen", versicherte Bob ihr verzweifelt.

„Das weiß ich doch", beruhigte ihn Emma und streichelte seine Wange. Dann zog sie mit der Hand in seinem Nacken seinen Kopf sanft zu sich herunter und küsste ihn zärtlich.

Bob erwiderte ihren Kuss mit verzweifelter Leidenschaft, so als lege er in diesen einen Kuss all die Wut über das Verhalten seines Urgroßvaters, die Angst, Emma zu verlieren und die ganze Liebe, die er für sie empfand.

Nach einer Weile löste sich Emma von seinen Lippen und bemerkte atemlos: „Wir sollten jetzt weiterlesen, ich muss wissen, was mit Tante Emmas Baby passiert ist."

„Du hast recht", seufzte Bob und legte sich wieder neben Emma „Glaubst du sie hat es an den Lebensborn abgegeben?", fragte er dann leise.

„An den Lebensborn?" Emma schaute ihn mit großen Augen an. „Du meinst doch nicht etwa diesen Verein der Nationalsozialisten, der die Erhöhung der Geburtenziffer arischer Kinder herbeiführen sollte?"

„Doch, genau den. Ledige Frauen konnten dort anonym entbinden und ein als arisch ‚eingestuftes' Baby wurde dann zum Beispiel an Familien von SS Angehörigen abgegeben. Deine Tante, schwanger von einem Adeligen, hätten sie dort sicher gerne aufgenommen."

„Ich kann mir nicht vorstellen, dass sie so etwas getan hätte. Allerdings wenn doch, dann könnte das bedeuten, dass ihr Kind heute noch lebt", stellte Emma verwirrt fest und ergänzte: „Warum hat sie dann bloß nie nach ihm gesucht?"

„Vielleicht hat sie ja, aber sie konnte keine Spuren finden, weil nichts dokumentiert worden war", erwiderte Bob.

„Das kann nicht sein", hielt Emma ihm entgegen, „in Diktaturen neigt man dazu, alles zu dokumentieren, um die absolute Kontrolle zu behalten. Sie hätte ihr Kind bestimmt gefunden."

„Komm, leg dich hin, wir sollten weiterlesen, anstatt zu spekulieren, was geschehen sein könnte", sagte Bob, nachdem er das Tagebuch aufgehoben hatte und Emma legte sich seufzend in seinen Arm.

Ich saß völlig bewegungsunfähig auf dem Stuhl und versuchte zu verstehen, was ich da gerade aus dem Mund von Roberts Vater gehört hatte. Dann wurde mir plötzlich schwarz vor Augen und als ich wieder zu mir kam, lag ich auf dem Boden und das Dienstmädchen tätschelte über mich gebeugt meine Wangen.

„Hallo gnädiges Fräulein, bitte kommen Sie wieder zu sich", rief sie dabei und lächelte erleichtert, als ich die Augen öffnete. „Kommen Sie, ich helfe Ihnen hoch. Möchten Sie vielleicht ein Glas Wasser?", fragte sie freundlich, aber ich wollte kein Wasser. Ich wollte einfach nur so schnell wie möglich diesen Ort verlassen.

Ich lief auf den Hof zu meinem Fahrrad und fuhr fluchtartig Richtung Dorf. Es hatte angefangen zu regnen und die Regentropfen mischten sich in meinem Gesicht mit den Tränen, die unaufhörlich aus meinen Augen strömten.

Robert ist tot, Robert ist tot …, das waren die Worte, die sich bei jedem Tritt meiner Beine in die Pedalen meines Fahrrades in meinen Kopf hämmerten. Ich konnte durch meine tränennassen Augen kaum mehr etwas sehen und der Regen durchdrang meine dünne Kleidung. Als ich auf dem Teil der Straße angekommen war, der durch den Wald führte, hörte ich hinter mir ein Auto. Ich schaute zurück und erkannte Roberts alten Laster. Mein erster Gedanke war, dass Robert so wie früher kommt, um mich nach Hause zu bringen und mein Herz schlug einen kleinen Purzelbaum. Ich klammerte mich für ein paar Sekunden an der Vorstellung fest, dass sein Vater mich angelogen hatte, als er sagte, dass Robert gefallen sei, um mich von ihm fern zu halten.

Ich wollte bremsen, doch noch bevor sich meine vor Nässe kalten und steifen Finger um den Bremshebel legen konnten, erfasste mich der Lastwagen mit dem Kotflügel und ich wurde mitsamt meinem Rad durch die Luft geschleudert. Ich spürte, wie ich hart auf den Asphalt aufschlug und mich dort noch mehrfach überschlug, um schließlich mit dem Lenker in meinem Bauch in den Graben zu rutschen. Ich hatte das Knacken einiger meiner Knochen und klebrigen Matsch in meinem Gesicht wahrgenommen. Das Licht der Scheinwerfer des Lasters wurde immer schwächer und dann war um mich herum nur noch tiefste Dunkelheit.

Als ich eine Woche später aus dieser Dunkelheit erwachte, lag ich in einem Bett im Krankenhaus und meine Mutter saß neben mir und hielt meine Hand. Ich hatte fünf Stunden bewusstlos im Graben gelegen, bis mich ein Autofahrer dort gefunden hatte. Mein linkes Bein war gebrochen, genau wie mein rechter Arm. Ich hatte eine schwere Gehirnerschütterung und etliche große Platz- und Schürfwunden am Kopf und auch am restlichen Körper. Doch das alles heilte wieder.

Was viel schlimmer ist: Ich habe das Kind von dem Mann verloren, den ich über alles geliebt habe. Das Einzige, was mir von ihm geblieben war. Und ich werde auch keine Kinder mehr bekommen können.

Niemals wird diese Verletzung meines Herzens heilen, die Robert von Wolfsbach der Dritte mir zugefügt hat, als er mit seinem Laster sein Enkelkind getötet hat.

Bob warf das Buch erneut auf den Boden, als Emma sich laut schluchzend von ihm wegdrehte und sich mit dem Rücken zu ihm an der Bettkante zusammenrollte. Er wusste nicht, was er jetzt machen sollte. Was seine Familie Emmas Tante angetan hatte, war so unfassbar, dass er völlig sprachlos war. Und genau genommen hatte jetzt auch noch sein Großvater Emmas Leben in Gefahr gebracht. Er hätte sie gerne getröstet, aber er wusste nicht, ob sie sich von ihm überhaupt trösten lassen wollte.

Er war schließlich der Urenkel eines Mörders.

Er war ein von Wolfsbach …

DANIEL betrachtete alle Sachen, die er für seinen „Gemäldebeschaffungsplan" auf seinem Bett zurechtgelegt hatte, als die Türglocke ihn aus seinen Gedanken riss. Wie er sehen konnte, als er die Tür öffnete, hatte Betty sich ebenfalls, seine Anweisungen befolgend, das richtige Outfit für die heikle Mission angezogen.

„Komm rein, ich muss mich nur noch umziehen, dann können wir los."

„Du hast gesagt eine vierstellige Summe", bemerkte Betty, als sie Daniel zögerlich ins Schlafzimmer folgte.

„Na klar, Deal ist Deal", bestätigte Daniel und versuchte locker zu klingen. Sie wird doch wohl jetzt nicht noch kneifen, dachte er dabei nervös.

„Nun, vierstellig kann viel bedeuten, kannst du bitte etwas konkreter werden!", erwiderte Betty: „Schließlich riskiere ich einiges, wenn ich dir helfe. Da musst du schon was springen lassen."

„Na ja, ich dachte so an zweitausend", teilte Daniel ihr mit und schlüpfte in seine schwarze Jeans.

„Zweitausend?", entfuhr es Betty schrill und ihm war direkt klar, dass diese Reaktion nichts Gutes zu bedeuten hatte. „Du hast sie wohl nicht alle. Dafür ist mir das Risiko viel zu groß. Für die paar Kröten kannst du deinen Scheiß alleine machen", bekundete sie dann sehr lautstark und machte Anstalten zu gehen.

„Warte Betty!", rief Daniel und seine Stimme klang bei Weitem nicht mehr so locker wie noch vor einer Minute. „An welchen Risikozuschlag hattest du denn gedacht?"

„Siebentausend!"

„Siebentausend?", wiederholte er ungläubig. „Drehst du jetzt ganz durch? Das sind ja zusammen neun Riesen."

„Oh, du kannst aber schnell rechnen", erwiderte sie frech und fügte mit fester Stimme hinzu: „Neuntausend und keinen Cent weniger, sonst gehe ich."

Daniel sah sie entsetzt an. Dieses kleine Miststück hatte natürlich genau gemerkt, wie dringend er sie brauchte und nutzte das jetzt schamlos aus. Blitzschnell wog er die Summe, die sie von ihm forderte, gegen den Einsatz ab, den er von ihr verlangte, und kam zu dem Schluss, dass ihre Hilfe bei der Gemäldebeschaffung nötig und deshalb das Geld Wert war.

„Also gut, neuntausend", versicherte er ihr leise.

„Wie bitte, ich hab dich nicht verstanden. Du musst lauter sprechen", behauptete sie herausfordernd und lächelte ihn dabei eiskalt an.

„Treib es nicht auf die Spitze", drohte ihr Daniel mit erhobener Stimme, „du hast mich ganz genau verstanden. Und für die neuntausend Euro tust du ab jetzt gefälligst, ohne Widerworte, genau das, was ich dir sage."

„EMMA?", flüsterte Bob leise, als ihr lautes Schluchzen in ein kaum vernehmbares Weinen übergegangen war. Er war die ganze Zeit neben ihr sitzen geblieben, ohne zu wissen, was er tun sollte. Warum hatte ausgerechnet seine Familie das Leben von Emmas Tante zerstört? Er schämte sich so sehr für seine Herkunft, seinen Namen und ganz besonders für seinen Urgroßvater. Was für ein gewissenloser Despot ist nur zu so etwas fähig? Er hoffte inständig, dass dieser Mann kein einziges seiner Gene an ihn weitergeben hatte.

„Emma?", versuchte er es noch einmal und berührte sie sanft an der Schulter. Sie hob ihren Arm und bedeutete ihm damit, sie in Ruhe zu lassen. Sofort zog Bob seine Hand zurück. Er fühlte sich so hilflos.

„Bob, kannst du mich bitte eine Weile allein lassen. Ich muss das alles erst mal verdauen", sagte sie dann mit zittriger Stimme.

„Selbstverständlich", versicherte er ihr unglücklich. Er hätte sie jetzt viel lieber in den Arm genommen und ihr gezeigt, wie sehr er sie liebt und ihr gesagt, dass alles gut wird. Aber er musste wohl oder übel akzeptieren, dass sie alleine sein wollte, und zog sich in seine Werkstatt zurück.

In Emmas Kopf herrschte das absolute Chaos. Was sie in den letzten zwei Tagen über das Leben ihrer Tante erfahren hatte, war so unglaublich, dass sie es immer noch nicht fassen konnte.

Warum hatte Tante Emma ihr denn niemals etwas davon erzählt? Wie hatte sie nur diesen ganzen Kummer ein Leben lang mit sich rumschleppen können, ohne auch nur ein Wort darüber zu verlieren?

Emma setzte sich mit angezogenen Beinen aufs Bett und schlang ihre Arme um die Knie. Sie hätte jetzt so gerne mit ihrer Tante gesprochen, sie in den Arm genommen und getröstet. Sie hoffte inständig, dass sie an einem Ort war, wo es ihr besser ging, umgeben von Menschen, die sie liebten.

Das waren aber nicht die einzigen Fragen, die Emma beschäftigten. In den letzten beiden Tagen hatte sie schließlich nicht nur die traurigen Seiten im Leben ihrer Tante kennengelernt, sondern auch ihr eigenes war kräftig durcheinandergeraten. Mal abgesehen von der schon längst überfälligen Entscheidung, sich von Daniel zu trennen, hatte sie sich quasi Hals über Kopf in Bob verliebt. In Bob von Wolfsbach wohlgemerkt.

Dem Urenkel von Tante Emmas …

Emmas Augen füllten sich erneut mit Tränen, als sie daran dachte, was ihrer Tante widerfahren war. Was dieser Kerl ihr angetan hatte …

Und ausgerechnet in einen Mann aus dieser Familie hatte sie sich verliebt. Wie hatte ihr das bloß passieren können und wie sollte sie jetzt, wo sie so viel über diese Familie erfahren hatte, mit dieser Beziehung umgehen?

Sie kannte Bob ja kaum und wer garantierte ihr, dass dieser nicht genau wie sein Urgroßvater, wenn es um den „guten" Namen der von Wolfsbachs ging, auch über Leichen gehen würde. Emma war verzweifelt und der wenige Schlaf, den sie in der letzten Nacht bekommen hatte, machte sich jetzt bemerkbar. Sie stand auf und schenkte sich ein Glas Wasser ein, das sie dann in einem Zug leerte.

„Ihr müsst den Akku mit Wasser auffüllen", sagte sie immer zu ihren Schülern, wenn diese völlig erschöpft längst aufgegeben hatten, ihrem Unterricht zu folgen. Also füllte sie ihren Akku auf und hoffte, dass ihr das Denken dann wieder besser gelingen würde und sie etwas Ordnung in das Chaos in ihrem Kopf würde bringen können. Erschöpft legte sie sich auf Bobs Bett und schlief tatsächlich trotz des aufgefüllten Akkus kurz darauf ein.

Bob setzte sich an den Schreibtisch in seinem Büro neben der Werkstatt. Er starrte gedankenverloren auf den ganzen Papierkram, den er eigentlich schon längst hätte erledigen sollen, aber der würde wohl auch heute wieder liegenbleiben, denn im Moment hatte er einfach seinen Kopf nicht frei für diese unsinnigen Auswüchse der Bürokratie.

Er dachte an Emma und daran, was diese jetzt gerade empfinden musste, bei dem Gedanken an das Leid, das ihrer Tante zugefügt worden war. Und viel wichtiger, was empfand sie noch für ihn? Er war sich sicher, dass er sie liebte, aber war sie sich auch noch sicher, dass sie ihn liebte?

Wenn sie all den Hass, den sie verständlicherweise für seinen Urgroßvater empfinden musste, nun auf ihn projizieren würde, dann würde es für sie beide als Paar keine Zukunft geben.

Aber Emma war eine intelligente Frau, und deshalb hoffte er inständig, dass sie in der Lage sein würde, das Glück ihres eigenen Lebens nicht zu zerstören, wegen des Wissens um das Schicksal ihrer Tante.

Der Klingelton seines Handys riss ihn schließlich aus seinen verzweifelten Gedanken. Auf dem Display stand der Name seines alten Kameraden und Freunds.

Bob kannte Markus seit seinen ersten Tagen bei der Bundeswehr. Sie waren bei ihren Einsätzen gemeinsam in so manche gefährliche Situation geraten und hatten sich dabei immer aufeinander verlassen können. Auch Markus hatte nach acht Jahren seinen Dienst beim Bund quittiert und war jetzt Leiter einer Spezialeinsatztruppe der Polizei. Bob hatte ihn bereits am Nachmittag über die wichtigsten Eckpunkte der „Gemäldegeschichte" informiert und ihn um seine Unterstützung gebeten.

„Hallo Markus! Wie sieht's aus? Hast du etwas herausfinden können?", erkundigte sich Bob.

„Ich hab einiges über diesen Dressen erfahren", antwortete Markus. „Dieser Mann ist ein gefährlicher Rechtsradikaler. Er agiert sehr geschickt und hat ein ganzes Netzwerk von Handlangern, die ihn selbst bei Androhung von langen Haftstrafen nicht ans Messer liefern würden. Die Kollegen im Osten sind schon lange an ihm dran, haben aber bis jetzt noch keine der rechten

Straftaten mit ihm beweisbar in Verbindung bringen können. Der dortige V-Mann hat einem Kollegen gesteckt, dass Dressen im Moment irgendwas im Süden der Republik plant. Dressen will anscheinend ein paar seiner Jungs in Bewegung setzen. Es könnte also sein, dass die Kerle schon morgen hier auftauchen."

Bob war von seinem Stuhl aufgestanden und ging jetzt mit dem Handy am Ohr in seinem Büro auf und ab.

„Und was sollen wir jetzt machen?", fragte er seinen Freund.

„Ist Emma bei dir?"

„Ja, wir sind bei mir im Loft."

„Gut, dann bleibt auf alle Fälle heute Nacht dort. Ich denke, bei dir werden sie sie im Moment noch nicht vermuten. Du darfst sie auf keinen Fall allein lassen, hörst du?"

„Das hatte ich auch nicht vor."

„Gut so, ich werde mich um den Rest kümmern, so wie wir das heute Nachmittag besprochen haben. Morgen früh melde ich mich dann wieder bei dir."

„Geht klar! Und Danke."

„Nicht dafür, und noch was. Hast du deine Waffe noch und einen gültigen Waffenschein?"

„Ja! Meinst du etwa, ich könnte sie brauchen?"

„Besser wär's, wenn du sie griffbereit hast. Denk immer daran: Die Kerle gehen über Leichen. Passt auf euch auf, wir hören uns morgen," beendete Markus das Gespräch.

Emma wurde von wilden Träumen gequält. Sie saß auf einem Fahrrad und wurde von einem Monstertruck überfahren, danach sah sie Alfred von Wolfsbach, der sie hämisch auslachte und Bob lief mit einem riesigen Gemälde, welches das Haus ihrer Tante zeigte, auf einer endlos langen Straße durch einen Wald vor ihr davon.

Plötzlich trug Bob eine Wehrmachtsuniform und ihre alte Tante Emma schlang ihre knochigen Arme um seinen Hals und küsste ihn. Oder küsste sie da gerade ihren Robert?

Schließlich fand sich Emma in der Küche des Fachwerkhäuschens wieder und schaute ihrer Tante dabei zu, wie sie die große Zinkbadewanne befüllte. Sie goss nach und nach heißes Wasser aus riesigen Kesseln, die auf dem Gasherd standen, hinein und Emma wollte ihr dabei helfen.

Aber ihre Tante wies sie zurück und sagte schroff: „Mir ist nicht mehr zu helfen! Aber du, mein Kind, du hast dein Leben noch vor dir. Du musst dich entscheiden." Emma wollte ihre Tante gerade fragen, was sie damit meinte, als diese plötzlich mit all ihren Kleidern in die Wanne stieg und von einem gewaltigen Strudel unter Wasser gezogen wurde.

Emma schrie verzweifelt nach ihr und durchpflügte das heiße Wasser mit ihren Händen. Sie spürte, wie der Sog des Strudels auch sie in die Wanne zu ziehen drohte, und als sie merkte, dass ihre Tante im wahrsten Sinne des Wortes abgetaucht und für sie unerreichbar blieb, zog sie ihre Arme mit großer Anstrengung aus dem heißen Nass.

Dann setzte sie sich auf einen der Küchenstühle und weinte bitterlich, bis sie eine warme Hand auf ihrer Wange spürte und unerwartet nah die Stimme ihrer Tante hörte: „Emma, mein Liebes, nicht alle von Wolfsbachs sind Verbrecher. Robert war ein wunderbarer Mensch und auch dieser Alfred schien in Ordnung zu sein, zumindest hat er immer wieder versucht, zu mir Kontakt aufzunehmen. Und dein Bob, der scheint aus demselben Holz geschnitzt zu sein wie mein Robert. Ich hatte mein Glück nicht in der Hand, aber du hast die Wahl, hör auf dein Herz, mein Kind. Hörst du? Das ist mein Vermächtnis an dich. Hör auf dein Herz! Emma, hörst du...?"

Tante Emmas Stimme wurde immer leiser, bis sie dann plötzlich wieder ganz laut zu rufen schien: „Emma! Emma, wach auf! Das ist nur ein Traum. Komm, mach die Augen auf!"

Als Emma die Augen öffnete, blickte sie in Bobs besorgtes Gesicht. Er hockte neben dem Bett und hatte seine große, warme Hand auf ihre Wange gelegt.

Wie viel Zeit gibt man einer Frau, sich zu entscheiden, ob sie einen Mann für immer lieben oder für immer hassen wird? Diese Frage hatte Bob nach dem Anruf von Markus lange beschäftigt. Schließlich hatte er es nicht mehr ausgehalten und war auf leisen Sohlen in sein Loft zurückgekehrt. Er fand Emma schlafend auf seinem Bett und schlich auf Zehenspitzen in den Wohnzimmerteil seiner Wohnung. Dort öffnete er, kaum vernehmbar seinen Tresor und holte seine in ein weiches Tuch gewickelte Sig Sauer heraus. Beinahe geräuschlos baute er die Waffe auseinander und dann wieder zusammen und überprüfte dabei präzise jedes einzelne Teil auf seine einwandfreie Funktion. Dann schlich er zu seiner Kücheninsel und fischte die Munition aus der hintersten Ecke seiner Besteckschublade. Nachdem er die Sig durchgeladen hatte, sicherte er sie, brachte sie mit den restlichen Patronen in den Schlafbereich und legte beides auf seinen Nachttisch.

Emma wälzte sich mittlerweile unruhig hin und her und schrie ein paar Mal laut auf, bis sie schließlich anfing, im Schlaf leise zu wimmern. Bob hatte sich dann neben das Bett gehockt und zärtlich ihre Wange gestreichelt.

Als Emma in Bobs dunkle Augen schaute, war sie sich nicht ganz sicher, ob sie träumte oder wach war.

Hatte ihre Tante tatsächlich eben mit ihr gesprochen und ihr quasi geraten, auf ihr Herz zu hören und Bob eine Chance zu geben? Oder hatte ihr Unterbewusstsein einfach all ihre widersprüchlichen Gefühle in Traumszenen umgesetzt, um dann ihr eigenes Verlangen nach seiner Liebe durch eine Botschaft ihrer Tante zu verbalisieren?

„Emma, du hast nur schlecht geträumt", sagte Bob jetzt leise und ihr wurde langsam bewusst, dass sie sich wieder in der Wirklichkeit befand und das ganze Dilemma ihrer verzwickten

Situation legte sich wie ein schweres Gewicht auf ihren Brustkorb.

Sie spürte, dass Bob sich ihr gegenüber unsicher zurückhielt, und versuchte, in ihrem Gesicht irgendeinen Hinweis darauf zu entdecken, wie es um ihre Gefühle ihm gegenüberstand. Er hatte seine Hand von ihrer Wange genommen und betrachte sie aufmerksam. Emma schaute ihn lange an. Sie empfand so viel für ihn.

„Hör auf dein Herz … Robert war ein wunderbarer Mensch und dein Bob, der scheint aus demselben Holz geschnitzt zu sein", hatte ihre Tante im Traum zu ihr gesagt.

Unwillkürlich schlang sie ihre Arme um seinen Hals und hätte ihn dabei fast umgestoßen. Bob taumelte ein wenig nach hinten, drückte sich mit einer Hand auf dem Boden ab und verlagerte sein Gewicht wieder nach vorne. Sofort zog Emma ihn zu sich aufs Bett und er gab ihrem Bestreben bereitwillig nach. Er legte sich auf ihren weichen Körper und küsste sie zärtlich.

Emma öffnete ihre Lippen und suchte mit ihrer Zunge nach seiner und Bob hauchte in ihren Mund: „Oh Gott Emma, bist du dir wirklich sicher?" Emma antwortete ihm, indem sie ihn mit einer Leidenschaft küsste, die ihm den Atem nahm.

Sie klammerte sich dabei an seinen Hals, als hätte sie Angst, ihn zu verlieren.

Bob hatte in den letzten Stunden kaum noch zu hoffen gewagt, dass sie bei ihm bleiben würde. Er war so glücklich, als sie ihn küsste, dass er von dem plötzlichen Druck ihrer Hände gegen seine Brust völlig überrascht wurde.

„Meine Tante hat euch von Wolfsbachs aus ihrem Leben gestrichen", keuchte Emma und er wich sofort zurück und schaute sie erschrocken an.

„War das etwa ein Abschiedskuss?", fragte er sie verzweifelt.

Emma sagte nichts, aber der Druck ihrer Hände gegen seinen Körper wurde immer stärker und Bob ließ sich neben sie sinken.

Blitzschnell reagierte sie auf seinen Positionswechsel und setzte sich, nachdem sie geschickt ihr Etuikleid hochgezogen hatte, mit gespreizten Beinen auf ihn. Seinem besten Freund wurde schlagartig klar, dass sich zwischen ihm und Emmas Paradies nur noch wenige Lagen Stoff befanden. Bob selber allerdings versuchte das Gefühl der Erregung, das durch seine Adern pulsierte, zu ignorieren, denn er konnte Emmas Verhalten nicht wirklich einordnen. Diese hatte nämlich gerade begonnen, sein Hemd aufzuknöpfen.

Was hatte sie nur vor? Bob war völlig verwirrt. Ihm war klar, dass Emma ziemlich durch den Wind war, und er hoffte inständig, dass sie wusste, was sie tat. Er jedenfalls würde von ihr nehmen, was er kriegen konnte, auch wenn es das letzte Mal sein sollte.

Als sie ihr Kleid auszog und in BH und Höschen auf ihm sitzend seine Hose öffnete, packte er mit beiden Händen ihre Hüfte und hob sie von sich. Dann zog er sich in Windeseile aus, und als er nackt auf dem Bett saß, drückte ihn Emma, die sich ebenfalls entkleidet hatte, zurück auf die Matratze. Sie kniete sich mit gespreizten Beinen auf ihre Hände gestützt über ihn und ihre Augen blitzten ihn wild an.

„Emma, rede mit mir", flehte er.

Sie fauchte ihm ins Gesicht: „*Dein* Urgroßvater hat das Kind *meiner* Tante auf dem Gewissen und seinen eigenen Sohn."

„Mich widert sein Verhalten genauso an wie dich. Bitte, lass nicht die Vergangenheit deiner Tante über unsere Zukunft entscheiden."

„Aber *du* bist auch ein von Wolfsbach!", schrie sie schließlich fast mehr zu sich selbst als zu ihm und er konnte in ihren Augen sehen, wie ihr innerer Kampf sie zerriss.

Bob schaute sie ernst an und dann sagte er ganz sanft: „Und *ich* liebe dich."

Emma betrachtete ihn durch einen Tränenschleier und dann setzte sie sich mit einer geschickten Bewegung so auf seinen

Schoß, dass sein trotz aller Verzweiflung vollständig erigierter Freund tief in ihrer cremigen Feuchtigkeit versank. Er stöhnte auf und schloss seine Augen.

Verdammt, das fühlte sich so gut an.

Er wollte jede Sekunde, in der er noch in ihr sein durfte, mit allen Sinnen genießen, denn er war sich mittlerweile sicher, dass Emma hier gerade ihre Abschiedsvorstellung für ihn gab und er wusste, er würde nie wieder eine Frau so lieben, wie sie.

Emma fing nun an, ihr Becken heftig auf und ab zu bewegen, und er bewegte sich mit ihr ... in ihr.

Sie vergrub ihre Fingernägel in seinen Brustmuskeln und der Schmerz, den er dabei spürte, erregte ihn noch mehr. Sollte sie ihn ruhig damit bestrafen für das, was sein Urgroßvater getan hatte, er wollte diese letzten Momente mit ihr genießen.

Er war überwältigt von ihrem wilden Ritt auf seinem Schoß und wollte seinen Orgasmus so lange wie möglich hinauszögern, am liebsten bis zum jüngsten Tag, denn er glaubte zu wissen, dass sie danach mit ihm Schluss machen würde.

Er nahm ihre Brüste in seine Hände und massierte sie im Rhythmus, den Emma mit den Bewegungen ihres Unterleibs vorgab, und dann spielte er mit ihren Brustwarzen, bis diese ihm hart und rot entgegenwippten.

Emmas Atem ging schnell und sie schloss die Augen und legte ihren Kopf in den Nacken. Sie bewegte sich jetzt immer heftiger und Bob wurde von ihrer Enge kräftig und intensiv auf und ab massiert.

Er hätte sie gerne noch etwas gebremst oder einfach die Zeit angehalten, aber das, was Emma da mit ihm machte, fühlte sich so gut an, dass er keine Kraft fand, sie aufzuhalten.

Sie sah so hinreißend wild aus mit den wirren, langen Haaren, die um ihren Kopf und ihren Oberkörper tanzten und den vollen wippenden Brüsten mit den harten Brustwarzen.

Überwältigt saugte er dieses unglaublich erotische Bild tief in sich ein.

Entsetzen und Wut, Schmerz und Verzweiflung wirbelten durch Emmas Körper. Doch während sie Bob geküsst hatte, hatte sie auch Lust, Leidenschaft und Liebe empfunden. Würde ihre Tante sie für diese Gefühle verurteilen? Schließlich war er ein von Wolfsbach. Wütend über sich selbst hatte sie den Kuss beendet. Wie konnte sie ihrer Tante nur so in den Rücken fallen? Als Bob sich dann neben sie legte, setzte sie sich blitzschnell auf ihn. Sie wollte ihm unmissverständlich ins Gesicht schleudern, was sie von seinen Vorfahren hielt und ihrem Schmerz und ihrer Wut Luft machen. Aber genau das wurde ihr buchstäblich zum Verhängnis, denn als sie seine Erregung gespürt hatte, waren sie wieder da gewesen, diese verdammten Gefühle.

Dabei sollte sie ihn doch eigentlich aus ihrem Leben streichen, so wie ihre Tante es mit allen von Wolfsbachs getan hatte. Stattdessen hatten ihre Finger einfach sein Hemd aufgeknöpft, und als sie beide kurz darauf nackt waren und sie sich über ihn beugte, hatte sie sich für einen kurzen Moment noch einmal verbal Luft machen müssen, bevor sie begann, sich lustvoll an ihm abzureagieren.

Sie hatte nicht schon wieder mit ihm schlafen wollen, wirklich nicht, aber es tat so verdammt gut, ihn so intensiv zu spüren. Sie konnte und sie wollte das nicht stoppen.

Als sie spürte, dass sie kurz vor dem Höhepunkt war, schaute sie Bob tief in die Augen, und während ihre Bewegungen noch intensiver wurden, schrie sie ihn mit vor Erregung keuchender Stimme an: „Du verdammter Scheißkerl, warum muss ich mich ausgerechnet in dich verlieben?"

Ihre Muskeln zogen sich unzählige Male zusammen in einem Rausch, in dem auch Bob kein Halten mehr fand.

Nicht das erste Mal an diesem Tag, aber wie er vermutete, das letzte Mal in seinem Leben ergoss er sich kraftvoll pumpend in ihr.

Emma war völlig erschöpft auf seine Brust gesunken. Er hatte sie fest in seinen Armen gehalten und ihr dabei sanft über den Rücken gestreichelt. Nachdem sie eine ganze Weile so aufeinandergelegen hatten, er immer noch in ihr, strich Bob sich ihre Haare aus seinem Gesicht und raffte ihre wilde Mähne zu einem Zopf zusammen.

Dann flüsterte er ihr leise ins Ohr: „Emma, ich liebe dich." Emma hob ihren Oberkörper und er sah in ihre glänzenden Augen.

Obwohl er riesige Angst vor ihrer Antwort hatte, versuchte er zu lächeln, als er sie dann in Anlehnung an ihre Wortwahl vom Vormittag fragte: „War das etwa ein ‚Abschiedsflachleger'?"

Sie schaute ihn sehr ernst an.

Konnte sie wirklich einen Mann lieben, den sie kaum kannte und der solche Vorfahren hatte? Was würde ihre Tante dazu sagen? Aber hatte nicht genau *die* auch einen von Wolfsbach geliebt?

Bob hatte recht, sie durfte nicht die schrecklichen Ereignisse in der Vergangenheit ihrer Tante über *ihre* Zukunft entscheiden lassen. Sie sollte sich lieber Tante Emmas unerschütterliche Liebe zu ihrem Robert zum Vorbild nehmen. Und sie wollte Bob auch gar nicht aus ihrem Leben streichen, dafür liebte sie seine Nähe … und das, was sie spürte, wenn er sie liebte … viel zu sehr.

Schließlich lächelte sie ihre Zweifel einfach weg und erwiderte leise: „Herr von Wolfsbach! An Ihrer Ausdrucksweise müssen wir aber noch schwer arbeiten, wenn Sie wirklich der Mann an meiner Seite werden wollen?"

Bob ignorierte ihr Zögern und konterte erleichtert: „Das sagt ja gerade die Richtige. Wenn ich mich recht erinnere, verfügen Sie, Frau Müller, auch über ein ziemlich großes Repertoire an ähnlichen Ausdrücken … Hast du da gerade wirklich ‚Mann an meiner Seite' gesagt?"

„Ja, wenn du mich noch willst."

„Wenn ich dich noch will? Ich will dich mehr als alles andere auf dieser Welt. Du kannst dir gar nicht vorstellen, was für eine Angst ich hatte, dich zu verlieren. Und eben als du so ... na ja ... über mich hergefallen bist, da dachte ich, das wäre deine Art, dich von mir zu verabschieden ..."

Weiter kam er nicht, denn Emma hatte blitzschnell ihre Lippen auf seinen Mund gelegt und küsste ihn zärtlich.

„Bob", flüsterte sie schließlich, „ich muss mich entschuldigen, ich hab dich eben einfach benutzt, um mich abzureagieren. Es war mir für einen kurzen Moment sogar egal, dir damit wehzutun."

„Gib es zu, du wolltest mir wehtun", bemerkte Bob mit gespielter Empörung, „schau dir mal meine Brust an."

„Oh je, du blutest ja ganz schlimm", erwiderte Emma übertrieben besorgt und grinste dann.

Bob hatte tatsächlich ein paar Schrammen vom Einsatz ihrer Fingernägel auf seiner Brust zurückbehalten, vielleicht würden sogar kleine Narben daraus werden, aber das war ihm völlig egal. Er fand den Gedanken, dadurch immer an diesen Abend erinnert zu werden, sogar ausgesprochen sympathisch, aber Emmas Häme und ihr Grinsen, das wollte er so nicht stehen lassen.

„Na warte, du freches Weibsstück", brummte er, packte sie an der Hüfte und warf sie blitzschnell neben sich. „Du tust mir weh und ich soll dich lieben. Hast du denn keine Ahnung, was du da von mir verlangst?", zischte er sie an und lächelte, während er sich mit seinem ganzen Körper auf sie legte.

„Dem kleinen Bob hat es aber allem Anschein nach sehr gefallen", verteidigte sich Emma und kicherte.

„Dem kleinen Bob! Das Wort ‚klein' ist in diesem Zusammenhang ja wohl völlig fehl am Platz", beschwerte er sich grinsend und platzierte den Besagten zwischen ihre Schenkel.

„Oh ja", gluckste Emma zufrieden, „ich kann spüren, was du meinst. Selbstverständlich nehme ich das Adjektiv ‚klein' wieder zurück und ersetze es durch ‚gigantisch'."

„Schon besser", brummte er und drang sanft in sie ein.

Es war ihm selbst ein Rätsel, wie sich sein bester Freund in so kurzer Zeit schon wieder aufpumpen konnte, aber er war viel zu glücklich, um sich darüber jetzt Gedanken zu machen.

„VERDAMMTE SCHEISSE, da leuchtet schon seit einer halben Stunde eine orange Lampe und geht einfach nicht aus. Und jetzt stottert auch noch der Motor. Was für eine Schrottkarre hat uns dein Onkel denn da angedreht?", fluchte Uwe laut und steuerte den immer langsamer werdenden Sprinter auf den Seitenstreifen der Bundesstraße, die sie zur Auffahrt auf die Autobahn Richtung Süden führen sollte.

Sie hatten eine ganze Weile im Stau gestanden und er war froh gewesen, als der Feierabendverkehr sich endlich auflöste und er Gas geben konnte. Und dann das.

Olaf zog die Stöpsel seiner Kopfhörer aus den Ohren und meckerte: „Hey du Sack! Wieso hältst du an? Musst du etwa jetzt schon pissen?"

„Nix pissen, die Scheißkarre von deinem Onkel macht schlapp, du Penner."

„Das kann nicht sein! Mein Onkel hält seine Fahrzeuge immer gut in Schuss."

„Von wegen gut in Schuss! Seit einer halben Stunde brennt jetzt schon irgend so ein verficktes oranges Licht und jetzt läuft der Motor gar nicht mehr."

„Oranges Licht? Zeig her", sagte Olaf und beugte sich über Uwe, um auf das Armaturenbrett zu sehen. „Verdammt Uwe, bist du eigentlich nur blöd? Das ist die Benzinlampe! Du hast den Tank leer gefahren", sagte Olaf.

„Woher soll ich das denn wissen?", verteidigte sich Uwe.

„Und überhaupt, wieso gibt uns dein Onkel ein Auto mit fast leerem Tank?"

„Wir können froh sein, dass uns mein Onkel überhaupt seinen Sprinter geliehen hat, da können wir von ihm nicht auch noch verlangen, dass er ihn für uns volltankt."

„Ey Mann, wieso nicht? Ich denk, du bist sein Lieblingsneffe."

„Mensch Uwe, warum hab ich dich bloß fahren lassen?", stöhnte Olaf und rieb sich dabei über seine Glatze.

„Na, weil Detlef, die Spacke, mal wieder keinen Lappen hat und weil du ausgeschlafen sein wolltest, wenn wir dem Alten das Bild besorgen. Hast du doch selber so gesagt, man, haste schon vergessen."

„Nein hab ich nicht! Das war eine rhetorische Frage", antwortete Olaf und versuchte sich nicht aufzuregen. Dieser Uwe war auch wirklich zu blöd und leider war Detlef, der immer noch tief und fest neben ihm schlief, ebenfalls nicht gerade übermäßig intelligent. Olaf hoffte deshalb inständig, dass die beiden sich nachher, wenn sie den Auftrag, den der Alte ihnen gegeben hatte, erledigen würden, nicht allzu dämlich anstellen würden.

„Was? Ist mir doch scheißegal, ob die Frage retrodingsbumms oder so war. Wieso willst du eigentlich ausgeschlafen sein?", blaffte Uwe ihn an.

„Weil einer von uns die ganze Aktion mit klarem Kopf planen muss", antwortete Olaf und merkte, wie seine Geduld langsam, aber sicher zu schwinden schien.

„Na klar! Und das musst natürlich du sein! Du glaubst wohl, du bist von uns Dreien der Oberschlaue?"

Genau das bin ich, dachte Olaf und sagte: „Nein, aber der Alte hat doch gesagt, dass ich diesen Einsatz leiten soll, schon vergessen?"

„Ist die Frage jetzt wieder retroirgendwas? Ich sag jetzt nämlich gar nichts mehr", sagte Uwe und wendete sich beleidigt ab. Olaf stieß jetzt Detlef seinen Ellenbogen in die Rippen und forderte ihn auf, endlich aufzuwachen.

„Ey Mann, was soll das? Ich hab gerade von der Blonden aus der Kneipe geträumt", meckerte der ihn an und rieb sich die Augen.

„Hast du sie gefickt?", fragte Uwe neugierig und ergänzte dann: „Ich hab sie mal an den Titten angefasst, ganz schöne Hupen hat die Kleine."

„Mensch Jungs, wir haben hier gerade ganz andere Probleme", schaltete sich Olaf ungeduldig ein: „Einer von euch muss mit dem Reservekanister Benzin an der nächsten Tanke besorgen."

„Wieso einer von uns? Lauf doch selber, ist ja schließlich die Karre von *deinem* Onkel", erwiderte Uwe sofort.

„Mann Alter, hast du etwa den Tank leergefahren?", grölte Detlef jetzt lachend, „dann geh *ich* auf keinen Fall zur nächsten Tanke, du Volldepp."

„Selber Volldepp!", fauchte Uwe zurück und drohte Detlef mit seiner Faust. Sofort beugte sich Detlef über Olaf und zeigte Uwe den Mittelfinger. Olaf, der zwischen den beiden saß, hatte seine liebe Not, sie davon abzuhalten, aufeinander loszugehen.

„Jungs, es reicht!", schrie er gerade in dem Moment, als der Polizist an das Fenster der Fahrertür klopfte.

Keiner hatte das Polizeiauto, das sich hinter den Sprinter gestellt hatte, bemerkt, und als sie jetzt den Polizisten sahen, erschraken sie alle drei mächtig.

Der Uniformierte bedeutete Uwe, das Fenster zu öffnen und fragte dann: „Alles in Ordnung bei Ihnen?"

„Alles in Ordnung Herr Wachtmeister, wir fahren gleich weiter", antwortete Olaf freundlich.

„Ey du Spacke, nichts ist in Ordnung", mischte sich Detlef ein und zeigte mit dem Zeigefinger auf Uwe, „die Karre fährt nicht mehr, weil der Vollpfosten da vergessen hat zu tanken."

„Ich bin kein Vollpfosten, du Arsch!", schrie Uwe ihn daraufhin an und versuchte, ihn über Olaf hinweg zu schlagen.

„So, das reicht jetzt", sagte der Polizist ganz ruhig, „ich bekomme jetzt erst mal von Ihnen die Fahrzeugpapiere und den Führerschein und von den anderen beiden den Personalausweis."

„Oh Mann, wieso das denn?", fragte Uwe murrend und suchte in seinem Portemonnaie nach seinem Führerschein.

„Hey Bulle, wieso antwortest du meinem Kumpel nicht?", meldete sich Detlef zu Wort, woraufhin Olaf ihn anzischte: „Halt die Klappe Detlef, du bringst uns noch in Teufels Küche mit deinem losen Mundwerk. Uwes Frage war rein rhetorisch."

„Was, ich hab eine retrodingsbumms Frage gestellt? Wusste gar nicht, dass ich so was kann", wunderte sich Uwe und stellte dann klar: „Siehste, du Schwachmaat, ich bin hier nicht der Vollpfosten."

„Die Papiere bitte", sagte der besagte Bulle jetzt mit Nachdruck und überhörte das B-Wort geflissentlich.

Uwe reichte ihm alles durchs Fenster und der Polizist ging zu seinem Auto. Dort überprüfte er mit seinem Partner alle Ausweise und den Führerschein nebst den Fahrzeugpapieren.

„Die Drei da vorne führen irgendwas im Schilde", erklärte er seinem Kollegen.

„Da könntest du recht haben. Die Zentrale sagt, dass sie bereits aktenkundig mit Straftaten im rechten Milieu sind", antwortete dieser und schaute seinen Kollegen stirnrunzelnd an. „Wir sollten diesen Sprinter mal etwas genauer unter die Lupe nehmen."

„Okay, sag du in der Zentrale Bescheid, ich geh schon mal zum Wagen." Der Polizist marschierte daraufhin mit festem Schritt zum Sprinter zurück und entsicherte seine Waffe.

Als er gerade die Fahrertür erreicht hatte, rief sein Kollege ihm vom Auto aus zu: „Hey, Kalle, wir haben einen Einsatz! Wir müssen sofort los!"

„Mist!", antwortet Kalle und reichte Uwe alle Papiere durchs Fenster. „So, meine Herren", sagte er dann, „Sie machen jetzt erstmal ihre Warnblinkanlage an und stellen das Warndreieck auf. Danach sehen Sie zu, dass Sie auf dem schnellsten Weg an Benzin kommen und weiterfahren. Der Seitenstreifen einer Bundesstraße ist schließlich kein Parkplatz. Wohin soll die Fahrt denn überhaupt gehen?"

„Wir fahren auf die Autobahn Richtung Süden, Herr Wachtmeister. Mein Onkel hat dort ein Bild gekauft, das wir für ihn abholen sollen", verbog Olaf die Wahrheit etwas.

„Na dann, gute Fahrt", wünschte Kalle den Dreien und lief zurück zu seinem Auto.

Irgendetwas stimmt hier nicht, dachte er dabei und machte Meldung über diesen Vorfall in der Zentrale.

„MEIN VATER soll in ein Hotel?", fragte Emma ungläubig, als Bob ihr noch einmal den Ernst der Lage deutlich gemacht hatte.

Emma hatte nach ihrem Liebesspiel die Pistole auf dem Nachttisch entdeckt und Bob ängstlich gefragt, ob das denn wirklich nötig sei. Er hatte ihr erklärt, dass es sich dabei um eine reine Vorsichtsmaßnahme handele und dass er gelernt habe, mit so einer Waffe umzugehen.

„Emma, es ist wirklich besser, wenn dein Vater ein paar Tage im Hotel bleibt. Du bist hier bei mir sicher, aber die Adresse deines Vaters kann jeder schnell herauskriegen und ..."

„Ich hab's verstanden", unterbrach sie ihn, „ich weiß nur nicht, wie ich das meinem Vater beibringen soll."

„Dann lass uns jetzt erstmal das Tagebuch zu Ende lesen", schlug Bob vor, zog sie in seine Arme und öffnete die Letzte der Seiten, auf denen Emmas Tante das Leid ihres Lebens zu Papier gebracht hatte.

Über den Verbleib des Kunstwerks konnten sie nichts mehr in Erfahrung bringen, aber Emmas Tante hatte, nachdem sie aus dem Krankenhaus entlassen worden war, versucht, mit einer Anzeige Robert von Wolfsbach den Dritten zur Verantwortung zu ziehen.

Für die Polizei hatte hier Aussage gegen Aussage gestanden. Da war es natürlich klar gewesen, dass Tante Emmas Schilderung als weniger glaubwürdig erachtet worden war als die Falschaussage eines Herrn von Wolfsbach.

Als der junge Polizist, der ihre Aussage aufgenommen hatte, dann zu ihr gekommen war und sie um ihretwillen gebeten hatte, ihre Anzeige zurückzuziehen, hatte sie aufgegeben. Man würde sie andernfalls in die Irrenanstalt einweisen, hatte der Polizist sie gewarnt.

Sie hatte von vornherein keine Chance gegen Roberts Vater gehabt und ihr war, um den Schmerz zu überleben, nichts anderes übrig geblieben, als für den Rest ihres Daseins alles zu vergessen, was mit den von Wolfsbachs zu tun hatte. Deshalb hatte sie wohl auch nie jemandem von all dem erzählt und das Bild niemals aus dem Versteck geholt.

Davon war jedenfalls nach der Lektüre des Tagebuchs auszugehen.

OTTO MÜLLER hatte es sich gerade vor dem Fernseher bequem gemacht und den „Tatort" eingeschaltet, als das Telefon klingelte. Er drückte auf den Knopf des kleinen Kästchens, das er an einem Band um den Hals trug und meldete sich. Das Kästchen war mit dem Festnetztelefon verbunden und so konnte er auf diese Weise jeden Anruf annehmen oder im Notfall seine Tochter alarmieren.

„Emma, schön, dass du dich meldest", freute er sich, als er deren Stimme hörte, „ist alles klar bei dir? Bist du immer noch im Haus deiner Tante?"

„Nein Papa, ich bin schon seit ein paar Stunden bei Bob, also bei Herrn von Wolfsbach. Du weißt schon, das ist der Mann mit dem Pickup", erklärte Emma ihrem Vater und fügte dann hinzu: „Papa, ich muss dich etwas fragen."

„Willst du mir nicht erst erzählen, wer dieser Bob ist. Ich mach mir Sorgen um dich. Gestern noch warst du mit Daniel glücklich verlobt und heute scheint es plötzlich einen neuen Mann in deinem Leben zu geben. Was um Himmels Willen ist heute Nacht passiert? Ich erkenne dich nicht wieder."

„Papa, du musst dir keine Sorgen machen, wirklich nicht. Ich erkläre dir alles später, versprochen. Ich brauch jetzt deine Hilfe", erwiderte Emma schnell, denn sie wollte ihrem Vater auf keinen Fall von der letzten Nacht erzählen.

„Na, dann schieß los, was willst du wissen?", forderte Otto seine Tochter auf, auch wenn ihre Worte ihn nicht wirklich beruhigten.

„Hat Tante Emma dir gegenüber jemals etwas von einem wertvollen Gemälde erwähnt, das sich in ihrem Besitz befindet oder befunden hat?"

„Ein Gemälde? Nicht, dass ich wüsste. Höchstens vielleicht die Bilder im Wohnzimmer, von diesem Bert Wolf, würden mir da einfallen."

„Nein, nein, die meine ich nicht. Ich meine so ein richtig wertvolles, von einem berühmten Maler."

„Nein Emma, von so einem Bild hat deine Tante nie gesprochen."

„Papa, wusstest du, dass Tante Emma einmal einen Mann geliebt hat und sogar schwanger war?", fragte Emma ihren Vater jetzt mit heiserer Stimme, denn der Gedanke daran, wie ihre Tante beides, den Mann und das Kind verloren hatte, schnürte ihr die Kehle zu.

„Nein, das wusste ich nicht", antwortete Otto Müller erstaunt, „was ist mit den beiden passiert?"

„Sie sind beide tot", sagte Emma leise.

„Woher weißt du das alles?", fragte ihr Vater sie entsetzt.

„Tante Emma hat ein Tagebuch geschrieben, ich hab es gestern und heute gelesen."

Emma hörte, wie ihr Vater laut und kräftig ausatmete.

„Papa, du musst mir jetzt gut zuhören", sagte sie dann streng, „das Gemälde befindet sich wahrscheinlich noch in Tante Emmas Haus. Es gibt einen Mann, der dieses Bild an sich bringen möchte und dabei vor nichts zurückschrecken würde. Deshalb habe ich mich bei Bob versteckt. Als mein Vater bist auch du in Gefahr und ich möchte, dass du nach unserem Telefonat sofort Ruth anrufst und mit ihr zusammen in ein Hotel ziehst. Das ist wirklich wichtig, hörst du?"

„Mein Kind, du glaubst doch nicht ernsthaft, dass deine Tante in ihrem alten Häuschen ein wertvolles Bild versteckt hat. Wenn sie tatsächlich so ein Kunstwerk besessen hätte, dann hätte sie es garantiert schon längst zu Geld gemacht und das Haus davon instand setzen lassen. Du weißt selbst, wie sehr sie daran gehangen hat. Diese Geschichte von dem Gemälde und dem Mann, der es haben möchte ... Ich bitte dich Emma, wer erzählt dir denn solche Schauermärchen. Hat dieser Bob dir das etwa eingeredet?"

„Papa, das hat mir niemand eingeredet, das sind Tatsachen. Bobs Großvater, Alfred von Wolfsbach, kann dir das bestätigen ... und natürlich das Tagebuch von Tante Emma", versuchte Emma ihren Vater zu überzeugen und bat ihn inständig: „Bitte zieh mit Ruth in ein Hotel."

„Emma, diese ganze Geschichte gefällt mir nicht. Wo bist du da nur reingeraten. Weiß Daniel, wo du bist? Soll ich ihn benachrichtigen, damit er dich abholen kann?"

„Papa, ich möchte nicht abgeholt werden. Ich bin hier in Sicherheit und halt bitte Daniel da raus, mit dem möchte ich nämlich nichts mehr zu tun haben."

„Du glaubst, du bist in Sicherheit? Bei einem Mann, den du kaum kennst?", erwiderte Emmas Vater ungehalten.

„Papa! Bob und ich kennen uns seit gefühlt siebzig Jahren", entgegnete Emma und lächelte Bob an, der gerade die Pizza, die sie sich hatten liefern lassen, mit dem Pizzaschneider zerteilte.

„Was soll das denn bedeuten? Gefühlt siebzig Jahre! Emma, das wird ja immer verrückter. Du kommst jetzt sofort nach Hause!" Otto Müller fing gerade an, sich mächtig über die Unvernunft seiner Tochter aufzuregen. So kannte er sie wirklich nicht. Emma handelte für gewöhnlich immer sehr besonnen und überlegt. Sie ließ sich von niemandem ein X für ein U vormachen und selbst die schlimmsten Früchtchen an ihrer Schule konnten sie nicht an der Nase herumführen.

Doch dieser Bob hatte es anscheinend innerhalb von drei Tagen geschafft, seine Tochter völlig umzukrempeln. Sie glaubte ihm scheinbar unbesehen seine Räubergeschichten und fühlte sich ausgerechnet bei ihm sicher. Dieser von Wolfsbach gefiel ihm jetzt schon nicht.

„Papa, ich werde auf keinen Fall nach Hause kommen", protestierte Emma heftig, „und du solltest sofort mit Ruth ins Hotel ziehen. Ich meine das ernst, du musst mir jetzt wirklich vertrauen!"

„Emma, warum lässt du dich bloß von diesem Mann so einfach ins Bockshorn jagen!" Otto Müller war kurz davor, die Nerven zu verlieren.

Wo hatte dieses Kind bloß diesen Dickkopf her?

„Nein, ich lasse mich in kein Bockshorn jagen. Und du solltest wissen, dass du mir vertrauen kannst. Also, gehst du ins Hotel?", fragte Emma in ihrem strengsten Lehrerinnen Tonfall.

Nach einer kurzen Pause, sie dachte schon, ihr Vater hätte aufgelegt, antwortete dieser: „Ich überlege es mir."

„Okay, aber warte nicht zu lange. Morgen früh könnte schon zu spät sein", erwiderte Emma in der Hoffnung, ihren Vater überzeugt zu haben und dann fügte sie noch leise hinzu: „Ich hab dich lieb Papa. Pass bitte auf dich auf und melde dich, wenn du im Hotel bist."

„Ich hab dich auch lieb mein Kind. Und ich rate diesem Bob, gut auf dich aufzupassen, sonst bekommt er es mit mir zu tun. Das kannst du ihm ruhig ausrichten", brummte Otto Müller in sein kleines Kästchen und drückte den Knopf, der das Gespräch beendete.

Emma nahm ihr Handy vom Ohr und atmete tief durch.

„Dieser alte Sturkopf", sagte sie dann leise.

„Will er nicht ins Hotel?", fragte Bob und biss genüsslich in sein Pizzastück.

„Er überlegt es sich, hat er gesagt. Was immer das zu bedeuten hat", antwortete Emma und nahm sich ebenfalls ein Stück von den „Vier Jahreszeiten". Dann fuhr sie kichernd fort: „Machen wir eigentlich, wenn diese Gemäldegeschichte vorbei ist, mit der Pizzadiät weiter?"

„Oh, du hättest dir auch eine Pasta aussuchen können", konterte Bob und grinste sie an.

„Ach, ist schon okay. Irgendwie hat ja mit einer geteilten Pizza alles zwischen uns angefangen", sagte Emma und grinste auch. Schweigend aßen sie dann, wie am Tag zuvor, an dem irgendwie alles zwischen ihnen angefangen hatte.

Nach einiger Zeit sagte Bob: „Wenn dein Vater nicht heute Abend noch in ein Hotel zieht, bringen wir ihn morgen früh, nachdem wir das Haus deiner Tante durchsucht haben, im Parkhotel unter."

„Das ist eine gute Idee, ich befürchte nämlich, dass der alte Dickkopf sein Haus sonst nicht verlassen wird", gestand Emma verzweifelt.

„Bist du fertig mit der Pizza?", fragte Bob, als er aufstand und fügte dann hinzu: „Ich möchte nämlich gerne mit dir ins Bett gehen."

„Oh mein Gott, Bob, du willst doch nicht etwa schon wieder ...Wo nimmst du bloß die ganze Energie her?", stöhnte Emma und dachte lächelnd daran, wie er sie eben unter der Dusche ...

„Ich bin ausgehungert und verrückt nach dir", unterbrach Bob ihre Gedanken und lächelte ebenfalls, während er sie vom Stuhl in seine Arme zog und in ihr Ohr flüsterte: „Aber keine Sorge, ich möchte jetzt wirklich nur mit dir in meinen Armen einschlafen. Morgen wird bestimmt ein anstrengender Tag und wir müssen uns furchtbar früh auf die Suche nach dem Gemälde machen. Deshalb sollten wir uns wenigstens ein paar Stunden ausruhen."

„Einverstanden", flüsterte Emma und küsste ihn.

FRAU JANSEN suchte mit zittrigen Händen in ihrem kleinen schwarzen Büchlein, in das sie immer alle wichtigen Telefonnummern notierte, nach Emmas Handynummer.

Emma hatte ihr diese schon vor ein paar Monaten gegeben, damit sie die Großnichte ihrer Nachbarin im Notfall erreichen konnte. Glücklicherweise war dieser Notfall zu Lebzeiten von Tante Emma niemals eingetreten, aber Frau Jansen behielt selbstverständlich als gute Nachbarin, auch nach deren Tod das jetzt leer stehende Nachbarhaus unter Beobachtung. Ihrer altersschwachen Blase, die sie mehrmals in der Nacht zum Besuch der

Toilette zwang, war es zu verdanken, dass sich ihre Aufmerksamkeit nicht nur tagsüber, sondern ebenfalls in der Nacht auf das kleine Fachwerkhäuschen richtete.

Als sie in dieser Nacht wieder dem Ruf der Natur hatte folgen müssen, waren ihr Lichtblitze aufgefallen, die durch die Ritzen der verschlossenen Fensterläden huschten. Es hatte so ausgesehen, als würde jemand mit einer Taschenlampe durch das dunkle Häuschen laufen. Sofort war ihr klar gewesen, dass nur Einbrecher Taschenlampen benutzten und als sie dann auch noch den großen schwarzen Wagen mit fremdem Kennzeichen auf der anderen Straßenseite entdeckt hatte, hatte sie gewusst, dass hier gerade ein Verbrechen verübt wurde.

Schnell hatte sie die 110 gewählt und die Polizei über ihre Beobachtungen informiert. Bis zu deren Eintreffen hatte sie den Wagen und das Nachbarhaus nicht mehr aus den Augen gelassen, und ihr waren dabei zwei dunkel gekleidete Gestalten aufgefallen, die das Haus verließen, als man die Polizeisirenen schon hören konnte. Sie rannten die Straße Richtung Westen entlang und verschwanden dann aus ihrem Blickfeld. Kurz danach hatte sich auch der Wagen in Bewegung gesetzt und war den Flüchtenden gefolgt.

Das alles hatte sie sofort nach dem Eintreffen der Polizei dem netten Wachtmeister ausführlich geschildert, bevor sie wieder in ihr Haus zurückgekehrt war, um Emma anzurufen.

EMMA UND BOB hatten gerade einmal drei Stunden eng aneinander gekuschelt geschlafen, als Emmas Handy sie mit einem anhaltenden Piepton weckte. Mit müden Augen starrte sie auf das Display und konnte im ersten Moment mit dem Namen „Frau Jansen", der dort aufleuchtete, gar nichts anfangen. Sie wollte das Gespräch schon wegdrücken, doch dann fiel ihr plötzlich ein, dass ja die Nachbarin ihrer Tante „Jansen" hieß und sie dieser vor einiger Zeit ihre Handynummer gegeben hatte.

Frau Jansen war so etwas wie die Dorfzeitung, sie beobachtete alles, wusste alles und erzählte einem alles, ob man es wissen wollte oder nicht. Emma war sich deshalb sicher gewesen, dass die Gute auf alle Fälle sofort Alarm schlagen würde, wenn mit ihrer Tante irgendetwas nicht in Ordnung wäre. Doch jetzt gab es Tante Emma nicht mehr und Frau Jansen würde bestimmt nicht mitten in der Nacht bei ihr anrufen, nur um ihr zu erzählen, dass die Nachbarskatze beinahe von einem Auto überfahren worden sei. Es musste etwas sehr Wichtiges sein, was Frau Jansen zu diesem Anruf bewogen hatte.

Also drückte sie auf den grünen Button und meldete sich: „Müller."

„Emma sind Sie das?", wurde sie von einer aufgeregten Stimme am anderen Ende der Leitung gefragt.

„Ja, Frau Jansen, was ist passiert?", erkundigte sich Emma besorgt. Bob hatte sich aufrecht ins Bett gesetzt und schaute Emma mit hochgezogenen Augenbrauen an.

„Oh Gott, Emma", schnatterte Frau Jansen hastig los, „in das Haus Ihrer Tante wurde eingebrochen. Ich hab sofort die Polizei benachrichtigt und die sind auch schon hier. Eben ist auch die Spurensicherung gekommen und meine Aussage hat der Herr Wachtmeister auch schon aufgeschrieben. Stellen Sie sich vor, ich hab die Verbrecher tatsächlich gesehen. Sie waren ganz schwarz angezogen und sind dann weggerannt. Und dann war da auch noch dieser große schwarze Wagen. Oh Emma, ich bin so aufgeregt. Es wäre wirklich gut, wenn Sie schnell herkommen könnten."

Emma hatte ihr Handy auf Lautsprecher gestellt, damit Bob mitbekam, was die arme Frau Jansen in dieser Nacht schon alles hatte erleben müssen, und als diese endlich wieder Luft zu holen schien und ihren Redeschwall unterbrach, sagte er leise: „Es geht

los, Emma. Wir haben wohl doch weniger Zeit, als ich gehofft hatte."
Emma atmete tief durch und versicherte dann der immer noch völlig aufgeregten Frau Jansen, dass sie sich sofort auf den Weg machen würde und in ein paar Minuten bei ihr wäre.

VOR DEM ALTEN FACHWERKHAUS stand ein Polizeiauto, eine Limousine mit einem „Kojak" auf dem Dach und ein Minivan, aus dem gerade ein Mann kletterte, der in einen weißen Schutzanzug eingehüllt war.

Bob hatte seinen Pickup in einer Seitenstraße geparkt und er und Emma waren zu Fuß weitergegangen. Er wollte verhindern, dass Dressens Leute, falls sie das Haus beobachteten, durch die Aufschrift auf seinem Auto feststellen konnten, wer er war und somit wussten, wo Emma sich versteckte.

Ein Polizist bewachte den Hauseingang und er ließ die beiden erst passieren, nachdem Emma ihm ihren Personalausweis gezeigt hatte.

„Kommissar Hildebrand ist oben in der Küche. Er erwartet Sie bereits und bitte fassen Sie nichts an, die Spurensicherung ist noch längst nicht fertig mit ihrer Arbeit", sagte der Uniformierte und gab die Tür frei.

Heiner Hildebrand war ein erfahrener Ermittler beim Einbruchsdezernat und mit seinen einundsechzig Jahren nicht mehr allzu weit von seiner Pensionierung entfernt. Er hatte es sich auf einem der Stühle an Tante Emmas Küchentisch bequem gemacht und schon mal angefangen, den lästigen Papierkram, den jeder Einsatz mit sich brachte, zu erledigen. Als Emma die Küche betrat, erhob er sich und reichte ihr die Hand.

„Kommissar Hildebrand", stellte er sich vor und fuhr fort: „Und Sie sind sicherlich Emma Müller?"

„Jawohl Herr Kommissar", antwortete Emma und schaute sich im Raum um.

Es sah schrecklich aus in der sonst immer so ordentlichen Küche ihrer Tante. Alle Schränke und Schubladen standen offen und ihr Inhalt lag wild verteilt auf dem Boden herum. Ein großer Teil des Porzellans war zerbrochen und der Anblick erinnerte an einen Polterabend. Der alte Küchenschrank war sogar von der Wand gerückt worden, so als hätte jemand dahinter etwas gesucht. An einigen Stellen konnte man unter den ganzen Küchenutensilien, die auf dem Boden lagen, sehen, dass der Linoleumboden aufgeschlitzt und angehoben worden war. Jetzt gab er den darunter befindlichen Bretterboden frei. Im Großen und Ganzen sah es so aus, als hätten hier die Vandalen gehaust.

Emma trieb es die Tränen in die Augen und sie wollte sich gar nicht vorstellen, wie wohl die anderen Zimmer aussehen mochten.

Bob umfasste sie von hinten und drückte sie an sich, als er ihr ins Ohr flüsterte: „Emma, das Wichtigste ist, dass du nicht zu Schaden gekommen bist. Alles andere kann man wieder herrichten."

Der Kommissar schaute Bob jetzt fragend an: „Und wer bitte schön sind Sie?"

„Robert von Wolfsbach ist mein Name", antwortete Bob, „ich bin Frau Müllers Lebensabschnittspartner." Als Bob „Lebensabschnittspartner" sagte, zuckte ein kleines Lächeln um Emmas Mund, denn sie musste unweigerlich daran denken, wie kurz dieser Abschnitt erst war. Viel zu kurz für so ein langes Wort, deshalb nahm sie sich fest vor, ihn so lang wie möglich auszudehnen.

„Frau Müller", wand der Kommissar sich jetzt wieder ihr zu, „das hier sieht nicht nach einem gewöhnlichen Einbruch aus, bei

dem die Täter nur etwas Geld oder den Familienschmuck mitgehen lassen. Diese Täter haben nach etwas ganz Bestimmten gesucht. Können Sie mir sagen, um was es sich dabei handeln könnte?"
Emma drehte sich zu Bob um und schaute ihn fragend an.
Als er nickte und ihr damit bedeutete, dem Kommissar von dem Gemälde zu erzählen, sagte sie ihren Blick wieder auf Heiner Hildebrand gerichtet: „Herr Kommissar, wollen Sie sich nicht wieder setzen? Ich muss Ihnen eine kleine Geschichte über meine verstorbene Tante, von der ich dieses Haus geerbt habe, erzählen. Dann werden Sie verstehen, was diese Einbrecher hier gesucht haben."
Sie setzte sich ebenfalls auf einen Stuhl und begann mit ihrer kurzen Zusammenfassung aller relevanten Ereignisse rund um das versteckte Gemälde.

Kommissar Hildebrand runzelte ein paarmal die Stirn, unterbrach Emma aber nicht bei ihren Ausführungen. Erst als sie fertig war mit ihrer Geschichte, stellte er ihr einige Fragen.
So wollte er zunächst wissen, von wem sie all diese Information habe. Emma antwortete bereitwillig und bemerkte dabei zum ersten Mal, dass sie alles, was sie über das Gemälde wusste, ausschließlich von Bob und seinem Großvater erfahren hatte. Ihre Tante hatte von einem wertvollen Bild nur einmal kurz etwas geschrieben, beim Abschied von ihrem geliebten Robert. Die schreckliche Geschichte, die hinter dem Gemälde stand, hatte sie mit keinem Wort erwähnt.
Hatte Robert ihr denn nichts davon erzählt? Nichts von der lebensbedrohlichen Situation in Leipzig? Nichts von seiner heldenhaften Tat und dem überglücklichen Ehepaar, dass ihm das Kunstwerk als Dank überließ? Wie hatte er ihr seine Verwundung erklärt?
Gut, von Heinrich Dressen und seinen Gräueltaten, die zum Tod des Ehepaares geführt hatten und jetzt schlussendlich auch

sie in Gefahr brachten, hatte ihr Robert nichts erzählen können. Der Abschiedsbrief der geretteten Ehefrau, indem all dies geschrieben stand, hatte ihn ja nicht mehr erreicht.

So hatte es ihr zumindest Bob erzählt. Gesehen hatte sie diesen Brief nicht ...

„So, so! Die von Wolfsbach haben Sie mit all diesen Informationen versorgt", konstatierte Hildebrand und die Art und Weise, wie er das sagte, gaben Emma sofort das Gefühl, dass er ihre gerade aufkommenden Zweifel teilte.

Hatte er etwa ihre Gedanken gelesen? Die von Wolfsbach schienen für ihn jedenfalls nicht vertrauenswürdig zu sein.

Nachdem der Kommissar sie dann gefragt hatte, um welches Gemälde es sich denn handele, musste sie zu allem Überfluss auch noch feststellen, dass sie tatsächlich keine Ahnung hatte. Alfred von Wolfsbach hatte ihr zwar gesagt, dass er im Besitz eines Echtheitszertifikats und einer notariell beglaubigten Schenkungsurkunde ausgestellt auf ihre Tante sei.

Gezeigt hatte er ihr diese Dokumente nicht.

Heiner Hildebrand schaute sie mit seinen erfahrenen Ermittleraugen prüfend an, so als könne er schon wieder ihre Gedanken lesen und die kleinen spitzen Nadelstiche des Zweifels, die sie plötzlich in ihrer Brust spürte, ebenfalls wahrnehmen.

Hatte Alfred von Wolfsbach, dieser feine alte Herr, der ihr auf Anhieb sympathisch gewesen war, vielleicht doch nur ein Märchen erzählt? Oder, was noch viel schlimmer wäre, benutzte er sie etwa, um durch sie an das Gemälde zu kommen?

Und welche Rolle spielte Bob dabei?

„Nun, wie dem auch sei", unterbrach Kommissar Hildebrand ihre Gedanken, „wo waren Sie, als vor ungefähr zwei Stunden in ihrem Haus eingebrochen wurde?"

„Ich war im Haus von Herrn von Wolfsbach", antwortete Emma wahrheitsgemäß.

„Gibt es dafür irgendeinen Zeugen?"

„Herr von Wolfsbach war die ganze Zeit bei mir, wir haben geschlafen", sagte Emma und fand die Frage nach ihrem Alibi ziemlich seltsam, denn sie wäre ja wohl kaum in ihr eigenes Haus eingebrochen.

„Es tut mir leid, Frau Müller, aber ich musste Ihnen diese Frage stellen", entschuldigte sich der Kommissar so als hätte er Emmas Gedanken schon wieder bemerkt.

Nachdem Emma angefangen hatte, dem Kommissar alle wichtigen Details rund um das Gemälde zu erzählen, hatte Bob die beiden allein gelassen und sich in den anderen Räumen des Hauses umgesehen. Die Männer der „Spusi" waren nicht gerade begeistert von seiner Anwesenheit und er hatte ihnen versprechen müssen, nichts anzufassen und auf nichts zu treten.

Alle Räume boten den gleichen Anblick der Verwüstung. Aufgerissene Fußböden, von den Wänden gerückte Schränke, deren Inhalt über den Boden verstreut worden war und sogar die Tapete war überall auf- und abgerissen worden. Auch vor dem Bett, in dem Emmas Tante gestorben war, hatten die Einbrecher nicht haltgemacht.

Die Matratze lag aufgeschlitzt auf dem Boden und das Bettgestell lehnte aufrecht an der Wand. Der mächtige Ohrensessel, auf dem Emma vor gut eineinhalb Tagen gesessen hatte und ihre hübsch lackierten kleinen Zehen in den alten Stoff gekrallt hatte, während sie im Tagebuch ihrer Tante gelesen hatte, lag auf der Rückenlehne. Er war auf der Sitzfläche und auch auf der Unterseite ebenfalls aufgeschlitzt worden.

Bob war schlagartig klar, dass er Emma auf dem schnellsten Weg wieder aus diesem Haus bringen musste, denn den Anblick dieser Verwüstungen, vor allem in diesem Zimmer, würde sie nur schwer ertragen können.

Er machte sich auf den Weg zurück zur Küche und sah, dass Emma bereits aufgestanden war und sich von Kommissar Hildebrand mit einem Handschlag verabschiedete. Dann vibrierte sein

Handy in seiner Hosentasche und er konnte „Markus" auf seinem Display lesen. Er nahm das Gespräch an, während er sich in das Gästezimmer zurückzog.

Hier stand das jetzt völlig zerpflückte Bett, welches vor kurzem erst Zeuge ihrer ersten Liebesnacht gewesen war.

„Was gibt's mein Freund?", meldete er sich.

Markus antwortete: „Dressen hat drei seiner Jungs in Bewegung gesetzt. Sie hatten zwar eine Panne mit ihrem Wagen, aber mittlerweile müssten sie längst auf der Autobahn sein. Wo seid ihr gerade?"

„Wir sind im Fachwerkhaus. Gemeinsam mit einem halben Dutzend Polizisten."

„Verstehe. Ich hab's gemacht, wie wir es besprochen haben, aber dann kam leider die Polizei dazwischen. Das Gemälde muss noch im Haus sein. Sag meinen Kollegen, dass du denkst, dass Daniel Hütte mit seiner Sekretärin den Einbruch verübt hat. Und Bob, was ich heute Nacht für dich getan habe, wird nicht gern gesehen bei meiner Behörde, also bitte halte meinen Namen aus der Sache raus."

„Alles klar, mache ich. Und du bist dir wirklich sicher, dass das Gemälde immer noch im Haus ist?", fragte Bob Markus gerade in dem Moment, in dem Emma im Türrahmen erschien.

Sie war ihm, nachdem sie sich von Heiner Hildebrand verabschiedet hatte, ins Gästezimmer gefolgt und starrte ihn entsetzt an ...

Emma war noch völlig aufgewühlt von dem Gespräch mit dem Kommissar. Die einfachen Fragen, die Hildebrand ihr gestellt hatte, hatten sie gezwungen, über die ganze „Gemäldegeschichte" gründlich nachzudenken.

Sie hatte sich vom Sog in den Strudel der Liebes- und Leidensgeschichte ihrer Tante ziehen lassen und dabei Bob von Wolfsbach nur allzu gern als himmlisches Vermächtnis dieser Ereignisse wahrgenommen. Sein Interesse an dem Gemälde hatte sie mit seiner großen Liebe zu ihr und der damit verbundenen Sorge um ihr Wohlergehen erklärt. Aber wenn sie den Fokus nur auf das Gemälde legte und es als wertvollen Schatz betrachtete, dann sah sie Bobs plötzliches Erscheinen, sein Engagement zur Erhaltung des Fachwerkhauses und sein Augenmerk auf das Tagebuch ihrer Tante in einem anderen Licht.

Hatte er nicht schon ganz am Anfang von einem „Schatz" gesprochen ...?

In diesem Zustand trafen sie Bobs Worte, die er an seinen Gesprächspartner am anderen Ende der Telefonleitung gerichtet hatte, wie ein Schlag in die Magengrube.

„Du bist dir wirklich sicher, dass das Gemälde immer noch im Haus ist?", hatte er gefragt ...

Wem stellt man diese Frage? Schoss es ihr durch den Kopf.

Natürlich nur dem Einbrecher, antwortete ihr Gehirn und zog daraus blitzschnell den einzig möglichen Schluss: Bob hat den Einbrecher beauftragt!

Und er hat dafür gesorgt, dass sie in der Nacht nicht im Haus war und konnte sie sogar noch als Alibi benutzten.

Ihr Vater hatte recht, Bob hatte sie ins Bockshorn gejagt ... Emmas Beine drohten nachzugeben und sie klammerte sich an den Türrahmen.

Nachdem sich Bob von Markus verabschiedet hatte, steckte er sein Handy in die Hosentasche und drehte sich um. Er hatte mit dem Rücken zur Tür gestanden, während er telefoniert hatte, und somit nicht bemerkt, dass Emma aufgetaucht war.

Als er sie jetzt mit vor Entsetzen weit aufgerissenen Augen haltsuchend am Türrahmen festgeklammert, vor sich stehen sah, dachte er im ersten Moment, er hätte ein Déjà-vu.

Genau an dieser Stelle hatte Emma ihn mit genauso einer Bestürzung im Blick angestarrt, als sie gestern Morgen vom Bäcker gekommen war und ihn beim Blättern im Tagebuch ihrer Tante erwischt hatte. Bob war da sofort klar gewesen, dass er sich falsch verhalten hatte und auch wenn ihre Anschuldigungen und Mutmaßungen seinen Charakter betreffend danach weit übers Ziel hinausgeschossen waren, so hatte er dennoch ihr Entsetzen über sein Fehlverhalten verstanden.

Jetzt allerdings war er sich keines Fauxpas bewusst und somit gab es für ihn nur eine einzige Erklärung, die Emmas Gesichtsausdruck rechtfertigen konnte: Sie hatte die verwüsteten Zimmer gesehen.

Schnell machte er einen Schritt auf sie zu, um sie in seine tröstenden Arme zu schließen und dann zügig aus diesem Haus zu bringen.

Emma erwachte aus ihrer Schockstarre, als Bob auf sie zuging. Sie wollte auf keinen Fall, dass er noch näherkam oder sie gar berührte. Deshalb hob sie abwehrend ihre Hände und trat einen Schritt zurück. Ihre Beine drohten immer noch, sie im Stich zu lassen und sie musste all ihre Kraft zusammennehmen, um nicht vor ihm auf die Knie zu sinken.

Auch sie hatte das Gefühl, diesen Augenblick schon einmal durchlebt zu haben. Vor kaum vierundzwanzig Stunden hatte sie genau hier gestanden und ihm vorgeworfen, sie nur zu benutzen, um an das wertvolle Gemälde heranzukommen. Er hatte sie daraufhin mit Liebesschwüren von seiner Redlichkeit überzeugt und sie durch seinen entschlossenen und schnellen Rückzug geschickt dazu gebracht, ihn zum Bleiben aufzufordern.

Er hatte nur mit ihr gespielt, das wurde ihr jetzt qualvoll bewusst. Er hatte alles daran gesetzt, ihr Vertrauen zu gewinnen, um sie dann um das Vermächtnis ihrer Tante betrügen zu können.

Er war ein von Wolfsbach, daran hatte sie keine Zweifel mehr, auch wenn es eine Weile gedauert hatte, bis ihr das klar geworden war und sie in dieser „Weile" leider ihr Herz verloren hatte.

Ihr ganzer Körper brannte, als diese Erkenntnis langsam von ihr Besitz ergriff, und ihr Mund war so trocken wie nach einem Tag ohne Wasser in der Wüste.

Bob ging trotz ihrer gehobenen Hände schnell auf sie zu und fing sie gerade noch auf, bevor ihre Beine tatsächlich nachgaben. Emma spürte seinen starken Körper und seine kräftigen Arme, und bei dem Gedanken dieses Gefühl, ihm so nah zu sein, vor wenigen Minuten noch genossen zu haben, krampfte sich ihr Magen schmerzhaft zusammen. Sie holte tief Luft und stemmte ihre Hände so fest sie konnte gegen Bobs Brust.

„Lass mich sofort los!", zischte sie zur Bekräftigung ihrer Abwehrhaltung und vermied es, ihn dabei anzusehen. Den Blick in seine sanften braunen Augen, die jetzt bestimmt gespielt sorgenvoll auf sie herabblickten, konnte und wollte sie nicht ertragen.

Bob ließ sie tatsächlich los, nachdem er sich vergewissert hatte, dass sie alleine stehen konnte und versicherte ihr: „Emma, das räumen wir alles wieder auf. Du wirst sehen, wir machen dieses Haus zu einem echten Schmuckstück. Deine Tante wird stolz auf dich sein und sich darüber freuen, dass du hier einziehen möchtest. Komm, lass uns jetzt verschwinden. Die Polizei hat noch viel zu tun und wir dürfen sowieso nichts anfassen, bis sie fertig sind. Wir sollten uns noch eine Weile ausruhen, bis wir deinen Vater ins Hotel bringen." Er legte seinen Zeigefinger unter Emmas Kinn und versuchte ihren Kopf so anzuheben, dass sie in anschaute. Aber sie weigerte sich und starrte weiterhin auf seine Brust.

„Ich gehe mit dir nirgendwo mehr hin," presste sie mit zittriger Stimme hervor. Bob runzelte verständnislos die Stirn und bückte sich jetzt zu ihr herunter.

„Emma, ich verstehe nicht ... was ist los?"

Emma drehte ihren Kopf sofort zur Seite, holte erneut tief Luft und dann brach es aus ihr heraus, genau wie vor fast vierundzwanzig Stunden, nur dass sie diesmal nicht das Gefühl hatte, außer sich zu sein und völlig über zu reagieren.

Diesmal hatte sie das sichere Empfinden, die Wahrheit erkannt zu haben und deshalb sagte sie laut und deutlich mit klarer, fester Stimme: „Ich weiß, dass du den Einbruch in Auftrag gegeben hast … Du bist genau wie dein Großvater die ganze Zeit nur hinter dem Gemälde her gewesen. Mein Vertrauen zu gewinnen, sollte es dir dabei lediglich etwas leichter machen und ich muss gestehen, du hast deine Sache wirklich gut gemacht. Beinahe wäre ich auf dein Liebesgesülze wirklich reingefallen … aber eben nur beinahe. Gestern Morgen hatte ich ja bereits den ersten Verdacht, den du leider noch zerstreuen konntest, nicht zuletzt durch deinen äußerst geschickten Körpereinsatz. Jetzt allerdings ist Schluss damit, ich möchte dich nie wiedersehen."

Dann drehte sie ihren Kopf und hob ihn an, um Bob, der sich mittlerweile wieder aufgerichtet hatte und sie sprachlos anstarrte, anzuschauen.

Im strengsten Lehrerinnentonfall fuhr sie fort: „Ich werde jetzt mit meinem Auto in dein Loft fahren und meine Sachen abholen und du klärst in der Zwischenzeit den Kommissar lückenlos über deine Lügengeschichten rund um den erfundenen Herrn Dressen und das Gemälde auf … Ach ja, und vergiss nicht, ihm den Namen des Einbrechers zu nennen, mit dem du eben telefoniert hast."

Emma schaute Bob mit vor Wut, Enttäuschung, Scham und Schmerz zerrissenen Augen an, drehte sich schließlich um und verließ das verwüstete Haus.

Bob starrte ihr fassungslos hinterher. Er war unfähig, sich auch nur einen Zentimeter zu bewegen. Sein ganzer Körper war wie eingefroren und er spürte eine eisige Kälte durch seine Adern pulsieren.

Was war das? Sein Verstand brauchte einen Moment, um zu realisieren, was da eben passiert war.

Emma hatte mit ihm Schluss gemacht, weil sie zu wissen glaubte, dass er den Einbrecher beauftragt hatte. Und was noch viel schlimmer war, sie dachte ernsthaft, er hätte mit ihr nur gespielt, um an das Gemälde zu kommen. Bobs Beine gaben nach und er ließ sich an die Wand gelehnt, einfach auf den Boden gleiten.

„Tja, nicht alle Frauen lassen sich so einfach an der Nase herumführen", hörte er die Stimme des Kommissars wie durch dicken Nebel. Heiner Hildebrand hatte die ganze Szene mit einem amüsierten Lächeln auf den Lippen beobachtet und sich mit seinem trotz seiner 61 Jahre immer noch sehr athletischen Körper vor ihm aufgebaut. Bob war zwar größer und muskulöser als er, aber so wie er jetzt da auf dem Boden hockte, glich er eher einer gefällten Eiche und der Herr Kommissar hatte schon rein optisch deutlich Oberwasser.

„So, Herr von Wolfsbach, dann folgen Sie doch jetzt bitte dem letzten Befehl ihrer ‚Exlebensabschnittspartnerin' und klären mich auf über die wahren Umstände, die zu diesem Einbruch geführt haben und natürlich über Ihre Rolle dabei und die Identität des Einbrechers", fuhr er fort, machte bei dem Terminus „Exlebensabschnittspartnerin" Anführungsstriche mit den Händen in die Luft und ließ sich das Wort genüsslich auf der Zunge zergehen.

Die Häme des Kommissars entging Bob natürlich nicht, aber er hatte nicht die geringste Lust, mit diesem jetzt über den Einbruch zu plaudern. Er wollte, nein, er musste mit Emma reden, so schnell wie möglich, das war ihm klar. Also sprang er wieder auf die Beine und drängte sich an Hildebrand vorbei Richtung Treppe.

„Es tut mir leid, Herr Kommissar, aber als Erstes muss ich jetzt mit Frau Müller reden und die Dinge richtigstellen", sagte er dabei.

„*Sie* gehen nirgendwo hin!", erwiderte Hildebrand laut und packte Bob unsanft am Arm. Mit einem kurzen Kopfnicken in Richtung der beiden Polizisten, die soeben im Flur aufgetaucht waren, gab er den Befehl, Robert von Wolfsbach zum Verhör in die Küche abzuführen.

Die Uniformierten drückten Bob auf einen der Küchenstühle und Heiner Hildebrand setzte sich ihm direkt gegenüber verkehrt herum auf einen der anderen Stühle.

Über die Rückenlehne des Sitzmöbels gebeugt, schaute er Bob eindringlich an: „Herr von Wolfsbach! Müssen wir Ihnen Handschellen anlegen oder kann ich mich darauf verlassen, dass Sie jetzt kooperativ sind und mir Rede und Antwort stehen?"

Bob schaute den Kommissar missmutig an. Die zwei Polizisten hatten sich in den Türrahmen gestellt und blockierten somit jeglichen Fluchtweg. Er hatte keine Wahl. Wenn er so schnell wie möglich mit Emma reden wollte, dann musste er jetzt erst einmal den Kommissar zufriedenstellen. Und Handschellen, das war das Letzte, was er gebrauchen konnte.

„Bin ich denn etwa festgenommen?", fragte er frostig.

„Nein, keineswegs! Allerdings besteht meiner Meinung nach erhöhte Fluchtgefahr und das würde Handschellen durchaus rechtfertigen", erwiderte Hildebrand ruhig.

Bob atmete tief durch und dann begann er: „Also gut, Herr Kommissar, machen wir es kurz! Meine Aussage lautet folgendermaßen: Alles, was Frau Müller Ihnen vorhin zu Protokoll gegeben hat, entspricht der Wahrheit. Ich habe nichts mit dem Einbruch zu tun, allerdings weiß ich tatsächlich, wer die Täter sind. Daniel Hütte und seine Sekretärin, deren Namen ich leider nicht kenne."

„So, so", erwiderte Hildebrand gedehnt, „und wie sind Sie an diese Informationen gekommen, wenn Sie doch nichts mit dem Einbruch zu tun haben wollen?"

„Ich habe einen ... na ja, sagen wir mal, einen Detektiv mit der Beschattung dieses Hauses beauftragt."

„Einen Detektiv? Dann können Sie mir bestimmt den Namen und die Adresse dieses Herrn mitteilen."

Bob betrachtete nachdenklich seine Hände, als er sagte: „Nein, Herr Kommissar, das kann ich nicht, ich habe es versprochen."

„So, so, versprochen! Na, wenn das so ist, dann notiere ich mir doch gleich mal, dass Herr von Wolfsbach keine ausreichenden Beweise für seine Anschuldigungen gegenüber Herrn Hütte und dessen Sekretärin erbringen kann."

„Herr Kommissar, sie müssen mir glauben ...", beschwor ihn Bob.

Doch Hildebrand lächelte ihn nur an und entgegnete: „Ihnen glauben? Frau Müller würde das gewiss etwas anders sehen. Wenn ich mich nicht ganz verhört habe, war die Kernaussage ihres aufschlussreichen Vortrags, dass Sie ein Lügner sind."

Bob stöhnte laut, bevor er leise sagte: „Frau Müller wird diese Meinung revidieren, sobald ich mit ihr gesprochen habe. Sie ist im Moment emotional ziemlich aus dem Gleichgewicht und ich muss zugeben, dass ich daran nicht ganz unschuldig bin. Anstatt sie nur über die Gefahr, in der sie schwebt, zu informieren und sie so gut es geht zu beschützen, habe ich mich auch noch in sie verliebt ... und sie sich in mich. Das hat die ganze sowieso schon schwierige Situation deutlich komplizierter gemacht."

Fast schon ein bisschen mitleidig schaute Hildebrand seinen Verdächtigen jetzt an und räumte ein: „Dass sie Sie liebt, konnte man zwischen den Zeilen ihrer Ausführungen und in ihren verletzten Augen tatsächlich deutlich erkennen, dennoch kann und will ich ihre Anschuldigungen Ihnen gegenüber nicht einfach ignorieren."

„Das verstehe ich", bekannte Bob und senkte seinen Kopf.

„Herr von Wolfsbach, was meinten Sie, als Sie sagten, Sie müssten Frau Müller über eine Gefahr informieren und Sie beschützen?", führte Hildebrand das Verhör nun unbeirrt fort und Bob erzählte ihm in Kurzform alles, was er über das versteckte Gemälde und Ansgar Dressen wusste.

„Mhm … das deckt sich im Prinzip mit der Aussage von Frau Müller, aber da sie die meisten Informationen von Ihnen hat, befreit *Sie* das leider nicht vom Verdacht, die Unwahrheit zu sagen", konstatierte Hildebrand.

„Wenn Sie mir irgendetwas Ungesetzliches nachweisen können, dann nehmen Sie mich bitte fest, ansonsten wäre ich Ihnen sehr verbunden, wenn ich endlich gehen könnte, denn wie Sie wissen, besteht zwischen Frau Müller und mir dringender Klärungsbedarf. Außerdem ist sie allein unterwegs und das bedeutet ungeschützt und ich gehe sicher richtig in der Annahme, dass Sie mit Ihren Leuten keine Veranlassung sehen, für Frau Müllers Schutz zu sorgen", ergriff Bob jetzt wieder das Wort und erhob sich von seinem Stuhl.

Blitzschnell reagierten die beiden Polizisten im Türrahmen und schritten auf ihn zu, doch Heiner Hildebrand bedeutete ihnen mit einer Handbewegung, dass alles in Ordnung sei und er sie nicht mehr brauche.

Dann erhob er sich ebenfalls und schaute Bob ins Gesicht: „Ich habe tatsächlich nichts gegen Sie in der Hand, was eine Festnahme rechtfertigen würde. Zunächst werde ich Ihre Aussagen überprüfen, aber glauben Sie mir, sobald sich auch nur eine klitzekleine Ungereimtheit auftut, werde ich den gesamten Polizeiapparat in Bewegung setzten, um Sie ins Präsidium zu holen. Bleiben Sie also bis auf Weiteres in der Stadt, sonst setze ich Sie doch noch wegen Fluchtgefahr fest. Und was Frau Müller betrifft … Ich glaube nicht, dass sie in Gefahr schwebt, abgesehen davon, dass *Sie* eine Gefahr für sie sind, weil Sie ihr gerade das Herz brechen. Und das zu verhindern, liegt außerhalb des Aufgabenbereichs unserer Polizei."

Für einen kurzen Moment dachte Bob: Meinen Urgroßvater hätte die Polizei niemals so behandelt. Ihm haben sie sogar seine Lügen geglaubt. Aber dann besann er sich darauf, dass er niemals, niemals, niemals mit seinem Urgroßvater verglichen werden wollte.

Er ignorierte den jovial grinsenden Hildebrand einfach und lief aus dem Haus.

DANIEL stand fluchend in seinem Schlafzimmer und versuchte seinen Oberkörper von dem engen, schwarzen Rollkragenpullover zu befreien.

„So ein Mist, so ein verfluchter Mist!", schrie er aufgebracht und schmiss den Pulli auf sein Bett, „wo hat diese alte Schachtel nur dieses verfickte Gemälde versteckt?", brüllte er weiter, während er seine Sneaker von den Füßen schob und sie dabei in hohem Bogen durch den Raum katapultierte.

Ein Schuh flog direkt auf Betty zu und klatschte gegen ihren Bauch, bevor er vor ihr auf dem Boden landete.

„Sag mal spinnst du?", blaffte sie ihn sofort an und rieb sich mit ihrer Hand über die schmerzende Stelle kurz unter ihrem Nabelpiercing. „Lass deine Wut gefälligst nicht an mir aus. Wir hätten halt einfach weitersuchen müssen, aber du wolltest ja unbedingt wieder verschwinden."

„Kriegst du eigentlich gar nichts mit?", fragte Daniel sie ungehalten, ohne eine Antwort zu erwarten. „Da stand ein schwarzer Wagen auf der anderen Straßenseite, die haben uns beobachtet."

„Wen meinst du denn mit ‚die'?", wollte Betty wissen und öffnete ihre schwarze Jeans, um den Abdruck, den Daniels Schuh hinterlassen hatte, genauer zu untersuchen.

„Was weiß ich denn!", antwortete Daniel gereizt. „Jedenfalls haben *die* die Polizei gerufen. Du hast doch die Sirenen gehört, als wir abgehauen sind. Und wenn wir nicht so schnell verschwunden wären, dann säßen wir jetzt im Knast."

„Und wie soll es nun weitergehen?", fragte Betty und betrachtete kopfschüttelnd den großen roten Abdruck auf ihrem Bauch. Daniel starrte jetzt ebenfalls auf die verletzte Haut zwischen

Bettys Bauchnabel und dem Ansatz ihrer Behaarung und das ganze Adrenalin, das sich während des Einbruchs und der Flucht in seinen Adern angestaut hatte, schien plötzlich blitzartig sein bestes Stück zu fluten. Hastig schlüpfte er aus seiner bereits geöffneten Jeans und schmiss sie mitsamt seinen Boxershorts auf den Boden. Betty blickte erst seinen mächtigen Freund und dann ihn erschrocken an.

„Reicht dir das als Antwort?", fragte Daniel sie mit gehetzter Stimme: „Ich brauch das jetzt, ich muss wenigstens für den Rest der Nacht den ganzen Scheiß, den mein Vater uns eingebrockt hat, vergessen."

Mit drei Schritten hatte er Betty erreicht und zog sie in seine Arme.

„Halt! Nicht so schnell! Das war so nicht vereinbart", japste Betty, da Daniels Umarmung ihr die Luft aus der Lunge presste, „das kostet extra."

„Du bist wirklich ein gerissenes Luder", stöhnte Daniel erregt in ihr Ohr und keuchte dann, „ich mach die 10 Riesen voll und dafür gehörst du bis morgen früh mir."

„Einverstanden", gluckste Betty zufrieden und ließ sich von ihm aufs Bett tragen.

BOB kam aus dem Haus und ließ seine Augen über den Vorplatz schweifen. Dort befanden sich immer noch dieselben Polizeiautos wie vorhin und die zwei Uniformierten, die ihn eben daran gehindert hatten, die Küche zu verlassen, standen mit dem Rücken an die Hauswand gelehnt und tranken Kaffee aus einer Thermoskanne.

Von Emma war weit und breit nichts zu sehen.

Auch die beiden Polizisten wussten nicht, wohin Emma verschwunden war und langsam, aber sicher machte sich Panik in Bob breit.

Was, wenn Dressens Männer schon da waren und sie einfach mitgenommen hatten. Er hätte sie keinen Augenblick allein lassen dürfen. Es hätte niemals zu diesem Missverständnis kommen dürfen. Warum hatte Emma bloß diese falschen Schlüsse aus seinem Telefonat mit Markus gezogen? Und warum hatte dieser unfähige Kommissar ihn ausgerechnet, als er Emma alles erklären wollte festgesetzt?

Er zog sein Handy aus der Tasche und wählte ihre Nummer.

„Der Teilnehmer ist zurzeit nicht erreichbar", erklärte ihm eine Stimme durch den Lautsprecher.

„Mist!", fluchte er, steckte das Telefon wieder in seine Jeans und rannte zu Emmas Kleinwagen, aber auch dort gab es keine Spur von ihr. Bob schlug mit beiden Händen auf das Autodach und blieb dann auf die Dachkante gestützt stehen. Er musste nachdenken. Wo könnte Emma hingegangen sein, vorausgesetzt, es war ihr überhaupt möglich gewesen.

„Junger Mann, was immer Sie auch für ein Problem haben mögen, Frau Müllers Fahrzeug kann mit Sicherheit nichts dafür", hörte er plötzlich eine Stimme ganz dicht neben sich. Erschrocken nahm er seine Hände von der Reling und drehte sich um.

Vor ihm stand eine alte, ziemlich korpulente Frau, eingehüllt in einen Morgenrock aus glänzendem, floral gemustertem Stoff in zarten Rosatönen. Auf ihrem Kopf befanden sich zahlreiche rosa Lockenwickler, um die sie ihre für ihr Alter viel zu blonden Haare gewickelt hatte. Die rosa Plüschpantoffeln an ihren Füßen rundeten ihr „Miss Piggy" Erscheinungsbild perfekt ab. Wäre Bob nicht so verzweifelt gewesen, hätte ihn dieser Anblick sicherlich zum Schmunzeln gebracht.

„Sie sind doch eben Hand in Hand mit Frau Müller ins Haus gegangen, was um Himmelswillen haben Sie im Haus mit ihr gemacht? Als Emma eben zu ihrem Auto gerannt ist, liefen ihr die Tränen vermischt mit ihrer Wimperntusche wie schwarze Bäche über die Wangen", fragte die alte Dame ihn jetzt vorwurfsvoll.

„Ich nehme an, Sie sind Frau Jansen", bemerkte Bob, „können Sie mir sagen, wohin Frau Müller verschwunden ist. Es gab zwischen uns ein Missverständnis, das ich dringend aufklären möchte."

Frau Jansen legte ihren Kopf etwas schief und betrachtete Bob mit strengem Blick, bevor sie erklärte: „Natürlich weiß ich, wohin Frau Müller gegangen ist. Was ich allerdings nicht weiß, ist, ob Frau Müller überhaupt möchte, dass Sie ihr folgen. Im Moment machen Sie auf mich nicht gerade einen harmlosen Eindruck, so wie sie das Autodach malträtiert haben, Herr …?"

„Von Wolfsbach, Robert von Wolfsbach ist mein Name gnädige Frau", antwortete Bob so höflich, wie er konnte, denn wenn er ehrlich war, dann ging ihm dieses rosa Schweinchen gerade mächtig auf die Nerven. Warum konnte sie ihm nicht einfach sagen, wohin Emma gegangen war, nachdem sie das Haus verlassen hatte? Doch sein adeliger Name zeigte tatsächlich Wirkung, Frau Jansen entspannte sich deutlich.

„Nun gut, dann will ich Ihnen mal glauben, dass Ihre Absichten Frau Müller gegenüber von ehrlicher Natur sind. Um was für ein Missverständnis handelt es sich denn, wenn ich fragen darf?", erkundigte sich Frau Jansen neugierig.

Nein, darfst du nicht, du taktloses altes Weib, dachte Bob und antwortete: „Frau Jansen, bei allem Respekt, aber das ist eine private Angelegenheit zwischen Frau Müller und mir. Ich kann Ihnen allerdings versichern, dass es wirklich äußerst wichtig ist, dass ich Frau Müller so schnell wie möglich finde." Bob schaute Frau Jansen tief in die Augen und ergänzte leise: „Wenn ich ganz ehrlich bin, es geht dabei um Leben und Tod." So, ich hoffe, deine Sensationslust ist damit geweckt und du sagst mir endlich, wo Emma ist, dachte Bob ungeduldig und hatte dabei kein schlechtes Gewissen, denn schließlich ging es ihm ja die ganze Zeit wirklich nur um Emmas Leben, in dem er gerne für immer die Hauptrolle spielen würde.

Frau Jansens Augen wurden riesengroß und ihr Kinn sackte deutlich nach unten und wurde eins mit ihrem massigen Hals. „Um Leben und Tod?", krächzte sie mit heiserer Stimme. „Hab ich es doch gewusst! Als ich heute Nacht die Einbrecher gesehen habe, habe ich direkt im Urin gehabt, dass Frau Müller in Gefahr ist. Deshalb habe ich auch so schnell die Polizei gerufen. Oh je, die arme Emma, erst die Erkrankung ihres Vaters, der Tod ihrer Mutter, dann verliert sie ihre Lieblingstante und jetzt auch noch das. Das ist ja schrecklich! Was genau ist denn so gefährlich für das arme Kind?", schwadronierte sie los, wobei ihre Neugierde ihre Sorge um Emma deutlich übertraf.

Bob wollte auf keinen Fall erfahren, was die Gute noch so alles für Gefühle in ihrem Urin hatte, und ihren Wissensdurst wollte er ebenso wenig stillen, zumindest nicht im Moment.

Deshalb packte er sie sanft an beiden Schultern und erklärte: „Liebe Frau Jansen, es ist wirklich dringend. Ich erzähle Ihnen alles zu einem späteren Zeitpunkt, versprochen, aber jetzt müssen Sie mir sagen, wohin Emma verschwunden ist."

Frau Jansen schmolz unter seinem „pädagogischen Schultergriff" und dem Blick in seine sanften dunklen Augen dahin und antwortete gehorsam: „Frau Müller ist nach rechts ein Stück die Straße entlanggelaufen und dann rechts in die Kirchstraße eingebogen."

„Danke!", rief Bob erleichtert und gab Miss Piggy einen Kuss auf die Stirn.

Frau Jansen rang danach sichtlich nach Luft, aber das bemerkte er nicht mehr, denn er hatte sich bereits auf den Weg zu seinem Pickup gemacht, den er in der Kirchstraße geparkt hatte.

NACHDEM Emma das Haus verlassen hatte, hatte sie ihre Schritte in Richtung ihres Autos gelenkt, das sie am Samstagmorgen hier geparkt hatte. Die Erinnerung an die letzten zwei Tage, die schönsten und die schlimmsten ihres Lebens, trieben ihr die Tränen in die Augen.

Eben, als sie Bob unmissverständlich ihre Meinung gesagt hatte, hatte sie sie noch zurückhalten können, aber jetzt hatte sie keine Kraft mehr, sich dagegen zu wehren. Den Weg zum Auto hatte sie nur noch durch einen Tränenschleier wahrgenommen und die Wimperntusche, die sie gestern Abend nicht mehr entfernt hatte, lief in schwarzen kleinen Bächen über ihre Wangen.

Verdammt, das tat so weh. Wieso war sie bloß schon wieder auf einen Betrüger reingefallen. Diesmal hatte sie wirklich geglaubt, sie hätte endlich den Richtigen. Wie konnte es sein, dass sie sich so hatte täuschen lassen. Sie hatte immer noch Bobs zärtliche Hände warm überall auf ihrer Haut gespürt, und obwohl sie vor ein paar Stunden erst geduscht hatte, fühlte sie sich schmutzig.

Als sie vor ihrem Auto stand, stellte sie fest, dass sie gar keinen Schlüssel dabeihatte. Der lag auf dem Garderobenschränkchen in Bobs Loft. Genau dort wollte sie zwar hin, um ihre Sachen zu holen, aber ohne Autoschlüssel?...

Kurzerhand hatte sie sich entschlossen, ein Taxi zu rufen, hielt jedoch nach dem Wählen der dritten Ziffer der sechsstelligen Taxirufnummer inne und drückte auf die Taste mit dem roten Hörer. Dann machte sie ihr Handy schließlich ganz aus, denn sie wollte nicht, dass Bob sie anrufen konnte, und steckte es wieder in die Handtasche. Ohne den Schlüssel zum Loft konnte sie weder ihre Sachen noch ihren Autoschlüssel dort abholen.

Und den Schlüssel hatte Bob.

Am liebsten hätte sie sich einfach auf den Boden gesetzt und hemmungslos geweint, bis der Schmerz, der ihr fast die Luft zum

Atmen nahm, endlich nachgelassen hätte. Aber würde der überhaupt jemals weniger werden.

Sie musste sich eingestehen, dass sie sich in Bob nicht nur ein kleines bisschen verliebt hatte, nein, sie hatte ihn wirklich geliebt. Und das, obwohl sie sich erst so kurz kannten. Als sie ihrem Vater gesagt hatte, dass sie Bob bereits seit 70 Jahren kennen würde, hatte sie das wirklich ernst gemeint. Sie hatte das Gefühl gehabt, die große Liebe ihrer Tante zu Robert von Wolfsbach dem Vierten, die so unglücklich entzweigerissen worden war, mit Bob zu einem glücklichen Ende zu bringen. Das Gemälde war ihr dabei völlig egal gewesen, wenn überhaupt, so hatte es nur eine winzige Nebenrolle in ihrer Liebesgeschichte mit ihm gespielt.

Aber Bob hatte dem Gemälde von Anfang an die Hauptrolle zugedacht. Ihm und seinem Großvater war es nie um sie oder ihre Tante gegangen. Mag Robert der Vierte ein anständiger Mann gewesen sein, die anderen von Wolfsbachs waren jedenfalls aus demselben Holz geschnitzt wie Bobs Urgroßvater. Daran hatte Emma kaum noch einen Zweifel. Hätte sie diese Erkenntnis doch nur gestern Abend schon gehabt, dann hätte sie nämlich auf keinen Fall mit ihm geschlafen und sich dabei immer tiefer in das wohlig erregende Gefühl seiner Nähe versenkt.

Das alles tat so verdammt weh. Sie wollte nur noch eins: ihre Sachen aus Bobs Wohnung holen und anschließend nach Hause fahren und sich in ihrem Zimmer einschließen. Natürlich hätte sie mit einem Taxi direkt heimfahren können, aber dann hätte sie in den nächsten Tagen noch mal mit Bob Kontakt aufnehmen müssen, um ihre Sachen zu holen, und das wollte sie auf keinen Fall. Sie wollte jetzt und hier alles zu einem Abschluss bringen und wie ihre Tante weder Bob noch irgendeinen anderen von Wolfsbach jemals wiedersehen.

Also hatte sie sich auf den Weg zum Pickup gemacht, den Bob ja aus Sicherheitsgründen in einer Nebenstraße geparkt hatte.

Sicherheitsgründe, wie lächerlich das klang in Anbetracht der Tatsache, dass die ganze Geschichte erfunden war.

Von Bob, um sie zu hintergehen. Er war gestern nicht einmal davor zurückgeschreckt, Daniel in seine Lügengeschichten mit einzubauen.

Der war zwar ebenfalls ein Betrüger, doch sie konnte ihm allenfalls seine Untreue zum Vorwurf machen. Schlimm genug, aber mal ehrlich, diesen Vorwurf konnte man ziemlich vielen Männern und Frauen machen. Indes Daniel zu verdächtigen, sie bestehlen zu wollen und dabei sogar die Gefährdung ihres Lebens in Kauf zu nehmen, das war schon ganz schön dreist von Bob gewesen.

Zumal das genau den Absichten von Robert von Wolfsbach dem Sechsten selbst entsprach.

Mistkerl!

DETLEF steuerte ohne Führerschein und ohne Orientierung den Sprinter durch die Nacht. Eben noch hatte ihm das Navi zuverlässig den Weg zu Walter Hüttes Wohnung über dessen Immobiliengeschäft angezeigt und sie hatten den Alten aus dem Bett geklingelt. Äußerst nachdrücklich hatten sie ihn dann um die Aushändigung des Gemäldes gebeten. Doch Hütte war nicht besonders kooperativ gewesen. Mit erheblichem Aufwand hatten sie schließlich aus ihm herausgequetscht, dass sein Sohn ihnen das Bild aushändigen würde. Schnell waren sie aufgebrochen, um diesmal Daniel Hütte ihre „Aufwartung" zu machen, allerdings nicht ohne vorher noch den alten Hütte mit Kabelbindern an einen Stuhl zu fesseln.

Kurz vor der Auffahrt auf die Bundesstraße hatte dann das Navi seinen Geist aufgegeben.

„Hey Olaf, wach auf!", rief Detlef und knuffte seinen Kumpel in die Rippen. „Das scheiß Navi geht nicht mehr."

Olaf schaute auf das Display und entdeckte dann das lose am Gerät baumelnde Kabel.

„Mensch Detlef, du hast vergessen, das Ladekabel einzustöpseln, jetzt ist der Akku leer."

„Scheiße, dann fahr ich jetzt einfach auf die Bundesstraße", sagte Detlef und lenkte den Wagen auf die Auffahrt.

Olaf holte sein Handy aus der Hosentasche und gab Daniels Adresse ein. Nach einer Weile rief er aufgebracht: „Du fährst in die falsche Richtung. Wir müssen über die Brücke Richtung Stadtmitte fahren."

Detlef fluchte laut und hielt dann angespannt Ausschau nach der nächsten Ausfahrt.

Viele endlose Minuten später verließ er die Bundesstraße und lenkte den Sprinter durch ein kleines Dorf.

„Mist hier muss doch auch wieder eine Auffahrt in die andere Richtung sein", fluchte er laut.

„Da hättest du eben scharf links abbiegen müssen", erklärte Olaf und vergrößerte die Straßenkarte auf seinem Handy mit zwei Fingern.

Detlef fuhr an der von außen mit sanftem Licht angestrahlten Kirche mit dem für diese Gegend typischen Zwiebelturm vorbei und bog rechts ab in ein kleines Sträßchen. Die Bewohner des Dorfes schienen alle noch zu schlafen und eine friedliche Ruhe lag über allem.

„Mist, hier ist es zu eng zum Drehen", fluchte Detlef abermals und fuhr langsam weiter.

„Fahr die nächste Straße rechts, dann die Dritte wieder rechts und dann noch einmal links. Dann sind wir wieder auf der Bundesstraße", erklärte Olaf und steckte sein Handy wieder in seine Hosentasche.

Und dann sah er sie. Sie lief die menschenleere Straße entlang, als wäre jemand hinter ihr her. Ihre langen dunklen Haare hatte sie zu einem Zopf zusammengebunden, der jetzt auf ihrem Rücken auf und ab wippte. Trotz der noch in Dunkelheit gehüllten frühen Tageszeit konnte Olaf im Scheinwerferlicht deutlich ihre von Wimperntusche verschmierten Wangen erkennen.

„Detlef, fahr mal langsamer. Die Kleine da braucht unsere Hilfe."

„Willst du sie etwa mitnehmen?", fragte Detlef und fand die Vorstellung, nach der langen Autofahrt ein bisschen Spaß mit einer Schnitte zu haben, ausgesprochen anregend.

BOB rannte so schnell er konnte und hoffte inständig, dass Emma am Pickup auf ihn wartete. Schon von Weitem konnte er feststellen, dass sie weder im Auto saß noch danebenstand. Sein Herz raste und seine Beine setzten an zu einem beeindruckenden Spurt.

Wo sollte er sie suchen, wenn sie hier nicht war, fragte er sich voller Angst.

Am Wagen angekommen, holte er erst mal tief Luft.

Sie war tatsächlich nirgends zu sehen, er hatte sie verloren. Bob kämpfte mit seiner Verzweiflung und spürte, wie sich Tränen den Weg in seine Augen bahnten. Jetzt fing er auch noch an zu weinen wie ein Mädchen.

Was hatte diese Frau in nur drei Tagen bloß mit ihm oder besser gesagt aus ihm gemacht?

Er musste sie finden, musste die Dinge richtigstellen, sonst ... Daran wollte er jetzt nicht denken.

Und genauso wenig wollte er sich vorstellen, dass sie in die Hände von Dressens Jungs gefallen sein könnte ...

BETTY hatte sich gerade das zweite Mal von Daniel vögeln lassen und sich dabei nicht mal bemüht, einen Orgasmus auch nur vorzutäuschen, geschweige denn einen zu bekommen. Er war so schnell bei der Sache gewesen und hatte wie immer auf sie keine Rücksicht genommen. Da brauchte sie nicht so zu tun, als wäre sie ebenfalls gekommen. Wenn sie wirklich Lust hatte, dann gelang es ihr ab und zu tatsächlich, mit ihm gemeinsam den Höhepunkt zu erreichen, aber die meiste Zeit blieb sie unbefriedigt, wenn sie mit ihm schlief. Das war auch heute wieder so, jedoch für 10.000 Euro ...

Da konnte sie sich ihre Befriedigung auch später in der neuen Boutique in der Einkaufsmall in Form eines schicken Abendkleids mit den dazu passenden High Heels besorgen. Sie hatte nämlich schon eins ins Auge gefasst.

Als es die Türglocke surrte, wurde sie unsanft aus ihren Gedanken gerissen.

Wer bitte schön klingelte um diese frühe Morgenstunde und dann auch noch so penetrant?, dachte sie und drehte sich zu Daniel. Der war bereits tief und fest eingeschlummert, mit einem seligen Lächeln auf den Lippen.

Betty schälte sich aus der völlig verdrehten Bettdecke, schlüpfte in ihren hauchdünnen String, den sie neben dem Bett auf dem Boden fand, und ließ ihren Blick durchs mittlerweile vom ersten zarten Sonnenlicht erhellte Zimmer schweifen. Sie entdeckte an einem Haken am Kleiderschrank Daniels Morgenmantel. Schnell kuschelte sie sich in die weiche Microfaser und während sie auf nackten Sohlen zur Korridortür lief, stellte sie fest, dass ihr das ganze Zeug, das Daniel in sie hineingepumpt hatte, durch den dünnen Slip an den Beinen hinunter lief.

Seit sie quasi regelmäßig mit Daniel schlief und damit ihr Sekretärinnengehalt merklich aufbesserte, verzichtete er auf Kondome. Für sie war das okay, denn sie nahm ja schließlich die Pille. Aber jetzt kitzelten sie die kleinen Tropfen seines Ejakulats, die sich scharenweise ihren Weg entlang der Innenseite ihrer Oberschenkel bis hin zu ihren Fußknöcheln bahnten, und sie hätte es lieber trocken zwischen ihren Beinen gehabt. Genervt spähte sie durch den Spion in den Hausflur. Dort war niemand zu sehen, allerdings klingelte es schon wieder aufdringlich lang.

Betty drückte auf den Knopf der Gegensprechanlage und rief: „Wer ist da bitte?", in das Mikrofon.

„Guten Morgen," antwortete eine Männerstimme am anderen Ende der Leitung, „sind Sie Frau Betty Floppe?"

„Wer will das wissen? Haben Sie mal auf die Uhr geguckt?", fragte Betty gereizt.

„Hier ist die Polizei, mein Name ist Baum. Frau Floppe? Bitte öffnen Sie uns unverzüglich die Haustür."

Wenn sie bis gerade nur Daniels Nässe in ihrem String gestört hatte, so war ihr jetzt auch noch, mit einem Flutsch, ihr Herz in denselben gerutscht. Mit zittrigen Händen drückte sie auf die Monitortaste der Sprechanlage und betrachtete die zwei Männer, die unten vor der Haustüre des mehrstöckigen Wohngebäudes in bester Lage auf Einlass warteten.

„Können Sie sich ausweisen?", fragte Betty die beiden und forderte sie auf, ihren Dienstausweis vor die Kamera über der Klingelanlage zu halten. Natürlich hatte sie keine Ahnung, wie so ein Ausweis auszusehen hatte, aber zumindest konnte sie noch ein paar Sekunden Zeit schinden.

Nachdem die Polizisten ihrer Aufforderung gefolgt waren, erklärte sie: „Danke meine Herren, ich zieh mir nur schnell etwas an, dann öffne ich Ihnen sofort." Als sie zu Daniel ins Schlafzimmer kam, schlief der immer noch ganz ruhig.

„Daniel, du musst aufwachen!", rief sie laut und versuchte ihn wach zu rüttelten. „Daniel, die Polizei steht vor der Tür!" Bettys Stimme war mittlerweile schrill und Daniel hielt sich reflexartig die Ohren zu.

„Betty, nicht so laut, was ist denn los?", stöhnte er und blinzelte sie mit verschlafenen Augen an.

„Du musst aufstehen, die Polizei ist da!", schrie Betty.
„Die Polizei? Wo?" Er war mit einem Mal hellwach.
„Na unten vor der Haustür." Betty schaute ihn panisch an, als er seine Jeans anzog.
„Mach ihnen auf", befahl Daniel, „wir waren die ganze Nacht hier zusammen im Bett. Hörst du Betty? Die ganze Nacht. Die können uns gar nichts. Wir haben ein wasserdichtes Alibi."

„WIR SIND DA, aber da steht ein Polizeiauto vor der Tür!", rief Detlef. Er hatte, nachdem das Navi wieder funktionierte, den Sprinter sicher vor das Haus von Daniel Hütte gesteuert.

Olaf rieb sich die Augen und schaute auf den Hauseingang. Tatsächlich parkte quer vorm Gebäude ein Streifenwagen, allerdings war weit und breit kein Polizist zu sehen.

„Entweder wohnt hier ein Bulle oder es gibt im Haus einen Einsatz. Wir sollten auf jeden Fall im Auto bleiben und die Situation erst mal beobachten. Du hältst als erstes Wache, ich schlaf noch 'ne Runde!", befahl er und machte es sich wieder gemütlich.

Ungefähr eine halbe Stunde später beobachtete Detlef zwei Polizisten, die das Haus verließen, sich in ihr Auto setzten, dort noch eine Weile miteinander oder vielleicht auch über Funk mit ihrer Zentrale sprachen, um dann den Wagen langsam ohne Blaulicht und Sirene am Sprinter vorbeizusteuern. Als er den Einsatzwagen nicht mehr sehen konnte, wartete er noch ein paar Minuten, bis er Olaf abermals weckte.

„Sie sind weg", informierte er seinen Kumpel, „wie gehen wir jetzt vor?"

Olaf gähnte herzhaft und erklärte: „Weck erst mal Uwe die Schnarchnase und dann gehen wir rein und holen uns bei Hütte Junior das Bild."

„Das wird nicht so einfach werden. Das Haus ist ziemlich groß, mit vielen Wohnungen und am Eingang gibt es eine Kamera", entgegnete ihm Detlef. „Wenn wir Klingelmäuschen spielen, wird uns keiner die Tür aufdrücken, denn sie können uns ja sehen und wenn wir uns verstecken, macht schon erst recht keiner auf."

„Hey, du hast ja nachgedacht. Hast du denn auch eine Idee, wie wir trotzdem ins Haus gelangen können?" Olaf hatte Detlef gar nicht so viel Grips zugetraut und war jetzt sichtlich überrascht.

„Na klar, wir warten einfach, bis jemand aus dem Haus kommt, und dann huschen wir schnell rein."

„Bor man, das kann ja ewig dauern", meldete sich jetzt Uwe zu Wort, der gerade aufgewacht war und sich reckte.

„Genau, mein Lieber. Und da du von uns allen am längsten geschlafen hast, kannst du dich gleich mal am Hauseingang verstecken und auf diese Gelegenheit warten", befahl Olaf ihm grinsend.

„Das ist jetzt wohl nicht dein Ernst", protestierte Uwe lautstark, aber Olaf ignorierte seinen Unwillen einfach und wies ihn an, sein Handy mitzunehmen und ihn, sobald er im Haus sei, anzurufen.

„MEINST DU, die haben uns geglaubt?" Betty ließ sich erschöpft aufs Sofa sinken.

„Keine Ahnung, aber ich denke schon", erwiderte Daniel und schenkte sich einen Whisky ein.

„Zum Glück haben sie nicht ins Schlafzimmer geschaut, da liegen unsere schwarzen Klamotten auf dem Boden rum", bemerkte Betty erleichtert und bat ihn, ihr ebenfalls einen Whisky zu geben.

Die beiden Polizisten hatten sich eben sehr genau im Wohnzimmer, in das Daniel sie höflich gebeten hatte, umgeschaut. Dann hatten sie sich für die frühe Störung entschuldigt und ihnen von einem Einbruch in ein altes Fachwerkhaus erzählt.

Bettys Herz hatte wie wild geschlagen und als die beiden Ordnungshüter dann auch noch erwähnten, dass es einen Zeugen gäbe, der sie und Daniel am Tatort gesehen haben will, da hatte sie das Gefühl gehabt, gleich in Ohnmacht zu fallen.

Daniel hingegen schien absolut unbeeindruckt von den Ausführungen der Uniformierten gewesen zu sein und beantwortet die Frage nach seinem Alibi äußerst gelassen: „Meine Herren", hatte er ruhig begonnen, „ich kann Ihnen versichern, dass es sich bei der Aussage ihres Zeugen um eine bedauerliche Verwechselung handelt. Frau Floppe und ich haben die ganze Nacht gemeinsam hier in meiner Wohnung verbracht", und dann hatte er lächelnd hinzugefügt: „Und wir haben kaum ein Auge zugetan, wenn Sie verstehen, was ich meine. Als sie geklingelt haben, waren wir jedenfalls gerade erst eingeschlafen."

Wachtmeister Baum hatte sich daraufhin umständlich geräuspert und Betty gefragt, ob sie diese Aussage bestätigen könne.

Sie hatte, trotz des wilden Herzschlags in ihrer Brust bemüht ruhig mit einem deutlichen „Ja" geantwortet.

Als sich die Polizisten schließlich verabschiedeten, hatte Daniel noch schmunzelnd darauf hingewiesen, dass *er* ein Immobilienmakler sei, der Häuser verkaufe und nicht in sie einbreche.

Jetzt saßen sie beide mit einem Whisky in der Hand auf dem Sofa.

„Hast du eine Idee, wer uns gesehen haben könnte?", fragte Betty nach einer Weile.

„Da würde mir nur der schwarze Wagen auf der anderen Straßenseite einfallen", antwortete Daniel und zog seine Stirn besorgt in Falten, „ich hab aber keine Ahnung, wer da drin gesessen haben könnte und uns, obwohl wir vermummt waren, erkannt haben soll."

„Ich glaub mir wird gerade ein bisschen schlecht", sagte Betty und hielt sich die Hand vor den Mund.

„Du solltest so früh am Morgen auf nüchternen Magen keinen Alkohol trinken", stellte Daniel fest. „Kotz mir jetzt bloß nicht ins Wohnzimmer."

„Das ist nicht der Alkohol", wisperte Betty, „das ist die verdammte Scheiße, in die du mich da reingezogen hast." Dann rannte sie los ins Badezimmer.

„Du kanntest das Risiko! Und die zehn Riesen sind leicht verdientes Geld, also beklag dich jetzt bloß nicht!", rief Daniel ihr gereizt hinterher, doch Betty hörte ihn nicht mehr, denn sie hing bereits über der Toilette und übergab dieser ihren dürftigen Mageninhalt.

Der Knall, mit dem die Tür aus den Angeln flog, war ohrenbetäubend. Ein kleiner Sprengsatz am Türschloss, gefolgt von einem gezielten Fußtritt und der Weg in Daniels Wohnung war frei.

Olaf hatte erst überlegt, einfach zu klingeln, aber nachdem der alte Hütte ihnen solch einen Widerstand entgegengebracht hatte, entschied er, dass ein Überraschungsangriff für den jungen Hütte genau das richtige Argument für kooperatives Verhalten sein würde.

Daniel hatte vor Schreck sein Glas fallengelassen und war dann reflexartig vom Sofa aufgesprungen und Richtung Korridor gerannt. Er schaffte es aber nicht einmal bis zur Wohnzimmertür, da fielen Uwe und Detlef schon über ihn her und bugsierten ihn auf einen der zwei Sessel, die gegenüber dem Sofa standen. Uwe stellte sich sofort hinter das Sitzmöbel, packte Daniel an den Schultern und drückte ihn in die Polster, während Detlef mit einer Pistole vor seiner Nase herumfuchtelte.

Schließlich baute sich Olaf mit verschränkten Armen vor ihm auf und grinste ihn von oben an.

„So, so ... das ist also Hütte Junior", begann er langsam, „ich nehme an, du weißt, warum wir hier sind? ... Du hast etwas, das uns gehört. Du kannst es uns sofort geben, oder wir holen es uns, wenn du verstehst, was ich meine. Am Ende werden wir es jedenfalls haben, so oder so."

Daniel starrte erst auf die Pistole und dann auf Olaf und seine ganze Gelassenheit, die er eben noch beim Besuch der beiden Polizisten so demonstrativ zur Schau gestellt hatte, war mit einem Mal verschwunden.

Er hatte Angst, riesige Angst. Das alles hier war eindeutig eine Nummer zu groß für ihn.

Olaf deutete sein Zögern falsch und dachte, Daniel würde trotz des Überraschungsangriffs das Gemälde nicht einfach so herausrücken. Er gab Detlef ein Zeichen, woraufhin dieser Daniel den Lauf der Pistole direkt an die Schläfe drückte.

Olaf beugte sich dann über den jungen Hütte, seine Hände auf jeweils eine Armlehne gestützt und hauchte ihm eisig ins Gesicht: „Bist du dir wirklich sicher, dass du die harte Tour bevorzugst?"

Daniel schrumpfte gefühlt einen Meter in sich zusammen und drückte sich so fest er konnte in den Sessel, bevor er stammelte: „Nein! ... Bitte nicht! ... Ich besorge euch das Bild. Versprochen!"

„Du besorgst uns das Bild? ... Was soll das heißen?", erwiderte Olaf ungeduldig und richtete sich wieder auf.

„Ich ... ich bin heute Nacht in das Haus, in dem sich aller Wahrscheinlichkeit nach das Gemälde befindet, eingebrochen. Leider hat irgendjemand die Polizei verständigt und so konnte ich meine Suche nach dem Bild nicht weiter fortsetzen. Es muss aber noch irgendwo im Haus sein. Da bin ich mir sicher", entgegnete Daniel wahrheitsgemäß, denn er war sich klar darüber, dass irgendwelche Lügengeschichten ihn hier im Moment nicht weiterbringen würden.

„War deshalb die Bullerei eben hier?", mischte sich jetzt Uwe ein und schlug Daniel mit seiner rechten Hand hart auf den Brustkorb, während seine linke immer noch fest seine Schulter umklammerte.

„Ja", antwortete Daniel schnell und rang nach Luft, „aber die haben nichts gegen uns in der Hand."

„Gegen uns? Du warst nicht allein beim Bruch? Wer ist dein Komplize und wo steckt er?", polterte Olaf los und bedeutete Uwe mit einem Kopfnicken die Wohnung zu durchsuchen.

„Nein!", rief Daniel panisch und ärgerte sich darüber, dass ihm das „uns" so unüberlegt herausgerutscht war. Er hatte Betty wirklich nicht auch noch in Gefahr bringen wollen. „Mein Komplize ist nicht hier. Wir haben uns direkt nach dem Bruch getrennt", log er hastig, während Uwe die Tür zum Schlafzimmer öffnete.

„Wow, Jungs!", rief Uwe, nachdem er einen kurzen Blick auf das zerwühlte Bett und die Klamotten, die überall auf dem Boden verteilt lagen, geworfen hatte: „Hier sieht's aber mächtig nach heißem Sex aus. Der Komplize scheint eindeutig eine Muschi zu haben."

„Such weiter!", befahl Olaf.

Detlef drückte die Waffe wieder etwas fester gegen Daniels Schläfe, als er bemerkte: „Du hast gelogen, du Pisser. Komm, sag schon! Wo hat sich deine kleine Muschi versteckt? Oder sollen wir sie suchen und wer sie findet, darf ein bisschen mit ihr spielen?"

„Nein! ... Ich meine, sie hat sich nicht versteckt, sie ist nach Hause gegangen, nachdem wir ... du weißt schon ... Sex hatten.

Sie hat sich umgezogen und noch vor der Polizei das Haus verlassen", log Daniel abermals und hoffte, dass Uwe Betty nicht finden würde.

Und dann kam ihm die geniale Idee, die ihn vielleicht doch noch unbeschadet aus dieser unsäglichen Geschichte herausbringen könnte.

Er erzählte Dressens Handlangern, dass Betty gar nicht *seine* Muschi sei, sondern nur eine Professionelle, die er nicht nur für sein Bett, sondern diesmal auch für den Bruch gekauft hatte.

„Der Pisser hat sich echt 'ne Nutte gekauft, um ein Gemälde zu klauen und sie anschließend auch noch genagelt! Respekt! Das gefällt mir!", rief Uwe aus dem Korridor und erschien dann im Türrahmen.

„Such weiter!", schnauzte ihn Olaf an und fragte Daniel dann gereizt: „Und warum erzählst du uns das, hat das irgendwas mit dem Gemälde zu tun?"

„Ja, eine ganze Menge", erklärte Daniel ruhig, „*meine* Muschi ist nämlich die Eigentümerin des alten Hauses, in dem sich das Gemälde befindet. Bis jetzt wollte ich sie, weil ich sie so sehr liebe, nicht in diese Geschichte verwickeln, deshalb wollte ich ihr das Bild einfach heimlich entwenden und die Versicherung hätte ihr dann vielleicht wenigstens einen kleinen Teil des Verlusts ersetzt. Aber so wie die Situation sich jetzt geändert hat, wäre es wahrscheinlich das Beste, wenn ich sie einfach um das Gemälde bitte. Emma ist eine intelligente Frau, sie wird bestimmt verstehen, dass sie das Kunstwerk seinem rechtmäßigen Besitzer zurückgeben muss, auch ohne finanziellen Ausgleich."

Man konnte förmlich sehen, wie sich hinter Olafs Stirn sein Denkapparat in Bewegung setzte und nach einer gefühlten Ewigkeit nickte er mit dem Kopf und verkündete: „Ein guter Plan, du schaffst uns deine Emma her und wir machen ihr klar, dass sie uns das Gemälde herausrücken muss", und dann ergänzte er drohend über Daniel gebeugt: „Und ich hoffe für dich, dass du uns hier kein Märchen erzählt hast."

„Soll ich trotzdem weitersuchen?", fragte Uwe und drückte die Klinke der Badezimmertür herunter.

GERADE ALS BOB die Fahrertür öffnen wollte, sah er im Augenwinkel etwas Dunkles auf der Ladefläche seines Pickups liegen. Er drehte sich herum und entdeckte sie.
Emma lag dort zusammengerollt und tief schlafend.
Sein Herz machte vor Erleichterung einen riesigen Satz und eine Träne lief jetzt wirklich über seine Wange. Schnell wischte er sie weg und holte dann die große Decke von der Rückbank seines Wagens. Langsam kippte er die Klappe an der Ladefläche herunter und deckte Emma zu.
Sie musste völlig erschöpft gewesen sein, dass sie hier einfach so in der frischen Morgenluft eingeschlafen war. Wahrscheinlich hatte sie sich in den Schlaf geweint, denn ihre Augen waren verschmiert und die Wimperntusche hatte schwarze Streifen auf ihren Wangen hinterlassen. Trotzdem hatte Bob sie noch nie so hübsch empfunden wie gerade in diesem Moment, in dem er sie wiedergefunden hatte.
Er betrachtete sie eine ganze Weile, doch ihm war klar, dass sie hier nicht liegen bleiben konnte, erst recht nicht, wenn er den Wagen in Bewegung setzen wollte.
Vorsichtig kletterte er auf die Ladefläche und hob Emma mitsamt der Decke hoch, in die er sie dann ganz einwickelte. Sie ließ sich in seine Arme sinken und drückte ihren Kopf an seine Schulter. Mit immer noch geschlossenen Augen seufzte sie leise, als er sie auf die Rückbank legte, und schlief weiter.
Bob startete den Pickup und fuhr langsam Richtung Schreinerei. Er war gerade erst ein paar Minuten unterwegs, als Emma erwachte und sich blitzartig aus der Decke schälte.

„Was soll das werden?", fauchte sie ihn von der Rückbank aus an.

„Wir fahren in die Schreinerei, du wolltest doch deine Sachen holen", antwortete Bob bemüht ruhig und wünschte sich, sie hätte weitergeschlafen.

„Und warum hast du mich in diese Decke gewickelt und in deinen Wagen gelegt?", schnaubte Emma und kletterte über die Rückenlehne auf den Beifahrersitz.

„Ich kann dich ja wohl schlecht in der Kälte auf der Ladefläche liegen lassen", erwiderte Bob.

„Ach, tu doch nicht so besorgt, du kannst mit der Schauspielerei aufhören, die Show ist zu Ende. Ich will nur noch meinen Kram und dann trennen sich unsere Wege", erklärte Emma gereizt und legte sich den Sicherheitsgurt an.

„Verdammt Emma, es reicht", entgegnete Bob nicht mehr ganz so ruhig, „hast du eigentlich mal darüber nachgedacht, dass es für meine Worte am Telefon auch eine andere Erklärung geben könnte als die, die du dir so schnell zurechtgelegt hast? Seit wann hat ein Angeklagter nicht einmal mehr das Recht, sich zu verteidigen. Bringst du das so deinen Schülern bei?"

„Was erwartest du? Du hast mich hintergangen. Du bist kein bisschen besser als dein Urgroßvater", zischte Emma ihn an und schaute dann demonstrativ aus dem Seitenfenster.

Die Sonne war bereits aufgegangen und tauchte die ganze Szenerie in ihr goldenes Licht. Auf der Bundesstraße kamen ihnen die ersten Autos entgegen und man spürte, dass die Menschen langsam erwachten und dem neuen Tag mit vielen unterschiedlichen Gefühlen entgegensahen.

Bob fühlte in diesem Moment nur einen festen Schlag in seine Magengrube, den Emma ihm verbal verpasst hatte, als sie ihn mit seinem Urgroßvater verglichen hatte.

„Das denkst du wirklich?", fragte er sie nach einer Weile traurig, aber Emma antwortete ihm nicht. Deshalb fuhr er fort: „Am

Telefon eben, das war mein Freund Markus. Wir waren gemeinsam bei der Bundeswehr und Markus ist jetzt bei der Polizei. Ich hatte ihn schon am Sonntagnachmittag in die ganze Geschichte eingeweiht und um seine Hilfe gebeten. Er hat recherchiert und erfahren, dass Dressen bereits seine Leute losgeschickt hat. Heute Nacht hat er das Haus deiner Tante bewacht und die Einbrecher, die ohne das Gemälde eilig das Haus verlassen haben, bis nach Hause verfolgt. Daniel und seine Sekretärin Betty sind bei deiner Tante eingebrochen."

Bob hatte, während er sprach, das Auto auf den Seitenstreifen gesteuert und angehalten. Jetzt schaute er zu Emma, die immer noch aus dem Seitenfenster sah.

„Du kannst mir glauben oder auch nicht. Fakt ist, dass du in großer Gefahr bist", erklärte er weiter. „Emma, ich weiß, es war unprofessionell, mich in dich zu verlieben, und es tut mir leid, dass ich damit alles so kompliziert gemacht habe. Ich möchte dir vorschlagen, dass wir uns jetzt erst mal nur um deine Sicherheit und die deines Vaters kümmern, bis ich das Gemälde gefunden habe. Danach kannst du dann entscheiden, ob es für uns eine gemeinsame Zukunft gibt", fuhr er fort, als Emma immer noch nichts erwiderte. „Hier, du kannst gerne mein Handy haben und dir die Anruflisten anschauen, dann kannst du sehen, dass ich mit Markus telefoniert habe", ergänzte er hastig und fingerte sein Smartphone aus der Hosentasche.

Schließlich drehte Emma ihren Kopf und blickte ihn an.

Ihr Schweigen machte ihn langsam wirklich wütend und er fauchte: „Verdammt Emma, du kannst nicht immer nur schweigen, so löst man keine Probleme!", und dann fügte er mit dem Galgenhumor eines Verzweifelten hinzu: „Und wir können unsere Differenzen nicht immer nur mit Sex lösen, auch wenn das eigentlich ein schöner Gedanke ist."

Emma wusste, dass er recht hatte, als er einforderte, sich verteidigen zu dürfen. Deshalb ließ sie ihn schließlich einfach reden.

Schnell wurde ihr dann allerdings klar, dass seine Erklärung ziemlich stichhaltig war und sie wusste plötzlich nicht mehr, warum sie ihm nicht glauben sollte. Hatte er wirklich gestern Morgen und auch jetzt die Wahrheit gesagt, oder wäre sie beinahe beide Male auf seine Lügengeschichten hereingefallen.

Dieser Mann machte sie verrückt.

In Emmas Kopf herrschte das komplette Chaos und jetzt erwartete er auch noch eine Antwort von ihr, dabei hatte sie keine Ahnung, was sie ihm antworten sollte. Das Angebot, sein Handy zu durchsuchen, wollte sie auf keinen Fall annehmen, denn so tief wollte sie nicht sinken.

Der Blick in seine traurigen Augen brachte sie auch keinen Schritt weiter, und als er jetzt auch noch das Wort Sex in den Mund nahm, spürte sie ein im Moment völlig unangebrachtes Kribbeln zwischen ihren Schenkeln.

Also, Gedanken sortieren und dann eigene Sicht verbalisieren: Die einzigen handfesten Fakten, die sie hatte, waren die Einträge im Tagebuch ihrer Tante. Für Bobs Geschichte rund um diesen Tatsachenbericht hatte sie keinerlei Beweise.

Was er und sein Großvater ihr erzählt hatten, deshalb als Lüge zu betrachten, schien jedoch auch nicht der richtige Weg zu sein, denn wenn der Teil mit der Gefahr, in der sie und ihr Vater schweben sollten, tatsächlich wahr wäre …

„Ich weiß nicht, ob ich dir vertrauen kann", begann sie zaghaft, „aber ich denke, mit deinem Angebot, mich und meinen Vater in Sicherheit zu bringen, bis du das Gemälde gefunden hast und es *mir* ausgehändigt hast, kann ich leben. Alles andere verschieben wir auf später."

„Okay, das heißt Waffenstillstand?", fragte Bob sichtlich erleichtert und hielt ihr seine Hand zum Einschlagen entgegen.

„Waffenstillstand und keine Berührungen", antwortete Emma. Dann legte sie ihre Hand in seine.

„Warum keine Berührungen?", fragte Bob schmunzelnd und ließ sie dabei nicht los.

„Weil ...", flüsterte Emma, bevor sie hastig ihre Hand zurückzog.

Bob seufzte leise: „Okay, ich hab es auch gespürt. Also keine Berührungen."

TIM hatte wieder mal Stress mit seiner Freundin.

„Du kümmerst dich nicht richtig um mich. Du arbeitest die ganze Zeit und wenn du nicht arbeitest, spielst du Fußball und ich sitze hier allein zu Hause rum ...", und so weiter und so weiter.

So ging das jetzt schon seit Wochen, dabei versuchte Tim nur, seine Ausbildung erfolgreich zu absolvieren, und ein bisschen sportlicher Ausgleich konnte dabei ja wohl nicht verkehrt sein. Dass es seiner Freundin langweilig war, weil sie nur zu Hause rumsaß, anstatt sich um einen Ausbildungsplatz zu kümmern, war schließlich nicht seine Schuld.

Doch jedes Mal, wenn er damit argumentierte, flippte Cindy völlig aus.

So auch wieder heute Nacht.

Tim war ihr hysterisches Gezeter dann irgendwann so leid gewesen, dass er sich angezogen hatte und einfach mit seinem Fahrrad in die Schreinerei gefahren war. Sein Chef hatte ihm vor einiger Zeit einen der Generalschlüssel überlassen und Tim war ziemlich überwältigt von diesem Vertrauensbeweis gewesen.

Er stellte sein Rad in den Hof und machte sich auf den Weg ins Büro, denn dort stand ein kleines Sofa, auf dem er die gute Stunde, die ihm bis zu seinem Arbeitsbeginn noch blieb, schlafen wollte. Gerade als er die Werkstatttür aufgeschlossen hatte, hörte er den Pickup seines Chefs vor dem Eisentor vorfahren. Schnell lief er über den Hof und öffnete das Tor.

Bob bedankte sich bei ihm mit einem Handzeichen und parkte seinen Wagen unter dem großen Carport.

Sofort sprang Emma aus dem Auto und fauchte ihn an: „Ich werde auf keinen Fall mit dir allein hierbleiben. Das kannst du gleich vergessen, ich packe!" Dann rannte sie los und verschwand in der Schreinerei.

„Emma, ich kann dich aber hier am besten beschützen!", rief ihr Bob noch hinterher, doch das hörte sie schon gar nicht mehr. So viel zum gerade erst geschlossenen „Waffenstillstand".

„War das gerade etwa Frau Müller?", fragte Tim ungläubig und dann lachte er: „Oh man Chef, die war aber wütend. So wütend sind Frauen eigentlich nur, wenn man sie schon mal ..."

Bobs strenger Blick ließ ihn für einen Moment innehalten, doch dann platzte es aus ihm heraus: „Ich hab recht! Voll krass Chef, du hast Frau Müller flachgelegt. RESPEKT. So wütend hab ich die noch nie erlebt."

„Das kann ich nicht behaupten", murmelte Bob und dann schaute er den immer noch grinsenden Tim ernst an: „Kein Wort zu niemandem, dass Frau Müller im Loft ist. Ist das klar?"

„Klar soweit, Chef. Ich kann verstehen, dass du sie nicht mit all den notgeilen Asis aus meiner früheren Schule teilen möchtest. Frau Müller ist nämlich 'ne echte Sahneschnitte, bei der würde ich auch mal gerne ..."

„Träum weiter", unterbrach ihn Bob und gab ihm einen leichten Klaps auf den Hinterkopf.

„Hey Chef, ich sag doch nur wie's is'", protestierte Tim und rieb sich über den rückwärtigen Teil seines Schädels.

„Was machst du eigentlich schon so früh in der Werkstatt?", fragte ihn Bob streng.

„Hatte mal wieder Stress mit Cindy. Brauchte 'nen Ortswechsel. Die Frauen sind heute wohl alle durchgeknallt", erklärte Tim.

„Das Sofa im Büro ist kein Dauerschlafplatz", entgegnete Bob, warf seinem Auszubildenden seinen Autoschlüssel zu und machte sich auf den Weg in sein Loft.

„Ne, ist schon klar Chef!", rief Tim ihm hinterher und marschierte ebenfalls in die Schreinerei, um sich im Büro, nachdem er den Pickup Schlüssel in den Kasten an der Wand neben dem Schreibtisch gehängt hatte, auf dem besagten Sofa noch ein bisschen auszuruhen.

Als Bob ins Loft kam, hatte Emma schon ihre Tasche gepackt.
„Bringst du mich jetzt bitte nach Hause", forderte sie ihn auf.
„Emma, ich halte das nach wie vor für keine gute Idee. Du kannst auf keinen Fall mit deinem Vater allein zu Hause bleiben. Aber das habe ich dir ja bereits im Auto erklärt", erwiderte er.

„Ich bleib aber nicht mit dir allein hier", antwortete Emma trotzig und räumte ein, dass sie sich bereit erklären könnte, mit ihrem Vater ins Hotel zu ziehen. „Von mir aus kannst du ja dann unser Hotelzimmer bewachen. Von außen natürlich", schloss sie ihre Ausführungen.

„Okay", gab Bob sich geschlagen, „wir wollten ja sowieso deinen Vater gleich ins Parkhotel bringen, da kannst du dann direkt mit einziehen. Komm, wir sollten uns jetzt auf den Weg machen, bevor Dressens Leute bei dir zu Hause auftauchen." Er nahm Emmas Tasche und öffnete die Tür zum Hausflur.

„Herr von Wolfsbach? Sie wollen verreisen?", bemerkte Inspektor Baum. „Hat Ihnen etwa der Kommissar nicht gesagt, dass Sie die Stadt nicht verlassen sollen?"

Bob schaute verblüfft ins Treppenhaus und erblickte dort zwei Polizisten. Tim stand hinter den beiden und hob entschuldigend die Hände, bevor er sich hastig nach unten verzog. Mit der Polizei wollte auf keinen Fall jemals wieder etwas zu haben. Diese Zeiten waren vorbei, das hatte Tim sich geschworen.

„Wo soll die Reise denn hingehen, wenn ich fragen darf?", erkundigte sich Baum und schaute auf die Reisetasche in Bobs Hand.

„Die Tasche gehört Frau Müller, und ich habe nicht vor zu verreisen, ich begleite Frau Müller nur nach Hause", antwortete Bob wahrheitsgemäß.

„Na, daraus wird wohl nichts werden", erklärte der Uniformierte, „stellen Sie die Tasche bitte langsam auf den Boden und drehen sich ebenso langsam um, denn Sie sind hiermit festgenommen wegen des dringenden Tatverdachts der Beteiligung am Einbruch in das Haus von Frau Emma Müller."

„Das ist jetzt nicht Ihr Ernst", entgegnete Bob und sagte dann zu Emma gewandt, die mit entsetztem Blick auf die Polizisten hinter ihm stand: „Nimm mein Handy und ruf Markus an. Du musst ihm alles erzählen und sag ihm, dass er sich um dich und deinen Vater kümmern soll."

Dann griff er in seine Hosentasche, doch bevor er sein Smartphone herausziehen konnte, hatte der zweite Uniformierte ihn schon gepackt und seine Hände mit ein paar hübschen Handschellen versehen.

Bob schnaubte wütend und blaffte Baum an: „Das ist ja wohl maßlos übertrieben, ich wäre auch so mitgekommen, schließlich bin ich unschuldig."

„Glauben Sie mir, das sagen sie alle", erklärte Wachtmeister Baum und angelte Bobs Handy aus dessen Gesäßtasche. „Das stellen wir hiermit auch gleich sicher", konstatierte er dabei und fingerte dann eine kleine Plastiktüte aus seiner Uniformtasche, in die er das Telefon dann steckte.

„Das ist ja echt unglaublich", beschwerte sich Bob und sagte dann zu Emma: „Markus Telefonnummer steht in dem kleinen schwarzen Notizbuch neben meinem Festnetztelefon. Markus Weber. Bitte ruf ihn an. Wir brauchen jetzt wirklich seine Hilfe."

DANIEL musste sich auf die Sitzbank zwischen Detlef und Olaf setzen. Uwe machte es sich nach heftigem Protest im Laderaum des Sprinters einigermaßen bequem.

„So mein Gutster, wo sollen wir deine Emma einsammeln?", fragte ihn Olaf jetzt und spielte mit der Pistole herum.

Daniel ahnte, dass sich Emma bei diesem Schreiner verkrochen hatte und ihm war klar, dass er sie da nicht einfach würde abholen können. Er brauchte einen Plan, und zwar einen verdammt guten, wenn er aus dieser Geschichte mit heiler Haut herauskommen wollte. Und er brauchte Zeit zum Nachdenken.

„Ha, weißt du etwa nicht, wo deine Muschi heute Nacht geschlafen hat?", verspottete ihn Detlef.

„Doch doch", log Daniel, „es kann nur sein, dass sie schon im Haus ihrer Tante ist … Oder bei dem Schreiner, der das Haus für sie sanieren soll."

„Dann ruf sie doch einfach an", forderte ihn Olaf auf und rieb mit der Hand über die Pistolenseite, als würde er sie zärtlich streicheln. Daniel verstand die Drohung in dieser Geste sofort und angelte sein Handy aus der Hosentasche.

„Der Teilnehmer ist zurzeit nicht erreichbar", erklang es aus dem Lautsprecher. Fast war er ein bisschen froh darüber, dass er sie nicht erreichen konnte, denn er hätte gar nicht gewusst, was er ihr hätte sagen sollen. Nach der klaren Ansage, sie in Ruhe zu lassen, hatte er schon damit gerechnet, dass sie seinen Anruf wegdrücken würde. Das wiederum hätte Dressens Jungs bestimmt misstrauisch gemacht.

„Oder sie ist zu Hause, dort hat sie das Telefon meistens ausgeschaltet, um nicht andauernd von ihren Schülern belästigt zu werden," log Daniel abermals, um Zeit zu schinden, und wunderte sich selbst darüber, wie schnell ihm die Lügen einfielen.

„Also los, du zeigst uns den Weg!", befahl Olaf und lehnte sich zurück, die Waffe immer noch in der Hand.

HEINER Hildebrand saß zufrieden grinsend hinter seinem Schreibtisch. Gerade hatte ihn Inspektor Baum darüber informiert, dass er mit Robert von Wolfsbach dem Sechsten auf dem Weg ins Polizeipräsidium sei.

Direkt, nachdem Baum ihn zuvor über Funk mitgeteilt hatte, dass Daniel Hütte die ganze Nacht mit seiner Sekretärin im Bett verbracht hatte, und das nicht etwa schlafend, hatte er die Verhaftung von Bob angeordnet.

Ihm war selbstverständlich klar gewesen, dass die Beweislage äußerst dünn war, denn schließlich hatten sich hier zwei Tatverdächtige gegenseitig ein Alibi gegeben, aber das Gesetz erlaubte es ihm, einen Verdächtigen für 48 Stunden festzusetzen. Robert von Wolfsbach war für ihn der perfekte Verdächtige, nicht nur, weil es anscheinend einen Zusammenhang zwischen ihm und dem Einbruch in Emma Müllers Haus gab, sondern auch, weil er ein von Wolfsbach war.

Hildebrand war schon in dritter Generation Polizist. Nachdem sein Großvater und sein Vater dem Staat als Ordnungshüter gedient hatten, war es für ihn nach seinem Abitur selbstverständlich gewesen, in dieselben Fußstapfen zu treten. Die Geschichten, die schon in seiner Kindheit immer wieder über die spannende Arbeit bei der Polizei von seinem Großvater und seinem Vater erzählt worden waren, hatten ihn derart fasziniert, dass er gar nicht anders gekonnt hatte, als sich auch für den Polizeidienst zu entscheiden.

Eine dieser Erzählungen war ihm dabei ganz besonders in Erinnerung geblieben, denn die unvoreingenommene Ermittlungsarbeit in einem Fall, bei dem Aussage gegen Aussage gestanden hatte, hatte für seinen Vater einst beinahe das Ende der Polizeilaufbahn bedeutet.

Hildebrands Vater war damals ein noch sehr junger Polizist gewesen, als eine Frau aus dem Dorf auf die Wache gekommen war und Robert von Wolfsbach den Dritten beschuldigt hatte, sie mit seinem Lastwagen angefahren und dann im Graben liegengelassen zu haben. Sie hätte dabei ihr noch ungeborenes Kind verloren, das zudem das Enkelkind des Beschuldigten gewesen sei. Hildebrands Vater hatte der verzweifelten Frau, die laut Aussage eines Arztes tatsächlich einen schweren Unfall erlitten hatte, dessen Folge eine Fehlgeburt gewesen war, geglaubt.

Er hatte daraufhin Robert von Wolfsbach den Dritten auf die Wache bestellt, was dieser an sich schon als einen Affront betrachtet hatte, und mit seinen Anschuldigungen hatte der junge Polizist dann endgültig den Zorn des Adeligen heraufbeschworen.

Der hatte seine Aussage erbost verweigert und später durch seinen Anwalt mitteilen lassen, dass dieses Frauenzimmer ihn zu Geldzahlungen hatte erpressen wollen, indem sie behauptet hatte, dass das Kind in ihrem Leib von seinem fürs Vaterland an der Ostfront gefallenen Sohn stamme. Er habe sich nicht auf diese Lügengeschichte eingelassen und die Frau gebeten, sein Gut zu verlassen. Dass diese daraufhin mit dem Rad stürzte und ihren Bastard verloren hatte, dafür wäre er keineswegs verantwortlich.

Ebenso wies der Anwalt in seinem Namen darauf hin, dass ein scharfsinniger Polizist sofort hätte merken müssen, dass die Frau mit ihren haltlosen Anschuldigungen nur versuchen würde, nach dem gescheiterten Erpressungsversuch doch noch an Geld zu kommen. Ja, es wäre sogar nicht auszuschließen, dass sie den schweren Sturz selbst herbeigeführt hätte.

Ein guter Ordnungshüter wäre intelligent genug gewesen, dieses Frauenzimmer direkt in die Psychiatrie einweisen zu lassen. Deshalb hatte von Wolfsbach durch seinen Anwalt gefordert, den Polizisten, der ihn hatte befragen wollen, aus dem Polizeidienst zu entfernen.

Für Hildebrands jungen und eifrigen Vater hätte das nicht nur das Ende seiner beruflichen Laufbahn bedeutet, sondern auch das Ende seiner Berufung, denn auch er war genau wie sein Sohn heute mit Leib und Seele Polizist gewesen.

Es war schließlich den guten Beziehungen von Heiner Hildebrands Großvater, der sich als gewissenhafter Gesetzeshüter einen Namen gemacht hatte, zu verdanken gewesen, dass Hildebrands Vater nur mit einem Beförderungsstopp für die nächsten zehn Jahre für seine „Inkompetenz" bestraft worden war. Er hatte sich bei von Wolfsbach entschuldigen müssen und dann hatte er die junge Frau aufgesucht und ihr dringend geraten, die Anzeige zurückzuziehen, da er aus zuverlässiger Quelle wüsste, dass man sie ansonsten in eine Nervenklinik stecken würde.

Das war alles, was er für sie hatte tun können.

Er war sich bis an sein Lebensende sicher gewesen, dass sie ihm die Wahrheit erzählt hatte und das Robert von Wolfsbach der Dritte schuldig gewesen war, …im Sinne der Anklage.

Jetzt hatte er, Heiner Hildebrand, endlich die Möglichkeit, wenigstens ein kleines bisschen von der Ungerechtigkeit, die seinem Vater damals widerfahren war, wieder gut zu machen.

Er würde diesem Nachfahren des von Wolfsbach'schen Verbrechers das offenbar fehlende Unrechtsbewusstsein schon einimpfen und er hoffte inständig, dass er Bob würde überführen können, denn er wollte sich am Ende des Tages nicht auch bei einem schuldigen von Wolfsbach entschuldigen müssen.

„Chef! Von Wolfsbach sitzt im Vernehmungsraum", meldete ihm sein junger Kollege und riss ihn damit aus seinen Gedanken.

„Ich komme", antwortete Hildebrand und machte sich auf den Weg, einem von Wolfsbach das Fürchten zu lehren.

BETTY hatte sich fürchterlich erschrocken, als die Wohnungstür mit einem lauten Knall aus den Angeln geflogen war. Sie hatte am ganzen Körper gezittert und vorsichtig die Badezimmertüre einen Spalt geöffnet, um in den Flur zu spähen. Als sie die drei glatzköpfigen Kerle mit ihren dicken Stiefeln erblickt hatte, hätte sie fast vergessen zu atmen.

Hatte nicht einer der drei sogar eine Pistole in der Hand gehabt?

Betty war sich nicht ganz sicher gewesen und eigentlich wollte sie es auch nicht wissen, nein, sie wollte einfach nur so schnell wie möglich verschwinden. Doch das war im Moment unmöglich. Wenn sie versuchen würde, sich aus dem Badezimmer zu schleichen, um vom Flur aus durch die ausgehebelte Korridortür ins Treppenhaus zu entkommen, müsste sie am Wohnzimmer vorbeigehen. Aber genau dorthin waren die finsteren Gesellen verschwunden und wenn sie das, was sie von den dort geführten Gesprächen hören konnte, richtig verstand, dann hatten sie Daniel in ihrer Gewalt und würden wohl bald auch nach ihr suchen.

Plötzlich war einer der drei Männer im Flur erschienen und Betty war ängstlich vom Türspalt zurückgewichen. Ihr Herz hatte wie wild geschlagen und sie hatte sich mit dem Rücken gegen die Wand neben der Tür gedrückt.

Der Skin war ins Schlafzimmer gegangen und aus dem dann folgenden Dialog, den er mit dem anscheinenden Anführer der Gruppe geführt hatte, konnte Betty entnehmen, dass Daniel sie als Nutte bezeichnet hatte.

Dieser Kerl ist ein echtes Arschloch, schoss es ihr trotz aller Angst wütend durch den Kopf.

Kurz danach sah sie, wie die Klinke der Badezimmertür heruntergedrückt wurde und sie hatte automatisch die Luft angehalten.

Jetzt haben sie mich entdeckt, dachte sie, und sie hatte sich nur zu gut ausmalen können, was diese drei Asis wohl mit ihr anstellen würden.

Doch dann hatte der Anführer seinen Mann zurück ins Wohnzimmer gepfiffen und kurze Zeit später hatten sie gemeinsam mit Daniel die Wohnung verlassen.

Sie konnte noch hören, wie Daniel den Dreien versichert hatte, dass er Emma mit Leichtigkeit würde überreden können, ihnen das Gemälde auszuhändigen und dass er ihnen selbstverständlich auch gerne die Adresse seiner „professionellen" Sekretärin aufschreiben würde.

Dieser Arsch, jetzt kann ich nicht einmal mehr nach Hause gehen, hatte sie gedacht und sich gefragt, ob das Zittern ihrer Muskeln jemals wieder aufhören würde.

NACHDEM die beiden Polizisten Bob abgeführt hatten, war Emma völlig sprachlos im Loft zurückgeblieben.

Das hatte sie nicht gewollt.

Ohne ihre Anschuldigungen, die Kommissar Hildebrand vorhin mit einem genüsslichen Grinsen zur Kenntnis genommen hatte, wäre Bob niemals verhaftet worden.

Andererseits würde Hildebrand bestimmt nicht voreilig jemanden festnehmen lassen, wenn nicht wirklich ein hinreichender Verdacht bestünde.

Es war zum verrückt werden. Immer dann, wenn sie gerade dachte, sie könnte Bob vielleicht doch vertrauen, passierte etwas, das sie wieder zweifeln ließ.

Ihr Herz hatte sich schon längst für ihn entschieden und jedes Mal, wenn sie sich berührten, hüpfte es vor Erregung. Aber sollte sie sich wirklich nur von ihren Gefühlen leiten lassen, wenn ihr Verstand sie dauernd warnte?

Das war ihr bisher noch mit keinem Mann passiert. Mit Bob war alles so intensiv, in jeder Hinsicht. Sie wünschte, sie könnte ihr Herz vorübergehend ausschalten und ganz sachlich über die vergangenen Ereignisse nachdenken. Aber ihre oft gerühmte klare Sachlichkeit, die ihr bei ihren Schülern schon in so manch schwieriger und emotionsgeladener Situation geholfen hatte, hatte sich am Samstagmorgen, als Bob vor ihrer Haustür gestanden hatte und sie nicht mehr als ein Handtuch um ihren Körper getragen hatte, einfach verabschiedet.

Und jetzt hatte *sie* dafür gesorgt, dass er verhaftet worden war, und sie wusste nicht einmal, ob das gut so war oder ihr größter Fehler. Das Einzige, was sie wirklich wusste, war, dass sie so schnell wie möglich nach Hause wollte.

Sie schnappte sich ihre Reisetasche und wollte gerade gehen, da fiel ihr ein, dass ihr Auto ja immer noch vor dem Haus ihrer Tante stand.

Jetzt hatte sie zwar den Schlüssel, aber ...

Also begann sie nach Bobs Autoschlüssel zu suchen. Dabei fiel ihr Blick auf das kleine schwarze Notizbüchlein, das direkt neben dem Telefon lag. Bob hatte sie gebeten, Markus anzurufen. Sie fragte sich, ob sie das wirklich tun sollte und entschied sich schließlich dafür.

Irgendwie hatte sie das Gefühl, dass sie ihm diesen kleinen Gefallen schuldig war. Vielleicht war es aber auch nur ihr schlechtes Gewissen, weil die Polizei ihn ihretwegen in Handschellen abgeholt hatte.

Gespannt hörte sie auf das Tuten aus dem Hörer, welches das Klingeln des Telefons beim Angerufenen signalisierte.

Wenn er nach dem sechsten Klingeln nicht abnimmt, lege ich wieder auf und gehe, entschied sie und zählte leise mit. „Eins,... zwei... drei,...."

„Hallo Bob, was gibt's?", meldete sich eine tiefe Männerstimme.

„Herr Weber? Mein Name ist Emma Müller und ich rufe Sie im Auftrag von Bob an."

„Emma? Was ist passiert? Warum ruft Bob nicht selber an?"

„Er wurde festgenommen", antwortete Emma knapp.

„Er wurde festgenommen?", fragte Markus ungläubig.

Emma erzählte ihm, was nach seinem Anruf im Haus ihrer Tante passiert war. Dass sie von Bobs Unschuld nicht wirklich überzeugt sei, ließ sie dabei nicht unerwähnt.

„Oh Emma, da haben Sie sich aber ganz schon vergaloppiert. Glauben Sie denn wirklich, dass Bob so einen perfiden Plan aushecken könnte, um an dieses Bild heranzukommen. Dazu wäre dieser Mann überhaupt nicht fähig und Ihnen dabei auch noch die große Liebe vorzuspielen, nur um sich in ihr Vertrauen zu stehlen, das würde Bob niemals tun. Das könnte er gar nicht, dazu ist er eine viel zu ehrliche Haut", verteidigte Markus seinen Freund vehement.

„Das sagen Sie, Sie sind schließlich sein bester Freund und Männer halten doch immer zusammen," rechtfertigte sich Emma.

„Jetzt kommen Sie mir bloß nicht mit solchen Klischees wie ‚Bruder vor Luder'. Emma, dieser Mann liebt Sie wirklich. Das verdammte Gemälde ist ihm dabei völlig egal. Der einzige Grund, warum er es unbedingt finden will, ist, dass Sie dann außer Gefahr wären. Und die Geschichte mit den Männern von Dressen entspricht voll und ganz der Wahrheit. Ich habe schließlich selbst die Kollegen im Osten kontaktiert und Erkundigungen eingezogen. Ich möchte mich natürlich auf keinen Fall in Ihre Beziehung einmischen, aber Bob hat Sie mir als intelligente Frau beschrieben, da kommen mir im Moment jedoch ernsthafte Zweifel. Dieser Mann will nichts anderes, als Ihr Leben und das Ihrer Familie zu schützen und Sie sorgen dafür, dass er verhaftet wird. Da frag ich mich ernsthaft, ob *Sie* die Richtige für ihn sind", erklärte Markus ungehalten.

Emma hätte am liebsten sofort aufgelegt. Was bildete sich dieser Typ, der sie doch überhaupt nicht kannte, bloß ein, sie so anzugehen. Es wäre besser gewesen, sie hätte ihn nicht angerufen. Trotzdem musste sie sich eingestehen, dass Markus recht haben könnte, vor allem dann, wenn Bob es wirklich ehrlich mit ihr meinte.

Also sagte sie erst mal nichts.

„Emma, sind Sie noch dran?" Markus war jetzt schon etwas ruhiger. „Ich muss mich entschuldigen, ich bin zu weit gegangen."

„Nein, nein, Sie haben ja irgendwie recht, wahrscheinlich bin ich nicht die Richtige. Wir sollten das aber im Moment nicht weiter ausdiskutieren. Ich möchte Sie jetzt einfach nur bitten, Bob zu helfen", erwiderte Emma.

„Keine Frage, dass hätte ich sowieso getan. Sie müssen mir aber versprechen, im Loft zu bleiben, bis einer von uns bei Ihnen ist. Und Ihren Vater sollten Sie anrufen. Er muss unbedingt ins Hotel", verlangte Markus und nach ihrer Zusage, die Schreinerei nicht zu verlassen, verabschiedete er sich von Emma.

OTTO MÜLLER hatte Schwester Stephanie gestern Abend, kurz nachdem er mit Emma telefoniert hatte, angerufen und sie gebeten, am nächsten Morgen ganz früh zu ihm zu kommen, denn er wollte noch vor sechs Uhr in das Parkhotel umziehen. Ruth hatte im Gästezimmer übernachtet, weil sie ihn auf alle Fälle begleiten wollte.

Ruth kannte Emma schon seit ihrer Geburt und sie wusste, dass man sich auf ihr Wort verlassen konnte.

Wenn Emma sagte, dass ihr Vater in Gefahr sei und in ein Hotel ziehen solle, dann war er in Gefahr und sollte in ein Hotel ziehen. So viel war klar, und genau so hatte sie Otto Müller zu diesem Umzug überredet.

Als Schwester Stephanie ihr Auto in der Einfahrt vom Müller'schen Haus parkte, hatte sie den Sprinter auf der anderen Straßenseite erst gar nicht bemerkt. Auf dem Weg zur Haustür fiel ihr der große Wagen, wegen der zwei vermummten Männer, die aus ihm kletterten, dann doch auf.

Aber da war es bereits zu spät für sie zu reagieren.

Einer der Männer war rasend schnell bei ihr, bog ihre Arme nach hinten und drückte sie mit ihrem Gesicht und ihrer Brust gegen die raue Hauswand. Sie hatte keine Chance, sich zu wehren. Erst wollte sie noch schreien, aber aus ihrem Mund kam vor lauter Schreck nur ein leises Gekrächze, außerdem hätte sie zu dieser frühen Stunde sowieso niemand gehört.

Der andere Mann nahm ihr jetzt den Haustürschlüssel aus der Hand, während ihr gleichzeitig mit Kabelbinder die Hände auf dem Rücken gefesselt wurden.

Nachdem die Haustür geöffnet war, wurde sie von dem Mann, der sie gefesselt hatte, blitzschnell in den Flur geschoben und dann in die Gästetoilette geschubst. Dort knebelte er sie und band sie mit einem Strick auf dem geschlossenen Stand WC fest. Dann ließ er sie allein und verschloss die Toilettentür von außen.

Mittlerweile war auch Daniel aus dem Sprinter gestiegen und wurde vom ebenfalls vermummten Olaf mit der Pistole im Rücken ins Haus genötigt.

„Hey, nimm endlich diese scheiß Knarre weg! Ich hau' schon nicht ab! Schließlich hängt meine finanzielle Zukunft davon ab, dieses Bild zu finden!", blaffte er Olaf an, als sie das Haus betraten.

„Halts Maul und hol endlich deine Muschi her", mischte sich Detlef ein, während Uwe den Toilettenschlüssel mit einem eleganten Wurf im Schirmständer versenkte.

„Mach nicht so einen Lärm", schimpfte Olaf, „du weckst ja das ganze Haus auf. Wir brauchen nur diese Emma. Ich hab keine Lust noch mehr Geiseln mitzuschleppen."

„Schwester Stephanie, sind Sie das?" Otto Müller hatte sich gerade auf die Bettkante gesetzt und sich das kleine Telefon-Kästchen am Band umgehängt, welches er nachts immer auf seinem Nachttisch in der Ladestation deponierte, als er im Flur Geräusche vernahm.

„Sie können mir gleich beim Aufstehen helfen, heute ist ein schlechter Tag, ich brauche auf alle Fälle den Rollstuhl."

„Los, nun weck deine Muschi schon und nichts wie weg, bevor der Alte seine Schwester Stephanie findet, sind wir längst über alle Berge", flüsterte Olaf und drückte Daniel die Pistole fest in den Rücken.

Daniel schlich, gefolgt von Dressens Jungs, leise die Treppe rauf. Er öffnete Emmas Zimmertür und starrte auf das unberührte Bett.

Nicht, dass er nicht geahnt hatte, dass sie bei diesem Schreiner übernachtet hatte, aber als er jetzt die Gewissheit sozusagen in Form einer knitterfreien Bettdecke vor sich sah, stieg ihm eifersüchtige Wut bis in die Haarspitzen.

„Dein Vögelchen ist wohl ausgeflogen", scherzte Detlef boshaft, „aber vielleicht weiß der Alte unten ja, wohin sie geflattert ist."

„Ich weiß, wo sie ist", zischte Daniel und konnte seine Wut nicht verbergen.

„Das hast du uns schon mal versucht weiß zu machen, aber ich habe langsam das Gefühl, du hast keine Ahnung, wo sie steckt", stellte Olaf grimmig fest.

„Dein Vögelchen vögelt wohl fremd, genau wie du. Ist das nicht voll witzig?", kicherte Uwe und fing sich von Olaf eine Kopfnuss ein.

„Los, frag den Alten, dich kennt er!", befahl Olaf jetzt und schubste Daniel mit der Waffe Richtung Treppe.

Als Daniel das Schlafzimmer von Emmas Vater betrat, hatte der bereits versucht, sich in den Rollstuhl zu setzen. Doch mit seinen zittrigen Beinen war es ihm nicht wirklich gelungen und er lag jetzt mehr, als dass er saß in seinem rädrigen Gefährt.

„Ach du bist es", sagte er, als er seinen Schwiegersohn in spe erblickte und reckte ihm seine Arme entgegen, „wärst du denn mal so lieb …"

„Hallo Otto", ignorierte Daniel seine Bitte um Hilfe, „kannst du mir sagen, wo Emma steckt?"

„Woher soll ich das wissen?", erwiderte Otto angestrengt und versuchte erneut aus der liegenden in eine sitzende Position in seinem Rolli zu kommen. „Seit ihre Tante gestorben ist, benimmt sie sich sehr seltsam."

Otto Müller war sich nicht sicher, ob er Daniel wirklich sagen sollte, wo Emma war. Seine Tochter hatte ihn gestern Abend am Telefon sehr eindringlich gebeten, ihn auf keinen Fall über ihren Aufenthaltsort zu informieren. Mit dem möchte sie nichts mehr zu tun haben, hatte sie gesagt.

„Sie hat es dir nicht gesagt?", erwiderte Daniel ungläubig.

„Nein, hat sie nicht! Und jetzt hilf mir endlich, anstatt mir immer wieder dieselbe Frage zu stellen!", blaffte Otto ihn an.

Daniel zog den alten Müller von hinten in den Rollstuhl und wollte ihn gerade anschnallen, als ein lauter Schrei durchs Haus gellte.

„Oh Gott, Einbrecher! Otto, bring dich in Sicherh …", weiter kam Ruth mit ihrem Satz nicht, denn schon hatte Uwe sie gepackt, ihr den Mund zugehalten und sie die letzten Treppenstufen heruntergezerrt.

„Was geht da draußen vor sich?", fragte Otto erschrocken, doch Daniel kam nicht dazu, ihm zu antworten, denn Detlef war mit einem Satz ins Schlafzimmer gesprungen und hatte Emmas Vater mit einem gezielten Kinnhaken ausgeknockt.

„Spinnst du, der Alte ist krank!", fauchte Daniel.

„Ey, du Pisser, das ist mir doch egal. Sei doch froh, so hat er wenigstens nicht mitbekommen, dass du quasi zu uns gehörst."

„So geht das nicht!", rief Olaf aus dem Flur, „das sind viel zu viele Zeugen. Die können wir nicht einfach fesseln und dann hierlassen. Wenn die gefunden werden, bevor wir das Gemälde haben, dann sind wir am Arsch."

„Soll ich die Drei kaltmachen?", fragte Uwe, der Ruth mittlerweile auf einem Stuhl in der Küche fest verschnürt, geknebelt und eingeschlossen hatte.

„Unsinn", erwiderte Olaf ungehalten, „wir müssen sie allerdings bewachen, zumindest, bis wir diese Emma endlich gefunden haben."

„Ich sagte doch, ich weiß, wo sie ist. Lasst mich zu ihr fahren und ich bringe euch das Bild", mischte sich Daniel ein.

„Du fährst alleine nirgendwo hin", entgegnete Olaf barsch.

„Okay, dann fahr doch mit, du kannst dich ja mit deiner Waffe auf der Rückbank verstecken", schlug Daniel ihm vor und hatte dabei keine Ahnung, wie er Emma dazu überreden sollte, ohne diesen Schreiner das Haus zu verlassen und dann auch noch in sein Auto zu steigen. Aber vielleicht würde ihm ja auf dem Weg dorthin irgendein genialer Plan einfallen.

Er spielte sogar mit dem Gedanken, auf dieser Fahrt zu fliehen, aber dann wäre die Immobilienfirma seines Vaters Geschichte, denn Dressen würde sich, ohne dass er das Gemälde für ihn beschaffte, auf keinen Schuldenerlass einlassen.

Er konnte also nur versuchen, Zeit zu schinden und auf einen genialen Einfall zu hoffen.

„Ich brauche aber mein Auto, sonst schöpft Emma sofort Verdacht", erklärte er so, als hätte er einen wirklichen Plan.

Olaf überlegte einen Moment und dann befahl er: „Uwe, du bleibst hier und bewachst die Drei! Und mach bloß keinen Scheiß! ... Detlef, du kommst mit, wir holen den Wagen von Hütte Junior und du fährst wieder zu Uwe. Ihr wartet dann hier, bis wir mit dieser Emma auftauchen und dann verpissen wir uns auf dem schnellsten Weg in eine ruhige Gegend und entlocken der Guten den Aufenthaltsort des Gemäldes."

„Entlocken hört sich gut an, spielt ihre Muschi dabei vielleicht auch eine Rolle?", kicherte Uwe und vergaß bei dem Gedanken sogar darüber zu meckern, dass er hier mit drei Geiseln alleine bleiben sollte.

BOB betrachtete den tristen grauen Raum mit dem riesigen Spiegel und der kleinen Kamera, die sich direkt ihm gegenüber befanden. Er saß immer noch in Handschellen auf einem Stuhl, und vor ihm stand ein Tisch, auf dem ein Mikrofon platziert war.

Er hatte Angst!

Nicht etwa um sich, nein, er hatte Angst um Emma. Solange sie in seinem Loft blieb, war sie vermutlich in Sicherheit, aber wenn sie zu ihrem Vater gehen würde, dann wäre sie zweifelsfrei in großer Gefahr.

Er hatte Tim angewiesen, dafür zu sorgen, dass Emma die Schreinerei nicht verlässt, aber ob dieser seine ehemalige Lehrerin, die sich in den Kopf gesetzt hatte zu verschwinden, würde aufhalten können?

Bob hatte große Zweifel.

Er hoffte inständig, dass Emma nach dem Telefonat mit Markus wenigstens einsehen würde, dass seine Wohnung im Moment sicherer war als ihr Elternhaus. Aber nach den Auseinandersetzungen, die er mit ihr in den letzten Stunden gehabt hatte, war er diesbezüglich nicht sehr optimistisch. Er war sich noch nicht einmal sicher, ob sie Markus überhaupt angerufen hatte.

Wenn er über die vergangenen Tage nachdachte, so musste er sich eingestehen, dass er so ziemlich alles falsch gemacht hatte, was falsch zu machen gewesen war.

Angefangen damit, dass er sich verliebt hatte, was er natürlich nicht hätte verhindern können, hatte er eindeutig zu viel Sex mit Emma gehabt. Das war an sich nichts Verwerfliches, aber in diesem speziellen Fall wäre es weitaus sinnvoller gewesen, sich weniger auf die fleischlichen Gelüste und dafür mehr auf die Suche nach dem Gemälde zu konzentrieren. Jetzt saß er hier, Emma war ohne Schutz und vom besagten Gemälde gab es immer noch keine Spur.

Schlimmer ging es kaum.

Kommissar Hildebrand betrat den Raum und riss ihn aus seinen Gedanken.

„Herr von Wolfsbach", säuselte er, „so schnell kann man sich wiedersehen. Ich hoffe, ich habe Sie nicht dabei gestört, Beweise zu vernichten."

„Welche Beweise sollten das bei einem Unschuldigen sein", konterte Bob und zeigte Hildebrand seine Hände mit den Handschellen. „Müssen die wirklich sein? Sie trauen mir doch wohl nicht zu, aus dem Polizeipräsidium zu fliehen?"

„Man kann nie wissen", entgegnete Hildebrand grinsend und fingerte den Schlüssel für Bobs „Armbänder" aus seiner Hosentasche.

Nachdem er die engen Handschellen endlich los war, rieb Bob sich die Handgelenke und sagte: „Herr Kommissar, warum genau bin ich hier? Ich habe ein Alibi und außerdem habe ich Ihnen die Namen der Täter bereits mitgeteilt."

„Nun ja, eben diese Täter haben auch ein Alibi", entgegnete Hildebrand, „und wir verdächtigen Sie, den Einbruch in Auftrag gegeben zu haben. Da hilft Ihnen *Ihr* Alibi nichts."

„Das ist doch absurd! Wenn ich das Haus nach dem Gemälde hätte durchsuchen wollen, hätte ich nur Frau Müller zu fragen brauchen. Warum hätte ich also bei Nacht und Nebel einen Einbrecher für diesen Zweck beauftragen sollen?"

„Vielleicht hatte sie Ihnen die Durchsuchung verweigert. Ihre Frau Müller war schließlich heute Morgen nicht besonders gut auf Sie zu sprechen, wie mir schien", konstatierte Hildebrand.

„Das heute Morgen war ein Missverständnis, das wir bereits geklärt haben", erwiderte Bob ungeduldig, „und während wir uns hier völlig überflüssigerweise miteinander unterhalten, ist Frau Müller in großer Gefahr. Das habe ich Ihnen bereits heute Morgen versucht klarzumachen, und wenn ihr irgendetwas zustoßen sollte, dann werde ich Sie dafür zur Verantwortung ziehen."

„Sie drohen mir doch nicht etwa", fragte Hildebrand und grinste. „Alle Achtung, Sie trauen sich ja was."

„Ich drohe Ihnen keinesfalls, ich versuche nur, Ihnen den Ernst der Lage klarzumachen, und empfehle Ihnen, sich mal mit Ihren Kollegen aus dem Osten in Verbindung zu setzen, um meine Aussage zu verifizieren."

„Von Wolfsbach, Sie nehmen sich ja ganz schön wichtig mit ihrer abstrusen Geschichte," bemerkte der Kommissar geduldig.

„Und Sie, Herr Kommissar, nehmen nichts davon ernst genug!", blaffte Bob ihn an. „Aber es ist verdammt ernst, es geht um das Leben einer jungen Frau."

„Nun ja, wir werden sehen", entgegnete Heiner Hildebrand ruhig, „jetzt werden wir Sie jedenfalls erst mal in aller Ruhe erkennungsdienstlich behandeln." Dann stand er auf und verließ den Raum.

Bob sprang von seinem Stuhl und raufte sich die Haare.

„Das darf doch alles nicht wahr sein!", rief er dann verzweifelt und lief vor den Spiegel.

Mit beiden Händen gegen die Glasfläche schlagend, sagte er langsam und laut zu seinem Spiegelbild: „Ich ... möchte ... sofort ... meinen ... Anwalt ... sprechen!"

OTTO MÜLLER kam wieder zu sich und war allein in seinem Schlafzimmer. Man hatte seine Arme an die Seitenlehnen des Rollstuhls gefesselt und sein Mund war gefüllt mit einem zusammengeknüllten Lappen, der von einem Tuch, das man ihm über den Mund gebunden hatte, fixiert wurde. Er kämpfte angestrengt gegen einen dadurch hervorgerufenen Würgereiz an und versuchte, konzentriert durch die Nase zu atmen.

Hatte Daniel ihn etwa in diesen Zustand versetzt?

Er versuchte sich zu erinnern, aber das Letzte, was er sich ins Gedächtnis rufen konnte, war tatsächlich ein Gespräch mit Daniel, der wissen wollte, wo sich seine Tochter aufhält. Dann hatte Ruth irgendetwas geschrien und von da ab gab es nur noch Schwärze in seinen Erinnerungen.

Also musste er wohl oder übel davon ausgehen, dass sein Schwiegersohn in spe offensichtlich dazu fähig war, seinen kranken Schwiegervater in spe k. o. zu schlagen, zu knebeln und zu fesseln.

Die „Schwiegersache" war somit für ihn, Otto Müller, vom Tisch. Dieser Mann durfte unter keinen Umständen mehr auch nur in die Nähe seiner Tochter kommen, so viel war klar.

Aber da lag im Moment genau das Problem.

Wo war Daniel? Und wo war Emma?

Er hoffte inständig, dass dieser Schreiner sie würde beschützen können. Er musste sie auf alle Fälle warnen.

Aber wie bloß?

Er war an seinen Rollstuhl gefesselt und völlig bewegungsunfähig.

Otto Müller drehte seinen Kopf Richtung Tür. Im Flur war niemand zu sehen, jedenfalls nicht in dem Bereich, den er durch die offenstehende Schlafzimmertüre einsehen konnte. Aber unter seinem Kinn hatte er bei der Drehung des Kopfes etwas gespürt, dass sein Herz schneller schlagen ließ.

Sein kleines „Telefonkästchen", das er sich, so wie jeden Morgen, direkt nachdem er aufgewacht war, umgehängt hatte, klemmte unter seinem Unterkiefer. Anscheinend hatte sich das Band zwischen seinem Rücken und der Lehne des Rollstuhls verfangen, und als Daniel ihn hochgezogen hatte, war dabei das Kästchen an seinen Hals gerutscht. Wenn es ihm gelingen würde, mit dem Kinn den Knopf so zu drücken, dass eine Verbindung mit Emmas Handy zustande kam, dann konnte er sie tatsächlich warnen.

Er sollte jetzt schnell handeln, das war ihm klar, denn er wusste nicht, ob er wirklich allein im Haus war. Es wäre durchaus möglich, dass Daniel plötzlich wieder auftauchen würde. Vielleicht war er ja nur mal eben eine rauchen, bevor er seinen Ex-Schwiegervater in spe weiterquälen wollte.

Vorsichtig ertastete er mit seinem Kieferknochen die richtige Position, und als er den Anrufknopf spüren konnte, drückte er so fest er konnte das Kinn herunter.

„Papa?", meldete sich Emma, „bist du immer noch nicht im Hotel?"

Otto Müller traten die Tränen in die Augen, als er die klare Stimme seiner Tochter durch den Lautsprecher des Kästchens hörte. Es ging ihr allem Anschein nach gut. Doch als er seiner Tochter jetzt mitteilen wollte, was geschehen war und ihr damit klarmachen wollte, dass sie sich auf dem schnellsten Weg vor diesem Daniel in Sicherheit bringen solle, da wurde ihm bewusst, wie undurchdacht sein Plan war. Außer einem erstickten Stöhnen brachte er mit dem fixierten Lappen in seinem Mund keinen Ton heraus. Seine Zunge war unbeweglich und eigentlich spürte er sie schon gar nicht mehr und sein Mund und sein Rachen waren trocken, weil der Lappen jedwede Feuchtigkeit in sich aufnahm.

„Papa! Was ist los? Sprich mit mir!", schrie seine Tochter ins Telefon und die Panik in ihrer Stimme ließ ihn verzweifeln.

Er versuchte irgendwie so etwas wie „Alles ist gut" zu stöhnen, was sich natürlich ganz anders anhörte und alles andere als beruhigend klang.

„Papa, oh mein Gott!", schrie Emma jetzt, „bleib ganz ruhig, ich komme so schnell ich kann zu dir."

„Nein!" oder zumindest so etwas in der Art stöhnte Otto Müller in sein Telefonkästchen, denn Emma *hier*, das war das Letzte, was er wollte.

Mist, dachte er, sein Plan, sie zu warnen war gründlich nach hinten losgegangen und er wusste nicht, wie er sie jetzt noch aufhalten sollte. Doch er kam auch gar nicht mehr dazu, sich Gedanken über einen erneuten erfolgreicheren „Stöhnversuch" zu machen, denn gerade als Emma ihn durch den Lautsprecher aufforderte, am Telefon zu bleiben und ihm mitteilte, dass sie einen Rettungswagen und den Notarzt zu ihm schicken würde, betrat ein riesiger, vermummter Hüne sein Schlafzimmer.

Na ja, vielleicht war der Mann doch nicht ganz so groß, aber auf einen Rollstuhlfahrer wirken alle Fußgänger eben irgendwie riesig.

Uwe hatte die Situation blitzschnell erfasst. Er konnte eben besser kämpfen, fesseln und Geiseln bewachen als Auto fahren. Er wusste zwar nicht, wie der alte Rollifahrer es geschafft hatte zu telefonieren, aber er wusste, wo im Flur der Router stand, dessen Kabel zur Telefonleitung nach draußen er nur zu kappen brauchte, um dieses Gespräch zu beenden.

Als er zurück ins Schlafzimmer kam, war die Frauenstimme, die eben noch aus irgendeinem Lautsprecher in sein Ohr gedrungen war, verstummt. Der Alte im Rollstuhl starrte ihn mit vor Angst geweiteten Augen an. Uwe kontrollierte wortlos die Fesseln und den Knebel und entdeckte dabei die Verbindung zur

Außenwelt unter Otto Müllers Kinn. Unsanft zog er ihm das Telefonkästchen mit Band über den Kopf, pfefferte es auf den Boden und zertrat es mit seinen klobigen Stiefeln. Dann verließ er den Raum und schloss die Türe ab. Verdammte Scheiße, dachte er und zog sein Handy aus der Hosentasche, um Olaf zu informieren.

OLAF wusste, dass er schon viel zu viele Fehler gemacht hatte. Angefangen beim alten Hütte, der hoffentlich immer noch gut verschnürt in seiner Wohnung hockte, weiter bei der aufgesprengten Korridortür, die jedem Nachbar sicherlich spätestens, wenn er daran vorbeiging, auffallen musste, bis hin zu den drei Geiseln, die im Müller'schen Haus von Uwe, dem absolut dümmsten Schwachmaten, den er kannte, bewacht wurden.

Das waren viel zu viele Spuren, die, wenn es hart auf hart kam, unweigerlich zu ihnen führen würden. Dressen hatte ihn beauftragt, ein Gemälde bei Hütte abzuholen und nur im äußersten Notfall die Beschaffung des Gemäldes selbst in die Hand zu nehmen. Von Geiselnahmen oder gar von Mord war dabei nie die Rede gewesen.

Sie waren bereits jetzt zu weit gegangen und dennoch hatte er vor ein paar Minuten Detlef mit dem Sprinter zu Uwe geschickt mit dem Auftrag, Emmas Elternhaus mit Mann und Maus niederzubrennen. Seine beiden Begleiter hatten damit kein Problem und alle Zeugen und Spuren wären beseitigt.

Danach würden sie sich erstmal an einen sicheren Ort zurückziehen müssen, natürlich nicht ohne Emma, die dieser „Schickimicki-Daniel" hoffentlich schnell in seinen Sportflitzer bugsiert bekam, auf dessen sehr kleiner Notrückbank er sich gerade zusammengefaltet hatte.

Daniel hatte seinen Wagen vor einer alten Schreinerei geparkt, bevor Olaf seine unbequeme Position im Fond des Fahrzeugs eingenommen hatte. Dann war Daniel ausgestiegen und hatte sich vor das schmiedeeiserne Tor, das den Zugang zum Haus versperrte, gestellt. Olaf versuchte gerade, ihn vom Auto aus im Auge zu behalten, ohne dabei entdeckt zu werden, als er ein Vibrieren an seinem Gesäß spürte.

In dieser Enge war es für ihn nicht wirklich einfach, sein Handy aus der Hosentasche zu fischen, und er fauchte, nachdem er das Gespräch angenommen hatte, sofort ungehalten in das Mikro: „Uwe, was hast du angestellt?"

„Ich hab nichts angestellt", verteidigte sich Uwe direkt, „aber der Alte hat telefoniert und jetzt wird in spätestens acht Minuten der Rettungswagen und der Notarzt hier vor der Tür stehen."

„Verdammte Scheiße, dich kann man wirklich nicht alleine lassen!", schrie Olaf und erkannte sofort, dass die „wir brennen das Haus nieder und beseitigen so alle Zeugen und Spuren" Option somit Geschichte war. „Detlef müsste jeden Moment bei dir sein, verlass sofort das Haus und lauf ihm entgegen. Wir treffen uns dann auf dem Waldparkplatz kurz vor der Stadt, wo du heute früh pissen warst", befahl er und beendete das Gespräch.

Wie konnte ein alter Tattergreis, der an einen Rollstuhl gefesselt war und zudem einen Lappen im Mund hatte, telefonieren und die Rettung alarmieren? Da hatte Uwe ihm aber nachher einiges zu erklären.

EMMA hatte eine ganze Weile mit dem Telefon in der Hand auf dem Stuhl am Esstisch gesessen, auf den sie sich hatte setzen müssen, nachdem Markus sie so angegriffen hatte. Sie hatte keine Ahnung, wie lange sie über seine Worte nachgedacht hatte.

Irgendwie war ihr in den letzten turbulenten Tagen jegliches Zeitgefühl abhandengekommen.

War sie wirklich nicht die Richtige für Bob? Nicht nur Markus hatte das behauptet, nein, sie selbst hatte es eben ohne Not eingeräumt ... Wirklich ohne Not?

...Nein, der bloße Gedanke daran, Bob nicht mehr in ihrer Nähe zu haben, brach ihr schier das Herz. Sie fühlte sich derart intensiv zu ihm hingezogen.

Aber gehört zur Liebe nicht auch Vertrauen? Konnte sie ihm vertrauen?

Sie wollte doch nur nicht mehr betrogen werden. Sie wollte geliebt werden. Und vermutliche hatte Bob genau das in den letzten Tagen getan. Zumindest sprach nach dem Telefonat mit Markus vieles dafür, dass Bob es ehrlich mit ihr meinte. Er hatte sie geliebt ... und ihr vertraut.

Aber konnte er *ihr* überhaupt vertrauen?

Sie hatte ihn schließlich aufgrund eines bloßen Verdachts Kommissar Hildebrand zum Fraß vorgeworfen. Was, wenn er nach all dem der Meinung wäre, dass *sie* nicht die Richtige für ihn sei ...

Verdammt, warum war bloß alles so kompliziert ...?

Auch wenn sie davon ausging, dass seine Liebe zu ihr aufrichtig war, blieben immer noch die Zweifel an seinen Motiven das Gemälde betreffend.

Was wäre, wenn er tatsächlich zuerst nur hinter dem Kunstwerk her gewesen war und sich quasi „aus Versehen" in sie verliebt hatte. Sollte sie sich trotzdem mit ihm einlassen?

Sie konnte einfach keine weitere Enttäuschung mehr ertragen.

Emma hatte schwer geseufzt, als das Geräusch eines Sportwagens, dessen Motor unten auf der Straße aufheulte, sie schließlich in die Realität zurückgebracht hatte.

Wieder so einer, der es nötig zu haben schien, mit seinem „Schwanz-Verlängerer" aufzufallen, hatte sie gedacht und sich von ihrem Stuhl erhoben.

Sie sollte jetzt endlich ihren Vater anrufen und ihm, falls er immer noch zu Hause wäre, klarmachen, dass es höchste Zeit war, ins Parkhotel umzuziehen. Sie selbst würde, so wie Bob es gewollt hatte, im Loft bleiben und warten, bis er oder Markus auftauchen würde. Vielleicht könnte sie ja ein bisschen schlafen, hatte sie gedacht und ihr Handy aus ihrer Handtasche geangelt.

Sofort hatte sie bemerkt, dass ihr Telefon immer noch ausgeschaltet war und sich dafür geschämt. Nicht nur, weil es ziemlich albern gewesen war, nicht mit Bob reden zu wollen, sondern auch, weil ihr Vater sie im Notfall so ja gar nicht hätte erreichen können. Schnell hatte sie ihre PIN ins Handy getippt und ungeduldig gewartet, bis ihr Telefon betriebsbereit war. Einige Anrufe in Abwesenheit hatte sie bekommen, einer davon war von Bob gewesen, aber ihr Vater hatte zum Glück nicht versucht, sie zu erreichen.

Gerade als sie die Schnellwahl zum Telefonkästchen ihres Vaters hatte drücken wollen, vibrierte ihr Handy. Es zeigte auf dem Display an, dass Otto Müller sie zu erreichen versuchte. Emma hatte auf den grünen Hörer gedrückt und ihren Vater mit einer rhetorischen Frage begrüßt.

Dann war alles sehr schnell gegangen. Emma hatte mit dem Festnetztelefon Rettungswagen und Notarzt alarmiert, und als die Verbindung zu ihrem Vater plötzlich unterbrochen worden war, hatte sie sich ihre Handtasche geschnappt und war hastig die Treppe heruntergerannt.

Jetzt stand sie unten in der Werkstatt vor Tim, der sich weigerte, ihr den Schlüssel zu Bobs Pickup herauszurücken. Na ja, streng genommen weigerte er sich eigentlich gar nicht, er behauptete einfach, dass der Chef den Schlüssel mitgenommen hätte und der Ersatzschlüssel bei Chris auf der Baustelle im Nachbarort wäre. Das war der Schreinermeister, den Bob eingestellt hatte, als die Arbeit für ihn allein zu viel geworden war.

Emma glaubte ihm kein Wort und schimpfte ihn sogar einen Lügner, aber Tim blieb standhaft, schließlich hatte er ja die Anweisung von seinem Chef, Frau Müller nicht aus der Schreinerei zu lassen. Wütend rannte Emma in den Hof und tippte dabei die Taxirufnummer in ihr Handy. Nichts auf der Welt würde sie davon abhalten können, auf dem schnellsten Weg zu ihrem Vater zu fahren.

Als sie zum Eisentor schaute, erstarrte sie.

Daniel stand dort, blickte durch die Stäbe und schien auf sie zu warten.

„Hallo Emma", sagte er fast schüchtern, „ich möchte mich entschuldigen. Mein Benehmen in den letzten Tagen tut mir ehrlich leid."

„Das kannst du dir sparen", fauchte Emma ihn an, „ich habe gerade ganz andere Probleme! Also verschwinde endlich!"

„Probleme?", fragte Daniel gespielt besorgt. „Was für Probleme? Vielleicht kann ich dir ja helfen."

„Du bestimmt nicht", entgegnete Emma barsch und drückte ihr Handy wieder fest ans Ohr. Sie war, nachdem sie ihren Standort angegeben hatte, in einer Warteschleife gelandet und eine synthetische Frauenstimme fragte sie jetzt nach der Adresse, zu der sie gebracht werden wollte.

„Gartenstraße 12", erklärte Emma genervt und erhielt dann die Antwort, dass in ungefähr dreißig Minuten ein Wagen frei wäre, um sie an der Schreinerei abzuholen. „Das kann doch nicht wahr sein", fluchte sie und schmiss ihr Telefon zurück in die Handtasche.

„Du willst zu deinem Vater?", mischte Daniel sich ein. „Ich kann dich hinbringen, wenn du willst. Keine zehn Minuten und du bist bei ihm." Daniel setzte sein freundlichstes Lächeln auf und schaute Emma mit Dackelblick an.

Sie überlegte kurz.

Mit ihm wäre sie auf alle Fälle deutlich früher bei ihrem Vater, und dass Daniel wirklich in das Haus ihrer Tante eingebrochen war und es so verwüstet hatte, glaubte sie sowieso nicht. Bob hatte sie zwar eindringlich vor dem Anzugträger, wie er ihn genannt hatte, gewarnt aber ...

Verdammt! Da waren sie schon wieder, ihre Zweifel an Bobs Aufrichtigkeit ...

Sie rief sich das letzte Stöhnen, das sie von ihrem Vater durch das Telefon gehört hatte, in Erinnerung und entschied blitzschnell.

„Tim, schließ bitte sofort das Tor auf!", befahl sie ihrem ehemaligen Schüler.

Doch Tim weigerte sich mit den Worten: „Sie sind nicht mehr meine Lehrerin. Sie können mir nichts befehlen." Er würde tun, was in seiner Macht stand, um sie daran zu hindern, das Gelände zu verlassen, das war er seinem Chef schuldig, aber er würde auf keinen Fall handgreiflich werden, dafür hatte er vor Frau Müller viel zu viel Respekt.

Emma schaute sich nach einem Ausweg suchend auf dem Hof um. Und da sah sie ihn. Er baumelte seelenruhig von innen am Schloss des Eisentors. Tim hatte vermutlich den Schlüssel dort stecken lassen, als er hinter den Polizisten, die seinen Chef abgeführt hatten, abgeschlossen hatte. Blitzschnell lief sie Richtung Tor und drehte den Schlüssel um.

Daniel verstand sofort und half ihr, das schwere Eisenmonstrum zu öffnen, und bevor Tim überhaupt reagieren konnte, hatte er das Tor wieder geschlossen. Behänd griff er dann durch die Stäbe, drehte den Schlüssel, zog ihn ab und steckte ihn in seine Hosentasche.

„Hey du Arsch! Mach sofort wieder auf!", schrie Tim durch die Stäbe, aber Daniel zeigte ihm nur den Mittelfinger und führte Emma auf direktem Weg zu seinem Porsche. Er hielt ihr die Beifahrertür auf und half ihr beim Einsteigen, bevor er selbst in den Wagen kletterte und mit quietschenden Reifen und aufheulendem Motor davonbrauste.

Emma umklammerte ihre Handtasche mit beiden Armen. So dicht neben Daniel fühlte sie sich in diesem engen Auto nicht wirklich wohl. Deshalb war sie froh, dass er so zügig fuhr und sie schnell bei ihrem Vater sein würde.

Daniel steuerte sein Auto direkt auf die Bundesstraße und gab dann ordentlich Gas. Emma schaute aus dem Seitenfenster und beobachtete, wie die Büsche und die kleinen Bäume, die hinter der Leitplanke angepflanzt worden waren, rasend schnell an ihnen vorbeirauschten. Und dann rauschte auch sie vorbei, die Ausfahrt nämlich, die Daniel hätte nehmen müssen, um zum Haus ihres Vaters zu gelangen.

„Daniel, du bist an der Ausfahrt vorbeigefahren", bemerkte Emma sofort und schaute ihn ärgerlich an.

„Ach ja?", erwiderte er locker. „Kommt halt drauf an, wo man hinwill."

„Spinnst du jetzt total? Du weißt genau, dass ich zu meinem Vater will, und du hast versprochen, mich zu ihm zu bringen", erwiderte Emma und bereute bereits bitter, dass sie in sein Auto gestiegen war.

„Nun, weißt du, ehrlich gesagt, hatte ich nie vor, dich zu deinem Vater zu bringen. Ich habe es dir nur versprochen, damit du mich begleitest", erklärte Daniel ganz ruhig.

„Du Mistkerl!", schrie Emma jetzt aus vollem Hals. „Lass mich sofort raus hier!" Sie versuchte trotz der schnellen Fahrt die Türe zu öffnen, aber Daniel hatte längst dafür gesorgt, dass die Zentralverriegelung jeden Fluchtversuch vereitelte.

Emma geriet zusehends in Panik und fing an, mit ihren Fäusten auf Daniel einzuschlagen.

„Aber Frau Lehrerin, solche Worte und dann auch noch physische Gewalt, was würden Ihre Schüler wohl dazu sagen?", bemerkte er von oben herab und war tatsächlich ein bisschen erstaunt über diesen Temperamentsausbruch seiner langjährigen Verlobten.

Als Emma dann schäumend vor Wut den Sicherheitsgurt öffnete und sich auf Daniel stürzen wollte, da hatte Olaf endgültig die Nase voll.

Er hatte nicht vorgehabt, eingeklemmt auf der Rückbank eines Sportwagens zu sterben, der mit 180 Stundenkilometern von der Fahrbahn einer Schnellstraße abgekommen war, weil sich eine wilde Furie von Weibsbild auf den Fahrer geworfen hatte.

Also erhob er seinen mittlerweile steifen Körper, beugte sich zwischen die Vordersitze und schlug mit dem Griff seiner Pistole einmal gut gezielt auf Emmas Kopf. Damit war die Vorstellung beendet. Emma sank in sich zusammen und kippte auf Daniels Schoß. Olaf packte sie von hinten, zog sie auf den Beifahrersitz und schnallte ihren leblosen Körper mit dem Sicherheitsgurt an die Polster.

„Du hättest sie ruhig auf meinem Schoß liegen lassen können", feixte Daniel.

Aber Olaf hatte keine Lust auf seine blöden Kommentare und erwiderte gereizt: „Pass du lieber auf den Verkehr auf. Wegen deiner Tussi wären wir beinahe alle draufgegangen."

Er hatte Emma direkt als die Frau erkannt, die er am frühen Morgen hatte mitnehmen wollen. Jetzt war er fast ein bisschen froh, dass er sich dagegen entschieden hatte, denn so eine durchgeknallte Alte hätte ihnen nur Probleme gemacht. Andererseits, hätten sie gewusst, wer die Schnitte am Wegesrand war, dann hätten sie sich den ganzen Ärger mit diesen Hüttes ersparen können.

„Du hast sie hoffentlich nicht umgebracht." Daniel blickte besorgt auf Emmas schlaffen Körper.

„Was weiß ich, was so 'ne Schnitte verträgt!", schnauzte Olaf. „Jetzt fahr und halt das Maul, ich muss nachdenken."

NACHDEM Betty ihre zuckenden Muskeln langsam unter Kontrolle gebracht hatte, verließ sie Daniels Badezimmer. Schnell zog sie sich an, packte ihre Handtasche und floh förmlich aus der Wohnung.

Als sie endlich in ihrem Auto saß, hatte das Zittern ganz aufgehört. Sie startete den Wagen und steuerte ihn Richtung Büro. Da sie zu Hause wahrscheinlich nicht sicher wäre vor diesen schrecklichen Männern, weil Daniel ihnen ja ihre Adresse hatte geben wollen, hatte sie sich entschieden, in die Immobilienfirma zu fahren. Sie wollte sich den Schlüssel von einem der leerstehenden Häuser, mit deren Verkauf Hütte Immobilien beauftragt worden war, besorgen. Dort konnte sie dann für eine Weile untertauchen.

Das war ihr Plan. Ein guter Plan, wie sie fand. Am Bankautomat direkt neben dem Eingang zum Hütte'schen Immobiliengebäude, zog sie sich vorher noch ein paar Hundert Euro, und dann machte sie sich auf den Weg in ihr Büro.

Die Eingangstür war unverschlossen, was zu so einer frühen Morgenstunde äußerst ungewöhnlich war. Betty erschauderte.
War ihr Plan vielleicht doch nicht so gut und diese Kerle waren jetzt hier und bedrohten Daniels Vater?
Vorsichtig schlich sie durch den Flur bis zu ihrem Arbeitsplatz. Alles schien still zu sein. Keine Stimmen oder Geräusche außer ihrem eigenen Atmen drangen in ihr Ohr. Leise öffnete sie das Zahlenschloss des Schlüsselschranks und griff sich einen der Schlüsselbunde, die dort aufgehängt waren. Die Adresse zu dem Haus, dessen Türöffner sie nun in ihren Händen hielt, kannte sie noch ganz genau.
Als sie sich mit Daniel das Objekt angeschaut hatte, hatte sie sich direkt in das Anwesen mit der großen Villa verliebt. Gerne würde sie selbst einmal in so einem schönen Haus wohnen, des-

halb war es klar gewesen, dass sie sich in ihrer derzeitigen Situation sofort für dieses Gebäude als Unterschlupf entschieden hatte.

Gerade als sie wieder verschwinden wollte, hörte sie direkt über sich ein lautes Poltern, und sie versteckte sich ängstlich unter ihrem Schreibtisch. Das Poltern war aus der Wohnung ihres Chefs gekommen. Es hatte sich so angehört, als wäre ein schwerer Gegenstand umgefallen.

Betty hielt den Atem an und lauschte, aber es blieb bis auf ihren eigenen schnellen Herzschlag still. Nach endlosen Minuten krabbelte sie wieder aus ihrem Versteck.

Sie fragte sich, was das für ein Geräusch gewesen sein mochte, vielleicht war ja der alte Hütte gestürzt und brauchte Hilfe. Auf leisen Sohlen schlich sie zur Tür, hinter der ein Treppenhaus lag, das die Büroräume der Firma mit der Wohnung ihres Chefs verband.

Sollte sie wirklich nach oben gehen und nachschauen oder doch lieber auf dem schnellsten Weg das Weite suchen?

Vorsichtig öffnete sie die schwere Stahltüre ein kleines Stück und schon flutschte Tiger durch den schmalen Spalt und rieb sich dankbar an ihren Beinen.

„Hallo, du frecher Kater. Hat der Alte dich gestern Abend wieder nicht rausgelassen? Das ist aber trotzdem kein Grund, in der Wohnung zu randalieren. Na komm, wir schleichen uns jetzt beide leise raus. Dann kannst du dir ein Mäuschen fangen und ich verschwinde einfach", flüsterte Betty, nahm Tiger auf den Arm und verließ das Gebäude.

Der alte Hütte, der eben bei dem zigsten verzweifelten Versuch, sich zu befreien mitsamt dem Stuhl, an den er gefesselt war, umgefallen war, würde wohl noch eine Weile so liegen bleiben müssen, bis er endlich gefunden würde.

BOB wartete jetzt schon eine geschlagene halbe Stunde darauf, mit seinem Anwalt telefonieren zu können. Nachdem man ihn äußerst aufwendig und völlig ohne jede Eile erkennungsdienstlich behandelt hatte, war er wieder in den Vernehmungsraum zurückgebracht worden und man hatte ihm versprochen, ihm ein Telefon zu bringen. Seine Geduld war schon längst am Ende und seine Angst um Emma wuchs mit jeder Sekunde. Er wusste nicht, wie oft er mittlerweile die vier Meter fünfzig Länge und Breite des quadratischen Raumes abgeschritten hatte, als sich endlich die Türe öffnete.

In Erwartung des ersehnten Telefons drehte er sich herum und blickte in die lächelnden Augen seines besten Freundes.

Sofort lagen sich die beiden Männer in den Armen und klopften sich brüderlich auf den Rücken.

„Mensch Markus, was bin ich froh, dich zu sehen. Hat Emma dich angerufen? Wo ist sie? Wie geht es ihr?"

Die Fragen sprudelten aus Bob heraus und er fieberte den Antworten angespannt entgegen, aber Markus sagte nur: „Später! Lass uns erst mal hier verschwinden, bevor dieser Hildebrand es sich anders überlegt und du doch noch deinen Anwalt brauchst."

Als sie nach ein paar Minuten in Markus' Auto saßen und Richtung Schreinerei fuhren, konnte Bob nicht mehr länger warten. Sein Freund musste ihm ganz genau erzählen, was er mit Emma besprochen hatte, und so erfuhr er, dass sie versprochen hatte, bis zu seiner Rückkehr im Loft zu bleiben.

„Hildebrand hat schon zwei Kollegen vor deinem Haus postiert, ich hoffe nur, dass die nicht auch solche unfähigen Schnarchnasen sind, wie der Herr Kommissar", erklärte Markus.

„Ich weiß gar nicht, wie ich dir danken soll", seufzte Bob erleichtert, „ich bin eben fast verrückt geworden vor Angst um Emma."

„Ist schon okay", erwiderte Markus und fragte sich, ob er Bob nicht doch das ganze Gespräch mit Emma hätte schildern sollen, denn er hatte das Gefühl, dass sein Freund sich da gerade in eine ziemlich einseitige Beziehungskiste stürzte. „Ach, hier ist übrigens dein Handy", fuhr er dann fort und fingerte eine Plastiktüte aus seiner vorderen Hosentasche. „Hildebrand war nicht gerade begeistert, als ich ihn bat, es herauszurücken. Aber da die Spusi schon all deine Daten gecheckt hatte, gab es keinen Grund mehr, es noch länger einzubehalten, zumal meine Ermittlungen ja eindeutig deine Unschuld bewiesen haben."

Bob griff nach der Tüte und befreite sein Handy aus dem Plastik. Es war ausgeschaltet und brauchte ewig, bis es nach der Eingabe der PIN hochgefahren war. Sofort drückte er die Kurzwahl, auf der er Emmas Nummer eingespeichert hatte, aber der Anschluss war wie schon heute früh nicht erreichbar.

„Sie hat tatsächlich ihr Handy immer noch nicht wieder eingeschaltet", sagte er verwundert und betrachtete das Display.

Tim hatte mehrmals versucht, ihn zu erreichen, konnte er dort erkennen und er drückte die Kurzwahltaste, um ihn zurückzurufen. Aber auch dieser Anruf blieb erfolglos, denn nach dem fünften Klingeln meldete sich nur Tims Mailbox. Schließlich wählte er seine eigene Festnetznummer und wurde abermals nur mit dem Anrufbeantworter verbunden. Bob wurde nervös. Hektisch drückte er auf die Geschäftsnummer seiner Firma, aber auch da nahm niemand außer einer Maschine seinen Anruf entgegen. Er war heilfroh, als sie kurze Zeit später das Polizeiauto sahen, das direkt vor dem Eisentor zu seiner Werkstatt geparkt hatte.

Nachdem er sein Auto auf der anderen Straßenseite abgestellt hatte, begrüßte Markus die zwei Uniformierten, die mit einem Coffee-to-go bewaffnet im Streifenwagen saßen und sich über eins der Samstagsspiele in der Fußballbundesliga unterhielten.

„Guten Morgen, Kollegen! Irgendwelche Vorkommnisse?"

„Nein, hier ist so weit alles ruhig. Die Frau, zu deren Schutz wir hier sind, befindet sich im Haus und ein junger Mann kommt ab und zu mal auf den Hof, um eine zu rauchen."

Während Markus die Polizisten noch weiter nach verdächtigen Autos und Passanten befragte, schloss Bob das Eisentor auf und rannte zur Tür der Werkstatt. Sie war geschlossen, aber er hatte schon von der Straße aus das kreischende Geräusch der großen Säge vernommen, mit der Tim die Holzlieferung von Freitagmittag zu passenden Balken für den Bau einer Terrassenüberdachung zurechtschnitt.

Deshalb hatte er sein Handy und das Telefon im Büro nicht gehört, schoss es Bob durch den Kopf, während er schnurstracks in sein Loft eilte, um nach Emma zu sehen.

Doch seine Wohnung war leer. Emmas Reisetasche stand immer noch gepackt im Flur, aber von Emma fehlte jede Spur. Panik ergriff Bob und er sprang mit großen Sätzen die Treppe hinunter zurück in die Schreinerei. Dort drehte er als Erstes der wimmernden Kreissäge den Strom ab und hechtete zu Tim.

„Wo ist Emma!", schrie er mehr, als er fragte und der verdutzte Tim starrte seinen aufgebrachten Chef mit großen Augen an.

„Chef? Du wieder hier?", brachte er dann hervor und streifte sich die Schutzbrille und den Lärmschutz vom Kopf. „Hat die Bullerei dich wieder laufen lassen? Mit Polizeischutz sogar, oder warum stehen die beiden Bullen da vor dem Tor herum?"

Bob ignorierte seine Fragen und schrie: „Wo ist Frau Müller, im Loft ist sie nicht!"

„Chef, nicht sauer sein, aber Frau Müller kam vor ungefähr zwei Stunden ziemlich aufgeregt in die Werkstatt. Sie wollte den Schlüssel von deinem Pickup, den hab ich ihr aber nicht gegeben. Du hattest ja gesagt, dass ich sie nicht gehen lassen soll. Dann stand da plötzlich dieser Typ mit dem Porsche, ein geiles Geschoss, vor dem Tor und da ich aus Versehen den Schlüssel stecken gelassen hatte, ist Frau Müller geflohen. Der Arsch von Porschefahrer hat mich dann sogar noch eingeschlossen und dann sind die zwei zusammen weggefahren. Ich hab direkt ein paarmal versucht, dich anzurufen, aber dein Handy war aus. Also hab ich mich erst mal an die Arbeit gemacht und das Holz von Freitag zugeschnitten."

Bob hatte das Gefühl, der Werkstattboden würde unter seinen Füßen Karussell fahren und seine Beine würden gleich mit weggeschleudert. Sein Herz raste und ihm wurde schlecht. Es war genau das passiert, was er die ganze Zeit versucht hatte zu verhindern. Emma war den Gemäldedieben in die Finger geraten, und da er Daniel eindeutig für einen Komplizen der Jungs von Dressen hielt, war sie jetzt in schier unvorstellbar großer Gefahr.

Warum war sie bloß zu diesem Anzugträger ins Auto gestiegen, er hatte sie doch eindringlich vor ihm gewarnt?

Warum konnte diese Frau nicht wenigstens *ein* einziges Mal auf ihn hören?

„Wieso wollte sie denn überhaupt von hier weg?", stammelte Bob jetzt heiser.

„Wenn ich das richtig verstanden habe, dann war irgendwas mit ihrem Vater nicht in Ordnung und die Taxizentrale hatte so schnell keinen Wagen frei."

Das erklärte einiges, musste Bob sich eingestehen, aber zu Daniel ins Auto zu steigen, war trotzdem das mit Abstand Dümmste, das Emma, seit er sie kannte, getan hatte. Und sie hatte in den letzten Tagen mehr als einmal ziemlich unüberlegt gehandelt.

Bob wusste, dass jetzt nicht die Zeit war durchzudrehen, sondern es war höchste Zeit zu handeln. Deshalb ließ er seinen Azubi an der Kreissäge zurück und lief raus zu Markus.

„Sie ist weg!", rief er diesem schon von Weitem zu. „Schon seit zwei Stunden!"

„Seit zwei Stunden?", fragte Markus ungläubig und dann polterte er zu den beiden Polizisten im Streifenwagen gewandt los:

„Ihr zwei Schnarchnasen bewacht ein leeres Haus. Seid ihr denn nicht mal auf die Idee gekommen zu überprüfen, ob Frau Müller sich überhaupt im Gebäude befindet? Seit wann steht ihr schon hier? Doch bestimmt schon eine knappe Stunde! Die Fahndung nach Frau Müller hätte längst raus sein können. Ich fasse es nicht, habt ihr auf eurer Dienststelle eigentlich nur Idioten?" „Was ist passiert? Sie hatte mir versprochen, hierzubleiben", fragte er dann seinen Freund und Bob erzählte ihm, was er von Tim erfahren hatte.

Daraufhin griff Markus durch die geöffnete Wagentür an seinem ziemlich beleidigt dreinschauenden Kollegen vorbei zum Funkgerät und rief Daniel Hütte, unterwegs in seinem Sportwagen, dessen Nummernschild ihm ja noch vom Einbruch in der Nacht bekannt war, zur Fahndung aus. Er gab auch eine Suchmeldung für Emma Müller heraus, die Bob zu diesem Zweck mit einer äußerst detaillierten Beschreibung versah. Dann schickte er die beiden Streifenbeamten zu Daniel Hüttes Wohnung und er und Bob fuhren mit dem „Kojak" auf dem Autodach zu Emmas Vater.

Die Kollegen, die wahrscheinlich immer noch im Haus von Emmas Tante die Spuren sicherten, wollte er während der Fahrt benachrichtigen, damit sie, falls Daniel dort mit Emma auftauchen würde, vorbereitet wären.

Doch dazu kam es nicht, denn die Leitstelle gab kurz nachdem sie losgefahren waren die Meldung durch, dass vor gut zwei Stunden ein gewisser Otto Müller in seinem Haus überfallen worden war und die Spurensicherung dort schon ihre Arbeit aufgenommen hätte.

„Hat dieser Otto Müller irgendetwas mit eurer vermissten Emma Müller zu tun?", fragte der Kollege über Funk.

„Das ist ihr Vater", antwortete Markus.

Bob schlug sich die Hände vors Gesicht.

„Das darf doch alles nicht wahr sein", fluchte er dann leise und versuchte ruhig weiter zu atmen.

„Bitte schickt wieder einen Streifenwagen zum Haus von Emma Müllers Tante. Es kann sein, dass die Vermisste dort auftaucht und es ist nicht auszuschließen, dass sie von den Typen begleitet wird, die Otto Müller überfallen haben", ordnete Markus an.

„Geht klar", ertönte aus dem Funkgerät und er unterbrach die Verbindung.

AN DER NÄCHSTEN HALTEBUCHT hatte Daniel die Fahrbahn verlassen und seinen Wagen gestoppt.

„Hey, was wird das?", brüllte Olaf sofort von der Rückbank.

„Ich will Emmas Vitalwerte prüfen", erwiderte Daniel, stieg aus und umrundete das Auto.

„Du willst was?", fragte Olaf ungehalten.

„Mensch, du hast sie k. o. geschlagen. Was, wenn sie nicht mehr atmet oder ihr Herz nicht mehr schlägt? Mit einem Mord will ich nichts zu tun haben, mal ganz abgesehen davon, dass diese Frau meine Verlobte ist und ich mir echt Sorgen mache", hatte Daniel gereizt geantwortet, Emmas schlaffen Arm genommen und versucht, ihren Puls zu finden. „Gott sei Dank, ihr Herz schlägt noch. Der Puls ist zwar sehr schwach, aber ich kann ihn spüren", erklärte er dann erleichtert und versuchte festzustellen, ob Emma noch atmete. „Sie atmet sehr flach, wir sollten sie irgendwie in eine stabile Seitenlage bringen."

„Du hast wohl zu viele Krankenhausserien geglotzt!", hatte Olaf ihm erwidert, aber dann doch dabei geholfen, Emma auf der Seite liegend auf die Rückbank des Sportflitzers zu „falten".

Vorsichtshalber hatte er ihr die Hände und die Füße gefesselt, denn er wollte nicht noch einmal erleben, dass diese Furie versuchte, bei voller Fahrt zu fliehen.

Schließlich waren beide wieder eingestiegen und zum verabredeten Treffpunkt, einem Waldparkplatz kurz vor der Stadt gefahren. Dort waren sie bereits von Uwe und Detlef erwartet worden. Rettungswagen und Notarztwagen waren den beiden schon entgegengekommen, als sie die Straße von Emmas Elternhaus entlanggefahren waren.
Es war höchste Zeit gewesen, dort zu verschwinden.

AM HAUS von Emmas Vater angekommen, bahnte sich Markus mit dem Auto den Weg durch die halbe Nachbarschaft, die in kleinen Grüppchen auf der Straße stand. In der Einfahrt parkte der Dienstwagen von Schwester Stephanie und die Haustüre war sperrangelweit offen. Die Spurensicherung hatte ihre schwarze Limousine auf der anderen Straßenseite abgestellt und zwei Streifenwagen standen direkt hinter dieser. Markus stieg aus und ließ sich sofort von einem der Polizeibeamten über alle relevanten Fakten informieren.

Bob hörte aufmerksam zu und als der Beamte erklärte, dass es den drei Opfern den Umständen entsprechend gut ginge, fiel ihm ein Stein vom Herzen. Alle drei befänden sich zwar im Krankenhaus, aber das sei zumindest bei den beiden Frauen nur dem Schock geschuldet. Der ältere Herr allerdings habe eine leichte Kopfverletzung und so eine Art „Zitteranfall" erlitten, was aber laut Aussage des Notarztes nicht lebensbedrohlich wäre.

Nach dem Gespräch zog sich Markus zum Telefonieren in sein Auto zurück und Bob befragte ein paar der neugierigen Nachbarn. Einige erzählten ihm, dass sie einen weißen Sprinter in der Nähe des Hauses beobachtet hätten, aber keinem von ihnen war ein Sportflitzer aufgefallen.

Daniel hatte Emma also gar nicht zu ihrem Vater gebracht. Aber woher hatte sie überhaupt gewusst, dass ihr Vater in Not

war? Hatte er sie benachrichtigen können oder war er gezwungen worden, sie anzurufen, um sie so aus Bobs Haus zu locken? Viele Fragen, aber keine Antworten.
Und so blieb auch die wichtigste aller Fragen unbeantwortet: Wo war Emma?

OLAF saß mit Daniel auf einer Bank direkt am Waldrand. Sie brauchten unbedingt ein sicheres Versteck, um von dort aus die Beschaffung des Gemäldes zu planen.

„Ich habe letzte Woche eine neue Immobilie zur Vermittlung unter Vertrag genommen. In der Firma wird niemand darauf kommen, dass wir dort sein könnten, da sie noch auf keiner Liste steht und auch die Verträge liegen noch beim Eigentümer. Die Schlüssel hat er mir aber bereits gegeben, sodass wir ohne Weiteres ins Haus könnten", schlug Daniel vor.

„Wir können auf keinen Fall noch mal zu deinem Vater fahren, um irgendwelche Schlüssel zu holen", erwiderte Olaf, „dafür haben wir schon viel zu viele Spuren hinterlassen. Die würden uns sofort verhaften. Wahrscheinlich läuft schon längst die Fahndung nach uns."

„Aber ohne Schlüssel kommen wir nicht ins Haus, es gibt nämlich eine Alarmanlage", erklärte Daniel. „Es sei denn ...", überlegte er weiter, „also, zum Gelände um das Haus gehört ein kleiner See und ein Waldstück. Direkt am See steht so eine Art Poolhaus, das nicht mit einer Alarmanlage gesichert ist und auch vom Haupthaus und von der Straße aus nicht gesehen werden kann. Durch den Wald führt ein kleiner Feldweg, da könnten wir unsere Autos verstecken. Das ist, wie gesagt, alles Privatgelände. Da kommt so schnell keiner hin."

„Hört sich perfekt an", entschied Olaf, „aber dein Porsche bleibt hier. Der ist viel zu auffällig, am besten fährst du ihn hier ein Stück in den Wald und wir bedecken ihn mit Ästen."

„Spinnst du? Da zerkratzt ja mein ganzer Lack!"

„Hast wohl vergessen, wer hier die Knarre hat? Nur weil du uns hilfst, bist du noch lange nicht mit im Team. Du bist genauso unser Gefangener wie die wilde Furie, die Uwe und Detlef gerade hinten in den Sprinter gepackt haben und hoffentlich gut verschnürt an die Sicherungshaken für die Ladung gekettet haben. Also, wenn ich sage, du lässt den Wagen hier und bedeckst ihn mit Ästen, dann machst du das. Verstanden?"

„Verstanden", beteuerte Daniel schweren Herzens und trauerte schon mal um das viele Geld, das eine neue Lackierung kosten würde.

Olaf holte dann eine kleine Kiste unter dem Fahrersitz des Sprinters hervor und entnahm ihr mehrere Prepaidkarten fürs Handy.

„Ihr schaltet jetzt sofort alle eure Handys komplett aus. Daniel, du gibst mir deins und auch das von deiner Emma. Ab jetzt wird nur noch meins benutzt, in das ich jedes Mal eine neue Karte einlegen werde. So kann uns keiner orten oder den Anruf zu uns zurückverfolgen", befahl er und war froh, dass ihn jetzt auch der alte Dressen nicht mehr würde erreichen können.

Er hatte keine Lust, diesem zum jetzigen Zeitpunkt berichten zu müssen, was alles schon völlig schiefgelaufen war, bei dem anfänglich so leicht erschienenen Auftrag, ein Gemälde zu ihm zurückzubringen.

Nachdem Daniel dann zu Emma in den Frachtraum geklettert war und dort ebenfalls angebunden worden war, fuhren sie los in ihr Versteck, dessen Adresse der junge Hütte zuvor in das Navi des Transporters eingegeben hatte.

BOB war völlig verzweifelt, als er zu Markus in den Wagen stieg. „Dieser Arsch hat Emma entführt. Er hatte nie vor, sie zu ihrem Vater zu bringen, und nachdem was hier passiert ist, bin ich mir ziemlich sicher, dass er mit den Jungs von Dressen zusammenarbeitet", erklärte er seinem Freund.

„Davon gehe ich auch aus", bestätigte Markus seinen Verdacht. „Sie werden versuchen, durch Emma irgendwie an das Bild zu kommen."

„Aber Emma hat keine Ahnung, wo sich das Gemälde befindet, und wir haben auch im Tagebuch ihrer Tante keinerlei Anhaltspunkte gefunden", sagte Bob und betrachtete mit gesenktem Kopf seine Hände.

„Wir werden sie finden", versuchte Markus ihn zu beruhigen und legte ihm seine Hand auf die Schulter.

„Markus ,… ich hab alles falsch gemacht. Wir hätten zuallererst das Bild suchen müssen, stattdessen haben wir …", Bob konnte nicht weitersprechen und vergrub sein Gesicht in seinen Händen. Die Erinnerung an die schönen Stunden, die er mit Emma verbracht hatte, war unerträglich, wenn er davon ausging, dass sie ihre Entführung vielleicht nicht überleben würde.

Markus wusste genau, was sein Freund fühlte und versuchte, ihn auf andere Gedanken zu bringen.

„Darüber darfst du jetzt nicht nachdenken. Wir müssen uns jetzt ganz darauf konzentrieren, Emma zu finden. Es ist vielleicht gar nicht so schlecht, dass Hütte Junior in die Entführung verwickelt ist", erklärte er.

„Wie meinst du das?", fragte Bob erstaunt.

„Na ja, die brauchen doch jetzt einen sicheren Ort, an dem sie sich und natürlich Emma verstecken können. Aber die Jungs von Dressen kennen sich hier in der Gegend überhaupt nicht aus. Da liegt es doch auf der Hand, dass Daniel sich darum kümmern muss. Und als Immobilienmakler dürfte es ihm relativ leichtfallen, einen geeigneten Unterschlupf zu finden", konstatierte Markus.

„Du meinst sie verstecken sich in einem von Hüttes Objekten?", fragte Bob stirnrunzelnd.

„Zumindest wäre es einen Versuch wert, dort zu suchen", erklärte Markus zuversichtlich und fügte hinzu: „Ich bin übrigens von meinem Chef zum Einsatzleiter für den kompletten Fall gemacht worden, das heißt, der ganze Polizeiapparat steht ab jetzt unter meinem Kommando. Wir werden sie finden. Vertrau mir."

Markus steuerte sein Auto direkt zu Hüttes Immobilienfirma. Dort angekommen, erwarteten sie bereits zwei seiner Kollegen aus der Einsatztruppe. Er hatte sie dorthin bestellt, um mit ihnen nach möglichen Anhaltspunkten für den Aufenthaltsort der Entführer zu suchen. Außerdem konnte er natürlich nicht ausschließen, dass sich die Kidnapper vielleicht sogar in Hüttes Räumlichkeiten versteckt hielten. Da war es schon besser, von gut ausgebildeten Kollegen begleitet zu werden.

Bob hatte ihn während der Fahrt darüber informiert, dass Daniels Vater selbst seinen Sohn beauftragt haben könnte, mit Dressens Jungs gemeinsame Sache zu machen. Zumindest könne man davon ausgehen, dass Hütte Senior von der Existenz des Gemäldes wisse und ein großes wie auch immer begründetes Interesse habe, es in die Finger zu bekommen.

Da die Eingangstür verschlossen war, klingelte Markus. Seine beiden Kollegen hatten sich so positioniert, dass sie das komplette Haus mit allen Fenstern im Blick hatten. Sie waren mit kleinen Headsets untereinander und mit Markus und Bob verbunden.

Markus trug genau wie seine beiden Kollegen eine schusssichere Weste und eine Waffe.

Bob beobachtete alles vom Auto aus und sah, dass Markus sich mit einem kleinen Sprengsatz Zutritt zu den Büroräumen von Hütte Immobilien verschaffte. Schnell stürmten die Männer ins Haus und sicherten jeden einzelnen Raum.

Bob verfolgte den Einsatz durch sein Headset und wartete darauf, dass Markus ihm erlaubte, ebenfalls ins Gebäude zu kommen. Nachdem die Polizisten in der unteren Etage niemanden vorfanden, machten sie sich auf den Weg in die Privaträume von Walter Hütte, im ersten Stockwerk.

Dann ging alles sehr schnell. Markus forderte einen Rettungswagen und den Notarzt an und Bob durfte endlich ins Gebäude, um bei der Suche nach Anhaltspunkten zu helfen.

Der alte Hütte hatte immer noch an den umgekippten Stuhl gefesselt auf dem Boden gelegen und gerade aufgehört zu atmen. Einer der beiden Polizisten hatte sofort mit der Herzlungenmassage begonnen und sich bis zum Eintreffen des RTW mit seinem Kollegen dabei abgewechselt, während Markus und Bob in den Büroräumen nach den Adressen der Objekte suchten, die von Hütte vermakelt werden sollten.

Nachdem die Sanitäter und der Notarzt eintrafen, war Walter Hütte wieder bei Bewusstsein. Er wurde auf einer Trage in den Rettungswagen gebracht und Markus durfte ihn kurz befragen. Allem Anschein nach hatte er keine Ahnung, wo sein Sohn und seine Sekretärin sich aufhielten, beide hätten laut seiner Aussage schon längst im Büro sein sollen.

Auch wisse er nicht, warum die drei maskierten Männer ihn überfallen hätten, vielleicht wäre er ja bestohlen worden, aber das könne er zum jetzigen Zeitpunkt nicht mit Bestimmtheit sagen, da er sich ja noch nicht in seinen Räumlichkeiten hatte umschauen können.

Mehr war von ihm nicht zu erfahren gewesen und das war nicht gerade viel, wie Markus feststellen musste. Er bestellte die Spurensicherung, die allerdings immer noch in Emmas Elternhaus beschäftigt war, und schickte einen Streifenwagen zu Bettys Adresse. Dann beorderte er alle verfügbaren Streifenpolizisten und die Jungs seiner Spezialeinheit zur sofortigen Lagebesprechung ins Polizeipräsidium.

Die Liste aller zu vermakelnden Häuser und Grundstücke, die Bob in Bettys Computer gefunden und ausgedruckt hatte, nahm er mit.

„Ich werde jedes einzelne Objekt von meinen Leuten überprüfen lassen und ausnahmslos jede Spur verfolgen, die sich im Laufe der Ermittlungen ergeben sollte", teilte er seinem Freund mit, als sie beide in sein Auto stiegen.

„Lass mich mitsuchen", bat Bob ihn inständig, „ich kann nicht einfach untätig abwarten, bis deine Kollegen eine Spur gefunden haben."

„Das sollst du auch gar nicht. Aber glaub mir, meine Leute schaffen das ganz gut allein. Für dich bleibt eine viel wichtigere Arbeit zu tun, du musst nämlich das Gemälde finden. Wenn es hart auf hart kommt und wir Emma wirklich nur durch einen Austausch freibekommen, dann haben wir ohne das Gemälde nichts in der Hand. Also schnapp dir am besten deine Mitarbeiter und nimm das alte Fachwerkhaus auseinander", wies Markus ihn an.

„Geht klar", erklärte Bob und dann fragte er leise: „Glaubst du, sie lassen Emma am Leben? Sie kann einen ihrer Entführer zweifelsfrei identifizieren, eine lebende Emma wäre also der direkte Weg in den Knast für Daniel."

Markus atmete einmal tief durch: „Bob, ich will ehrlich zu dir sein. Es sieht nicht gut für sie aus. Emma hätte vielleicht eine Chance, wenn Daniel gezwungen worden wäre, sie zu entführen. Wir sollten sie deshalb sehr schnell finden."

Bob kämpfte mit den Tränen. Er fühlte sich verantwortlich, denn er hatte versagt. Wenn Emma nicht überleben würde, dann wäre das ganz eindeutig seine Schuld. Er würde seines Lebens nicht mehr froh werden, auch weil er mit Emma endlich die Frau gefunden hatte, mit der er alt hatte werden wollen. Seinem Großvater würde es genauso das Herz brechen, denn auch er hatte sie bereits in eben dieses geschlossen und müsste für ihren Tod die Verantwortung übernehmen, denn er hatte ja diese ganze Lawine, die jetzt über ihr zusammenschlug, überhaupt erst ins Rollen gebracht.

Bob rieb sich die Augen und sein Freund klopfte im tröstend auf die Schulter.

„Kopf hoch, wir finden sie", und als sich die Zentrale kurz darauf meldete und mitteilte, dass die Korridortür zu Daniels Wohnung aufgesprengt worden war, ergänzte er zuversichtlich: „Siehst du, das ist ein Indiz dafür, dass Daniel wahrscheinlich selbst ein Opfer ist und tatsächlich gezwungen wurde, Emma zu entführen."

EMMAS Kopf schmerzte unsäglich, als sie ganz langsam wieder zu sich kam. Ihr Mund war völlig ausgetrocknet und ihre Zunge klebte am Gaumen fest. Ihre Augen ließen sich nur schwer öffnen, denn irgendetwas schien sie verklebt zu haben und ihr ganzer Körper war steif und taub. Schemenhaft konnte sie nach einer Weile durch ihre mit großer Mühe halb geöffneten Lider erkennen, dass ihre Hände offenbar an einen schwarzen Haken, der im Boden direkt vor der silbernen Wand verankert war, gefesselt waren. Sie bemühte sich, ihre Augen ganz zu öffnen, was ihr beim Rechten schließlich gelang und erkannte, dass die silberne Wand vor ihr anscheinend die Innenwand des Frachtraums eines Transporters war. Jetzt bemerkte sie, dass auch ihre Füße gefesselt waren, und sie versuchte, sich krampfhaft zu entsinnen, was mit ihr geschehen war. Bruchstückhaft schossen ihr einige Erinnerungsfetzen durch den schmerzenden Kopf.

Sie hatte neben Daniel im Auto gesessen und war anscheinend furchtbar wütend auf ihn gewesen.

Dann hatte ein fürchterlicher Schlag ihren Kopf getroffen und sie hatte das Bild ihres Gehirns vor Augen gehabt, das in Zeitlupe von der linken zur rechten Seite ihres Kopfes schleuderte und dort mit dem Geräusch von spritzendem Hirnwasser gegen die Innenwand ihres Schädels platschte. Von da ab war alles schwarz und still gewesen.

Gerade als sich Emmas Bewusstsein erneut von ihr verabschieden wollte, drangen Stimmen wie durch einen Nebel in ihr Ohr und sie horchte angestrengt. Vielleicht konnte das Gesagte ja irgendwie Licht in die dunklen Ecken ihres Gedächtnisses bringen.

„Was, wenn sie nicht mehr aufwacht?", sagte eine Männerstimme, die verdammt nach Daniels klang.

„Egal" und „Lösebild" konnte Emma daraufhin begleitet von einem albernen Kichern verstehen.

„Wen sollen wir denn erpressen? Ihr zitternder Vater weiß garantiert nicht, wo das Gemälde ist und wie soll er es mit seinem Rolli ohne fremde Hilfe suchen?", bemerkte daraufhin die „Danielstimme".

Dann hörte Emma das Wort „Schreiner" und alle Erinnerungen strömten mit einem Schlag wie glühende Lava in ihr Gedächtnis zurück. Sie rang nach Luft und ihre Augen füllten sich mit Tränen, als ihr klar wurde, dass sie sich in den Händen von Dressens Jungs befand.

Bob hatte mit allem, was er ihr erzählt hatte und wovor er sie gewarnt hatte, recht gehabt. Sie hatte sich so dermaßen töricht verhalten und sich dadurch genau in *die* Situation gebracht, vor der *er* sie hatte beschützen wollen. Sie versuchte, den Tränenschleier vor ihren Augen weg zu klimpern und hob vorsichtig den Kopf an. Ein pochender Schmerz erinnerte sie wieder an den Schlag, den sie in Daniels Auto abbekommen haben musste. Sie blickte über ihre blutverschmierte linke Schulter und wusste, warum sie ihr Auge auf dieser Seite immer noch nicht ganz aufbekam.

Das Sonnenlicht, das durch die auf einer Hälfte geöffnete Hecktür des Transporters hereinschien, blendete sie. Sie brauchte einen Moment, bis ihre Augen wahrnahmen, dass tatsächlich Daniel draußen hinter dem Wagen stand. Seinen Gesprächspartner konnte sie leider nicht sehen, aber sie war sich sicher, dass es einer von Dressens Männern war.

Daniel, dem sie so viele Jahre ihre Freundschaft und noch einiges mehr gegeben hatte, hatte sie wegen eines alten Gemäldes verraten. Er machte ganz offensichtlich gemeinsame Sache mit diesem Dressen. Erschöpft ließ Emma ihren Kopf zurück auf die alte Decke sinken, auf die man ihren Körper gelegt hatte und dann hörte sie, wie die Wagentür zugeknallt wurde und es war dunkel um sie herum.

Kurze Zeit später war sie eingeschlafen.

Nachdem Daniel die Sprinterhecktüre verschlossen hatte, ging er mit Uwe durch den Wald zurück zum Poolhaus. Sie trugen beide schwere Taschen mit Lebensmitteln, die sie vorhin auf der Fahrt zu ihrem Versteck in einem Supermarkt gekauft hatten. Die Getränke, Wasser, Cola und auch einen Kasten Bier hatten sie bereits ins Haus geschafft. All das hatten sie direkt neben Emma im Laderaum des Sprinters transportiert, ohne dass sie zu sich gekommen war. Selbst jetzt, nachdem die Ladung im Haus verstaut war, schien sie immer noch bewusstlos zu sein. So jedenfalls erzählte es Daniel Olaf, der gerade angestrengt über einem „Gemäldebeschaffungsplan" brütete.

„Du musst sie wach bekommen", wies Olaf ihn an, „bewusstlos nützt sie uns nichts."

„Aber wir können dem Schreiner doch Lösebildforderungen stellen", kicherte Uwe, „da spielt es doch keine Rolle, wenn sie nicht mehr zu sich kommt."

„Du Schwachmat", polterte Olaf sofort los, „glaubst du im Ernst dieser Typ ist so blöd und sucht für uns das Bild, ohne vorher ein Lebenszeichen von seiner Muschi erhalten zu haben."

„Vielleicht reicht es ja, wenn wir ihn mit Emmas Handy anrufen", mischte sich Daniel ein.

„Wenn *du* ihn mit Emmas Handy anrufst, mein Freund. Wir bleiben bei dieser Sache schön im Hintergrund", korrigierte ihn Olaf.

Daniel dachte einen Moment nach und dann erklärte er: „Okay, ich kümmere mich um Emma und die Anrufe beim Schreiner. Von mir aus mach ich auch den Austausch: Gemälde gegen Emma. Aber das mache ich nur, wenn ihr dafür sorgt, dass vor allem Emma und natürlich am Ende auch die Polizei denkt, dass ich von euch dazu gezwungen wurde."

„Ja, ganz klar. Und dann verpfeifst du uns bei der Bullerei, wenn sie dich vernehmen", bemerkte Detlef und tippte mit dem Zeigefinger an seine Stirn.

„Ihr müsst mir schon glauben, dass ich das nicht tue. Ansonsten sehe ich schwarz für eure „Gemälderückführung". Die geben euch doch niemals das Bild, ohne dass ihr ihnen dabei Emma direkt ausliefern müsst. Und dann haben sie euch in null Komma nix eingebuchtet. Wenn ich das Kunstwerk an mich nehme und ihnen versichere, dass ich mit Emma zusammen freigelassen werde, wenn die Polizei mich nicht bis zu euch verfolgt, dann werden sie mir glauben. Immerhin bin ich Emmas langjähriger Verlobter. Und schon habt ihr genug Vorsprung zu fliehen."

Olaf schaute Daniel ernst an. Er musste zugeben, dass dieser Immobilienheini ziemlich gute Ideen hatte, und auch wenn sein Vorschlag als Erstes der Rettung seiner eigenen Haut diente, konnte er nicht leugnen, dass es für ihn und seine Jungs keine bessere Möglichkeit mehr geben würde, aus dieser Sache heil herauszukommen.

„Also gut, aber wenn du uns verpfeifst, dann wird mein Boss dafür sorgen, dass das das letzte Lied sein wird, das du zwitschern kannst", entschied er und Daniel nickte erleichtert.

Emma wurde wieder wach, als laute Stimmen von außerhalb des Wagens in ihr Ohr drangen. Sie brauchte einen kurzen Moment, bis sie wusste, wo sie sich befand und was sie in diese Lage gebracht hatte. Es war mittlerweile warm und stickig geworden im Inneren des Transporters. Oder hatte sie etwa Fieber? Vorsichtig wischte sie sich den Schweiß mit einem ihrer Oberarme aus dem Gesicht und lauschte.

„Hey du Arsch, hör auf mich zu schubsen, ich geh ja schon weiter. Schließlich hast du 'ne Knarre in der Hand, das reicht mir als Argument", brüllte Daniel ungehalten und dann wurde die Hecktür geöffnet und ihr Ex-Verlobter kletterte mit zwei Wasserflaschen in den Laderaum.

„Lass die Tür auf, sonst seh' ich nichts. Ich hau' schon nicht ab, schließlich stehst du ja mit der Waffe vor der Tür", rief er dann nach draußen und kniete sich neben Emma. „Emma, mein Schatz, wach auf", flüsterte er sanft in ihr Ohr. „Du musst wach werden. Wir sitzen ganz schön in der Klemme."

Emma überlegte, ob sie ihm wirklich zeigen sollte, dass sie bereits wach war oder ob es sicherer für sie wäre, weiter die Bewusstlose zu mimen.

„Emma, du musst unbedingt etwas trinken. Schau, ich hab Wasser dabei", sprach Daniel weiter und hielt ihr eine der Flaschen vors Gesicht. Emma hatte unendlich großen Durst. Sie hatte seit gestern Abend nichts mehr getrunken und ihre Zunge klebte immer noch an ihrem ausgetrockneten Gaumen fest. Wenn sie nicht bald etwas zu trinken bekam, dann würde sie die Bewusstlose nicht mehr zu spielen brauchen. Also entschied sie für Daniel die Erwachende zu geben und blinzelte ihn mit ihren blutverschmierten Augen an.

„Oh Emma, Gott sei Dank, du lebst noch. Es tut mir so leid, dass ich dich entführen musste, aber diese Kerle haben mich dazu gezwungen. Sie haben meinen Vater in ihrer Gewalt, ich hatte keine Wahl", verdrehte er die Wahrheit ein bisschen zu seinen Gunsten, und dann griff er unter ihren Rücken, richtete vorsichtig ihren Oberkörper ein Stückchen auf und flößte ihr aus der zuvor von ihm geöffneten Flasche das Wasser langsam in den Mund.

Dankbar benetzte Emma zuerst ihren Gaumen und löste ihre Zunge, bevor sie sich das kühle Nass gierig den Rachen hinunter in den Magen laufen ließ.

„So ist's gut", lobte Daniel sie, und als sie fürs Erste genug getrunken hatte, tränkte er sein Herrentaschentuch mit dem Rest aus der Wasserflasche und wischte ihr das verkrustete Blut aus dem Gesicht und den Augen. Emma hatte eine große Platzwunde links über der Schläfe direkt am Haaransatz, die wohl stark geblutet hatte und ihre Wange und ihre Schulter waren deshalb rot verschmiert.

„Das sieht nicht wirklich gut aus, ich glaube, die Wunde sollte bald geklammert werden. Zum Glück hat sie aufgehört zu bluten", erklärte er ihr. Dann schnappte er sich ein paar Decken von einem Stapel, die wohl für den Schutz von Transportgut im Sprinter gelagert wurden, und legte sie unter Emmas Oberkörper. „So, höher geht's nicht. Deine Hände sind zu tief unten, da sie an den Wagenboden gefesselt sind. Leider benutzen diese Kerle Kabelbinder, deshalb kann ich dich nicht losbinden."

„Danke", sagte Emma leise und fragte mit zittriger Stimme: „Daniel, was ist mit meinem Vater, ist er auch in ihrer Gewalt?"

„Nein Emma, deinem Vater geht es gut. Sie hatten ihn nur gefesselt und gezwungen, dich anzurufen, damit ich dich abholen kann. Die Sanitäter haben sich um ihn gekümmert", log er abermals ein bisschen und fand, dass er diese auf den ersten Blick aus dem Ruder gelaufene Aktion nicht besser hätte planen können.

„Und was wollen diese Kerle von uns?" Emma war gespannt auf die Lügengeschichte, die ihr Ex-Verlobter gleich erfinden würde. Sie hatte beschlossen, so zu tun, als würde sie ihm glauben, denn würde sie Daniel damit konfrontieren, dass sie ihn für einen Mittäter hielt, dann würden ihre Überlebenschancen gen null sinken, soviel war gewiss. Sie musste ihn in Sicherheit wiegen und ihm gegebenenfalls sogar ihre Zuneigung vorspielen, damit er sie im Ernstfall schützen würde.

Sie würde alles tun, um zu überleben, denn sie wollte nur noch eins: Zurück zu Bob, koste es, was es wolle.

„Sie glauben, dass im Haus deiner Tante ein Gemälde versteckt ist, das ihnen gehört, und jetzt verlangen sie von dir, es ihnen auszuhändigen", erklärte Daniel wahrheitsgemäß.

„Ein Gemälde?", sagte Emma, „aber ich weiß nichts von einem Gemälde und ich habe keine Ahnung, ob und wenn ja, wo meine Tante so etwas versteckt haben könnte." War es wirklich klug, die Ahnungslose zu spielen? Emma war sich nicht sicher. Doch ändern konnte sie es jetzt auch nicht mehr, die Worte waren gesagt.

„Stand denn nichts davon in ihrem Tagebuch?", fragte Daniel erstaunt.

„Nein, kein Wort", log sie weiter, „und sie hat auch nie etwas von irgendeinem versteckten Gemälde erwähnt."

„Das ist schlecht, Emma. Sehr schlecht!" Daniel lehnte sich mit dem Rücken an die Wand zur Fahrerkabine und legte die Arme um seine angewinkelten Beine. „Wie wär's denn, wenn dein Schreiner das Bild für dich sucht und wenn er es hat, kommen wir im Austausch dafür frei", schlug er vor.

„Was meinst du mit ‚meinem Schreiner'?", fragte Emma. „Denkst du etwa, wir hätten etwas miteinander?"

„Na ja, für mich sah das zumindest so aus. Schließlich hast du bei ihm übernachtet und du hast unsere Verlobung gelöst", konterte Daniel deutlich angefressen.

„Oh, Daniel, das tut mir auch echt leid. Ich hab da wohl ein bisschen überreagiert. Es war einfach alles zu viel für mich. Betrachte doch bitte unsere Verlobung nicht als gelöst, jedenfalls nicht von meiner Seite aus", log Emma erneut und fügte hinzu: „Ich habe nicht mit Bob geschlafen, sondern nur bei ihm. Wir hatten wegen des Häuschens meiner Tante viel zu besprechen und da ist es sehr spät geworden und er war so freundlich, mir sein Gästezimmer anzubieten. Und vorher, am Sonntagmorgen, hatten wir uns nur zum Frühstück verabredet. Ich hab alleine im Haus meiner Tante übernachtet. Wir sagen übrigens Bob und Emma zueinander. Ich fand es irgendwie unpassend, wenn er mich weiter Frau Müller nennt, wo er doch so freundlich ist, mir einen Kostenvoranschlag zum Nulltarif zu machen ... Daniel, jetzt guck nicht so, du kennst mich ja wohl lange genug, um zu wissen, dass ich nicht dazu neige, mich Hals über Kopf in ein Abenteuer zu stürzen."

Nach dieser Ansprache sank Emma völlig erschöpft in sich zusammen und schloss die Augen. Hoffentlich hatte sie Daniel von ihrer „Aufrichtigkeit" überzeugen können, denn sie hatte kaum noch Kraft für weitere Diskussionen.

„Hey Emma, bleib bei mir", rief dieser und legte ihr das nasse Taschentuch zur Kühlung auf die Stirn. Als Emma ihre Augen wieder öffnete, fragte er vorsichtig: „Denkst du denn, der Schreiner wird das Bild für dich suchen?"

„Wenn die Kerle mich mit ihm telefonieren lassen, kann ich ihn bestimmt dazu überreden", antwortete Emma leise.

„Du kannst ihm ja sagen, dass ich es bei ihm abholen werde, sobald er es gefunden hat, weil du verhindert bist. Lass dir halt was einfallen, aber sieh bloß zu, dass er keinen Verdacht schöpft, sonst bringen uns diese Kerle garantiert um die Ecke." Ein lautes Klopfen unterbrach die Unterhaltung und Daniel stellte die zweite Wasserflasche neben Emma ab. „Ich bringe einen Strohhalm mit, dann kannst du auch allein daraus trinken."

Dann kletterte er aus dem Wagen und die Tür wurde wieder abgeschlossen.

Emma war dankbar für die Dunkelheit und schloss die Augen. Das grelle Licht hatte ihre Kopfschmerzen deutlich verschlimmert. Sie sollte schnell genau überlegen, was sie Bob am Telefon zwischen den Zeilen erzählen musste, um ihn möglichst

exakt über ihre Lage und ihren Aufenthaltsort zu informieren. Hoffentlich hatte Markus seinen Freund bereits aus den Fängen des Kommissars, in die sie ihn mit ihrer Dummheit gebracht hatte, befreien können, sonst wäre ihr ganzer Plan schon jetzt zum Scheitern verurteilt.
Ab jetzt durfte sie sich keine Fehler mehr erlauben.

MARKUS setzte Bob am Haus von Emmas Tante ab.
„Wir werden dein Handy überwachen, falls die Entführer sich bei dir melden. Das Telefon von Emmas Vater haben wir auch angezapft, aber ich glaube nicht, dass sie dort anrufen werden", erklärte er Bob und drückte ihm ein kleines Kästchen in die Hand. „Hiermit kannst du das Gespräch aufzeichnen, es ist quasi ein Diktiergerät. Du musst es nur an den Lautsprecher deines Handys halten und einschalten. Am besten probierst du es vorher schon mal aus."

Die beiden Männer verabschiedeten sich mit einer kurzen Umarmung und dann stand Bob allein vor dem wunderschönen alten Kleinod und die Erinnerungen an Freitagabend, als er Emma zum ersten Mal in der Eingangstür hatte stehen sehen, überwältigten ihn. Schließlich mahnte er sich selbst, nicht dauernd an die letzten Tage zu denken, denn er hatte keine Zeit zu verlieren. Er musste das Gemälde so schnell wie möglich finden.

Noch von Markus Auto aus hatte er seinen Schreinermeister Chris und Tim, seinen Azubi, hierher beordert. Als er jetzt seinen Pickup sah, der auf das Haus zufuhr, war er sehr erleichtert, nicht alleine suchen zu müssen. Schnell erklärte er den beiden, was geschehen war, und nachdem er Tim beruhigt und eindringlich versichert hatte, dass er nicht an der Entführung von Frau Müller schuld sei, begannen sie das Haus systematisch zu durchforsten. Die Verwüstung, die Daniel und Betty hinterlassen hatten, verschlug seinen zwei Mitarbeitern die Sprache und erschwerte ihre Arbeit erheblich.

Nach gut einer Stunde vergeblicher Mühe setzte sich Bob auf einen der Küchenstühle und vergrub sein Gesicht in seinen Händen.

Chris schaute ihn besorgt an und fragte: „Wann hast du eigentlich das letzte Mal etwas gegessen und getrunken?"

„Keine Ahnung", erwiderte Bob.

„Also heute noch nicht", folgerte Chris aus seiner Antwort.

„Ich hab keinen Hunger", erklärte Bob und stand auf, um mit der Suche fortzufahren.

„Bob, es hilft keinem, wenn du dehydriert mit leerem Magen zusammenbrichst. Am allerwenigsten deiner Emma", mahnte ihn Chris. „Ich fahr jetzt schnell in die Bäckerei, die ich auf der Fahrt hierher gesehen habe, und hol uns allen was zu essen."

„Geht klar", sagte Bob und drückte ihm sein Portemonnaie in die Hand.

„Ne, lass mal stecken. Ich lade dich ein, das ist das Mindeste, was ich für dich tun kann", erklärte Chris und machte sich auf den Weg.

Chris parkte den Pickup direkt vor der Eingangstür der kleinen Bäckerei und noch bevor er den Laden betrat, hatte Karo ihn bereits entdeckt. Zuerst war ihr natürlich der große Wagen aufgefallen und in freudiger Erwartung, gleich den überaus gut aussehenden Schreiner von Samstagmorgen begrüßen zu können, hatte ihr Herz sofort ein bisschen schneller geschlagen. Doch dann kletterte ein nicht minder attraktiver, aber deutlich jüngerer Mann aus dem Auto. Karos Herzschlag beschleunigte sich direkt noch ein bisschen mehr, und als Chris kurz danach vor ihr an der Brottheke stand, starrte sie ihn ziemlich unverhohlen an.

Wenn dieser Typ von Samstag ihr Traummann gewesen war, dann war der Mann, der sie gerade fragend anlächelte, der, von dem sie nicht nur träumen wollte.

„Stimmt etwas nicht?", fragte Chris, weil Karo ihn immer noch stumm anschaute.

„Doch, ich meine nein, ach verdammt", stammelte Karo. „Ist das da draußen Ihr Auto."

„Ach Sie interessieren sich für den Pickup," stellte Chris sichtlich enttäuscht fest, denn er hatte wohl gedacht, Karos begieriger Blick hätte ihm gegolten. „Nein, das ist der Wagen meines Chefs. Wir haben gerade ein paar Probleme mit einem alten Fachwerkhaus und mit leerem Magen lässt es sich nicht so gut arbeiten. Deshalb hätte ich gerne ein paar belegte Brötchen, drei Mal Kaffee und sechs gekühlte Flaschen Wasser."

„Ist der dritte Kaffee etwa für Emma," fragte Karo, denn sie folgerte aus Chris Antwort, dass es sich bei dem Fachwerkhaus mit den Problemen um das alte Haus von Emmas Tante handelte.

„Nein, für unseren Azubi. Kennen Sie Frau Müller etwa?", erkundigte sich Chris neugierig.

„Emma ist meine beste Freundin, ich meine, wir haben so ein ‚große Schwester – kleine Schwester' Ding am Laufen", erklärte Karo: „Hat Daniel sie doch nicht davon überzeugen können, den alten Kasten abreißen zu lassen? Ich hatte ihm eigentlich versprochen, mit Emma zu reden, aber ich hatte noch keine Zeit dazu und ihr Handy ist seit heute Morgen ausgeschaltet."

„Ihre ‚große Schwester' kann im Moment nicht an ihr Handy gehen", erklärte Chris und überlegte, ob er die Bäckereifachverkäuferin, die offenbar ein sehr enges Verhältnis zu Emma hatte, einweihen sollte. Vielleicht hatte sie auch Emmas Tante gut gekannt und konnte hilfreiche Hinweise geben.

„Warum nicht, ist ihr etwas passiert?", fragte Karo sofort und wirkte ehrlich besorgt.

„Nun ja, allem Anschein nach ist sie entführt worden. Von Daniel und ein paar anderen üblen Kerlen. Deshalb müssen wir im Haus ihrer Tante ein altes Gemälde finden, das wir dem Entführer aushändigen müssen, um Emma freizubekommen."

Karo hatte es glatt die Sprache verschlagen. Emma in der Hand von Kidnappern. Das lag jenseits ihrer Vorstellungskraft. Als sie endlich ihre Worte wiederfand, versprach sie, Chris bei der Suche zu helfen. Das war das Mindeste, was sie für die Frau tun konnte und musste, die ihr den Weg ins Leben gezeigt hatte. Die Frau, die immer hinter ihr gestanden hatte und ihr vertraut hatte. Die Frau, ohne die sie nicht die wäre, die sie heute ist.

„Ich hab in zwanzig Minuten Feierabend, dann bring ich euch das Essen vorbei und helfe euch," wiederholte sie ihr Versprechen und scheuchte Chris förmlich aus dem Laden mit den Worten: „Los, geh weiter suchen, wenn Emma das nicht überlebt, dann ... dann weiß ich auch nicht, wie ich weiterleben soll."

Bevor Chris die Bäckerei verließ, drehte er sich noch einmal zu ihr um und sah, wie ihr dicke Tränen über die Wangen liefen.

EMMA war wieder eingeschlafen. Inzwischen war Daniel zurückgekommen und überlegte, ob er sie wach küssen sollte.

Er hatte mit Olaf die Lage besprochen und beide waren zu dem Schluss gekommen, dass es eine gute Idee sei, wenn Emma dem Schreiner, der anscheinend doch nicht ihr neuer Stecher war, eine Geschichte auftischen würde, die diesen dazu veranlassen würde, das Gemälde zu suchen. Daniel könnte das Kunstwerk dann bei ihm abholen und am Ende hätte keiner gemerkt, dass Emma entführt worden war.

„Was geschieht mit Emma, nachdem ihr das Bild habt?", hatte Daniel ihn lässig gefragt, denn er wollte Olaf nicht zeigen, dass er sich ernsthaft um seine Verlobte sorgte. Für Emma wäre es wahrscheinlich besser gewesen, Bob wäre wirklich ihr neuer Freund, den Dressens Jungs dann mit ihr als Geisel zur Herausgabe des Bildes hätten erpressen können. Sie hätte dann eine kleine Chance auf einen tatsächlichen Austausch gehabt. Aber das hätte Daniel natürlich gar nicht gefallen. Da war es doch so, wie der Plan jetzt aussah, besser für alle Beteiligten. Außer vielleicht für Emma.

Er hoffte deshalb, Olaf würde nicht bemerken, dass er sie nach dem Telefonat gar nicht mehr brauchte, denn ohne Entführung musste es ja auch keinen Austausch geben. Aber auch wenn die Jungs von Dressen intelligenzmäßig deutlich in einer schwächeren Liga spielten als er, so hatten sie, wenn es um das Aushecken von verbrecherischen Plänen ging, eine ziemlich schnelle Auffassungsgabe.

„Nachdem wir das Bild haben?", grinste Olaf ihn an. „Das Problem entsorgen wir doch wohl am besten direkt, wenn der Schreiner zustimmt, das Bild zu suchen und es dir zu geben. Das Weib ist ab dann nur noch lästig. Du kannst ja schon mal ein paar schöne schwere Steine suchen, dann taucht sie nach ihrem Bad im See garantiert nicht mehr auf."

Daniel beugte sich über ihr immer noch leicht blutverschmiertes Gesicht und strich ihr zärtlich die verklebten Haarsträhnen hinter die Ohren. Sie war eine unbeschreiblich schöne Frau und wirkte so, wie sie da gerade vor ihm lag, unfassbar zerbrechlich. Er wollte sie nicht verlieren, schon gar nicht jetzt, wo sie die Entlobung zurückgezogen hatte und seine bösen Ahnungen diesen Schreiner betreffend hatte zerstreuen können. Doch er wusste auch nicht, wie er sie beschützen sollte.

Wenn er Olaf darum bitten würde, sie zu verschonen, dann käme der vielleicht noch auf die Idee, dass er auch ihn nicht mehr bräuchte. Schließlich könnten seine Jungs den Schreiner ja auch einfach am vereinbarten „Gemäldeübergabeort" überfallen und sich dann mit dem Bild aus dem Staub machen. Er musste sie also bei Laune halten und ihnen seine Loyalität beweisen. Was wäre da wohl besser geeignet, als den Tod seiner Verlobten in Kauf zu nehmen, wenn er damit seine eigene Haut retten konnte? Vorsichtig berührte er Emmas Lippen mit seinem Daumen. Schade, dachte er, er würde dieses zarte, ruhige Wesen vermissen. Er hatte sie gern an seiner Seite gehabt, auch wenn der Sex mit ihr allenfalls Mittelmaß gewesen war, so hatte er sich in der Öffentlichkeit immer gerne mit ihr geschmückt. Sie hatte nie wie eine Klette an ihm gehangen, und selbst nach der Verlobung hatte sie ihm durch den Umzug zu ihrem Vater immer genug Raum gelassen, sich anderweitig zu vergnügen. Andere Frauen hätten darauf bestanden, sofort zusammenzuziehen, doch Emma hatte ihn nie dazu gedrängt.

Die perfekte Frau für ihn, dachte er, und dann küsste er sie sanft. Vielleicht zum letzten Mal stellte er dabei wehmütig fest.

Als Emma erschrocken die Lider öffnete, blickte sie direkt in Daniels blaue Augen. Für einen kurzen Moment wusste sie wieder nicht, wo sie sich befand. Sie spürte nur einen inneren Widerstand gegen das Gefühl seiner Lippen auf den ihren und wollte ihn wegdrücken. Doch da bemerkte sie, dass ihre Hände an den Boden gefesselt waren. Sofort war sie sich ihrer Lage wieder bewusst und sie erwiderte den Kuss ihres Verlobten gerade noch rechtzeitig, bevor dieser vielleicht Verdacht geschöpft hätte.

Emma hatte vorhin lange nachgedacht. Ihr war durchaus bewusst, dass die Übergabe des Gemäldes, ohne dass sie gegen das Bild ausgetauscht werden müsste, für sie Folgen haben würde.
Sie wäre für die Entführer nur noch eine Last ohne jeglichen Nutzen.
Ein Gespräch mit Bob schien ihr aber dennoch die einzige Möglichkeit zu sein, diesem und somit der Polizei Hinweise auf

ihren Aufenthaltsort zu geben, die dann zu ihrer Befreiung führen würden. Das hoffte sie zumindest. Wenn ihre Entführer die Verhandlungen führten und ihr allenfalls ein „Mir geht es gut" als Beweis dafür, dass sie noch am Leben war, gestatteten, dann hätte sie diese Chance nicht.

Sie hatte in den Medien nur allzu oft hören müssen, dass Entführer von der Polizei bei der Lösegeldübergabe zwar gefasst worden waren, aber von den Entführten meist jede Spur fehlte und erst Jahre später ihre verscharrten Leichen irgendwo in einem Waldstück gefunden worden waren. So oder so, ihr Leben war ab jetzt kaum noch einen Pfifferling wert. Sie musste also dafür sorgen, dass sich Daniel nach ihrem hinweisreichen Telefonat mit Bob zumindest so lange für sie einsetzen würde, bis die Polizei sie befreit hätte.

Das war ihre einzige Chance, vielleicht doch nicht sterben zu müssen.

Also schloss sie ihre Augen, dachte ganz fest an Bob und küsste Daniel so leidenschaftlich wie sie konnte.

Daniel löste sich atemlos von Emma. Er war sich längst nicht mehr so sicher, dass er ihren Tod wirklich würde in Kauf nehmen wollen, denn ihr Kuss hatte ihn fast umgehauen.

Auch Emma war etwas atemlos und es fiel ihr schwer, sich von den schönen Erinnerungen an Bobs Zärtlichkeiten zu trennen. Aber sie musste sich jetzt ganz und gar darauf konzentrieren, an die Informationen zu gelangen, die der Polizei ermöglichen würden, sie zu finden. Bisher wusste sie nur, dass sie in einem Transporter lag und dass es mindestens noch einen Entführer außer Daniel gab. Das war nicht gerade viel, wie sie zugeben musste. Sie könnte natürlich Daniel fragen, aber die Gefahr, dass er dann Verdacht schöpfen würde, war einfach zu groß.

Also hatte sie beschlossen, dringend mal zu „müssen", um so vielleicht etwas mehr über ihren Aufenthaltsort in Erfahrung bringen zu können.

Daniel war nicht gerade begeistert, als sie darum bat, auf die Toilette gehen zu dürfen.

„Muss das wirklich sein?", fragte er gereizt, so als hätte man mit voller Blase tatsächlich eine Wahl.

„Ja, mein Schatz, das muss sein", säuselte Emma zurück.

„Das muss ich erst mit Olaf abklären", antwortete Daniel und sprang wieder aus dem Transporter.

Bingo, dachte Emma, jetzt hab ich sogar einen Namen. Dann versuchte sie sich so weit wie möglich nach links zu drehen, um aus der immer noch geöffneten Hecktür spähen zu können.

Zuerst blendete sie das grelle Sonnenlicht und schmerzte in ihren Augen. Sie kniff ihre Augenlider zusammen und blinzelte nur noch durch einen schmalen Spalt, der von ihren Wimpern geschützt wurde. Etwas unscharf erkannte sie im Hintergrund eine große Fläche, auf der die Sonnenstrahlen extrem stark reflektiert wurden. Das konnte nur ein See sein, da war sie sich sicher.

Nun gut, dachte sie, das sind zumindest schon mal zwei wichtige Informationen.

Daniel kam kurz darauf mit einer Schere in der Hand zurück.

„Mach bloß keine Dummheiten, wenn ich dich losgeschnitten habe, die Kerle haben eine Waffe", mahnte er sie und dann band er ihr einen Schal über die Augen.

„Aua", beschwerte sich Emma, „bitte nicht so fest. Meine Wunde tut höllisch weh."

Daniel lockerte den Schal wieder etwas und wollte wissen, ob sie noch etwas sehen könne.

„Nein", log Emma und schloss die Lider, denn sie wollte nicht, dass Daniel merkte, wie gut sie unter dem Tuch herausschauen konnte. „Alles schwarz wie die Nacht", erklärte sie und freute sich über die beiden neuen Hinweise, die Daniel ihr gerade so ganz nebenbei gegeben hatte. Es ist mehr als einer und sie haben eine Waffe.

Emmas Hand und Fußgelenke schmerzten schon lange, denn die Kabelbinder hatten sich bereits tief in ihre Haut eingegraben. Deshalb war sie wirklich froh, als Daniel die Kunststofffesseln endlich aufschnitt. Sie rieb stöhnend über die tiefen Furchen und versuchte dann vorsichtig mit Daniels Hilfe aufzustehen.

„Komm, setz dich auf die Kante der Ladefläche, ich heb dich dann aus dem Wagen", forderte er sie auf, und als Emma endlich den Boden hinter ihrem „Gefängnis" unter ihren Füßen spürte, fühlte sie sofort, dass sie auf feuchtem Waldboden stand.

Emma kannte sich aus mit der heimischen Vegetation und das, was sie unter ihren Füßen davon erkennen konnte, bewies eindeutig, dass sie in einem Wald in der Nähe eines Gewässers sein mussten. Vorsichtig tastete sie sich an der geschlossenen Hälfte der Hecktür entlang, während Daniel sie stützte. Als sie die Wagenecke erreicht hatte, machte sie noch einen Schritt vorwärts und sank mit dem Kopf zuerst nach vorne.

Für einen kurzen Moment konnte sie so einen Blick auf die Radkappen des Transporters erhaschen und als einer von Dressens Jungs sie rau unter dem Arm packte, um sie ebenfalls zu stützen, hatte sie ihn bereits gesehen, den Stern.

Die beiden Männer schleppten sie jetzt mehr, als dass sie gehen konnte zwischen den Bäumen hindurch. An einigen Baumstämmen, deren unteren Teil sie durch die Ritze zwischen dem Schal und ihren Wangen erspähen konnte, entdeckte sie auf der vom See abgewandten Seite dunkelgrünes Moos. So war es leicht für sie festzustellen, dass sich der See im Süden befinden musste und das Haus, dessen Tür sie bald darauf erreichten, im Norden vom Gewässer.

Emma war schon vorher klar gewesen, dass hier irgendwo so etwas wie eine Hütte stehen musste, denn wo sonst hätten sich die Entführer und Daniel aufhalten sollen, während sie im Wagen gelegen hatte. Gut, es hätte auch ein Zelt oder ein Wohnwagen sein können, oder einfach nur eine Waldwiese. Aber Daniel war kein Naturmensch und sie war sich sicher, dass *er* dieses Versteck ausgesucht hatte.

Daniel übernahm jetzt wieder alleine die Aufgabe, sie zu stützen und er führte sie in ein komfortables Badezimmer. Vielleicht würde er sich hier nachher etwas frisch machen, um sich von den klebrigen Überresten der Nacht zu befreien.

Vor der Toilette angekommen, blieb er mit ihr stehen und sagte: „Das Klo ist direkt vor dir, ich bleibe im Raum, damit du nicht auf dumme Gedanken kommst."

Emma schloss schnell ihre Augen, um sich nicht durch zu gezielte Handgriffe als Spinkserin zu verraten.

„Du willst mir echt beim Pinkeln zugucken?", fragte sie ihn und versuchte, die Vorstellung von einem gaffenden Daniel aus ihrem Kopf zu verdrängen.

„Ich hab dich schon völlig nackt in ganz anderen Stellungen gesehen", erwiderte Daniel amüsiert, „also stell dich nicht so an."

Nachdem Emma ihre Blase entleert hatte, führte Daniel sie in einen anderen Raum und sie musste sich auf einen Stuhl setzen. Mit einem Strick band einer der Entführer ihre Beine und auch ihre Arme am Sitzmöbel fest. Es war nicht derselbe wie vorhin, wie Emma durch ihren Sehschlitz feststellen konnte. Schließlich wurde sie an einen Tisch gerückt und Daniel und der andere Typ setzten sich rechts und links neben sie. Ein weiterer Entführer betrat den Raum und als dieser an Daniel vorbeiging, um ebenfalls am Tisch Platz zu nehmen, konnte sie an seinen Schuhen erkennen, dass es sich auch bei ihm nicht um denselben Mann von vorhin handelte.

Das macht insgesamt drei Entführer und Daniel zählte sie in Gedanken mit.

„Du weißt, was jetzt kommt?", fragte ihr Verlobter streng.

„Ich muss jetzt Bob anrufen, stimmt's?", erwiderte Emma leise.

„Weißt du seine Nummer auswendig?"

„Nein, die hab ich aber gestern in mein Handy gespeichert", log Emma und hatte das Gefühl, dass diese Lügerei langsam zu ihrem neuen Hobby wurde. Natürlich kannte sie Bobs Handynummer, sie hatte ein gutes Zahlengedächtnis und die Telefonnummer des Mannes, den sie liebte, die hatte sie selbstverständlich nicht nur in ihrem Handy abgespeichert. Aber wenn Daniel jetzt ihr Telefon anmachen musste, dann könnte man sie vielleicht orten, also gab sie sich einfach betont einfältig.

„Mist, dann müssen wir wohl dein Handy noch mal anmachen", fluchte Daniel und fragte sie dann gereizt: „Wie lautet deine PIN?"

KARO hatte das Fachwerkhaus betreten und weder Augen für Bob noch für Chris gehabt. Es war ihr vollkommen egal gewesen, dass diese beiden Männer unter normalen Umständen genau zu ihrem neuen Beuteschema ‚Männer statt Jungs' passen würden. Sie hatte einfach nur helfen wollen, damit Emma gerettet wurde, alles andere musste warten.

Nachdem sie sich vorgestellt hatte, hatte sie sich schnell einen Überblick verschafft und dann begonnen, die Küche aufzuräumen. Sie hatte einen Teil des Bodens von zerbrochenem Porzellan und all dem anderen Inhalt des ausgeleerten Küchenschranks befreit, die Stühle um den Küchentisch gestellt, dessen Platte gesäubert und mit noch ganz gebliebenem Geschirr eingedeckt. Dann hatte sie die Brötchen und den Kaffee dazugestellt und die Männer zu Tisch gerufen.

Chris hatte recht gehabt, wer arbeitete, musste auch etwas essen und genau dafür wollte *sie* sorgen, egal wie lange die Gemäldesuche dauern würde.

Jetzt saß Karo mit den drei Männern schweigend am Esstisch in Tante Emmas Küche. Die Brötchen waren verspeist und der Kaffee war ausgetrunken. Bob hatte sein Handy zusammen mit dem kleinen Diktiergerät auf den Tisch gelegt und starrte es unentwegt an, als könnte er es auf diese Weise zum Klingeln animieren.

„Warum melden sich die Entführer nicht?", fragte er in die Runde, ohne eine Antwort zu erwarten.

„Sei doch froh, wir haben ja das Bild auch noch gar nicht gefunden", versuchte Chris ihn zu beruhigen.

„Das werden wir auch nicht", sprach Bob dann aus, was alle längst dachten: „Wir haben in jedem Winkel des Hauses gesucht und das verdammte Gemälde ist schließlich keine Nadel, sondern mindestens so groß wie ein XXL Pizzakarton."

„Bob, du wirst sehen, wir finden es und wir werden Emma damit freibekommen", tröstete ihn Karo und legte ihre Hand auf seinen Unterarm. Sie hatte ihn und Chris einfach direkt geduzt, nachdem sie sich vorgestellt hatte.

„Ach Karo", antwortete Bob und legte dabei seine Hand auf ihre, „Emmas Tante hat das Bild doch längst entsorgt. Und um ehrlich zu sein, könnte ich das sogar verstehen."

„Aber Chef, sag doch so was nicht. Wir müssen Frau Müller retten", rief Tim und dann schluchzte er unter Tränen: „Ich hätte sie niemals gehen lassen dürfen, das werde ich mir nie verzeihen."

„Tim, jetzt hör auf, dir Vorwürfe zu machen. Frau Müller war auch meine Lehrerin und wir wissen beide, dass sie sich nicht aufhalten lässt, wenn sie sich etwas in den Kopf gesetzt hat", entgegnete ihm Karo, umarmte ihn tröstend und dann klingelte es, Bobs Handy.

Auf dem Display stand „unbekannter Anruf" und nachdem Bob das Diktiergerät eingeschaltet hatte, meldete er sich mit einem angespannten:

„Hallo!"

„Bob, sind Sie das?", fragte eine Frauenstimme, die Bob direkt als Emmas identifizierte, und er antwortete atemlos:

„Ja! Emma ..." Weiter kam er nicht, denn Emma unterbrach ihn sofort.

„Bob, hören Sie, ich muss mich bei Ihnen dafür entschuldigen, dass ich heute Morgen einfach so verschwunden bin, während Sie beim Bäcker waren. Aber ich hatte vergessen, dass ich ja mit meinem Verlobten für eine Woche zu Freunden fahren wollte. Er hat mich vor Ihrer Schreinerei abgeholt und jetzt sitzen wir zusammen, bewaffnet mit einem Handy und ich habe eine Bitte an Sie. Meine Tante hat in ihrem Haus ein Gemälde versteckt, dass mein Verlobter gerne seinen Freunden zeigen möchte. Wären Sie bitte so freundlich und würden es für ihn suchen. Oh, der Akku ist gleich leer. Ich rufe Sie gleich noch mal an und erkläre Ihnen, wo es wahrscheinlich sein könnte."

Nachdem das Gespräch beendet worden war, starrten alle auf Bobs Handy, das er wieder auf den Tisch gelegt hatte.

„Was war denn das?", fragte Chris, der als Erster seine Sprache wiedergefunden hatte, „deine Emma ist verlobt? Sie wurde gar nicht entführt und sie weiß offenbar, wo das Bild versteckt ist?"

„Nein, nein, so ist das nicht!", rief Bob und raufte sich die Haare.

„Chef, du hast gesagt, du hast sie flachgelegt, aber Frau Müller hat dich gerade gesiezt. Ist das etwa eins von diesen Rollenspielchen?", feixte Tim und war erleichtert, dass er ja unter diesen Umständen auf keinen Fall für eine Entführung verantwortlich war.

„Ruhe jetzt!", brüllte Bob verzweifelt und sofort schauten ihn alle schweigend an. „Wir haben uns geliebt und wir duzen uns und ich war nicht beim Bäcker, als Emma entführt wurde. Tim, du musst es doch am besten wissen. Wo war ich, als er sie mitgenommen hat?"

„Bei den Bullen auf dem Präsidium", antwortete Tim und langsam dämmerte ihm, was sein Chef sagen wollte. „Die zwingen Frau Müller, das zu sagen."

„Nein", sagte Bob und schaute in die Runde, „dann würde sie nicht lügen, obwohl sie weiß, dass ich die Wahrheit kenne. Ein von den Entführern verfasster Text würde gar nicht solche detaillierten Aussagen enthalten und wenn doch, dann würden sie der Wahrheit entsprechen. Sie wird gezwungen, mit mir zu telefonieren und mich um die Suche nach dem Gemälde zu bitten, aber den Text dafür, den kann sie selbst bestimmen und da die Entführer keine Details kennen, wird sie versuchen, uns genau auf diese Weise Hinweise zu geben. Genau das wollte sie uns mit dem Text dieses Anrufs mitteilen."

NACHDEM DANIEL seinen Finger genau zehn Mal in Emmas Seite gedrückt hatte, hatte er das Telefonat durch einen kurzen Druck auf die rote Taste am Handy beendet.

Emma schloss wieder ihre Augen und versuchte, sich auf das nächste Gespräch mit Bob zu konzentrieren. Kurz zuvor hatte Daniel Bobs Nummer aus ihrem Handy abgeschrieben und sie hatten das weitere Vorgehen besprochen.

Emma sollte Bob plausibel darüber informieren, warum sie so plötzlich aus seinem Haus verschwunden war und ihm dann erklären, wo er das Gemälde suchen sollte. Zuvor hatte sie Daniel erzählt, dass es auf dem Speicher des Hauses eine Art Geheimfach hinter einem Bild gäbe, dass sie als Jugendliche schon als Versteck für ihre Zigaretten benutzt hätte. In dem Jahr, als sie um „In" zu sein kurzzeitig heimlich geraucht hatte.

„Wenn meine Tante dieses Gemälde versteckt hat, dann garantiert dort", hatte sie ihm weisgemacht.

Ihr Verlobter hatte ihr die von vorne bis hinten erfundene Geschichte tatsächlich geglaubt.

Emma wusste, dass Daniel den Speicher des Hauses nicht kannte, denn er hatte es möglichst vermieden, sie zu den Besuchen bei ihrer Tante zu begleiten. Und wenn er doch einmal das Haus betreten hatte, dann war er allenfalls in der Küche oder im Wohnzimmer gewesen. Heute Morgen hatte sie außerdem festgestellt, dass die Speichertür verschlossen gewesen war, Daniel und seine Sekretärin hatten demzufolge auch in der letzten Nacht den Speicher nicht in ihre Suche miteinbezogen.

Zwischen ihren Ausführungen hatte Daniel sie so ganz nebenbei gefragt, wann sie denn das letzte Mal im alten Schuppen ihrer Tante gewesen wäre, und Emma hätte sich beinahe verraten. Daniel durfte natürlich nicht erfahren, dass sie von dem Einbruch wusste, denn sonst würde er ihr wahrscheinlich nicht mehr glauben, dass sie bis jetzt von dem Gemälde nichts gewusst hatte. Und wer einmal lügt …

Schließlich hatte er ein Mobiltelefon vor sie auf den Tisch gelegt und ihr erklärt, dass sie nur 50 Sekunden reden dürfe, dann müsste sie das Gespräch unter einem Vorwand beenden und einen weiteren Anruf ankündigen. Das Handy würde mit einer neuen Karte ausgestattet und sie könnte den Anruf wieder für 50 Sekunden fortsetzen. Er würde nach 40 Sekunden beginnen, ihr mit dem Finger für jede weitere Sekunde einmal in die Seite zu stupsen. Quasi ein Countdown bis zum Auflegen. Das Telefon würde natürlich auf Lautsprecher gestellt, damit alle mithören könnten.

„Hast du das soweit alles verstanden?", hatte Daniel sie schlussendlich gefragt und Emma hatte mit einem deutlichen „Ja" geantwortet.

Daniel wählte Bobs Nummer ein zweites Mal und Emmas Herz begann abermals zu rasen.

„Die Übergabezeit ist 20:00 Uhr und der Ort der Seeparkplatz an der Bundesstraße", erklärte er ihr noch schnell, bevor er auf die Taste mit dem grünen Hörer drückte. Offenbar hatte der Entführer, der rechts von ihr saß, einen Zettel mit diesen Daten über den Tisch zu Daniel geschoben.

„Emma, sind Sie es wieder?", meldete sich Bob und Emma wusste, dass er ihre Botschaft verstanden hatte.

„Ja", antwortete sie, „ich gebe Ihnen jetzt schnell eine Beschreibung der Stelle, an der ich das Gemälde vermute."

„Ich höre", bekundete Bob seine volle Aufmerksamkeit und Emma begann:

„Im Flur auf dem Schränkchen steht ganz rechts eine Skulptur, die aus drei Affen besteht. Darunter befindet sich der Schlüssel zum Speicher. Wenn sie auf dem Speicher rechts am Poster von Peter Fox vorbeigehen, laufen sie geradewegs auf mehrere Bilder zu. Eins davon zeigt einen Mann, der in einem weißen Trikot Richtung Norden durch einen Wald sprintet. Hinter diesem Bild befindet sich ein geheimes Fach, indem ich das Gemälde vermute. Oh je, mein Akku verabschiedet sich schon wieder, ich melde mich gleich noch mal."

Hastig wechselte Daniel abermals die Telefonkarte und mahnte Emma: „Komm endlich zum Schluss."

Als Bob sich erneut meldete, teilte Emma ihm die Übergabedaten mit und versicherte ihm, dass ihr Verlobter sich selbstverständlich auch für seine Mühe erkenntlich zeigen würde.

„Ich hoffe, ich mache Ihnen mit meiner Bitte nicht allzu große Umstände", schloss sie schließlich ihre Ausführungen.

„Nein, das tun Sie nicht, ich fahre gleich ins Haus und hole das Gemälde", versicherte ihr Bob, „aber da ich Ihren Verlobten ja nur einmal kurz gesehen habe und ihn wahrscheinlich gar nicht wiedererkennen würde, werden Sie sicher verstehen, dass ich ihm das Gemälde erst aushändigen kann, wenn Sie mir über das Handy ihres Verlobten am Übergabeort noch einmal

Kontakt aufnehmen und damit bestätigen, dass ich wirklich Ihren zukünftigen Ehemann vor mir habe."
„Das ist eine gute Idee. Danke", sagte Emma und Daniel drückte unverzüglich auf den roten Knopf, um das Gespräch zu beenden.

TIM rannte sofort los zur Kommode im Flur und suchte ganz rechts die drei Affen, während Bob mit zitternden Fingern das Diktiergerät auf Anfang stellte.
„Chef, hier sind keine Affen!", brüllte Tim aufgeregt. „Aber an der Wand ist ein Schlüsselkästchen und da hängt tatsächlich der Speicherschlüssel drin."
„Ich weiß", antwortete Bob, „nachdem ich die Speicherklappe aufgeschlossen hatte, habe ich ihn wieder dorthin zurückgehängt."
„Aber dann hat Frau Müller ja schon wieder gelogen", entrüstete sich Tim, der die Aufrichtigkeit seiner früheren Lehrerin noch vor fünf Minuten niemals ernsthaft angezweifelt hätte.
„Richtig", antwortete Bob und bat Karo, einen Stift und ein Blatt Papier zu suchen. Dann spielte er alle drei Telefonate noch einmal ab und machte sich Notizen dazu.
Tim kletterte derweil die schmale Treppe nach oben und öffnete die schwere Speicherklappe. Unter großem Geächze gab die Holzplatte seinem Druck nach und er konnte ungehindert die letzten Stufen empor auf den Dachboden steigen.
Verzweifelt suchte er das von Emma beschriebene Poster, und als er es nirgends entdeckte, konzentrierte er sich darauf, wenigstens das Bild zu finden, hinter dem das Gemälde versteckt sein sollte.
Aber auch diese Suche blieb erfolglos. Frau Müller hatte all diese Angaben schlichtweg erfunden.

Mit dieser ernüchternden Erkenntnis verließ Tim den Speicher.

MARKUS hatte mit seinem Team rund um einen großen Tisch gesessen, auf dem eine Landkarte der näheren Umgebung ausgebreitet war.

„An diesem Funkmast war das Handy von Frau Müller kurzzeitig eingeloggt", hatte ihm einer seiner Kollegen erklärt und auf eine Stelle der Karte gezeigt, „damit können wir ihren Aufenthaltsort leider noch nicht bestimmen. Wir brauchen dazu noch die Daten von zwei anderen Sendemasten, um ihren Standpunkt zu triangulieren. Aber dazu war die Zeit, in der das Handy eingeschaltet war, einfach zu kurz. Wir können aber mit Sicherheit sagen, dass sie irgendwo auf der Halbinsel eingeloggt war."

„Danke, Kai", hatte Markus gesagt und dem Kollegen zugenickt, „wir sollten die Liste aus Hüttes Büro unter diesem Aspekt noch einmal genau durchsuchen."

„Hey Chef, da ist gerade ein Anruf auf von Wolfsbachs Handy eingegangen. Den müssen Sie sich unbedingt anhören", hatte ein anderer Kollege aus dem Nebenraum gerufen und hektisch ergänzt: „Schnell Chef, da kommt schon wieder einer rein. Es scheint Frau Müller zu sein, die anruft."

Markus hatte sich am Ende alle drei Anrufe mehrfach vorspielen lassen und sich dabei immer wieder die Haare gerauft.

Verdammt, was sollte er jetzt tun?

So wie sich die Lage nach diesen Gesprächen zwischen Emma und Bob für ihn darstellte, war Frau Müller gar nicht entführt worden. Er müsste demzufolge die ganze Polizeiaktion unverzüglich beenden und die Kollegen in den wohlverdienten Feierabend schicken. Schließlich beschloss er, zuallererst mit seinem

Freund zu reden und drückte die Kurzwahltaste, in die er dessen Handynummer programmiert hatte.

„Markus, hast du alles mitgehört?", begrüßte Bob ihn aufgeregt. „Was sagst du? Könnt ihr mit den Hinweisen etwas anfangen?"

„Mit den Hinweisen?", fragte Markus verdutzt.

„Ja", antwortete Bob, „ich habe sie schon alle notiert, zumindest die, die ich gefunden habe."

„Bob, Emma wurde nicht entführt", versuchte Markus seinem offenbar verwirrten Kumpel klarzumachen. „Sie ist bei Freunden und sie wusste die ganze Zeit, wo das Gemälde ist. Bob, sie hat dich, vorsichtig formuliert, an der Nase herumgeführt."

„Nein, das hat sie nicht. Markus, sie hat keine Ahnung, wo das Bild ist, aber sie hat versucht, uns ihren Aufenthaltsort mitzuteilen."

„Mensch Bob, Emma ist nicht die Frau, für die du sie hältst. Ich verstehe ja, dass du das nicht wahrhaben willst, aber ich habe keine andere Wahl. Ich muss meine Leute jetzt zurückpfeifen", erklärte Markus seinem Freund entschlossen.

Tim hatte, nachdem er vom Speicher gekommen war, genau wie die anderen das ganze Gespräch mit angehört. Bob hatte sein Handy auf den Tisch gelegt, die Lautsprecherfunktion eingestellt und schaute jetzt hilfesuchend in die Runde.

Als Tim die verzweifelten Augen seines Chefs erblickte, schnappte er sich dessen Telefon und brüllte in das Mikro: „Hey, Bulle! Ich weiß ja nicht, für was für eine Frau du Frau Müller hältst, ich jedenfalls weiß, dass sie ehrlich und aufrichtig ist. Ich hab gerade jede einzelne von ihren Angaben überprüft und nicht eine einzige davon war zutreffend. Sie muss also einen ziemlich wichtigen Grund haben, uns so zu verarschen. Einen Überlebenswichtigen, wenn du mich fragst. Also hör dir die Hinweise, die der Chef gefunden hat, gefälligst erst mal an."

EMMA war nach dem letzten Telefonat erschöpft auf dem Stuhl, an den sie gefesselt war, zusammengesunken. Ihr Kopf schmerzte so stark, als würde er jeden Moment platzen und die Übelkeit, die sie während der Konzentration auf das wahrscheinlich wichtigste Gespräch ihres Lebens einfach ignoriert hatte, brach sich Bahn. Erschwerend kam hinzu, dass sich ein starker Geruch nach warmer Pizza unaufhaltsam im Raum breitgemacht hatte.

„Daniel, mir ist schlecht", flüsterte sie leise und hoffte darauf, sich wieder hinlegen zu dürfen. Einer von Dressens Jungs löste ihr die Fesseln und Daniel packte sie unterm Arm und zog sie unsanft hoch.

„Scheinbar hab ich heute diese Wirkung auf Frauen", bemerkte er dabei mehr zu sich selbst, „und bevor du mir hier vor die Füße kotzt, bring ich dich lieber zurück ins Auto."

Emma verstand nicht, was er mit seiner „scheinbaren Wirkung auf Frauen" hatte sagen wollen, aber es war ihr auch egal. Sie wollte einfach nur wieder liegen. Der Schlag auf ihren Kopf hatte den Symptomen nach zu urteilen, mindestens eine Gehirnerschütterung bei ihr ausgelöst.

Daniel und der Entführer von vorhin, der anscheinend vor dem Haus Wache gestanden hatte, schleiften sie zurück zum Auto, und als sie sich endlich wieder auf die Decken in die ersehnte „Waagerechte" hatte bringen können, wurden ihre Hände erneut mit Kabelbindern an einen der Sicherungshaken für die Ladung gefesselt. Daniel sorgte währenddessen dafür, dass diesmal ihre Füße nicht zusammengebunden wurden und sie etwas mehr Bewegungsfreiheit für ihre Arme bekam.

Nachdem der Entführer den Laderaum des Sprinters verlassen hatte, setzte Daniel sich neben Emma, entfernte den Schal und beugte sich über ihren Kopf, bis seine Lippen fast ihr Ohr berührten.

„Dein Schreiner hat dir soeben das Leben gerettet", flüsterte er hörbar angefressen. „Zumindest bis zur Übergabe musst du noch nicht im See untertauchen."

Er fing an, mit seinem Daumen über ihr Gesicht zu streicheln und sie schaute ihn erschrocken an.

Hatte er ihren Plan etwa durchschaut?

„Was guckst du so?", fragte Daniel und ließ seinen Daumen auf ihren Lippen, die er gerade angefangen hatte zu liebkosen, liegen. „Glaubst du etwa, ich bin blöd?", flüsterte er dann wieder ganz nah an ihrem Ohr. „Du Miststück hast uns verraten und jetzt hoffst du, dass dein Bob dich rettet. Was glaubst du wird passieren, wenn unsere Entführer dir auf die Schliche kommen? Du kannst von Glück reden, dass die Drei nicht gerade besonders helle sind, sonst wären wir schon längst mit Steinen an den Füßen im See verschwunden."

„Daniel, das hab ich doch für uns getan", versuchte Emma ihr Verhalten zu erklären. Ihr war bewusst, dass sie nicht mehr abstreiten konnte, im Telefonat wichtige Hinweise platziert zu haben. Sie hatte Daniel offenbar gründlich unterschätzt und ihre einzige Möglichkeit, den Schaden zu begrenzen, sah sie, indem sie ihm weiter vorlog, ihn zu lieben.

Er schaute sie lange an und dann berührte er mit seinen Lippen ihren Mund und sie erwiderte diesen Kuss.

Daniel kletterte aus dem Wagen und verschloss die Tür. Uwe hatte sich bereits ins Haus zurückgezogen, was ein deutliches Zeichen dafür war, dass die Drei ihm mittlerweile vertrauten.

Bei Emma war er sich da nicht so sicher. Alles deutete darauf hin, dass sie nur mit ihm spielte, um ihre Überlebenschancen zu erhöhen. Auch war er sich nicht sicher, ob sie ihm seine Opferrolle wirklich abnahm. Wenn aber Emmas Plan aufging, noch vor der Gemäldeübergabe von der Polizei befreit zu werden, dann wäre ihre Aussage seine Rolle betreffend von außerordentlicher Wichtigkeit.

Egal ob sie ihn wirklich noch liebte oder nicht. Also sollte er zumindest den Anschein aufrechterhalten, genau wie sie ein Opfer in dieser Entführungs- und Erpressungsgeschichte zu sein.

Detlef kam ihm vom Haus aus entgegen und biss dabei herzhaft in ein großes Stück Pizza. Offenbar sollte er Uwe bei der Wache ablösen.

„Drinnen gibt's auch Pizza für dich", brummte er mit vollem Mund und zeigte mit seinem Kopf Richtung Haus.

„Alles klar", erwiderte Daniel, während er spürte, wie ihm das Wasser auf der Zunge zusammenlief. Er hatte gestern Abend das Letzte gegessen und der Duft der warmen Pizza, der ihm jetzt beim Betreten der Küche entgegenschlug, machte ihm schlagartig bewusst, wie hungrig er mittlerweile war.

„Olaf", begann er das Gespräch, nachdem er eine ganze Quattro-Stagione verspeist hatte, „ihr müsst mich bis zur Übergabe im Sprinter einsperren."

„Warum? Hast du etwa vor abzuhauen?", lachte Olaf.

„Nein, natürlich nicht", beteuerte Daniel. „Aber wir hatten doch einen Deal: Ich helfe euch bei der Beschaffung des Gemäldes und verpfeife euch nicht, und ihr behandelt mich vor Emma so, als wäre ich genau wie sie in eurer Gewalt."

„Stimmt, so war der Plan", entgegnete Olaf.

„Sollen wir dich auch an einen der Haken fesseln?", fragte Uwe und ließ mit seinem Gesichtsausdruck keinen Zweifel daran, dass ihm das sehr viel Spaß machen würde.

„Nein, ich denke, das wird nicht nötig sein, aber du musst auf alle Fälle die Türe abschließen", erklärte ihm Daniel.

„Das ist alles nicht nötig", mischte sich Olaf ein, „denn deine Muschi wird diesen Tag eh nicht überleben. Wenn du das Bild hast, dann ist sie für uns wertlos."

Mist, dachte Daniel. Sein schöner Plan, von der Polizei, mit Emma eingeschlossen im Sprinter entdeckt zu werden, war gescheitert.

„Du kannst übrigens froh sein, dass wir dich nicht auch gleich entsorgen. Aber irgendwie gefällst du mir, so einen wie dich könnten wir gut in unserem Verein brauchen. Also, bau bloß keinen Scheiß und bring uns nachher das Gemälde, wenn du die Übergabe nämlich zur Flucht nutzen solltest oder uns verpfeifst, dann kannst du ab morgen deinen Lebensunterhalt mit Flaschen sammeln im Park bestreiten oder das Gras dort gleich von unten wachsen sehen. Nur wenn der Boss das Bild bekommt, wird er deine Firma retten und wir dein Leben", erklärte Olaf ernst.

NACH TIMS wütender Ansprache hatte Bob ihm sein Handy aus der Hand genommen und sich bei seinem Freund für die Wortwahl seines Azubis entschuldigt.

„Aber Markus, ich muss Tim in allen Punkten recht geben", erklärte er schlussendlich mit Nachdruck.

„Bob, mach mal den Lautsprecher aus und hör mir zu", forderte Markus ihn daraufhin auf. „Ich habe mich heute Morgen mit deiner Emma gestritten", begann er. „Sie wollte dich eigentlich im Gefängnis schmoren lassen, aber dann hat sie mich doch angerufen. Sie glaubte wohl, das wäre sie dir noch schuldig, aber sie glaubte nicht an deine Unschuld. Ich habe ihr erzählt, was für eine ehrliche Haut du bist, aber auch das konnte sie nicht überzeugen. Sie zweifelte daraufhin sogar *meine* Integrität an und gab schließlich ohne Not zu, nicht die Richtige für dich zu sein. Wir haben unseren Streit dann nicht weiter fortgesetzt und sie hat mir sehr widerwillig versprochen, im Loft zu bleiben. Dieses Versprechen habe ich von Anfang an nicht ernst genommen. Bob, diese Frau meint es nicht ehrlich mit dir. Sie ist sicherlich, solange sie das Gemälde hat, in Gefahr. Aber jetzt ist sie mit ihrem Verlobten bei Freunden und was auch immer dazu geführt haben mag, dass dieser Daniel in ihr Haus eingebrochen ist, sie scheinen es geklärt zu haben. Was Emma jetzt mit dem Gemälde macht, ist ihre Sache. Du hast getan, was du konntest."

Bob hatte sich während Markus Ausführungen in das Gästezimmer zurückgezogen. Dort stand er jetzt mit seinem Handy am Ohr und starrte auf die Matratze, auf der er vor Kurzem erst die Frau geliebt hatte, die seinem Freund gestanden hatte, nicht die Richtige für ihn zu sein.

Nein, das konnte nicht alles nur ein kleines Abenteuer für Emma gewesen sein. Dafür hatte sie sich viel zu heftig mit ihm gestritten und wieder versöhnt. Da waren Gefühle im Spiel gewesen, und zwar starke Gefühle, und das würde er sich so leicht nicht ausreden lassen. Außerdem konnte er es deutlich spüren, dass Emma in Gefahr war.

In Lebensgefahr!

Er hatte an der Art, wie sie eben am Telefon „Danke" zu ihm gesagt hatte, verstanden, dass sie ihn um Verzeihung für ihr Misstrauen und ihr Fehlverhalten bittet, genauso wie sie ihm für die schönen Stunden dankt und ihn gleichzeitig verzweifelt um Hilfe anfleht und sich schließlich, falls sie nicht überleben sollte, von ihm verabschiedet. All das hatte sie in dieses eine Wort gelegt.

„Bob, alles okay, bist du noch dran?", fragte Markus ihn besorgt.

„Ja, mein Freund, ich bin noch dran und das werde ich auch bleiben. Ich werde Emma nicht im Stich lassen, auch wenn du meinst, deinen Polizeiapparat abziehen zu müssen. Ich werde sie finden und wenn ich es nicht vor der Übergabe des Bildes schaffe, dann werde ich Daniel verfolgen und er wird mich zu ihr führen", erklärte Bob und legte auf.

Tim, Chris und Karo schauten ihn fragend an, als er zurück in die Küche kam.

„Die Polizei ist raus", sagte er knapp und schnappte sich seine Notizen. Er wusste, dass Markus als Polizist so handeln musste, aber als Freund konnte er das nicht akzeptieren. So kam zu all den schrecklichen Gefühlen, die er wegen Emmas Entführung empfand, jetzt auch noch die Wut darüber, dass sein bester Freund ihn im Stich ließ.

„Was willst du jetzt machen?", fragte Chris.

„Wir fahren in das Immobilienbüro und vergleichen Emmas Hinweise mit den Objekten, die die Firma gerade vermakelt."

„Aber das hat die Polizei doch längst getan", wandte Chris ein.

„Aber nicht in Kombination mit Emmas Beschreibungen!", blaffte Bob ihn an und ergänzte schroff: „Du musst nicht mitkommen, ich schaff das auch allein."

„Hey Bob, jetzt komm mal runter. Du musst deine Wut auf Markus nicht an mir auslassen. Natürlich komme ich mit. Wir kommen alle gerne mit", beteuerte er.

Bob schaute in die nickenden Gesichter von Tim und Karo und atmete tief durch.

„Aber was ist jetzt mit dem Gemälde?", fragte Tim. „Wir haben es immer noch nicht gefunden. Was willst du denn stattdessen diesem Daniel übergeben?"

„Das ist die Idee", mischte sich Karo ein. „Wir übergeben Daniel einfach stattdessen irgendein anderes Gemälde. Im Wohnzimmer habe ich zwei gesehen."

„Das wird nicht gehen", bemerkte Bob, „denn die Bilder kennt Daniel schon. Außerdem könnte ich mir vorstellen, dass er von Dressens Jungs die Beschreibung des Gemäldes bekommen hat."

„Es müsste also eine Fälschung her. Aber wer weiß, ob überhaupt jemals einer auf die Idee gekommen ist, das Bild zu fälschen?", fragte sich Chris laut.

„Wenn das einer weiß, dann mein Großvater", war sich Bob sicher.

ALFRED VON WOLFSBACH war sofort klar, dass etwas Schreckliches geschehen sein musste, als er Bobs Stimme am anderen Ende der Telefonleitung vernahm. Er hatte in seinem Sessel vor dem lodernden Kamin gesessen und seinen „Fünfuhrtee" genossen, als Matthew ihm das Telefon gebracht hatte.

Bob hatte zunächst versucht, ihm nichts von Emmas Entführung zu erzählen, aber da hätte er wahrscheinlich eher die heilige Inquisition belügen können als ihn, der ihn besser kannte als sein eigener Vater.

„Oh, mein Gott! Junge, du musst sie finden. Diese Schuld möchte ich dir nicht hinterlassen und auch nicht mit ins Grab nehmen", flehte er verzweifelt.

„Großvater, ich finde sie. Das verspreche ich dir", beteuerte ihm sein Enkel.

„Du hast mich eben nach einer Kopie oder Fälschung des Gemäldes gefragt", erklärte er daraufhin, „und ich kann dir sagen, dass es tatsächlich eine gibt. Dein Großonkel hat sie damals selbst angefertigt und mir geschenkt. Seitdem hängt sie zur Erinnerung an ihn in meinem Schlafzimmer. Sie ist nicht schlecht geworden, aber natürlich könnte selbst ein Laie beim direkten Vergleich mit dem Original erkennen, dass es sich um eine Fälschung handelt. Ich könnte mir aber dennoch vorstellen, dass wir jemanden wie diesen Daniel oder die Jungs von Dressen mit dieser Kopie tatsächlich täuschen könnten."

„Gut, dann wird das unser Plan B", sagte Bob erleichtert. „Ich schicke dir meinen Azubi Tim vorbei, um die Kopie abzuholen. Ach ja, und Karo, das ist Emmas beste Freundin, sie wird ihn fahren.

MARKUS hatte eine ganze Weile über Bobs Worte nachgedacht, aber er konnte unter diesen Umständen keinen weiteren Einsatz seiner Kollegen rechtfertigen.

Selbstverständlich würde weiter nach den Jungs von diesem Dressen gefahndet werden, denn schließlich hatten die Drei ja vermutlich den alten Hütte und Emmas Vater nebst Nachbarin und Krankenschwester überfallen. Aber Emma konnte er nach den drei Anrufen nicht mehr als vermisst betrachten. Er würde Bob aber als Freund nicht einfach hängen lassen, und wenn dieser sich in den Kopf gesetzt hatte, Emma zu finden, dann würde er ihm dabei helfen.

Gerade als er sein Team über den Abbruch der Suche nach Frau Müller informieren wollte, kam ein Kollege in sein Büro gestürmt.

„Wir haben den Wagen", meldete dieser aufgeregt, „und er ist voller Blut."

„Welchen Wagen habt ihr?", fragte Markus. „Nun erzähl schon, aber der Reihe nach."

„Also, wir sollten doch Frau Müllers Handy orten. Dabei haben wir festgestellt, dass sie vor ein paar Stunden das letzte Mal einige Zeit auf einem Waldparkplatz im Norden der Stadt eingeloggt war, bevor sie ihr Handy ganz ausgeschaltet hat. Wir haben dann ein paar Kollegen dorthin geschickt und die haben ihn gefunden."

„Wen haben die Kollegen gefunden?", fragte Markus ungehalten. „Mensch Kuddelwitz, muss man dir denn alles aus der Nase ziehen?"

„Na, den Porsche, Chef. Den roten Flitzer vom jungen Hütte. Der stand versteckt unter Ästen im Wald."

„Und was ist mit dem Blut?"

„Na ja, der Beifahrersitz und die Rückbank sind mit einer ganzen Menge Blut verschmiert. Die Spusi ist schon dran und konnte durch einen Schnelltest feststellen, dass es sich zumindest um Frau Müllers sehr seltene Blutgruppe 0 negativ handelt. Ob es allerdings tatsächlich ihr Blut ist, lässt sich im Moment noch nicht mit Bestimmtheit sagen."

„Woher wisst ihr, welche Blutgruppe Frau Müller hat?"

„Na ja, wir haben einfach ihren Vater gefragt. Der wusste es so genau, weil seine Frau die gleiche seltene Blutgruppe hatte und Emma ihr einmal Blut gespendet hatte. Frau Müllers Mutter ist vor einigen Jahren an Krebs verstorben."

„Okay, das ändert alles", sagte Markus und stand auf. „Unter diesen Umständen sollten wir uns die drei Telefonate tatsächlich noch mal genauer anhören und nach Hinweisen auf Frau Müllers Standort suchen."

„Wegen dem Krebstod der Mutter?", fragte Kuddelwitz erstaunt.

„Nein, natürlich wegen des Bluts im Porsche!", blaffte ihn Markus an und verließ sein Büro.

ALS BOBS HANDY klingelte, waren sie gerade vor der Immobilienfirma angekommen. Ein Blick auf sein Display und Bob wusste, dass Markus mit ihm sprechen wollte.

„Geh du bitte dran. Ich kann jetzt nicht mit ihm reden", erklärte er und reichte Chris sein Telefon.

„Hier Chris an Bobs Handy", meldete sich dieser und hörte Markus dann sehr aufmerksam zu. „Wir stehen vor Hütte Immobilien", teilte er ihm schließlich mit und schloss mit den Worten: „Ist gut, wir erwarten dich."

„Was will er denn, ich dachte Emma interessiert ihn nicht mehr", fragte Bob bissig und schaute Chris an.

Doch der erwiderte seinen Blick nicht, sondern saß mit gesenktem Kopf auf dem Beifahrersitz und starrte auf das Handy in seiner Hand.

„Chris, was ist los?", brüllte Bob ihn jetzt an und seine Bissigkeit war blitzschnell in echte Panik umgeschlagen. „Ist etwas mit Emma? Jetzt rede endlich."

Chris atmete tief durch und erzählte seinem Chef alles, was Markus ihm über Daniels Porsche mitgeteilt hatte.

„Scheiße!", schrie Bob verzweifelt und schlug mit der Hand auf sein Lenkrad. „Sie ist verletzt. Dieser Daniel hat sie verletzt." Und dann weinte er, während Chris tröstend die Hand auf seinen Rücken legte.

„Entschuldige bitte", sagte Bob schließlich und wischte sich mit seinem Handrücken die Tränen aus den Augen.

„Ist schon okay", beruhigte ihn Chris, „manchmal muss es halt einfach raus. Aber überleg doch, Emma hat mit dir telefoniert und dabei hoch konzentriert Hinweise ins Gespräch mit eingebaut. Wenn sie wirklich ernsthaft verletzt wäre, hätte sie das wohl kaum geschafft."

„Du hast recht, wir sollten uns jetzt voll und ganz darauf konzentrieren, sie zu finden."

Bob stieg aus dem Wagen und kurze Zeit später stand er mit Markus und Chris vor einer großen Landkarte im Büro vom alten Hütte. Markus war mit dem Schlüssel zu den Büroräumen erschienen und hatte sich bei Bob entschuldigt. Trotzdem war die Stimmung zwischen den beiden noch eine Weile angespannt geblieben.

Erst als Markus die Liste der Hinweise aus Emmas Telefonat, die seine Kollegen für ihn angefertigt hatten, auf den Tisch legte und mit Bobs Liste abglich, lächelten sie sich kurz an und Chris konnte die Anspannung förmlich weichen sehen.

„Also, was haben wir?", fragte Markus und begann damit die Angaben aufzuzählen, die Emma gemacht hatte: „Bewaffnet mit einem Handy, das bedeutet dann wohl, dass die Jungs bewaffnet sind. Ihr Verlobter möchte das Bild seinen Freunden zeigen, könnte bedeuten, dass dieser Daniel mit den Entführern gemeinsame Sache macht."

„Nicht schlecht, Herr Polizist", lobte ihn Bob, „aber jetzt lass mich mal weitermachen: Rechts die drei Affen, das bedeutet drei Rechtsradikale und das Poster von Peter Fox kann eigentlich nur der Hinweis auf ein ‚Haus am See' sein."

„Gut, darauf sind nicht mal meine Kollegen gekommen", sagte Markus anerkennend.

„Okay, jetzt kommt das Bild", stellte Bob fest und folgerte: „Weißes Trikot und durch den Wald sprinten könnte bedeuten, dass ein weißer Mercedes Sprinter im Wald versteckt steht. Genau so einen haben nämlich auch die Nachbarn von Otto Müller gesehen."

„Und meine Kollegen in Leipzig. Die drei Jungs von Dressen waren damit Richtung Süden unterwegs", ergänzte Markus.

„Richtung Norden ist der Hinweis auf die Lage des Wagens oder auch des Hauses in Bezug auf den See. Das heißt, der See liegt im Süden", vollendete Bob die Liste der Hinweise.

„Also fassen wir zusammen", erklärte Markus: „Wir suchen drei bewaffnete Rechtsradikale, die sich von Dressen beauftragt, zusammen mit Daniel Hütte in einem Haus am See verstecken. Der den Rechtsradikalen bereits im Vorfeld zugeordnete weiße Sprinter wurde in einem Wald nördlich von einem See versteckt und ist genauso wie das Haus möglicherweise der Ort, an dem Emma Müller gefangen gehalten wird. Habt ihr das so weit?"

Markus hatte sein Handy am Ohr und auf diesem Weg soeben seine Zusammenfassung auch gleich seinen Kollegen mitgeteilt hatte. Er wollte schließlich keine Zeit verlieren, denn er hatte was wieder gut zu machen.

Bob hatte bereits angefangen, die Landkarte nach möglichen Anwesen an einem See abzusuchen und mit der Liste der 50

„Hütte Objekten" abzugleichen, jedoch ohne Erfolg. Keins von den Gebäuden lag an einem See.

„Wir werden jedes einzelne Anwesen mit Zugang zu einem See, dass auf der Halbinsel liegt und dessen Wohngebäude nördlich vom See liegt, unter die Lupe nehmen müssen", erklärte er Markus verzweifelt.

„Das schaffen wir niemals vor 20:00 Uhr. Weißt du, wie viele kleine Seen es auf dem Bodanrück gibt? Wir müssen Emma aber vorher finden, denn du hast kein Gemälde, das du diesem Hütte übergeben kannst", erwiderte dieser.

Und dann hörten sie Karos laute Stimme, die fast singend verkündete: „Do…och, wir haben das Gemälde!"

„Ihr habt das Gemälde?", fragte Markus ungläubig.

„Na ja, natürlich nicht das Original, aber eine ganz gute Kopie davon. Das dürfte für die Nazis und Daniel erst mal reichen."

„Wo habt ihr das denn her?"

„Von meinem Großvater", erklärte Bob.

„Genial", musste Markus zugeben.

„Finde ich auch", sagte Tim, der direkt hinter Karo das Immobilienbüro betreten hatte.

„Wir sollten Emma aber trotzdem vor 20:00 Uhr finden, denn wenn ich Daniel das Gemälde überreicht habe und dabei mit Emma telefoniert habe, dann ist sie für die Entführer nur noch eine Last. Ich hätte ihre Auslieferung verlangen sollen", erklärte Bob verzweifelt.

„Nein, hättest du nicht", erwiderte ihm Markus, „denn dann wäre sie sofort aufgeflogen. Du hast alles richtiggemacht und du hast mit der Idee „Bild gegen Anruf" ihre Überlebenschance deutlich erhöht. Wir müssen sie jetzt nur noch so schnell wie möglich finden. Meine Männer sind schon unterwegs und durchkämmen systematisch alle Häuser an einem See."

„Ich kann aber nicht untätig hier rumsitzen und warten", erklärte Bob und verließ den Raum.

Vor Bettys Schreibtisch blieb er schließlich stehen und raufte sich die Haare. Es blieb ihnen nur noch verdammt wenig Zeit, Emma zu finden.

Er ließ seinen Blick durch den Raum schweifen und verharrte mit seinen Augen an einem flachen, dafür aber sehr breiten Holzschränkchen, das an der Wand hinter Bettys Schreibtisch befestigt war. Das Schränkchen war, wie ihm jetzt auffiel, mit einem Zahlenschloss gesichert und erweckte dadurch sofort seine Neugierde. Der Versuch, es zu öffnen, scheiterte, und er lief zu seinem Auto und holte seine Werkzeugkiste von der Ladefläche. Mit brachialer Gewalt zertrümmerte er mit seiner Axt die Schranktüren.

Es war ein Schlüsselschrank mit Platz für 60 Schlüssel, die in sechs Reihen an jeweils zehn Haken gehängt werden konnten. Schnell erfasste Bob die Menge der vorhandenen Schlüsselbunde.

Es waren genau hunderteins, wobei an den ersten fünfzig Haken jeweils zwei Schlüsselbunde hingen und die Nummer einundfünfzig nur einen Schlüsselbund am Haken vorwies.

Durch den Lärm, den seine „Schlüsselschranktürzerstörungsaktion" verursacht hatte, waren alle in Bettys Büro gestürzt, aber Bobs erhobene Hand brachte sie sofort zum Schweigen.

„Wie viele Objekte stehen auf der Liste?", fragte er und Markus antwortete:

„Fünfzig."

„Hier hängen aber einundfünfzig Schlüssel und genau am einundfünfzigsten Haken hängt nur ein Bund", erfasste Bob die Situation und griff sich genau diesen Schlüsselbund. Auf dem Anhänger stand wie auf allen Anhängern der Straßenname des dazugehörigen Objekts.

„Seepfad zwanzig", las er laut vor und sofort googelte Markus mit seinem Smartphone die Adresse im Landkreis Konstanz.

Dann schauten sie sich auf der Karte in Hüttes Büro die Gegend rund um das Anwesen an und allen war klar, dass sie mit ziemlicher Sicherheit das richtige Haus gefunden hatten.

BETTY hatte es sich auf dem alten Teppich in einem der oberen Räume der riesigen Villa bequem gemacht. Sie hatte sich die kleinen „in ear" Kopfhörer ins Ohr gestöpselt und an ihr Handy angeschlossen. Musikalisch ließ sie sich in die Welt der schönsten Liebeslieder entführen und versuchte, sich dabei zu entspannen.

In der großen, komplett eingerichteten Küche hatte sie sich aus den Lebensmitteln, die sie auf dem Weg in ihr Versteck gekauft hatte, ein leckeres Essen gezaubert.

Jetzt war sie satt und zufrieden.

Na ja, mal abgesehen davon, dass sie natürlich viel lieber in ihrer eigenen Wohnung auf dem Sofa liegen würde als hier auf einem alten Teppichboden. Bis auf die supermoderne Einbauküche gab es im ganzen Haus nicht ein einziges Möbelstück, und die Nacht auf dieser muffigen Auslegeware verbringen zu müssen, war nicht gerade das, was sie sich für den Abschluss eines so beschissenen Tages vorgestellt hatte. Aber immerhin befand sie sich in ihrer Traumvilla und was noch viel wichtiger war: Sie war in Sicherheit.

Als allererstes hatte sie, nachdem sie heute Morgen das ganze Haus inspiziert hatte, in einem der vier Luxusbäder ausgiebig geduscht. Sie hatte das dringende Bedürfnis verspürt, den ganzen Schmutz der vergangenen Nacht, insbesondere Daniels Spuren nicht nur von ihrer Haut gründlich wegzuspülen. Danach war sie eingewickelt in die Mikrofaserdecke, die sie für alle Eventualitäten immer in ihrem kleinen Auto liegen hatte, auf dem Teppichboden eingeschlafen.

Es war sehr ruhig in diesem großen Haus und so hatte sie bis in den späten Nachmittag hinein tief und fest geschlummert, bevor ihr knurrender Magen sie schließlich geweckt hatte. Jetzt fragte sie sich, wie lange sie wohl würde hierbleiben müssen und wie es überhaupt mit ihr und ihrem Leben weitergehen würde.

Es hatte eine Zeit gegeben, in der sie sich durchaus hatte vorstellen können, Daniel einmal zu heiraten und mit ihm gemeinsam die große Immobilienfirma zu führen. Aber im Moment empfand sie nur noch Abscheu für den Mann, der sie rücksichtslos einfach in diese schreckliche Geschichte hineingezogen hatte.

Nun gut, sie musste zugeben, dass sie sich von dem Geld, das er ihr für ihre Unterstützung bei dem Einbruch in das Haus seiner Verlobten angeboten hatte, hatte blenden lassen. Allerdings war ihr dabei nicht klar gewesen, in was für kriminelle Machenschaften sie dadurch verwickelt werden würde.

Jetzt wurde sie von der Polizei verdächtigt, von Skinheads verfolgt und ob Daniel ihr jemals die zehn Riesen überweisen würde ...?

Betty war einigermaßen verzweifelt, wenn sie über ihre Zukunft nachdachte.

Sollte sie überhaupt noch bei den Hüttes arbeiten?

Den Alten hatte sie sowieso nie leiden können und der Junge hatte nach dieser Nacht bei ihr ebenfalls gründlich verschissen. Sie hatte fast schon ein bisschen Mitleid mit dieser Emma, die ja offensichtlich keine Ahnung hatte, was für einen Mann sie da heiraten wollte.

Bis jetzt hatte sie immer angenommen, dass Daniel von seiner Verlobten vernachlässigt würde und es Emma deshalb schließlich selbst schuld wäre, dass ihr Verlobter Trost und Vergnügen in den Armen seiner Sekretärin suchte. Aber wenn sie hier und heute die letzten Jahre noch einmal Revue passieren ließ, dann konnte sie in Emmas Verhalten, nach dem Tod ihrer Mutter zurück in das Elternhaus zu ziehen, um sich um ihren kranken Vater zu kümmern, nichts Verwerfliches finden.

Im Gegenteil, wenn sich einer nicht richtig verhalten hatte, dann war das zweifelsfrei Daniel gewesen. Wäre denn in so einer Situation nicht jeder liebende Partner mit ins schwiegerelterliche Haus gezogen? Die paar Kilometer mehr bis ins Büro konnten doch wohl bei wahrer Liebe nicht ausschlaggebend für Daniels Verbleib in seiner Stadtwohnung gewesen sein. Nein, Daniel wollte rücksichtslos seine Freiheit behalten. Das war die Wahrheit.

Aber wer war sie, so hart über ihn zu urteilen? Schließlich hatte sie für Geld immer wieder mit ihm geschlafen und dabei hatten *sie* Emmas Gefühle auch nicht interessiert.

Beherzt fasste Betty einen Entschluss. Sie würde in ein paar Tagen Kontakt zu Emma aufnehmen und sich gründlich mit ihr aussprechen, um ihr die Augen zu öffnen. Vielleicht würde diese ja die Anzeige gegen sie wegen des Einbruchs in das Haus ihrer Tante fallen lassen, wenn sie im Gegenzug gegen Daniel aussagen würde. Danach würde sie bei Hüttes kündigen und sich in einer anderen Stadt ein neues Leben aufbauen. Ihrem Vermieter würde sie selbstverständlich ihre neue Adresse auf keinen Fall mitteilen. Eine reine Vorsichtsmaßnahme, falls diese drei Skinheads tatsächlich versuchen würden, sie zu finden.

Müde von all diesen anstrengenden Gedankengängen schlief sie schließlich am frühen Abend zum Sound vom guten alten Beatles Song „Can't Buy Me Love" wieder ein.

MARKUS hatte sofort seine kleine Spezialeinheit, natürlich ohne Blaulicht und Sirene, in die Nähe der Villa mit der Nummer 20 am Seepfad geordert. Die anderen Einsatzteams sollten weiterhin systematisch alle Häuser mit Zugang zum Bodensee oder zu irgendeinem anderen Tümpel oder Gewässer checken. Bob hatte darauf bestanden, ihn zum Einsatz zu begleiten, und auch Chris und Tim hatten sich nicht davon abbringen lassen, ebenfalls mit zu kommen. Bob hatte Karo ins Krankenhaus zu Emmas Vater geschickt. Er hatte ihr erklärt, dass es für den alten Herrn wichtig wäre, einen vertrauten Menschen um sich zu haben, falls es nicht gelingen würde, Emma lebend aus den Händen der Verbrecher zu befreien.

Jetzt standen sie in einer Seitenstraße und bereiteten den Einsatz vor. Markus wollte das Haus unverzüglich stürmen. Er hatte beschlossen, alles auf eine Karte zu setzen und die Entführer durch diesen Überraschungsangriff zu überrumpeln.

„Bob, du bleibst die ganze Zeit dicht hinter mir", befahl er und reichte ihm eine kugelsichere Weste und einen Helm: „Hier, das musst du anziehen."

Er wusste, dass er Bob nicht würde davon abhalten können, ihn zu begleiten, also band er ihn lieber direkt mit der nötigen Schutzkleidung in den Einsatz ein. Tim und Chris mussten allerdings im Pickup bleiben, bis Markus ihnen über Funk erlauben würde, zum Gebäude zu kommen. Auf leisen Sohlen schlichen die Männer jetzt auf die Villa zu. Glücklicherweise gab es am Seepfad nur große Grundstücke mit wenigen, meist hinter hohen Hecken versteckten Häusern, sodass kein Nachbar die bewaffneten Polizisten in ihrer dunklen Schutzbekleidung bemerkte.

Vor der Villa angekommen, machten sich drei seiner Leute auf den Weg, die Seiten und die Rückseite des Gebäudes zu sichern. Markus öffnete mit dem Schlüssel vom Haken Nummer einundfünfzig die schwere Eingangstür. Er wartete einen Moment auf das Signal der Alarmanlage, aber als dieses nicht ertönte, bedeutete er seinen restlichen Männern, das Haus zu durchsuchen.

Während er mit Bob die Treppe zur oberen Etage bewachte, meldeten ihm seine Jungs der Reihe nach, die Sicherung aller Räume im Erdgeschoss. Schnell und sehr leise versammelten sich schließlich alle im großen Eingangsbereich und Markus erfuhr über sein Headset, dass in der Küche vor Kurzem erst gekocht und in einem der Badezimmer geduscht worden war.

„Wir scheinen hier richtig zu sein", stellte er flüsternd fest und befahl seinen Männern, die obere Etage zu stürmen.

Als ein bewaffneter Mann mit Helm und Schutzweste das Zimmer betrat, erklangen die hundert schönsten Lovesongs bereits zum zweiten Mal in Bettys Ohren, während sie seelenruhig auf dem Teppich lag und schlief. Sein Gewehr im Ansatz auf Betty gerichtet, meldete der Polizist der Spezialeinheit über sein Headset, dass er eine auf dem Boden liegende, scheinbar leblose weibliche Person im dritten Raum rechts von der Treppe gefunden habe.

Sofort verließ Bob seine Deckung hinter Markus und rannte zwei Stufen auf einmal nehmend nach oben in das angegebene Zimmer. Der Polizist richtete weiterhin seine Waffe auf Betty, während Bob sich auf die Knie stürzte und die Frau, die vor im lag, betrachtete. Ihre wilden roten Locken hatten sich mit dem Kabel des Kopfhörers verwickelt und ihr Atem ging flach und gleichmäßig.

„Ich kenne diese Frau nicht", meldete er, „sie scheint zu schlafen."

Markus, der gerade den Raum betreten hatte, erkannte Betty sofort.

Betty erwachte und sah die drei behelmten Männer. Sofort dachte sie, ihr schlimmster Albtraum wäre wahr geworden und die drei Skins hätten sie gefunden. Völlig panisch sprang sie auf, wich zurück und drückte sich mit dem Rücken in die nächstliegende Zimmerecke, während sie mit ihren Armen wild um sich schlug.

„Lasst mich bloß in Ruhe ihr Wichser!", schrie sie dabei schrill. Wie hatten die Kerle sie bloß gefunden und warum war die Alarmanlage nicht angegangen, schoss es ihr durch den Kopf. Hatte sie die etwa vergessen anzuschalten?

Markus war währenddessen zielstrebig auf sie zu gegangen, packte blitzschnell ihre Arme und fixierte sie mit festem Griff über ihrem Kopf an der Wand. Dann drehte er ebenso schnell seine Hüfte zur Seite, um ihrem gezielten Tritt in seine edelsten Teile auszuweichen. „Hinreißend" war das Wort, das ihm dabei durch den Kopf ging, denn er liebte wilde Frauen und ganz besonders die mit roten Locken.

„Wir sind von der Polizei, Frau Floppe", sagte er dann ganz dicht vor ihrem Gesicht und blickte ihr dabei tief in die vor Angst und Wut funkelnden Augen. Er wartete einen Moment und erklärte schließlich ruhig: „Frau Floppe, ich lasse Sie jetzt los. Wir müssen mit Ihnen reden."

EMMA war froh gewesen, endlich wieder liegen zu können. Die Übelkeit hatte direkt merklich nachgelassen und nachdem Daniel sie allein in der Dunkelheit zurückgelassen hatte, waren auch ihre Kopfschmerzen etwas erträglicher geworden. Vor Erschöpfung war sie eingeschlafen und erst aufgewacht, als ihr Ex-Verlobter ihr ein kaltes Stück Pizza und eine neue Flasche Wasser gebracht hatte.

„Henkersmahlzeit", hatte er gesagt und die Innenbeleuchtung des Laderaums angeknipst, bevor er die Hecktür von außen verschlossen hatte.

Jetzt saß sie hier im schwachen Licht der drei kleinen Lampen und aß schon wieder Pizza.

„Sie machte eine Pizzadiät bis zum bitteren Ende" wäre wohl eine passende Inschrift für ihren Grabstein, dachte sie bitter mit einem letzten Hauch Galgenhumor.

Bevor Daniel gegangen war, hatte sie ihn noch um eine Schmerztablette aus ihrer Handtasche gebeten, denn die Wunde und auch der Rest ihres Kopfes taten ihr gewaltig weh.

Vorsichtig ließ sie sich wieder auf die Decken sinken und versuchte, gegen die in ihr aufsteigende Angst anzuatmen.

Was, wenn Bob nicht rechtzeitig kam? Wie viel Zeit blieb ihr dann noch bevor sie mit einem Stein an den Füßen von ihrem Ex-Verlobten im See versenkt würde?

Sie hatte es nicht geschafft, den Namen „Olaf" in ihrem Telefonat mit Bob unterzubringen, aber vielleicht wäre genau das der wichtigste Hinweis gewesen.

Emma wurde immer verzweifelter und die Panik machte sich langsam, aber sicher in ihrem ganzen Körper breit. Sie spürte, wie ihre Muskeln anfingen zu zittern und ihre Zähne schon leise aufeinanderschlugen.

Bald würde sie dieses Zittern nicht mehr kontrollieren können, das wusste sie, denn sie hatte schon einmal erlebt, wie eine ihrer Schülerinnen eine solche Panikattacke bekommen hatte. Sie hatte damals den Notarzt rufen müssen und erst im Krankenhaus hatten die Ärzte mit starken Medikamenten die Attacke beenden können.

Aber sie lag hier gefesselt an einen Haken im Laderaum eines Transporters. Es würde ihr keiner helfen, denn sie war sowieso dem Tode geweiht. Also sollte sie versuchen, an etwas anderes zu denken, an etwas Schönes, etwas, das sie von ihrer jetzigen Lage ablenken würde.

Aber was könnte ihr ganzes Bewusstsein so stark in Anspruch nehmen, dass die Gedanken an ihren nahenden Tod keinen Platz mehr fänden?

Auf diese Frage gab es nur eine einzige Antwort: Bob.
Sie wollte sich noch einmal ganz genau vorstellen, wie sie sich das letzte Mal geliebt hatten, vor weniger als vierundzwanzig Stunden in seinem Badezimmer:

Sie hatte längst aufgehört zu zählen, zum wievielten Mal sie an diesem Wochenende mit Bob geschlafen hatte, als sie nach der Lektüre des Tagebuchs gemeinsamen Duschen gegangen waren. Bob hatte das Wasser angedreht und sie zu sich unter den Duschkopf gezogen. Warm hatten die kontinuierlich fließenden Tropfen ihre nackt miteinander verschlungenen Körper eingehüllt und er hatte mit seinen Lippen zärtlich ihren Mund berührten.

Sie war bereits so erregt, dass sie gierig mit ihrer Zunge seine suchte, und sie versanken in einem leidenschaftlichen Kuss. Bob hatte seine Härte gegen ihren Unterleib gedrückt und dann umgriff er ihre Oberschenkel und hob sie auf seine Hüften. Er lehnte ihren Rücken an die Wand, drückte sich fest zwischen ihre Beine und versenkte sich in ihr.

Sie hatten sich in ihren gemeinsamen Orgasmus geschaukelt und danach eine in warme Wassertropfen gehüllte Ewigkeit in den Armen gehalten, bevor Bob begonnen hatte, sie zu waschen.

Er hatte sie eingeseift und dabei keine Pore ihrer Haut vergessen, und nachdem er sie abgeduscht hatte, kniete er sich vor sie und legte ihr linkes Bein über seine Schulter.

Beim Anblick ihrer geschwollenen Lippen, die sich so direkt vor seinen Augen leicht auseinanderspreizten, hatte er „Oh Emma" gestöhnt und dann ganz vorsichtig, mit einem sanften, warmen Wasserstrahl aus der Handbrause seinen Samen weggespült.

So etwas unglaublich Zärtliches hatte Emma noch nie erlebt und sie hatte mit glücklichen Tränen gekämpft.

Schließlich hatte sie Bob gewaschen und es genossen, ihn dabei am ganzen Körper zu berühren und auch seine samtige Haut mit der darunterliegenden empfindsamsten Stelle zärtlich von den feuchten Überresten ihres Liebesspiels zu befreien.

„Und dann hatte es Pizza gegeben, die vielleicht vorletzte Pizza in meinem viel zu kurzen Leben", sagte Emma laut zu sich selbst und stellte erleichtert fest, dass das Zittern ihrer Muskeln tatsächlich aufgehört hatte.

NACHDEM Betty sich einigermaßen beruhigt hatte, erzählte sie den Männern, warum sie sich in der Villa versteckt hatte. Sie gestand dabei auch ihre Beteiligung am Einbruch in das Haus von Frau Müller und ließ schließlich kein gutes Haar an ihrem rücksichtslosen Juniorchef.

Tim und Chris waren mittlerweile ebenfalls in der Villa erschienen und hatten alle Hände voll damit zu tun, Bob zu beruhigen. Der lief nämlich völlig fertig in der Eingangshalle auf und ab und hoffte verzweifelt auf irgendeine innere Eingebung, die ihm noch vor Ablauf der Übergabefrist in einer knappen Stunde den Weg zu Emmas Gefängnis weisen würde.

„Diese blöde Kuh", schimpfte er laut, „warum ist sie nicht direkt zur Polizei gegangen? Dann hätten wir die Entführung wahrscheinlich verhindern können."

„Sie hatte Angst", versuchte Chris Bettys Verhalten zu rechtfertigen. „Schließlich hat sie eine Straftat begangen und ob die Polizei sie im Ernstfall vor Dressens Jungs wirklich hätte schützen können? Also, ich kann verstehen, dass sie sich erst mal versteckt hat."

„Ich aber nicht!", brüllte Bob quer durch die Halle und trat mit seinem Fuß gegen die Wand.

In dem Moment klingelte Tims Handy, und er verzog sich lieber schnell in den Garten hinter dem Haus.

So wütend und verzweifelt hatte er seinen Chef noch nie gesehen und das ging ihm ganz schön nah. Schließlich war Frau Müller für ihn nicht einfach irgendwer. Als Lehrerin hatte er sie immer sehr gemocht und respektiert und außerdem hatte er zu ihrer Entführung mit beigetragen. Mochten die anderen ihm das ausreden, wie sie wollten, er wusste um seine Schuld.

Ein Blick auf das Display seines Telefons zeigte ihm, dass seine Freundin versuchte, ihn zu erreichen. Das hatte ihm gerade noch gefehlt. Während er sich mit schnellen Schritten immer weiter vom Haus entfernte, überlegte er, sie einfach wegzudrücken.

Aber dann hatte er eine Idee.

Er würde ihr erzählen, dass er der Polizei helfen müsse, ein Verbrechen zu verhindern. Das wäre nicht einmal gelogen und er würde damit mächtig Eindruck bei ihr schinden. Also nahm er das Gespräch an ... und bereute es auch schon direkt.

Seine Freundin ließ ihn erst gar nicht zu Wort kommen. Sie beschimpfte ihn, zweifelte an seiner Liebe zu ihr, und als er ansatzweise versuchte, ihr zu erklären, warum er noch nicht zu Hause war, glaubte sie ihm kein Wort. Das war keine Liebe wie zwischen seinem Chef und Frau Müller. Das war gar keine Liebe mehr, jedenfalls nicht von seiner Seite aus, das war ihm genau jetzt klar geworden.

Er hatte mittlerweile schon einen Teil des Hügels erklommen, der sich in einiger Entfernung parallel zum Wohngebäude erstreckte, und blieb stehen.

„Cindy", unterbrach er ihr Gezeter mit fester Stimme, „ich möchte, dass du aus meiner Wohnung verschwunden bist, wenn ich morgen Abend nach Hause komme. Mit all deinen Sachen. Und ruf mich bitte nie wieder an." Dann drückte er auf den roten Hörer, beendete so das Gespräch und schaltet sein Handy ganz aus.

Zufrieden steckte er das Telefon in seine Gesäßtasche zurück, reckte sich ausgiebig und ließ dann seinen Blick über die vor ihm liegende Oberkante des Hügels hinweg Richtung Süden schweifen.

Dort, am Fuß des Hügels, lag ein kleiner See friedlich glänzend im Sonnenlicht ...

Tim sah aber nicht nur den See. Er sah auch das kleine Häuschen mit dem angrenzenden Wald ... und den jungen Skinhead mit den dicken Stiefeln, der gerade dabei war, einen Strick um einen großen Stein zu binden.

Sofort warf sich Tim auf den Boden und hoffte inständig, dass ihn keiner entdeckt hatte. Er robbte ein Stück über die Wiese zurück in Richtung Villa, und als er sich sicher war, dass man ihn vom See aus nicht mehr sehen konnte, stand er auf und rannte so schnell er konnte zu den anderen zurück.

„Chef, ich hab sie gefunden!", schrie er völlig hysterisch durchs Gebäude. „Ich hab Frau Müller gefunden!

DANIEL hatte Angst, und er war wütend.

Angst hatte er, weil er nicht ausschließen konnte, dass der Schreiner Emmas Hinweise verstanden hatte und die Polizei in Kürze hier auftauchen würde. Wütend war er, weil er bei der Suche nach Schmerztabletten in Emmas Handtasche eine angebrochene Pillenpackung gefunden hatte.

Sie hatte ihn doch tatsächlich verarscht.

Er hatte brav jedes Mal einen Gummi über seinen Hammer gezogen, obwohl sie die Pille weiter genommen hatte.

Was war nur aus seiner unkomplizierten und grundehrlichen Verlobten geworden? Ein verlogenes Miststück? Hatte sie etwa schon vor diesem Wochenende mit diesem Schreineraffen gevögelt?

„Olaf", bat er den Anführer des Dressen Trios, „könnt ihr mich nicht doch mit Emma im Sprinter einschließen, bevor ich zur Übergabe muss?"

„Warum sollten wir das tun?"

„Nun ja, ich würde meine Verlobte gerne zum endgültigen Abschied noch einmal flachlegen, und dabei möchte ich vorher ihre Fesseln lösen, sie steht nämlich nicht so auf Bondage, falls du verstehst."

„Und du denkst, wenn du sie losmachst, haut sie ab?"

„Was weiß ich, wozu Frauen fähig sind im Angesicht des nahenden Todes."

„Du glaubst, sie weiß, dass wir sie abmurksen?"

„Emma ist nicht blöd, natürlich kann sie sich das denken."

„Und trotzdem will sie bei der Übergabe mit diesem Schreiner telefonieren, damit du das Gemälde bekommst?"

„Sie liebt mich eben", log Daniel, „und gerade deshalb sollte ich sie noch einmal verwöhnen."

„Hört sich vernünftig an", räumte Olaf ein. „Aber lass sie bloß ganz, du weißt ja, dass wir sie vorerst noch brauchen."

„Geht klar", versicherte Daniel und war heilfroh, dass Olaf ihm seine Geschichte abgekauft hatte und er jetzt bei einem etwaigen Zugriff der Polizei gemeinsam mit Emma eingeschlossen im Sprinter gefunden werden würde.

„'Nen Abschiedsfick für den Immobilienarsch!", grölte Uwe und legte den Stein, um den er ein dickes Seil gewickelt hatte, in das kleine Ruderboot, das am Seeufer vertäut war.

„Schrei hier nicht so rum", ermahnte ihn Olaf und drückte ihm den Sprinterschlüssel in die Hand.

„Ey, Olaf", kicherte Uwe jetzt leiser, „dann dürfen wir doch bestimmt auch zwischen Übergabe und Bootsfahrt über die Kleine rüberrutschen."

„Mal sehen", verkündete Olaf und fand die Idee gar nicht so schlecht. „Aber jetzt schließ erst mal Hütte Junior mit der Kleinen ein." Dann drehte er sich zu Daniel und mahnte ihn: „Nicht länger als eine halbe Stunde, sonst kommst du zu spät zur Übergabe. Wir bestellen dir ein Taxi für 19:40 Uhr zur Straße hinterm Wald."

„Kannst dich auf mich verlassen", versicherte Daniel und marschierte mit Uwe zum Transporter.

„DA UNTEN GIBT ES NOCH EIN HAUS?", fragte Markus Betty aufgebracht. „Warum haben Sie uns das nicht erzählt?"

„Weil Sie nicht gefragt haben", erwiderte Betty schnippisch. „Außerdem ist das nur ein kleines Poolhaus direkt am See, der gemeinsam mit dem angrenzenden Wald auch zu diesem Anwesen gehört. Der Wald hat übrigens eine eigene Zufahrt, die auch zum Poolhaus führt."

„Und Sie haben nicht bemerkt, dass sich da unten jemand aufhält?", fuhr Markus sie erneut an.

„Na wie sollte ich denn? Der See ist viel zu weit entfernt vom Haus und durch den Hügel kann man ihn von hier aus noch nicht einmal sehen", erklärte ihm Betty und war es langsam leid, von diesem Mann so behandelt zu werden, als wäre sie allein an all dem schuld, was dieser Emma in den letzten Stunden zugestoßen war.

„Lagebesprechung in der Eingangshalle", rief Markus in sein Headset und rannt die Treppe hinunter. Dann befahl er Chris und Tim auf Betty aufzupassen und machte sich nach einem genauen Blick auf die Luftansicht der näheren Umgebung, die er sich aus dem Netz auf sein Smartphone geladen hatte, daran, einen Plan für die Befreiungsaktion auszuarbeiten.

NACHDEM DANIEL in den Laderaum des Transporters geklettert war, verschloss Uwe von außen die Tür. Den Schlüssel ließ er stecken und marschierte zurück zum See. Dort machte er es sich auf einem umgestürzten Baumstamm bequem. Nach einer Weile wurde es ihm allerdings langweilig und deshalb ging er zurück zum Sprinter und lehnte sich an die Hecktür. Er hoffte, dass Daniel seine Braut mittlerweile heißgemacht hatte, und wollte sich am Stöhnen der beiden aufgeilen.

Die Geräusche, die aus dem Laderaum in seine Ohren drangen, hörten sich allerdings alles andere als lustvoll an. Schnell war im klar, dass es sich bei der Action hinter der Tür keinesfalls um einvernehmlichen Sex handelte, und weil ihm das sogar noch viel besser gefiel, presste er sein Ohr noch etwas fester gegen das weiß lackierte Metall.

Daniel hatte sich neben seine Verlobte auf den Boden gesetzt und gewartet, bis seine Augen sich an das schummrige Licht der Innenbeleuchtung gewöhnt hatten.

Emma hatte die Augen geschlossen und schien zu schlafen.

Er hatte eben lange nachgedacht und eigentlich hätte er jetzt einfach so hier sitzen bleiben können, bis die Polizei kam oder er zur Übergabe fahren musste. In beiden Fällen würde sich bei der seiner Meinung nach bevorstehenden Festnahme seine Opferrolle für die Polizei plausibel darstellen. Er, mit der Androhung, seinen Vater zu töten, zur Entführung seiner Verlobten erpresst und mit der Androhung, eben diese zu töten, dazu gebracht, ein wertvolles Gemälde abzuholen. Da passte ja sogar noch der Einbruch in das alte Fachwerkhaus ganz prima mit in die Geschichte. Das funktionierte natürlich nur, wenn Emma dieses Bild von seiner Selbstaufopferung für das Leben seiner Liebsten bestätigte.

Gut, wenn sie nach dem Übergabetelefonat mit diesem Schreineraffen direkt getötet würde, dann wäre er aus dem Schneider. Aber wenn die Polizei sie vorher finden würde, dann ...

Daniel war sich leider ganz und gar nicht sicher, dass Emma ihm jemals abgenommen hatte, nicht mit den Entführern gemeinsame Sache zu machen. Vielleicht hatte sie ihm das einfach nur vorgegaukelt. Er war sich auch nicht sicher, ob er ihre Zusicherung, nicht mit dem Schreiner ihres Vertrauens geschlafen zu haben, ernst nehmen konnte, denn seit dem Fund der Pillenpackung in ihrer Handtasche waren seine Zweifel geweckt. Dass er auch nicht mehr glaubte, dass sie ihn trotz des letzten heißen Kusses noch liebte, war da nur eine logische Konsequenz, und dass sie beim Telefonat mit Bob nur Hinweise platziert hatte, die der Polizei helfen würde, sie zu finden und ihre Angaben zum Auffinden des Gemäldes reiner Fake gewesen waren, davon ging er mittlerweile fest aus.

Sie hatte seinen wasserdichten Plan, seine Firma zu retten, sabotiert und ihn belogen und betrogen. Und das alles zusammen machte ihn unglaublich wütend.

„Emma", begann er und berührte sie an der Schulter, „wach auf, ich muss mit dir reden."

Emma löste sich nur widerwillig aus ihrer Vorstellung, in Bobs Armen zu liegen und blinzelte ihn an.

„Was willst du? Hast du mir endlich eine Schmerztablette mitgebracht?"

„Nein, hab ich nicht", erwiderte Daniel und wedelte mit einem Tablettenblister durch die Luft, „aber dafür habe ich in deiner Handtasche eine angebrochene Pillenpackung gefunden."

„Die ist schon alt", log Emma und hatte das ungute Gefühl zu wissen, wo diese Unterhaltung hinführen würde.

„Ach", bemerkte Daniel, „das ist gut, denn wenn es eine aktuelle Packung wäre, dann hättest du die Pille schon seit vier Tagen nicht mehr genommen."

Damit hatte Emma nicht gerechnet. Sie riss erschrocken ihre Augen auf und versuchte, Daniel den Blister aus der Hand zu reißen. Dabei hatte sie allerdings nicht bedacht, dass sie ja an den Boden gefesselt war, und so war diese Aktion kläglich zum Scheitern verurteilt.

„Wusste ich es doch!", brüllte Daniel sie wütend an. „Du hast mit diesem Schreinerarsch gefickt und das sogar ohne Kondom. Deine Reaktion war so eindeutig. Wie lange läuft das schon zwischen dir und diesem Affen?"

Emma versuchte gar nicht erst, ihn vom Gegenteil zu überzeugen, denn es war ihr völlig egal, dass er jetzt die Wahrheit kannte. In ihrem Kopf gab es nur noch einen einzigen Gedanken: Sie könnte schwanger sein. Schwanger von Bob.

Und dann schossen ihr die Tränen in die Augen, denn ihr wurde bewusst, dass Bob im schlimmsten Fall nicht nur sie, sondern auch sein ungeborenes Kind verlieren würde.

Was für eine Ironie des Schicksals oder war es etwa doch eher ein grausames Vermächtnis?

Daniel hatte ihr eigentlich vorschlagen wollen, dass er ihr das Verhältnis mit dem Schreiner verzeihen würde, wenn sie dafür der Polizei bestätigen würde, dass auch er ein Opfer war. Aber als er jetzt ihre Tränen sah und verstand, dass sie diesen Cargohosen tragenden Holzwurm wirklich liebte, da wurde seine Wut auf sie plötzlich riesengroß.

Er schmiss sich auf Emma und brüllte ihr ins Gesicht: „Du verdammtes Miststück! Du hast mich die ganze Zeit verarscht und freust dich wahrscheinlich schon darauf, mich bei den Bullen zu verraten. Aber das wird dir nicht gelingen, denn du wirst dazu keine Gelegenheit mehr bekommen. Doch bevor die Jungs dich im See versenken, werde ich dir noch zeigen, wer der einzige und letzte Mann ist, der ohne Kondom mit dir ficken darf."

Emma versuchte ihn mit ihren zusammengebundenen Armen ins Gesicht zu schlagen, aber Daniel sprang behänd wieder von ihr herunter und zog sie an den Beinen so weit vom Bodenhaken, an den sie gefesselt war, weg, dass ihre Arme jetzt über ihrem Kopf lagen. Verzweifelt versuchte sie, sich mit ihren Füßen wieder nach oben zu schieben, doch Daniel setze sich einfach auf ihre Beine und begann, ihre Hose zu öffnen.

„Daniel, hör auf!", schrie sie laut, aber ihr Ex-Verlobter war nicht mehr zu stoppen. Mit rauer Gewalt riss er ihr die Jeans mitsamt dem Slip und den Schuhen von den Beinen, und als er dann über ihr stand und seine Hose öffnete, presste Emma ihre Beine zusammen und zog ihre Knie bis zu ihrem Bauch. Sie wusste, dass sie mit ihren angeketteten Armen keine Chance gegen ihn hatte, aber sie wollte es ihm so schwer machen, wie sie nur konnte.

Daniel lachte sie aus und riss ihre Beine wieder nach unten. Dann stellte er sich mit seinem rechten Turnschuh einfach auf ihren linken Oberschenkel und fingerte sein steifes Gerät aus seiner Unterhose. Emma trat ihn dabei mit ihrem rechten Fuß mehrfach gegen sein Knie, aber ihre nackte Fußsohle war keine wirkliche Waffe.

Als Daniel ihre Beine schmerzhaft weit spreizte und sich zwischen ihre Schenkel legte, versuchte sie mit aller Kraft, ihre Hüfte wegzudrehen. Aber Daniels schwerer Körper setzte ihrer Gegenwehr ein Ende. Schließlich blieb ihr nur die Möglichkeit, ihm ins Gesicht zu spucken, und das tat sie dann auch voller Inbrunst.

Einen kurzen Moment hielt Daniel sichtlich erschrocken inne, wischte sich ihre Spucke mit dem Ärmel von der Wange und schnauzte: „Das machst du nicht noch mal!"

„Oh doch!", brüllte Emma und sammelte sofort neuen Speichel.

Doch bevor sie ihn ein zweites Mal mit dem nassen Inhalt ihres Mundes treffen konnte, erhob er sich, packte sie an beiden Beinen und drehte sie mit kraftvollem Schwung auf den Bauch.

Emma klatschte mit ihrem ganzen Körper auf den Metallboden und ihr Kopf landete ebenfalls genau mit der Platzwunde auf dem harten Untergrund. Ihre Arme hatten sich verdreht und der Kabelbinder an ihren Handgelenken schnitt sich blutig in ihre Haut.

In ihrer Benommenheit bekam sie nur noch am Rande mit, dass Daniel ihre Pobacken auseinanderriss und sich dann mit Gewalt in ihrer Vagina versenkte.

EINMAL IN GANG GESETZT arbeitete das Spezialteam der Polizei unter dem Kommando von Markus Weber präzise wie ein Uhrwerk. Schon wenige Minuten nach Tims Beobachtung waren die meisten Männer losgefahren, um von der Waldseite her das Gelände zu stürmen. Drei Polizisten legten sich hinter den Hügel im weitläufigen Garten, um dort eventuell flüchtende Personen abzufangen. Der kleine See musste zunächst ungesichert bleiben, würde aber im Falle einer Flucht von Personen durch das Wasser schnell zu umstellen sein.

Nach Tims Rückkehr hatte Chris alle Hände voll zu tun gehabt, Bob davon abzuhalten, sofort über den Hügel zu rennen, um Emma zu retten. Erst als Markus ihm unmissverständlich klarmachte, dass er ihn nicht am Einsatz beteiligen würde, wenn er sich nicht augenblicklich beruhigte, entspannte er sich etwas.

„Mit so einem unüberlegten Alleingang bringst du deine Emma nur unnötig in noch größere Gefahr", hatte er ihm gesagt und dann waren sie mit den anderen Männern zum Waldweg gefahren.

Tim, Chris und Betty hatten sich im oberen Stockwerk an einem Fenster Richtung See positioniert, mussten allerdings enttäuscht feststellen, dass man vom Haus aus tatsächlich weder den See noch das Poolhaus und den Wald sehen konnte.

Jetzt schlichen die Männer nebeneinander mit jeweils zehn Meter Abstand zum Nächsten und der Waffe im Anschlag gleichmäßig durchs Unterholz. Bob hielt sich wieder dicht hinter seinem Freund.

Schon bald erkannten sie den weißen Sprinter, der mit der Front zu ihnen im Wald stand. Markus gab mit Zeichen zwei seiner Männer die Anweisung, rechts und links am Wagen entlang zu schleichen, während sich Bob dicht dahinter hielt.

Aus dem Innern hörte man einen dumpfen Aufschlag und dann grölte hinter dem Transporter eine Männerstimme: „Ey, Immobilienarsch, hast du sie etwa schon kaputtgemacht?"

Das war allerdings das Letzte, was Uwe sagen konnte, denn er wurde blitzschnell und lautlos mit einem gezielten Nackengriff außer Gefecht gesetzt. Sofort waren Markus und Bob an der Hecktür und Bob drehte den Schlüssel, den Uwe im Schloss steckengelassen hatte.

Dann ging alles sehr schnell. Sie rissen gleichzeitig die beiden Flügel der Tür auf und die bewaffneten Männer der Spezialeinheit stürmten in den Laderaum und holten Daniel von Emma herunter. Sie packten ihn mit geübtem Handgriff, schmissen ihn mit dem Gesicht auf den Boden und versahen seine Handgelenke auf dem Rücken, direkt über seinem nackten Arsch mit hübschen Handschellen. Sie stellten ihn genau wie Uwe mit einem Griff in den Nacken ruhig und noch während sie mit Daniel beschäftigt waren, sprang auch Bob in den Sprinter.

Emmas Anblick verschlug ihm fast den Atem. Ihre gespreizten Beine und ihr entblößter Unterleib, ihre verdrehten und gefesselten Arme mit den blutigen Handgelenken und das ganze Blut, das sich rund um ihr auf dem Boden liegendes Gesicht gesammelt hatte, boten ein Bild unendlichen Leids.

Schnell schnappte er sich eine der Decken und bedeckte damit ihre Nacktheit. Danach holte er sein Tool aus der Hosentasche und durchtrennte die Kabelbinder. Er kniete sich neben sie und fühlte den Puls an ihrer Halsschlagader.

„Gott sei Dank, du lebst", flüsterte er erleichtert und drehte sie ganz vorsichtig auf den Rücken. Die Platzwunde hatte nach dem Aufprall auf den Boden wieder angefangen zu bluten und Bob drückte sein Taschentuch auf Emmas Haaransatz. Er hatte Tränen in den Augen und zog sie ganz vorsichtig in seine Arme.

„Ich lasse dich nie wieder allein, das verspreche ich dir", flüsterte er ihr zärtlich ins Ohr und Emma öffnete kurz ihre Augen.

Als sie ihn erkannte, lächelte sie, wisperte ganz leise: „Bob", und dann glitt sie erneut in eine erlösende Bewusstlosigkeit.

Als Markus in den Wagen schaute, sah er seinen Freund, der leise schluchzend seine bewusstlose Emma in den Armen hielt.

„Der Rettungswagen ist gleich da", informierte er Bob leise und folgte dann seinem Team. Er hatte, während alle anderen Männer lautlos weiter zum Poolhaus geschlichen waren, Uwe mit Handschellen versorgt und ihm und Daniel ebenfalls die Füße gefesselt. Im Flüsterton hatte er dann über sein Headset einen der Männer am Hügel damit beauftragt, den bereits im Vorfeld angeforderten Rettungswagen in den Wald zu schicken.

Jetzt hatten die Polizisten das kleine Häuschen am See umstellt und als Markus, der ein paar Meter entfernt seinen Posten bezogen hatte, über sein Mikrofon das Kommando in die Ohren seiner Männer gab, stürmten einige von ihnen durch die mit einem lauten Rums eingetretene Tür das Haus.

Es gab einen kurzen Schusswechsel, bei dem außer Olaf, der tatsächlich versucht hatte, mit seiner Pistole auf die schwer bewaffneten Polizisten zu schießen, niemand verletzt wurde.

Der Notarzt versorgte kurze Zeit später Emma im Rettungswagen, während einer der Sanitäter Olafs Streifschusswunde mit einem Pflaster versah. Daniel und die drei Jungs von Dressen wurden schließlich von den Polizisten abgeführt und als Emma endlich transportfähig war, wurde sie mit Blaulicht und Sirene ins Krankenhaus gefahren.

Bob ließ dabei nicht einen Augenblick ihre Hand los, das hatte er ihr versprochen.

BOB hatte die ganze Nacht bei Emma im Krankenhaus verbracht. Er hatte sie nicht eine Sekunde allein gelassen. Selbst bei den Untersuchungen, die auch der Beweissicherung einer Vergewaltigung dienen sollten, war er in ihrer Nähe geblieben.

Emma war allerdings nicht wieder zu sich gekommen.

Die Ärzte hatten eine schwere Gehirnerschütterung diagnostiziert und eine Hirnschwellung, die aber mit Medikamenten wahrscheinlich gut zu behandeln sein würde. Bob hatte dafür gesorgt, dass sie in einem Einzelzimmer untergebracht wurde und als der diensthabende Chirurg ihm mitteilte, dass ihre Kopfwunde sicherlich eine fiese Narbe hinterlassen würde, hatte er seinen Großvater angerufen und ihn um Geld für einen guten Schönheitschirurgen gebeten.

Alfred von Wolfsbach hatte sofort seine Beziehungen spielen lassen und so war Emmas Wunde bereits am frühen Morgen von einem berühmten Professor für plastische und ästhetische Chirurgie versorgt worden. Der Schönheitschirurg hatte ihm versichert, dass von der großen Platzwunde später nur noch ein ganz feiner Strich am Haaransatz zu sehen sein würde.

Jetzt saß Bob an Emmas Bett und betrachtete ihr blasses Gesicht, das an der linken Seite zum Teil von einem weißen Kopfverband verdeckt war. Das getrocknete Blut hatte ihr die Krankenschwester von der Haut gewaschen, aber ihre Haare waren immer noch damit verklebt.

Emmas Vater und Karo hatten bis in die Nacht hinein ebenfalls an Emmas Bett gesessen, waren dann aber irgendwann erschöpft schlafen gegangen.

„Herr von Wolfsbach", sagte die Schwester, die gerade leise den Raum betreten hatte, „Sie sollten auch langsam nach Hause gehen. Frau Müller braucht jetzt absolute Ruhe und Sie können ihr im Moment sowieso nicht helfen. Außerdem sehen Sie so aus, als könnten Sie eine Portion Schlaf ganz gut gebrauchen."

„Ich lasse Frau Müller nicht alleine", erwiderte Bob und streichelte weiter mit dem Daumen über Emmas Handrücken.

„Wie Sie meinen", entgegnete die Schwester und verließ das Zimmer, um dann kurze Zeit später mit einem weiteren Bett im Schlepptau zurückzukommen.

Bob half ihr dabei, das Bett ganz dicht neben Emmas zu rollen, bedankte sich und legte sich hin. Kurze danach war er mit Emmas Hand in seiner eingeschlafen.

Emmas Zustand veränderte sich in den nächsten Tagen nicht. Bob wich weiterhin nicht von ihrer Seite. Chris hatte ihm ein paar Klamotten und Toilettenartikel vorbeigebracht und aus der Krankenhauskantine versorgte er sich mit Essen.

Otto Müller schaute jeden Tag mehrfach nach seiner Tochter und auch Karo kam mindestens ein Mal am Tag vorbei.

Das Labor hatte Bob mitgeteilt, dass man in Emmas Vagina nur Sperma von einem Mann gefunden hatte und da er bereits im Vorfeld eingeräumt hatte, mit Emma in der Nacht von Sonntag auf Montag geschlafen zu haben, musste er eine Speichelprobe abgeben.

Nach ein paar Tagen war dann klar, dass das gefundene Ejakulat zweifelsfrei ihm zuzuordnen war.

Der Vorwurf gegen Daniel Hütte sie vergewaltigt zu haben, sei aber deshalb natürlich nicht vom Tisch, denn Frau Müllers Verletzungen im Intimbereich und natürlich auch das Bild, das sich den vier Männern bei ihrem Auffinden geboten hatte, waren eindeutige Beweise, erklärte ihm der mit diesem Teil des Falls befasste Kommissar.

Markus kam ebenfalls so oft er konnte im Krankenhaus vorbei und brachte seinen Freund dann jedes Mal auf den neuesten Stand der Ermittlungen.

So erfuhr Bob, dass Walter Hütte es geschafft hatte, einen Deal mit Markus Kollegen auszuhandeln. Er hatte sich bereit erklärt, als Kronzeuge gegen Dressen auszusagen, wenn ihm dafür für die Anstiftung seines Sohnes zu einer Straftat Straffreiheit gewährt würde.

Dressen würde also diesmal einer Verurteilung zu einer Haftstrafe nicht entgehen können. Ebenso würden seine Jungs mit einem ziemlich langen Gefängnisaufenthalt rechnen müssen.

„Was geschieht jetzt eigentlich mit Daniel?", fragte Bob seinen Freund, der gerade mal wieder mit den neuesten Informationen aus dem Polizeipräsidium bei ihm aufgetaucht war.

„Na ja, das hängt in allererster Linie von Emmas Aussage ab. Aber mit einer mehrjährigen Gefängnisstrafe wird er rechnen müssen. Betty kann nur hoffen, dass Emma ihre Anzeige wegen Einbruchs zurückzieht, ansonsten wird sie ebenfalls einer Bestrafung durch die Justizbehörden nicht entgehen können."

„Du hast dich in den kleinen rothaarigen Wirbelwind verguckt, stimmt's?", fragte Bob ihn grinsend.

„Kann schon sein", räumte Markus augenzwinkernd ein, „du weißt doch, ich stehe auf echte Herausforderungen."

„Na, dann werde ich bei Gelegenheit mal ein gutes Wort für Betty bei Emma einlegen", versicherte ihm Bob und schaute dann traurig zum Bett, in dem seine große Liebe immer noch wie Dornröschen in ihrem gläsernen Sarg zu schlafen schien.

„Was sagen denn die Ärzte", fragte Markus, nachdem er seinem Freund mitfühlend auf die Schulter geklopft hatte.
„Sie können nur vermuten, warum sie einfach nicht aufwacht. Die Hirnschwellung ist abgeklungen und die Erschütterung müsste bei der strengen Bettruhe auskuriert sein. Die Wunde am Kopf sieht gut aus und alle anderen kleinen Blessuren sind verheilt", erklärte Bob.
„Und was vermuten sie dann?", fragte Markus und betrachtete Emma aufmerksam.
„Sie will nicht aufwachen. Das Trauma ihrer Entführung und die Vergewaltigung haben anscheinend dazu geführt, dass sie sich in eine innere, sichere Welt zurückgezogen hat. Der Arzt hat mir erklärt, dass in solchen Fällen die äußeren Verletzungen meist vollständig verheilen, aber die Verletzungen der Seele nicht selten gar nicht mehr zu reparieren sind."
„Oh Bob, das tut mir alles so leid", beteuerte Markus und dann saßen sie schweigend an Emmas Bett.

Ein paar endlos lange Tage später brachte Chris frische Wäsche für seinen Chef vorbei.
„Dein Schrank ist übrigens jetzt leer. Du solltest langsam nach Hause kommen und deine Wäsche waschen", sagte er, als er Bob die Reisetasche in die Hand drückte.
„Ich kann Emma nicht alleine lassen", erklärte ihm Bob. „Was, wenn sie wach wird und ich bin nicht da?"
„Bob", erwiderte Chris, „sie wird sich schon denken können, dass du nicht Tag und Nacht an ihrem Bett sitzen kannst."
„Ich habe es ihr versprochen", entgegnete Bob mit fester Stimme und machte damit klar, dass dieses Thema für ihn beendet war.
„Gut", sagte Chris, „dann eben zu was anderem. Karo möchte gerne das Haus von Emmas Tante aufräumen. Sie meint, wenn Emma nach ihrer Genesung die Räume mit diesem Chaos vorfinden würde, dann würde sie bestimmt gleich wieder ins Koma

fallen. Ich habe ihr angeboten zu helfen, da ja in der Schreinerei im Moment nicht so viel los ist. Der Chef hat ja in den letzten Wochen keine neuen Aufträge mehr an Land gezogen."

„Ich hab's verstanden", polterte Bob los, „aber ich kann hier nicht weg."

„Schon gut Chef, ich versteh dich ja. Ich wollte dich auch eigentlich nur um den Schlüssel fürs Fachwerkhaus bitten."

„Entschuldige, aber ich dreh hier wirklich langsam durch. Ich verstehe einfach nicht, warum sie nicht zu mir zurückkommen möchte. Ich hab ihr in den letzten Tagen mindestens hunderttausend Mal meine Liebe gestanden und ihr geschworen, dass sie bei mir in Sicherheit ist", erklärte Bob verzweifelt. Dann holte er den Schlüssel und überreichte ihn Chris mit den Worten: „Das ist eine gute Idee. Sie wird sich darüber sehr freuen, da bin ich mir sicher."

Es war genau der einundzwanzigste Tag nach Emmas Befreiung. Bob hatte ihr bereits zum gefühlt tausendsten Mal ihre Lieblings-CD vorgespielt, die Karo ihm gegeben hatte. Er hatte ihr mehrere Romane vorgelesen, ihr sein Leben erzählt, sie über alle aktuellen Ereignisse in Politik und Wirtschaft informiert und sie jede Nacht in seinen Armen gehalten.

Mit ihrem Vater hatte er oft stundenlang an ihrem Bett gesessen und über Gott und die Welt philosophiert. Die beiden Männer vereinte die gemeinsame Sorge um Emma und Otto Müller hatte den neuen sympathischen Freund seiner Tochter bereits in sein Herz geschlossen.

Bob lag mit den Armen unter dem Kopf verschränkt auf seinem Bett und starrte an die Decke. Er musste eine Entscheidung treffen. Abgesehen von den Bergen dreckiger Wäsche, die er dringend bearbeiten sollte, müsste er sich irgendwann auch mal wieder um seine Schreinerei kümmern. Schließlich hatte er eine Verantwortung seinen beiden Mitarbeitern gegenüber und ohne seine Hilfe auf den Baustellen und ohne Aufträge konnte er die Gehälter bald nicht mehr bezahlen.

Gerade als er sich ausrechnete, wie viele Wochen er noch so weitermachen konnte, betrat die junge Oberärztin aus der Gynäkologie das Zimmer.

„Herr von Wolfsbach", begann sie das Gespräch, nachdem sie Bob mit Handschlag begrüßt hatte. „Ich möchte Sie kurz bitten, mir in mein Büro zu folgen."

Dort angekommen, bat sie ihn vor ihrem Schreibtisch Platz zu nehmen, und als sie sich auf dem bequemen Chefsessel auf der anderen Seite des Schreibmöbels niedergelassen hatte, begann sie: „Herr von Wolfsbach. Meine Kollegen und ich haben uns heute Morgen lange mit dem Gesundheitszustand Ihrer Lebensgefährtin beschäftigt. Da es trotz all Ihrer Bemühungen keinerlei Anzeichen dafür gibt, dass Frau Müller in unsere Welt zurückkehren möchte, habe ich vorgeschlagen, einen Letzten, allerdings nicht ganz legalen Versuch zu wagen."

„Nicht legal?", fragte Bob stirnrunzelnd. „Was meinen Sie damit?"

„Nun, ich müsste gegen die Schweigepflicht, die uns Ärzten verbietet, Informationen über den Gesundheitszustand unserer Patienten an Dritte weiterzugeben, verstoßen."

„Aber haben Sie das nicht schon die ganze Zeit getan, indem Sie mich über Frau Müllers diversen Verletzungen und deren Heilungsfortschritte unterrichtet haben? Und dass, obwohl ich nicht einmal mit ihr verheiratet bin?"

„Nun ja, da haben Sie nicht ganz unrecht, aber wir sind natürlich davon ausgegangen, dass Frau Müller damit einverstanden gewesen wäre."

„Und wo ist jetzt der Unterschied und warum soll es Emma helfen, wenn Sie mich über eine mir anscheinend bis jetzt unbekannte Verletzung informieren?", fragte Bob verwirrt.

„Keine Verletzung, Herr von Wolfsbach, keine Verletzung", erklärte die junge Ärztin und fuhr dann fort: „Im Zuge jeder Beweissicherung nach einer Vergewaltigung machen wir routinemäßig einen Schwangerschaftstest. Bei Frau Müller haben wir diesen Test genau vier Tage nach ihrer Einlieferung bei der ihnen bekannten Nachuntersuchung durchgeführt. Zu dem Zeitpunkt wussten wir noch nicht, dass sich kein Sperma des Täters in ihrer Vagina befunden hatte, sonst hätten wir den Test nicht mehr veranlasst."

Die Gynäkologin schaute Bob jetzt einen Moment ernst an, und als dieser sie mit hochgezogenen Augenbrauen und einem fragenden Blick zum Weiterreden aufforderte, sagte sie: „Frau Müller ist schwanger, möglicherweise von Ihnen, denn die Schwangerschaft befindet sich in einem extrem frühen Stadium."

Diese Nachricht brach wie ein Wirbelsturm über Bob herein. Emma war schwanger ... von ihm,... sie würden ein Kind bekommen ... eine kleine Familie werden.

Tränen der Freude füllten seine Augen und sein Herz schlug so schnell, dass ihm ganz schwindelig wurde. Er war mittlerweile aufgesprungen und lief in dem kleinen Büro auf und ab. Doch die Freude währte nicht lange, denn schon kurz nach dem heftigen Überschwang seiner Gefühle musste er ernüchtert zur Kenntnis nehmen, dass Emma immer noch in einer Art Koma lag und vielleicht nie mehr wieder aufwachen würde. Er ließ sich zurück auf den Stuhl sinken und vergrub sein Gesicht in seinen Händen. Aus den Freudentränen waren Tränen der Verzweiflung geworden.

„Was wird aus unserem Kind, wenn sie nicht mehr aufwacht?", fragte er leise.

„Es hat durchaus schon Fälle gegeben, in denen so eine Schwangerschaft mit der Entbindung eines gesunden Säuglings beendet werden konnte. Aber ich finde, darüber sollten wir jetzt gar nicht nachdenken. Ich habe Ihnen diese Information gegeben, damit sie Emma darüber unterrichten können. Zeigen Sie ihr, wie sehr Sie sich auf dieses gemeinsame Baby freuen, erzählen Sie ihr wie schön Sie sich Ihre Zukunft mit ihr und dem Kind vorstellen, gehen Sie ruhig ins Detail und beschreiben Sie das Gefühl, so ein kleines Wesen im Arm zu halten und zu liebkosen." Die Ärztin sah Bob besorgt an: „Ich weiß, ich verlange da gerade eine Menge von Ihnen, aber das ist vielleicht die einzige Chance, Emma zurückzuholen."

Bereits zwei Stunden später blickte Bob in Emmas wunderschöne dunkelbraune Augen. Er hatte es genau so gemacht, wie die junge Ärztin es ihm geraten hatte und schon nach ein paar Minuten, in denen er seine Freude über ihre Schwangerschaft und ihre gemeinsame Zukunft als kleine Familie eindrucksvoll geschildert hatte, hatten ihre Lider angefangen zu zucken.

Beflügelt von dieser ersten Reaktion seit drei Wochen, hatte er immer weitergeredet und ihr schließlich sogar einen Heiratsantrag gemacht.

Kurz danach hatte Emma dann zum ersten Mal ihre Augen geöffnet.

Sie war noch ziemlich verwirrt gewesen und bald darauf wieder eingeschlafen, aber sie hatten sich gegenseitig die Tränen von den Wangen gestreichelt und Bob hatte sie ganz vorsichtig geküsst.

Am Abend, als Emma erneut und diesmal von ganz alleine erwacht war, kam das ganze Ärzteteam, angeführt von der jungen Gynäkologin, ins Zimmer, um das kleine Wunder in Augenschein zu nehmen.

Die Ärztin lächelte Bob zufrieden an und der werdende Vater lächelte glücklich und unendlich dankbar zurück.

In den nächsten Tagen hatten sich Bob und Emma viel zu erzählen und ganz langsam tasteten sich die beiden an die traumatischen Ereignisse des Wochenendes, das mit der Beerdigung von Emmas Tante begonnen hatte, heran.

Eine Psychologin führte mit beiden Einzelgespräche und moderierte ein paarmal ihre gemeinsamen Aufarbeitungsversuche. Die Physiotherapeutin half Emma dabei, ihre nach drei Wochen völliger Bewegungslosigkeit ziemlich steif gewordenen Glieder zu mobilisieren und jeden Abend schlief Emma erschöpft, aber glücklich in Bobs starken Armen ein.

Nach einer Woche gaben die Ärzte dann grünes Licht für ihre Entlassung und die Psychologin verabschiedete sich mit den Worten: „Sie beide schaffen das, da bin ich mir sicher. Und denken Sie immer daran, dieses furchtbare Wochenende hatte auch seine schönen Seiten, denn Sie beide haben sich lieben gelernt und ein Kind gezeugt. Und genau das ist es, was Ihre Erinnerung prägen sollte."

ALLE waren sie gekommen, selbst Alfred von Wolfsbach, der nach dem schrecklichen Wochenende einen Schwächeanfall erlitten hatte und lange Zeit das Haus nicht hatte verlassen können, stand von Matthew gestützt in der Menschentraube vor dem mit Girlanden geschmückten Fachwerkhaus.

Über der Eingangstür hing ein großes Schild mit der Aufschrift:
HERZLICH WILLKOMMEN ZURÜCK EMMA.

Bob hatte die werdende Mutter schon vor ein paar Tagen gefragt, wohin er sie nach ihrer Entlassung aus dem Krankenhaus bringen solle, und Emma hatte darauf bestanden, dass er sie zuallererst in das alte Haus ihrer Tante fahren solle.

Karo hatte gemeinsam mit Chris, Tim und der vor Neugierde platzenden Frau Jansen das mittlerweile aufgeräumte Haus festlich geschmückt und ein üppiges Kuchenbuffet im ehemaligen Schalterraum der Raiffeisenbank angerichtet. Es gab Sekt und Orangensaft zum Anstoßen und Kaffee und Tee zum Kuchen.

Emma war überwältigt von den vielen Menschen, die nur ihretwegen gekommen waren. Tim hatte sogar die ganze Schulklasse, die sie als Klassenlehrerin betreute, mobilisiert. Ihr Vater und Ruth waren natürlich auch da und sie erfuhr so ganz nebenbei, dass Ruth jetzt im Haus ihres Vaters wohnte.

„Du kommst doch jetzt, wo du mit deinem Bob bald eine Familie haben wirst, hoffentlich nicht mehr zu deinem alten Vater zurück?", hatte Otto Müller zu ihr gesagt und sie angelächelt.

„Keine Angst, ich zieh nicht mehr bei dir ein, solange du mir versprichst, dass du dich nicht wieder gemeinsam mit Ruth fesseln lässt und mir damit den größten Schreck meines Lebens einjagst", hatte Emma lächelnd geantwortet und ihren Vater liebevoll umarmt.

Auch Markus hatte sich vor dem Haus eingefunden und Emma mit einem Handschlag begrüßt.

„Ich freue mich, Sie zu sehen. Um ehrlich zu sein, hatte ich nicht mehr damit gerechnet, Sie persönlich kennenzulernen, und ich möchte mich für mein Benehmen am Telefon entschuldigen", sagte er dann.

Emma lächelte ihn an und korrigierte: „Dich zu sehen."

„Wie bitte?", fragte Markus.

„Du musst sagen: Ich freue mich, dich zu sehen", erklärte Emma und Bobs Freund reckte ihr sein Sektglas zum Anstoßen entgegen und sagte:

„Markus."

Dann sagte Bobs zukünftige Ehefrau und Mutter seines Kindes: „Emma", stieß ihr mit Orangensaft gefülltes Sektglas gegen das von Markus und ergänzte: „Ich danke dir, dass du mich gerettet hast."

„Da nicht für", erwiderte Markus und Tim rief kichernd: „Nun drückt euch schon!", was sie dann auch taten.

Als Emma schließlich mit fast allen Gästen ein paar Worte gewechselt hatte, setzte sie sich erschöpft zu Bobs Großvater, der auf einer Bank auf der anderen Straßenseite Platz genommen hatte. Schweigend beobachteten die beiden das bunte Treiben vorm Fachwerkhaus.

Nach einer Weile legte der alte Herr seine weiße, knochige Hand auf Emmas Oberschenkel und sagte mit schwacher Stimme: „Es tut mir alles so unendlich leid. Das habe ich nicht gewollt. Das werde ich mir nie verzeihen können." Und dann fing er leise an zu schluchzen.

Emma legte einen Arm um die Schulter des zerbrechlichen alten Mannes, der eingesunken und um mindestens zehn Jahre gealtert, neben ihr auf der Bank saß.

Dann streichelte sie mit ihrem Daumen zärtlich über seine Hand, die immer noch auf ihrem Oberschenkel lag und sagte: „Großvater, du musst dir keine Vorwürfe machen. Ohne dich hätte ich niemals deinen wunderbaren Enkel kennengelernt und du würdest jetzt nicht Urgroßvater."

Alfred von Wolfsbach drehte seinen Kopf und schaute sie mit seinen blassen, wässrig blauen Augen an. Das sie „Großvater" zu ihm gesagt hatte und ihn geduzt hatte, war für ihn das schönste Geschenk und dann sagte er: „Und ich hätte nicht so eine wundervolle Enkeltochter wie dich bekommen."

Dann schwiegen sie beide wieder und Bob, der die Szene vom Haus aus beobachtet hatte, klimperte sich eine Träne aus dem Auge.

Nachdem die meisten Gäste gegangen waren, legte Bob seinen Arm um Emma und führte sie zur Eingangstür.

„Es wird Zeit, dass du dich ausruhst", befahl er und wollte sie gerade nach oben bringen, als jemand seinen Namen rief. Er drehte sich mit Emma um und sie entdeckten hinter einem riesigen Blumenstrauß Kommissar Heiner Hildebrandt.

Als Bob Anstalten machte, sich wieder der Treppe nach oben zuzuwenden, bremste Emma ihn und flüsterte: „Ich habe ihn auf dich angesetzt. Wenn du ihm eine Schuld zuweist, dann musst du auch mich verurteilen."

Bob überlegte einen Moment und dann ging er mit Emma zusammen auf den späten Gast zu, um dessen Entschuldigung und den Blumenstrauß entgegenzunehmen.

Nach ein paar weiteren ausgetauschten Höflichkeiten sagte Hildebrandt sehr ernst: „Herr von Wolfsbach, ich würde Ihnen in den nächsten Tagen gerne vielleicht bei einem Glas Wein erklären, warum ich in Ihrem Fall so völlig überzogen gehandelt habe. Ich will damit mein Verhalten nicht rechtfertigen, aber vielleicht interessiert Sie ja die alte Geschichte unserer beiden Familien, die meine Objektivität so massiv eingeschränkt hat."

„Unsere Familien haben eine gemeinsame Geschichte?", fragte Bob und ergänzte dann, ohne eine Antwort abzuwarten: „Glauben Sie mir, wegen solcher Familiengeschichten aus der Vergangenheit haben wir im Moment genug gelitten, also seien Sie mir bitte nicht böse, wenn ich davon Abstand nehme, mit Ihnen darüber zu plaudern. Jetzt muss ich mich erst mal um die Zukunft meiner neuen Familie kümmern."

Dann brachte er Emma und den Blumenstrauß ins Haus.

Während Emma gut zwei Stunden im Gästezimmer schlief, war Bob nach unten gegangen und hatte Karo und Chris geholfen, die Überreste des Willkommensfestes zu versorgen und aufzuräumen.

Als Karo ihn zum Abschied umarmte, hatte sie augenzwinkernd gesagt: „Ach übrigens, wenn ihr doch lieber bei dir übernachten wollt, ich habe im Loft ein bisschen sauber gemacht und deine Wäsche ist auch gewaschen. Tim hat mir dabei mehr oder weniger freiwillig geholfen und Chris hat deine Sig zurück in den Tresor gelegt."

„Du bist die allerbeste kleine Schwester", hatte Bob gerührt erwidert und ihr einen Kuss auf die Stirn gegeben.

„Na, na, na! Nicht das Emma eifersüchtig werden muss", hatte Karo gefeixt und Bob hatte ernst erklärte:

„Dazu werde ich ihr niemals einen Grund geben."

Dann war er wieder nach oben gegangen und hatte für sich und Emma einen Tee gekocht.

Emma war bereits wach, als er mit den beiden dampfenden Teetassen ins Gästezimmer kam. Sie lag mit offenen Augen auf dem Rücken und starrte an die Decke.

„Hey Süße, ist alles in Ordnung?", erkundigte sich Bob besorgt, während er sich zu ihr aufs Bett setzte.

„Ich denke gerade schon wieder an das Wochenende", antwortete Emma. „Es geht mir einfach nicht aus dem Kopf."

„Das wird auch noch eine Weile so bleiben, es sind ja gerade mal vier Wochen seitdem vergangen und drei davon hast du glatt verschlafen", versuchte Bob sie zu beruhigen.

„Warum hat Daniel das bloß alles getan?", fragte sie leise.

„Ich weiß es nicht, Emma. Und du solltest dir darüber auch nicht den Kopf zerbrechen."

„Ich werde erst mal nicht in die Schule zurückgehen. Ich nehme mir ein Sabbatjahr bis zur Geburt unseres Babys und in dieser Zeit werde ich diese ganze Geschichte zu Papier bringen", erklärte Emma.

„Sozusagen als Therapie?", mutmaßte Bob.

„Ganz genau, aber es fehlt mir noch das Ende", erwiderte Emma.

„Du meinst das Gemälde?"

„Ja, ihr habt es nicht gefunden und ich habe keine Ahnung, wo es sein könnte."

„Aber wir haben doch die Kopie, die mein Großonkel angefertigt hat."

„Das ist doch nicht dasselbe. Wo ist die eigentlich abgeblieben? Ich würde sie gerne mal sehen, damit ich wenigstens einen

Eindruck davon bekomme, für was Bobby und ich fast gestorben wären."

„Bobby?", grinste Bob, „Ist das dein Ernst?"

„Na klar, eine Mutter spürt so was", lächelte Emma frech.

„Na, dann sag ich dir, dass Emmi genauso hübsch sein wird wie ihre wundervolle Mutter", entgegnete Bob lächelnd und küsste Emma auf die Stirn.

„Emmi?", fragte sie ungläubig.

„Na klar", bestätigte er, „das kann ich als ihr Vater in deinen Augen sehen."

Emma knuffte ihn lachend gegen die Schulter.

„Genug spekuliert! Jetzt zeig mir mal die Kopie", sagte sie dann und erhob sich vom Bett.

„Karo hat mir gesagt, dass sie das Bild ins Schlafzimmer deiner Tante gehängt hat", erklärte Bob und stand ebenfalls auf, um Emma zu folgen.

Emmas „kleine Schwester" hatte das Gemälde direkt über das wieder aufgestellte Bett gehängt. Der Kleiderschrank war eingeräumt und der schwere Sessel stand wieder auf seinem Platz neben dem Bett. Eine Tagesdecke lag über der zerschnittenen Matratze, ein Kissen auf der Sitzfläche des Sessels und alles in allem ließ der Raum den Betrachter in dem Glauben, dass es sich hier um das aufgeräumte Schlafzimmer einer älteren Dame handeln musste. Wenn man davon absah, dass die Schäden an den Wänden und am Bodenbelag nicht ganz zu beseitigen gewesen waren.

Emma hatte für all dies keinen Blick.

Sie starrte wie gebannt auf das Gemälde.

Bob hatte sich hinter sie gestellt und sie sanft in seine Arme gezogen.

„Dieses Bild habe ich schon mal gesehen", flüsterte sie plötzlich mit zittriger Stimme.

„Sicherlich in irgendeiner Veröffentlichung, du hast erzählt, dass du dich für Kunst interessierst", mutmaßte Bob sofort.

„Nein!", erklärte Emma und drehte sich um. Dann schaute sie ihn ernst an: „Ich habe dieses Bild hier im Haus gesehen. Ich kann mich nicht erinnern, wo genau, aber ich weiß, dass ich es gesehen habe."

„Hat deine Tante es dir gezeigt?"

„Ich glaube nicht", sagte Emma unsicher und betrachtete wieder die Kopie des verschollenen Kunstwerks. „Ich hab eher so ein Gefühl, als hätte ich es nicht sehen dürfen ... so als wäre meine Tante böse auf mich gewesen. Ich muss wohl noch sehr jung gewesen sein ... Verdammt, warum kann ich mich bloß nicht mehr an die Details erinnern?"

„Emma, du hast drei Wochen im Koma gelegen. Du kannst froh sein, dass du dich überhaupt an irgendwas erinnern kannst. Quäl dich jetzt bitte nicht so, es spielt doch keine Rolle, ob wir das Bild noch finden oder nicht. Du kannst diese Geschichte genau hier und jetzt enden lassen", versuchte Bob sie zu beruhigen.

Er legte seine Arme von hinten um ihren Körper und küsste sie auf den Scheitel. Emma lehnte sich gegen seine Brust und schloss für einen Moment ihre Augen.

„Du hast recht", flüsterte sie, „es spielt keine Rolle mehr und vielleicht hätte es meine Tante auch genau so gewollt."

Als sie dann die Augen wieder öffnete, sah sie den kleinen Briefumschlag, der auf der Tagesdecke lag.

„Was ist das?", fragte sie stirnrunzelnd und zeigte auf das weiße Kuvert.

„Oh, das hätte ich fast vergessen", erklärte Bob entschuldigend. „Den Umschlag hat Karo unter dem umgekippten Sessel gefunden. Wahrscheinlich ist er dir aus dem Tagebuch gefallen, als du hier gesessen und gelesen hast."

„Mir war das Buch doch heruntergefallen, bestimmt ist es dabei passiert", erinnerte sich Emma und griff nach der Hülle.

In der zierlichen Handschrift ihrer Tante stand darauf:

Emma

„Das Papier ist nicht so alt wie das Tagebuch", stellte sie fest, bevor sie den Umschlag öffnete. Gespannt schauten beide auf den Inhalt, der aus mehreren gefalteten Blättern bestand. Einer der Zettel schien neueren Datums zu sein, während es sich bei den anderen um bereits vergilbte Rechenblätter handelte, die anscheinend aus einem Ringbuch stammten. Vorsichtig entfaltete Emma zunächst das neuere Blatt und ließ sich langsam auf den Boden sinken.

Bob setzte sich ebenfalls auf die alten Holzdielen und lehnte sich mit dem Rücken an den Kleiderschrank. Dann zog er Emma zwischen seine angewinkelten Beine und sie lasen gemeinsam die letzten Worte, die Tante Emma ihrer Großnichte noch hatte mit auf den Weg geben wollen.

Meine liebe Emma,
ich spüre, dass mein irdisches Dasein dem Ende entgegengeht. Du musst darüber nicht traurig sein, ich schaue auf ein sehr langes, bewegtes Leben zurück und du hast für mich darin in den letzten fast fünfunddreißig Jahren die schönste Rolle gespielt. Diese Zeit mit dir erleben zu dürfen, dich heranwachsen zu sehen zu einer wunderbaren jungen Frau, die ihren Weg im Leben gefunden hat, hat mich mit meiner eigenen Vergangenheit ausgesöhnt. Diese Worte wirst du vielleicht im Moment nicht verstehen, aber wenn du mein Tagebuch gelesen hast, dann weißt du, welche furchtbaren Erinnerungen ich zeit meines Lebens mit mir herumgetragen habe. Du hast die Sonne in mein Leben zurückgebracht und ich hoffe inständig, dass ich auch dein Leben bereichern konnte. Wenn ich dich jetzt alleine lassen muss, dann bereitet mir das allerdings in einem Punkt große Sorgen. Du hast deine Berufung zu deinem Beruf gemacht und bist eine großartige Lehrerin, aber in der Liebe ...! Trenn dich von diesem Daniel! Er liebt dich nicht, das spüre ich. Jetzt denkst du bestimmt:
   Was mischt sich meine alte Tante in mein Liebesleben ein, wo sie doch selbst nie einen Mann geliebt hat.

Lies mein Tagebuch, dann wirst du wissen, dass ich die Liebe kenne. Wahrscheinlich wunderst du dich auch, warum ich diesem Brief eine deiner kleinen, wunderbaren Geschichten beigefügt habe, die du, als du klein warst, immer für mich geschrieben hast. Auch hier meine Bitte, lies mein Tagebuch. Vielleicht erinnerst du dich noch an das Erlebnis, das dich zu dieser Geschichte inspiriert hat. Ich war damals sehr ungehalten, als du mir dein Abenteuer aufgeschrieben hattest, und habe mit dir geschimpft. Dafür möchte ich mich bei dir entschuldigen. Mein Unmut hatte überhaupt nichts mit dir zu tun, sondern nur mit den schmerzhaften Erinnerungen, die du unabsichtlich geweckt hattest und die ich dann endgültig habe einmauern lassen. All diese Erinnerungen werden in meinen Gedanken mit mir diesen Planeten verlassen und für dich werden sie keinerlei Bedeutung haben, deshalb gibt es jetzt keinen Grund mehr, sie weiterhin im Verborgenen zu belassen. Nimm sie an dich und mach das Beste für dich daraus. Lebe dein Leben, so wie du es möchtest und lerne in der Liebe nur auf dein Herz zu hören.

Wenn es einen Himmel gibt, dann sitze ich jetzt dort und wache über dich.

In Liebe Deine Tante Emma

Emma hatte bereits nach den ersten Zeilen nur noch durch einen Tränenschleier die letzten Worte ihrer Tante lesen können und jetzt schluchzte sie in Bobs Armen.

Bob, der ebenfalls mit den Tränen kämpfte, wiegte sie sanft hin und her und legte seine Lippen auf ihr Haar, und nach einer Weile hatte sie sich wieder etwas beruhigt.

Sie wischte ihre Tränen am Ärmel von Bobs T-Shirt ab, der sie daraufhin mit den Worten „Stets zu ihrer Verfügung", neckte.

Emma gab ihm einen zärtlichen Kuss und sagte: „Ich liebe dich. Das hat mein Herz entschieden."

„Ich weiß", wisperte Bob in ihr Ohr, „ich liebe dich auch."
Dann faltete Emma die vergilbten Rechenblätter auseinander, und sie begannen die Geschichte zu lesen, die sie vor mehr als

fünfundzwanzig Jahren mit akkuraten Druckbuchstaben zu Papier gebracht hatte.

Erlebnisse auf dem Heuboden

In den Ferien war ich bei meiner Tante, die ein altes Bauernhaus bewohnt. Wie gewöhnlich ist an jedem Bauernhaus eine Scheune, das ist auch bei meiner Tante der Fall. Sie hat eine Katze. Diese Katze hat auf dem Heuboden ihre Jungen. Mit Christoph, einem Nachbarjungen, kletterte ich auf den Heuboden.

Die Erlebnisse beginnen

Dort oben war es sehr finster. Plötzlich stolperte Christoph über etwas. Ich zuckte zurück. Christoph stand auf und fühlte über den Boden. Er hob etwas auf, es war wie eine große Kartoffel.
 Christoph sagte: „Es ist eine Rübe."
Er ließ sie fallen und wir gingen beruhigt weiter. Nach einer Weile gewöhnten sich unsere Augen an die Finsternis, wir konnten alles erkennen.
 Ich sagte: „Wollen wir uns eine Strohhütte bauen?"
 „Ja.", antwortete Christoph. Also fingen wir an.
Wir suchten Heugabeln und fanden bald eine. Christoph gabelte ein Loch und wir setzten uns hinein. Es machte riesigen Spaß, den Schwalben beim aus und einfliegen zu zusehen. Nun gingen wir weiter auf die andere Seite des Bodens.

Das Erlebnis erreicht seinen Höhepunkt

Dort fanden wir in einer großen Nische unter Spinnweben eine alte Truhe. Christoph sagte: „Das ist bestimmt eine Schatztruhe." Da musste ich lachen. Wir öffneten voll Spannung den Deckel. Ach, wie waren wir enttäuscht, als wir nur Ölgemälde sahen. Lauter Ölgemälde

mit Häusern, Bäumen, Bergen und Wiesen. Christoph entdeckte eins mit Jesus. Nach einigen Minuten schloss Christoph den Deckel der Truhe. Wir liefen schnell wieder in unsere Strohhütte. Ich sah auf meine Uhr und entzifferte 17:50 Uhr.
„In zehn Minuten muss ich rein", sagte ich.
Und schnell kletterten wir vom Heuboden.

Ende des schönen Tages

Ich lief hoch und aß Abendbrot. Christoph ging auch essen. Morgen wollen wir auf dem Heuboden Katzen fangen.

„Auf dem Heuboden?", fragte Bob grinsend. „Ein millionenschweres Kunstwerk in einer Schatzkiste auf dem Heuboden und ihr seid enttäuscht gewesen? Dein Interesse an der Kunst hat sich wohl erst in späteren Jahren entwickelt?"

„Lach du nur", erklärte Emma gespielt beleidigt, „du wärst genauso enttäuscht gewesen, wenn du statt Gold, Silber und Juwelen nur ein paar alte Gemälde entdeckt hättest."

Und dann fingen beide an zu lachen, bis ihnen die Tränen über die Wangen liefen. Sie lachten sich die ganze Anspannung, die sich trotz aller Bemühungen die schrecklichen Ereignisse rund um das Gemälde zu vergessen, nicht hatte abschütteln lassen, einfach aus den Gliedern und legten sich dann erschöpft auf den Boden.

„Ich konnte mich wirklich nicht mehr daran erinnern", sagte Emma schließlich, „dabei sind die beiden Gemälde von deinem Großonkel, die im Wohnzimmer hängen, wahrscheinlich aus dieser Truhe. Meine Tante konnte anscheinend doch nicht alle Erinnerungen einmauern. Die Bilder sollten sie bestimmt an die schönen Stunden mit deinem Onkel erinnern."

„Und das wertvolle Kunstwerk war für sie die Verkörperung der schrecklichen Dinge, die passiert sind, denn mein Onkel hatte ihr das Bild ja genau für diesen schlimmsten Fall zu ihrer Absicherung hinterlassen", bemerkte Bob.

„Ihr und seinem Kind", ergänzte Emma, „einem Kind, das es nicht mehr gab."

„Wahrscheinlich hat sich deine Tante deshalb sogar schuldig gefühlt. Kein Wunder, dass sie das Bild niemals angerührt hat", versuchte Bob das Verhalten von Emmas Tante zu erklären.

Sie lagen noch eine Weile schweigend auf dem Rücken und betrachteten die Decke, bis sich Emma zu Bob dreht und in strengem Lehrerinnentonfall sagte: „Los, steh endlich auf! Auf dem Speicher müsste es eine Taschenlampe geben. Ich geh nur noch schnell auf die Toilette und dann nichts wie auf den Heuboden."

„Du willst ernsthaft jetzt noch nach dem Gemälde suchen? Es ist draußen schon fast dunkel."

„Na ja, deshalb sollst du ja die Taschenlampe besorgen. Oder soll ich mir für dieses ‚Erlebnis' lieber wieder einen Mann aus der Nachbarschaft holen?", feixte Emma.

„Auf keinen Fall!", rief Bob und sprang auf seine Füße.

„Was hast du eigentlich mit diesem Christoph am nächsten Tag auf dem Heuboden gemacht?"

„Höre ich da etwa so was wie Eifersucht? Ich hab dir doch gesagt, dass ich mich nicht erinnern kann."

„Und das soll ich dir glauben?"

„For me to know, for you to find out", neckte ihn Emma und verschwand kichernd in Richtung WC.

Bereits zehn Minuten später standen sie in der Scheune. Bob hatte die kleine Spitzhacke in der Hand, die er vor vier Wochen im Keller gefunden hatte, und Emma leuchtete auf der Suche nach dem Lichtschalter mit der Taschenlampe die Wand ab.

„Da ist er ja", sagte sie schließlich und drehte den Griff auf der runden schwarzen Dose nach rechts.

Sofort blitzte ein Lichtstrahl, der mehrmals an- und ausging, durch die Scheune, bis endlich der ganze Raum in anhaltende Helligkeit getaucht war.

„Wow, Leuchtstoffröhren", bemerkte Bob, „gab es die damals auch schon?"

„Nein, es gab nur eine kleine Glühbirne direkt unterm Dach. Aber die Jansens haben ein paar Jahre lang ihr Wohnmobil in dieser Scheune untergestellt und da hat Herr Jansen die Glühbirne gegen die viel helleren Leuchtstoffröhren ausgetauscht."

„Ein kluger Mann ... mit einer sehr ... speziellen Frau", stellte Bob fest.

„Die du anscheinend mit einer Charmeoffensive um den Finger gewickelt hast", grinste Emma. „Sie hat so von dir geschwärmt, dass ich fast ein bisschen eifersüchtig bin."

„Auf Miss Piggy?", lachte Bob laut.

„Psst, nicht so laut! Du weißt doch, dass sie ihre Augen und Ohren überall hat. Sicherlich hat sie schon längst bemerkt, dass in der Scheune das Licht angegangen ist, und wenn wir Pech haben, steht gleich Kommissar Hildebrand vor der Tür", wisperte Emma, während sie nach einer Leiter Ausschau hielt.

„Da hinten hängt sie", sagte Bob, der ihren suchenden Blick richtig interpretiert hatte, und zeigte auf die Wand am anderen Ende der Scheune. Schnell nahmen sie das lange Monstrum von beiden Haken und Bob platzierte die Holzsprossen nach Emmas Anweisungen an die Kante des Heubodens.

„Du kannst dich also doch erinnern", stellte er dann schmunzelnd fest und Emma gestand ihm, dass sie sich, seit sie ihren selbstverfassten kleinen Aufsatz gelesen hatte, sogar sehr genau an ihre ‚Erlebnisse auf dem Heuboden' erinnern konnte.

„Ich verstehe nur nicht, warum mir das alles nicht schon viel früher eingefallen ist oder warum ich den Brief meiner Tante nicht direkt im Tagebuch entdeckt habe. Das hätte uns eine Menge schrecklicher Erfahrungen erspart."

„Das hätte es", antwortete Bob ernst, „aber es hätte vielleicht auch bedeutet, dass du meine Aufrichtigkeit weiterhin angezweifelt hättest und ich dir meine Liebe nicht hätte so tatkräftig beweisen können." Und dann fügte er augenzwinkernd hinzu: „Und wir hätten wahrscheinlich nicht so oft diesen hammergeilen Sex miteinander gehabt."

„So, so, wir hatten also nur Sex miteinander", feixte Emma. „Hattest du nicht gesagt, dass du mich geliebt hättest?"

„For me to know, for you to find out", konterte Bob grinsend und nahm sie in seine Arme.

Emma versuchte halbherzig, sich zu befreien und sagte dann lachend: „Los, jetzt klettere endlich auf den Heuboden und suche das Vermächtnis meiner Tante."

„Das habe ich doch längst gefunden", erwiderte Bob, nahm Emmas Gesicht in beide Hände und küsste sie erst ganz sanft und dann voller Leidenschaft.

Eine halbe Stunde später hatte er die zugemauerte Nische mit der Spitzhacke so weit freigelegt, dass er die Truhe vorsichtig herausziehen konnte. Ohne Emmas genauen Angaben zur Lage der nachträglich eingezogenen Wand hätte er auf der Suche nach dem dahintergelegenen Hohlraum wahrscheinlich Schweizer Löcherkäse aus den Wänden des Heubodens machen müssen.

Andächtig betrachteten die beiden die noch vor vier Wochen so verzweifelt gesuchte Kiste.

„Mach sie auf", forderte Emma Bob mit zittriger Stimme auf.

„Oh nein, Emma, ich denke, das solltest du tun", widersprach Bob, „die Truhe gehörte schließlich deiner Großtante."

„Aber sie hat sie von deinem Großonkel bekommen", versuchte Emma ihn zu überzeugen.

Doch Bob lächelte sie nur an und machte keinerlei Anstalten, den Deckel der Schatzkiste zu öffnen. Sie spürten beide die Anspannung, die wie dicker Nebel in der Luft waberte. Emma leuchtete mit der Taschenlampe durch das Loch in der Wand.

„Schau mal, da liegen Decken und ganz viel Heu. Ich glaube, hier haben die beiden sich geliebt", wisperte sie ehrfürchtig, „deshalb hat dein Großonkel wohl auch das Gemälde hier versteckt. Das muss für meine Tante ganz schön schlimm gewesen sein, als ich ihr von meiner Entdeckung berichtet und sie dadurch an diesen Teil ihres Lebens erinnert habe."

Bob lächelte sie immer noch an.

Er fühlte, wie schwer es ihr fiel, den Deckel zu öffnen und somit das Vermächtnis ihrer Tante an sich zu nehmen, denn er wusste, dass Emmas Tante sich in einem Punkt geirrt hatte.

Die Vergangenheit ihrer Tante würde für Emma niemals ohne Bedeutung sein, erst recht jetzt nicht, wo genau diese Vergangenheit ihn in ihr Leben gespült hatte.

„Komm her", sagte er in die entstandene Stille hinein und setzte sich neben die Kiste ins Heu, „setz dich zwischen meine Beine und ich halte dich so wie eben, als wir den Brief deiner Tante gelesen haben. Dann findest du bestimmt die Kraft und den Mut für den letzten Schritt unseres gemeinsamen Abenteuers."

„Eigentlich dachte ich, unser gemeinsames Abenteuer hätte gerade erst angefangen", sagte Emma lächelnd und kuschelte sich mit ihrem Rücken an seine Brust.

„Du meinst, das war nur ein Vorgeschmack auf das, was noch kommt?", fragte Bob gespielt entsetzt.

„Wer weiß", flüsterte Emma grinsend, „immerhin werden wir Eltern."

„Oh, ja! Und glaub mir, ich kann es kaum erwarten, diese neue Herausforderung mit dir gemeinsam zu meistern. Aber jetzt öffne bitte endlich diese Truhe, damit unser erstes gemeinsames ‚Erlebnis' endlich sein wohlverdientes ‚schönes Ende' bekommt."

In der alten Kiste lagen mehrere auf Holzrahmen gespannte Leinwände, auf die der Maler Bert Wolf alias Robert von Wolfsbach der Vierte mit Ölfarbe wunderschöne Landschaftsmotive gezaubert hatte. Emma betrachtete ein Motiv nach dem anderen und übergab die Gemälde dann Bob, der sie vorsichtig ins duftende Heu legte.

Die letzte Leinwand unterschied sich völlig von den Vorherigen, denn sie zeigte das Gesicht eines Mannes.

Als Emma dieses Bild im zarten Alter von neun Jahren zum ersten Mal in dieser Kiste gesehen hatte, hatte der Nachbarjunge ihr erklärt, es sei Jesus, der sie da anschaute.

Jetzt erfuhr sie von Bob, dass es sich um ein Selbstporträt des Malers handelte, welches seit es hier auf dem Heuboden lag, in der Kunstwelt als verschollen galt. Mit dem Kunstwerk in den Händen lehnte Emma sich gegen Bob.

„Dafür hätten mich diese Kerle umgebracht und Daniel hätte es zugelassen?"

„Ich denke, für die Jungs von Dressen war die Beschaffung des Bildes nur ein weiterer illegaler Auftrag ihres Befehlshabers. Für Daniel hingegen ging es ausschließlich um die Rettung seiner Firma vor dem bevorstehenden Bankrott. ... Und ja, dafür hätte er deinen Tod in Kauf genommen", antwortete Bob und schloss Emma noch etwas fester in seine Arme.

„Lass uns die Bilder ins Haus bringen, es ist spät geworden", stellte Emma schnell fest, um nicht weiter über Daniel und das, was er ihr angetan hatte, nachdenken zu müssen.

Eine knappe Stunde später lagen sie eng umschlungen auf dem Schlafmöbel des Gästezimmers. Bob hatte noch schnell ein kleines Abendbrot zubereitet und Emma darauf hingewiesen, dass sie jetzt für zwei essen müsse. Dann, nach dem Genuss einer frisch aufgebrühten Tasse Tee, hatten sie sich in T-Shirt und

Shorts in das von Karo sauber bezogene Bett gekuschelt. Die Gemälde hatten sie an die gegenüberliegende Wand gelehnt und Emma betrachtete sie lange.

„Was hältst du davon, wenn wir die Bilder deines Onkels hier im Kunstmuseum ausstellen. Ich finde, Bert Wolf hätte diese postume Aufmerksamkeit und Anerkennung verdient."

„Eine schöne Idee und was möchtest du mit dem anderen Bild machen?"

„Ich denke, ich werde es verkaufen. Es würde auch mich immer an einen zwar kurzen, aber dennoch sehr schrecklichen Teil meines Lebens erinnern. Wahrscheinlich sollten sich alle Emmas dieser Welt von diesem Gemälde fernhalten, denn sobald sie es besitzen, könnten sie zu Schaden kommen."

„Eine weise Entscheidung", lachte Bob, „auch wenn ich deine Begründung vielleicht etwas orakelhaft finde. ... Wenn ich mir allerdings unsere gemeinsame Geschichte so anschaue, dann kann ich eine gewisse Vorherbestimmung nicht leugnen. Selbst Großvater glaubt, dass es sich bei unserer Liebe um ein himmlisches Vermächtnis handeln könnte und ..."

„Bitte, hör auf, über unsere Liebe nur zu philosophieren und fang endlich an, mich diese Liebe spüren zu lassen", unterbrach ihn Emma flüsternd und Bob fühlte die Erregung, die in ihren Worten mitschwang.

„Du möchtest mit mir schlafen?", fragte er leise und Emma hauchte ihm ein „Ja" ins Ohr. „Bist du dir sicher, dass es dafür nicht noch zu früh ist", vergewisserte er sich und begann schon mal ihren Nacken mit zarten Küssen zu übersähen.

„Die Psychologin hat gesagt, alles, was ich möchte und mir Spaß macht, ist gut für mich", antwortete Emma und umgriff mit ihrer Hand sanft seinen bereits leicht erregten besten Freund, woraufhin Bob leise stöhnte und dann ihr Ohr hauchte: „Und was ist mit unserem Baby?"

"Die Gynäkologin aus dem Krankenhaus hat grünes Licht für sanften Sex gegeben", flüsterte Emma, und dann liebte er sie ...

Ganz langsam und so zärtlich wie der Flügelschlag eines Schmetterlings ...

Vier Jahre später

„Papaaaa! Bobby hat mir an den Haaren gezogen", schrie das kleine Mädchen mit den wilden braunen Locken und rannte auf Bob zu. Sie hatte das gleiche ebenmäßige Gesicht und genauso wunderschöne, große dunkle Augen wie ihre Mutter. Der schier unbezähmbare Lockenkopf allerdings war eindeutig von ihrem Vater und hatte ihren Zwillingsbruder schon oft dazu verleitet, bei Streitigkeiten seine Hände darin zu vergraben und Emmi durch kräftiges Ziehen an ihrer Mähne zu bezwingen.

Nicht, dass die beiden Dreijährigen ständig stritten, nein, die meiste Zeit spielten sie für Geschwister erstaunlich friedlich miteinander. Aber an manchen Tagen standen die Zeichen halt eben auf Sturm und gerade war wohl mal wieder so ein Moment.

Bob konnte es den beiden nicht einmal verübeln, denn es lag tatsächlich eine gewisse Aufregung in der Luft, die selbst er nicht einfach abschütteln konnte. Er ging in die Hocke, um mit Emmi auf Augenhöhe sprechen zu können und fragte sie, warum ihr Bruder das ihrer Meinung nach getan haben könnte.

„Hab vielleicht sein Legohaus angefasst", flüsterte Emmi und vergrub ihr kullertränennasses Gesicht an seinem Hals.

Bob musste schmunzeln: „Und warum hast du das getan, du weißt doch, wie gerne dein Bruder seine selbst gebauten Häuser hat. Du magst es doch auch nicht, wenn er dir deine Bilderbücher wegnimmt."

Emmi zuckte mit den Schultern und fing leise an zu schluchzen. Bob nahm sie auf den Arm, als er sich wiederaufrichtete, und trug sie in das Zimmer ihres Bruders. Dort stellte er sie auf den Boden vor Bobby, der emsig mit den Reparaturarbeiten an seinem selbstentworfenen Legohaus beschäftigt war, welches Emmi „vielleicht angefasst" hatte.

„Mein Sohn", sagte er dann an Bobby gerichtet, „es gibt niemals einen Grund, deiner Schwester an den Haaren zu ziehen, also entschuldige dich bitte. Und Emmi, es gibt auch keinen Grund, die Sachen deines Bruders kaputtzumachen, also entschuldige dich bitte ebenfalls."

„Entschuldigung", murmelten beide gleichzeitig.

„Gut so", sagte Bob und strich beiden Kindern zärtlich über den Kopf.

Bobby hatte die gleichen glatten Haare wie seine Mutter, aber sein Gesicht ähnelte viel mehr dem seines Vaters. Auch konnte man an seinem Spaß und seiner Geschicklichkeit beim Bauen von Häusern aus allen möglichen Materialien deutlich Bobs Gene erkennen.

Plötzlich schrie Emmi völlig außer sich vor Freude: „Karo! Karo ist da!", und rannte mit ihrem Bruder aus dem Zimmer in den Flur.

Bobby folgte ihnen und sah, dass Karo Mühe hatte, nicht nach hinten zu fallen, als sich die beiden mit lautem Gequieke auf sie stürzten.

„Hallo, Tante Karo", begrüßte Bob sie grinsend, nachdem die Kinder endlich ein wenig von ihr abließen. Er erntete sofort einen bösen Blick von Emmas „kleiner Schwester".

„Robert Müller, wenn du mich noch einmal ‚Tante' nennst, dann ...", sagte sie gespielt wütend.

„Du darfst Papa nicht an den Haaren ziehen", mischte sich Bobby direkt ein.

„Stimmt", bestätigte Emmi ernst, „sonst musst du dich entschuldigen."

Und dann hüpften beide wieder aufgeregt um ihre Babysitterin.

Karo musste lachen, und als sie Bob zur Begrüßung umarmte, fragte sie: „Wo ist eigentlich deine Frau, müsst ihr nicht gleich los?"

„Emma macht sich noch fertig. Vielleicht könntest du mal nach ihr sehen. Ich bring in der Zwischenzeit schon mal die Bettwäsche der Kinder, die Taschen und die Kindersitze in dein Auto", antwortete Bob.

„Okay." Karo nickte und drückte ihm ihren Autoschlüssel in die Hand.

Dann machte sie sich auf den Weg in den Teil des kernsanierten Fachwerkhauses, der früher einmal die Scheune gewesen war.

Bob hatte dort aus dem alten Heuboden ein großes Schlafzimmer mit einem Kamin, einem Ankleidezimmer und einem Badezimmer gebaut. Darunter befanden sich zwei Büros, eins für Emma und eins für ihn und die Garage für ihre beiden Autos.

Im eigentlichen Fachwerkhaus war jetzt unten ein Wohn- und Esszimmer sowie eine große offene Küche und eine Gästetoilette. Das ehemalige Raiffeisenlager war zu einem Vorratsraum und einem Hauswirtschaftsraum geworden. Im ersten Stock waren die Kinderzimmer, ein großes Badezimmer und ein Gästezimmer mit eigenem Duschbad.

Er hatte hinter dem Haus eine überdachte Terrasse mit anschließender Rasenfläche für die Spielgeräte der Kinder angelegt und einen großen Teil des kleinen Anwesens mit einer Hecke umfriedet. Im Keller befand sich ein Stromspeicher, der die vom Dach des gesamten Komplexes eingefangene Sonnenenergie, den Bewohnern zum Heizen und zur Warmwasseraufbereitung sowie zur Stromversorgung gleichmäßig zur Verfügung stellte.

Bob Müller hatte es auf wunderbare Weise geschafft, den Charme des kostbaren Kleinods zu erhalten und trotzdem ein modernes, den heutigen Anforderungen an ein Einfamilienhaus entsprechendes Gebäude zu erschaffen.

Als Karo das Schlafzimmer betrat, saß Emma am Fußende des Betts und starrte vor sich hin.

„Ist alles okay mit dir", fragte sie besorgt und kniete sich vor ihre beste Freundin.

„Karo, ich weiß nicht, ob ich das schaffe", flüsterte Emma und schaute ihre „kleine Schwester" verzweifelt an.

„Emma, du hast dein Buch schon in so vielen Lesungen vorgestellt. Was, bitteschön, ist jetzt so anders?"

„Das Gemälde", antwortete Emma leise. „Ich lese im Museum und sitze dabei vor dem Gemälde."

„Na, besser geht doch gar nicht. Schließlich handelt dein Buch genau von der Geschichte rund um dieses Bild."

„Ich weiß, das ist ja an sich auch eine ganz tolle Idee. Aber ich hab das Kunstwerk damals verkauft, weil ich es nicht mehr in meiner Nähe haben wollte, und jetzt soll es ein halbes Jahr lang hier im Museum hängen."

„Emma, das ist nur ein Bild und dein Auftritt heute Abend wird durch die Übertragung im Fernsehen mit Sicherheit den Verkauf deines Romans noch einmal kräftig ankurbeln."

„Ach, darum geht es mir doch gar nicht, es ist mir sogar unangenehm, vom Leid meiner Tante auf diese Art und Weise zu profitieren."

„Emma, das ‚Alles' aufzuschreiben war eine Menge Arbeit und allein schon dafür hast du diesen Lohn verdient. Ganz abgesehen davon, dass du damals fast getötet worden wärst. Komm, große Schwester, dein Supermann wartet schon sehnsüchtig auf dich. Er wird wie immer gut auf dich aufpassen, da bin ich mir sicher."

Nachdem sie ihre Kinder und Karo mit mindestens tausend Küssen und ebenso vielen Umarmungen endlich verabschiedet hatten, betrachtete Bob seine Frau sehr aufmerksam.

„Du siehst umwerfend aus. Du wirst heute Abend das schönste weibliche Wesen im ganzen Museum sein, alle Gemalten miteingeschlossen."

„Und du neigst mal wieder zur Übertreibung", bemerkte Emma verlegen und Bob erwiderte: „Süße, wenn es um dich geht, kann man gar nicht übertreiben."

Emma knuffte ihn gegen die Schulter und lachte, woraufhin er froh bemerkte: „Und du strahlst endlich wieder, in den letzten Tagen hab ich mir schon Sorgen um dich gemacht. ... Du weißt, dass wir auch hierbleiben können, du musst das nicht tun."

„Das weiß ich, aber Nathan war so begeistert von dieser Idee seiner Tochter, und ihm liegt anscheinend viel daran, dass die Öffentlichkeit die Geschichte des Gemäldes erfährt. Ich sollte ihn nicht enttäuschen."

„Das ist meine Emma, die mutigste Frau, die ich kenne", lobte Bob und küsste sie auf die Stirn, während Emma frech grinsend erklärte: „Außerdem lasse ich mir doch nicht die Chance entgehen, mich mit dem schönsten Mann der Stadt in der Öffentlichkeit zu zeigen. Der Anzug steht dir ausgezeichnet."

„Wer neigt hier zu Übertreibungen?", schmunzelte Bob und bot Emma seinen Arm an. „Frau Müller, wenn ich bitten darf."

„Mit dem größten Vergnügen, Herr Müller."

DIE SCHWARZE LIMOUSINE hatte schon auf der anderen Straßenseite gestanden, kurz nachdem die jüngere Schwester von Frau Müller mit den Zwillingen weggefahren war. Außerdem hatte sie gesehen, wie der völlig in schwarz gekleidete Fahrer ausgestiegen war und sich eine Zigarette angezündet hatte. Als Herr und Frau Müller das Haus verließen, war er schnell wieder in den Wagen geklettert und ebenfalls losgefahren.

Das würde Frau Jansen später dem ermittelnden Polizisten zu Protokoll geben ...

SO GEHT ES WEITER:

NELLY PLIEM

GEMÄLDEWIRBEL

Immer noch verwickelt in die geheimnisvoll gefährliche Geschichte des alten Gemäldes, droht der Traum von ewiger Liebe ums Überleben kämpfend zu zerplatzen.

Auf dem Gemälde liegt ein Fluch! Vier Jahre nach dem Vermächtnisstrudel rund um das wertvolle Kunstwerk ist Emma sich da sicher. Seit ihrer Entführung ist es ihr nämlich nur mit Bobs Hilfe möglich, wenigstens ein Stück weit normal zu leben. Als dieser hinter ihrem Rücken eine berufliche Exkursion plant, bekommt die Beziehung des Traumpaares den ersten Riss. Dann fliegt Emmas Lüge auf und Bob tritt die Reise an.
Ein feuchtfröhliches Barbecue, Tess' wohltuende Leichtigkeit ... Und noch bevor auch das Gemälde seinen wahren Pinselstrich offenbart, geschieht das Unfassbare ...

**Bei BoD und in vielen online Buchshops sowie im Buchhandel als Taschenbuch   ISBN 978-3-7494-0589-3
und als E-Book   ISBN 978-3-7494-1091-0
erhältlich**

UND WIRD FÜR MARKUS
NOCHMAL SPANNEND:

NELLY PLIEM

GEHEIMNISFLUT

Auch wenn der Weg bis dahin lang und zum Ende hin voller Gefahren ist, wird erst nach der Offenbarung aller Geheimnisse die Liebe endlich eine Chance haben.

Markus kommt Emmas Bitte, Katharina und deren Tochter in die USA zu begleiten, gerade recht. Nicht ganz so selbstlos, wie es scheint, verkürzt er kurzerhand seinen unseligen Heimaturlaub und macht sich mit den beiden auf den Weg. Der Flug ist chaotisch, und als er Katharina und ihre pubertierende Tochter dann auch noch in seinem Apartment unterbringen muss, verwickelt sich der pragmatische Polizist immer mehr in die familiären Probleme der beiden. Er unterstützt Katharina bei der Suche nach einem alten Bekannten ihrer Großmutter und gerät in ein Gefühlschaos sowie in eine Flut von Geheimnissen, die Katharina und Paula mehr als nur in große Gefahr bringt ...

Bei BoD und in vielen online Buchshops sowie im Buchhandel als Taschenbuch ISBN 978-3-7562-1455-6 **und als E-Book erhältlich**

Entdecke Nelly Pliem auf Facebook

Danksagung

Ich möchte mich bei all meinen Testleserinnen und Testlesern bedanken, die ehrlich und streng meine Kritikfähigkeit auf die Probe gestellt und so meiner Fantasie den letzten und maßgeblichen Schliff gegeben haben.

Susanne, du hast mir mit deiner Begeisterung für meine Geschichte immer wieder Mut gemacht, diesen Roman zu veröffentlichen. Ich danke dir auch für die vielen hilfreichen Korrekturen, (der grüne Stift war deutlich besser zu ertragen als ein Roter.)

Nette, du warst meine beste „Plausibilitätscheckerin". Ohne deine Kritik an so mancher Schwachstelle der Geschichte in Bezug auf das Handeln der Protagonisten und die Erklärbarkeit der Geschehnisse würde sich so mancher Leser sicherlich dieselben Fragen stellen wie du. Deine Änderungsvorschläge habe ich dankbar mit eingebaut.

Annette, du hast die Finger ganz tief in die Wunden gelegt und mir deutlich gemacht, wo die Dinge nicht zusammenpassen und was gar keinen Platz in dieser Geschichte haben sollte. Ich danke dir für diese Ehrlichkeit, ohne die ich so manche Stelle nicht gestrichen oder überarbeitet hätte.

Mein ganz besonderer Dank gilt meinem wunderbaren Ehemann. Er hat mir in den letzten anderthalb Jahren nicht nur die Zeit gegeben, mich diesem Buchprojekt ausgiebig zu widmen, sondern er war auch mein erster Zuhörer und Ratgeber bei der Entstehung der Geschichte in meinem Kopf, mein erster Leser und mein Lebensretter, der mich mit seinen selbstkreierten kulinarischen Genüssen liebevoll versorgt hat, wenn ich vor lauter getippter Buchstaben mal wieder die Nahrungsaufnahme vergessen hatte. Danke für deine Geduld und dafür, dass du so sehr an mich glaubst.

Danke auch an all meine Leser, dass ihr bis hierhin den Ausuferungen meiner Fantasie gefolgt seid.

Die Autorin

Nelly Pliem hat bereits im Alter von neun Jahren ihre erste Geschichte „Erlebnisse auf dem Heuboden" zu Papier gebracht. Inspiriert von diesem Abenteuer ihrer Kindheit hat sie heute, nach mehr als vier Jahrzehnten, diese Erzählung weitergesponnen und einen spannenden Vermächtnisstrudel mit Tiefgang kreiert. Diesmal sollten die Geschehnisse rund um ein verstecktes Gemälde nicht wieder fast ein halbes Jahrhundert ungelesen in einer Schublade liegen. Deshalb hat sie sich entschlossen, den entstandenen Roman zu veröffentlichen.

Die Begeisterung ihrer Leser für ihr Erstlingswerk hat sie inspiriert, die besondere Liebesgeschichte von Emma und Bob weiterzuspinnen und diesmal mit dem Geheimnis des immer noch heiß begehrten Gemäldes zu verknüpfen. Entstanden ist so ein spannend verquirlter Gemäldewirbel, den sie mit großem Vergnügen zu Papier gebracht hat.

Doch damit nicht genug, denn jetzt sollte der mutige Polizist Markus auch noch seine persönliche Herausforderung bekommen, in einer Geheimnisflut, die Nelly Pliem für ihn mit Hedwigs Lebensgeschichte und mit Katharina und deren pubertierender Tochter Paula gewürzt hat.

Nelly Pliem hat zwei erwachsene Kinder und lebt mit ihrem Ehemann in Nordrhein-Westfalen. Sie tritt bei ihrer beruflichen Tätigkeit in Kontakt mit Menschen jeden Alters und hat das Schreiben als wohltuenden Ausgleich empfunden.
Auf weitere Romane kann also gehofft werden.

Kontaktdaten: nelly.pliem@gmx.de

Entdecke Nelly Pliem auf facebook